魅丽文化 桃夭工作室

QUANZHI DADANG

全职搭档

爱看天 / 著

孔學堂書局

图书在版编目(CIP)数据

全职搭档 / 爱看天著 . -- 贵阳 : 孔学堂书局,
2020.11

ISBN 978-7-80770-213-9

Ⅰ. ①全… Ⅱ. ①爱… Ⅲ. ①长篇小说—中国—当代
Ⅳ. ① I247.5

中国版本图书馆 CIP 数据核字 (2020) 第 113489 号

全职搭档　爱看天　著

QUANZHI DADANG

出 品 人:苏　桦
责任编辑:黄　艳　胡国浚
责任校对:任方圆
责任印制:张　莹

出　　品:贵州日报当代融媒体集团
出版发行:孔学堂书局
地　　址:贵阳市云岩区宝山北路 372 号
　　　　　贵阳市花溪区孔学堂中华文化国际研修园 1 号楼
印　　制:湖南天闻新华印务有限公司
开　　本:710mm×1000mm　1/16
字　　数:290 千字
印　　张:19
版　　次:2020 年 11 月第 1 版
印　　次:2020 年 11 月第 1 次
书　　号:ISBN 978-7-80770-213-9
定　　价:42.80 元

目录

CONTENTS

目录

CONTENTS

第一章
模拟人生再次排演

丁浩大学毕业之后，就去了D市。

他爸丁远边以前曾在那里任职，他以前也在D市待过。在他做的那个稀奇古怪的梦里，他还经商。

不管那是过去的自己，还是另一个时空的残留记忆，对他来说都像是模拟人生的第二次排演，有些时候帮了他不少的忙。现如今交友圈子不同了，未来的发展热点他抓到了不少，开了公司，赚了挺多。

丁浩的交友圈基本是以白斌为轴心向四周扩散，俩人一起读书这么多年，认识的人也基本相同，只是和丁浩经商不同，白斌选择了从政。

不过既然白斌在D市要待很长一段时间，丁浩也就索性伸开了手脚，做了几笔生意，积极响应号召，为当地群众创造就业机会。

丁浩抠门惯了，创业初期能省则省，加上白斌消息灵通，丁浩自然是选择跟他合租，两人相处下来，倒是跟读书时没有太大的区别。

白斌不喜欢家里来外人，家务是两人轮流做的，丁浩做好了早饭就去敲他的房门：“白斌？”

白斌昨天带人去现场了，半夜才回来，这会儿睡得迷糊，听到丁浩敲门也只含糊不清地“嗯”了一声。

丁浩就站在门口持续不断地敲着门，愣是敲出了一首歌来，还是节奏欢快的那种。

“快起来，你今天还要上班，一会儿要迟到了。”丁浩催他。

等到白斌起来，丁浩已经在餐桌那儿坐着开吃了，大口大口地吃得还挺香，问他：“你今天还是去现场？”

白斌来D市之后也算从基层干起，去了D市最近批下来的开发区。因为开发区接的项目的关系，这段时间他经常带人去现场实地勘察。不过丁浩这次没说对，白斌今天另有地方要去，那个地方近期对丁浩来说还算个伤心地。

“不去现场了。”白斌给自己盛了半碗汤，“曹市长今天要过来，可能等下要一起去‘东达’那边，他们的炼化项目启动，有个开工奠基仪式要参加。”

丁浩听见他说这话，汤都喝不下去了，闷了半天才哼了声：“多大点事啊，你跟曹老头也够积极的！”东达集团现在用的那块地皮丁浩也参与了竞争，很明显，他们赢了。

白斌倒是给他逗笑了，瞧着他气得直哼哼，问了句：“也有一个邀请你的帖子，你去吗？”

丁浩哼了一声，眼里都是挑衅：“去！白吃白喝还有纪念品拿，我干吗不去？”

东达集团项目开工的地方是个好地方。

那边是开发区为了招商引资特价了再特价，几乎等于“你来办工厂，我白送地皮”的价位，挨着海，地理位置很好，周边设施虽然还没完善，但是看如今开发区的规模，那都不是问题。

这么好的地方，打它主意的肯定不只是东达集团一家，丁浩也看中了。

那块开发区的地皮让他眼馋了很久，他一直想着在那边弄个休闲度假的海景酒店投资一把，合伙人都找好了，就差项目竞标，拿下地皮了。

不过事情往往不是你想到就能做到的，因为不只你想到了，别人也想到了。

东达的老板眼光毒辣，一眼也看中了那块地皮，看中那儿的原因同样是地处海边，离码头近，运输成本就能降低不少。他们是做石油炼化的，最怕运输跟不上。丁浩一个酒店当然竞争不过石油炼化企业，何况这次东达还是下了大成本的，上亿的资金往里扔都不带眨眼，顺理成章地拿下了那块地皮。

这要是别人拿下了，丁浩也不至于心里别扭。本来嘛，大家都是靠本事竞争的，没什么大不了。可是有内幕说了，东达的大老板本来没想要那块地皮，后来听说是丁浩在争，这才感兴趣起来，一鼓作气地拿下了。

那大老板跟丁浩很熟，叫李盛东，是跟丁浩穿一条裤子长大的发小儿，从本质上来说，是一个勉强算不上坏的东西。

丁浩恨得牙痒痒，得到通知的当天就一个电话打过去骂了一通。可人家李盛东不生气，丁浩越急，他越高兴，很有一种乐在其中的感觉，最后还说："丁小浩啊，哥过几天开业，这边风景不错，记得来看！"

丁浩气得差点扔了电话！

今天东达开工奠基，丁浩如他所愿，搭白斌的车跟着去了。白斌在前面给曹老头带路，都是黑漆漆的车，一排就给开出去了。每个路口都有一个交警执勤，露出八颗牙齿的标准微笑，服务热情周到。

丁浩还在车里翻苦水，蔫儿了吧唧地拿手指头抠车窗上的玻璃。

白斌见他半天没吭声，一个劲儿地往外瞧，便顺着他的目光看了一眼，给他解释了下："这是在主要交通干道上安排的执勤。"

丁浩戳了戳车玻璃，嘴角还在往下耷拉："那是，这一路人烟稀少、荒郊野外的，没交警指道儿，都怕走错路吧？"这破孩子有个习惯，当初自己要的时候瞧着怎么都好，如今给别人抢去了就觉得是破地儿了。

正说着，白斌手机就响了："曹市长？啊，是，就是这条路，没走错……"

丁浩乐了，真是说什么来什么，曹老头太给力了！

到了东达的地方，老远就迎上来几个人，挨个热情地握手，一迭声的"欢迎欢迎"。白斌跟着曹市长，在那边给围得最严实。丁浩挑人少的时候下车溜走了，他来的时候穿的是便装，这会儿工夫，别人都注意那些西装革履的人去了，也没多少人去瞧他，他便一路溜达到了东达临时建的办公楼里。

这一进大厅，丁浩又开始泛酸了，这哪是临时的办公厅啊！这比他租的办公楼还豪华！丁浩顿时觉得自己一年六位数的租金亏了，租的办公楼这还不如人家一个临时的。

绕了两圈儿，丁浩就瞧见了熟人，一路招呼着就过去了："董飞！嘿，这儿哪！"

董飞是白斌的副手，这会儿已经很有些全职秘书的风范了，一身小西装穿得倍儿精神，眉头更是皱得跟白斌如出一辙："你怎么到这儿来了，不用去前面吗？"

丁浩摇了摇头："不去啊，你又不是不知道，我性格内向又害羞，啧，就怕人多的地儿。"

董飞忍住额头上暴青筋的冲动，扯出一个笑："这边人也挺多，要不你还是去车上等？"他这绝对不是挤兑丁浩，而是看透了丁浩的本质，这就是一个天生不安分的主儿，专门招惹祸害。

丁浩跟没听见一样，瞧了他手里的小盒子一眼，还在往前挤："这是什么？

什么纪念品啊，这么小一个？”

给各单位派发纪念品的小姑娘笑容甜美，打开一个给丁浩展示了一下：“这是我们公司的油卡，全国只要有东达石化的地方都可以加油！”

丁浩看了下金额，一千，立刻笑弯了眼睛，招呼那个小姑娘：“给我也拿两个。”他指了指旁边的董飞，“我跟他一个单位的。”

董飞立刻阻止他：“别给他拿，他不是我们单位的！”

丁浩摸着下巴想了想：“嗯，好吧，其实我是曹市长那边的。”

董飞嘴角抽了抽：“别给他，他也不是市办公厅的。”

小姑娘很迷茫，看看丁浩又看看董飞，不知道该听哪个的。

董飞站在旁边一动不动，摆明了丁浩不走，他也不走，丁浩只得报了自己公司的名号：“我是远鸿企业的，叫丁浩。”

由于丁浩说的是实话，董飞这次没再插话，不过显然事前有人交代过那小姑娘，丁浩一报这名儿，她立刻“哦”了一声，从抽屉里拿出一个大一些的盒子递过去：“丁浩先生您好，我们老板特意交代过，您来的话，要给出十分诚意，请您拿这个！”

丁浩脸皮厚，当场打开盒子看了下，不错，抵得上董飞手里那样的十个，真不愧是十分诚意。他将盒子揣进兜里走了几步，又回头问了那小姑娘一句：“我拿了这个以后，还能要个普通诚意的吗？”

那小姑娘估计从来没见过这么不要脸的人，眨了眨眼睛，愣在那儿半天没说话，猜着自家老板既然舍得给那么大的，多这一个应该也不算什么，就答应了：“啊这个，应该是……可以的……吧。”

丁浩笑出一口小白牙，左边的酒窝也若隐若现，朝小姑娘伸出手去：“谢谢了啊！”

他那桃花脸立刻就让那小姑娘失去了抵抗力，她红着脸双手递了一个小盒子给他，末了还说了句慢走。

丁浩揣着两张卡溜达了一圈，发现别的也没什么可拿的，哼着歌回了停车的地方。白斌那帮人估计弄完奠基仪式还得参观参观，这不忙到中午吃饭肯定不能脱身，丁浩觉得拿了人李盛东的卡，好歹也得跟人在饭桌上客气两句，说句感谢什么的。

怀着这份心思，丁浩自觉地留下，准备跟着蹭饭吃。

这会儿停车场没什么人，丁浩放平了副驾驶座，准备休息一会儿，正拿帽子盖在脸上睡呢，旁边就有点动静了。

旁边停着一辆路虎，这玩意儿空间大，马力足，开着挺霸道。起初是小小的汽车内部挤压的“吱呀吱呀”声儿，后来就变成了略微轻一些但也更规律的声音。

丁浩把帽子拿下来，眯着眼睛瞧了旁边一眼，这不会大白天的有这么憋不住的吧？大越野玻璃上贴得黑漆漆的，从外边压根儿就看不见，不过光听动静也知道这不是什么好事儿。

看了下左右没人，丁浩悄声地下车去瞅了一眼车牌号，他觉得这款车有点眼熟。看到后边那骚包的“PK110”牌号尾数，丁浩确定了这车的主人，站在旁边笑容满面地敲了敲车门。里面估计还在忙，没听见，丁浩又绅士地踢了几脚。

这回动静大，里边的听见了，停顿了一下就打开车门探出个脑袋来，里面那人一双三角眼耷拉着，看着挺不怀好意，瞧见丁浩，居然还笑了：“哟，丁小浩，这是想哥了吧？还尾随到停车场来了，啧啧！”

丁浩瞅着他衬衫扣子都没扣整齐，也露出了笑：“可不是，我刚拿着那小礼物正想谢谢你，真巧，就给碰上了……”丁浩探头探脑地往里瞧，后排并没有他想象中的祸国妖姬，倒是前排副驾驶座上坐着个中规中矩的戴眼镜的小姑娘，看见他瞧她，还跟他点头打了声招呼。

李盛东在后边拉裤链，这一动作就露出胸前的古铜色胸膛，脖子上还挂着一个银扣皮绳儿，配上他那本就透着股邪气的五官，瞧着很是有点性感的意思。这会儿他就连说话都有点懒洋洋的：“别看了，哥是正经人，哪儿能大白天的干那种事儿！”

丁浩对他这话很怀疑，果然他系着袖扣又接了一句：“那是我晚上的工作，白天从不加班加点地享受。”

这次李盛东说的还算是人话，丁浩勉强相信了。而且他刚才敲门的时候，人家小姑娘裹得严严实实地坐在前边，那阵动静估计是李盛东换衣服造成的，他便体贴地追问了一句：“昨儿没回去啊？”

李盛东穿好了一身正装，又恢复了那金玉其外的败类模样，任由前面那小姑娘给他系领带，听见问题便回了丁浩一句：“嗯，昨天有事留下来加夜班了，忘了今天市里来人，我去，差点给堵在办公室里……”

越野车上那身脱下来的衣服给弄得皱皱巴巴的，不成样子，想来是换得急，难怪刚才车上一阵动静。瞧着那几件花里胡哨的衣裳，丁浩挺同情地看着李盛东：“李盛东，我说你有钱了，可以买几件好点的，整天弄这五彩缤纷的，忒不上档次。”

李盛东知道丁浩一直在为争这块地皮的事儿闹别扭，而他偏偏就爱看丁浩想要却得不到的别扭样儿。丁浩越不高兴，他就越高兴。

丁浩批评完衣服，开始批评他那车，一脸严肃地指出了那大家伙的不足：“这个也不好，太骚包。”

李盛东乐了，勾着丁浩的肩膀往大厅那边走，这还一边刺激他：“丁小浩，你要是瞧上这车，哥让给你玩几天呗？”他就乐意瞧丁浩一副吃不到葡萄说葡萄酸的模样，“正好配你这一身骚包的衣服，啧啧，这小腰勒得！”

丁浩斜眼看了他，嘴角往上挑了挑：“上次我回家还碰见阿姨了，说让我带几句话给你。”

李盛东家跟丁浩奶奶家挨着，俩人打小儿就亲近，听见丁浩说也没起疑，问道：“什么话？”

“喏，儿子啊……”

“你冲那边喊！别没事儿占我便宜啊！”

丁浩乐出一口小白牙。

两人一路到了大厅，李盛东也琢磨过来丁浩今儿来的目的就是找碴儿了。就跟当初白斌扣他油船的时候一样，丁浩是打击报复来了，不过他跟丁浩互损习惯了，倒也没当回事儿。

大厅里人挺多，解说员正在给那帮领导讲解企业文化以及未来发展，旁边还有“咔嚓咔嚓”照相的。白斌在曹市长后边不远不近地跟着，瞧见丁浩他们进来还略微颔首致意，李盛东勾着丁浩的肩膀没撒手，咧嘴冲他笑笑。

丁浩把他的狗爪子弄下去，皮笑肉不笑地小声说：“你老招惹白斌，小心老实人发起火来更厉害。”

李盛东很惊讶：“白斌哪算老实人？”他没忘白斌之前扣了他的油船，害他补交了八位数的罚款，那是白斌用血泪教会了他什么叫吃亏。

丁浩保持微笑没说话，李盛东这教训还记着，偶尔提提他的伤心事也是丁浩的爱好之一。

中午吃饭，李盛东亲自作陪，曹市长回了市里，这边留了负责人跟东达交涉。白斌在人前并没有透露出过多的背景信息，不过因为东达属于开发区管辖，他自然也去了李盛东那桌。生怕不够热闹似的，李盛东还把丁浩给揪来了，按住他，让他挨着自己坐下。

酒过三巡，大家也就熟悉得差不多了。丁浩手里的名片散了一圈儿，没瞧准人，居然顺手也给了白斌一张，反应过来的时候，白斌已经接过去了。

丁浩牙疼，趁着没人注意，凑近他道："你把名片还我，天天一个屋檐底下，抬头不见低头见的，你不认识我还是怎么的？"

白斌笑着看他，摇了摇头："给我吧，我还没你名片呢。"

丁浩没办法，大少爷要，他也只能给了。

李盛东这几年也给磨炼出来了，明显提高的有两点，一个是说话的水平，一个是酒量。跟白斌一块从开发区来的一个姓胡的中层小干部，外号胡三斤，白酒都是三斤的量，这会儿跟李盛东杠上了，俩人喝起来，那叫一个棋逢对手。

丁浩给熏得够呛，生怕李盛东一个克制不住喷自己身上。他这些年给白斌带得也有点小洁癖，冷不丁接触这群糙汉，有点适应不了。这会儿瞧着他们开始自由敬酒，联络感情，丁浩找了个时机就躲进洗手间去了。

洗了把脸清醒了下，他听见有人进来便抬头去看，来的是熟人，是白斌。

白斌站在那儿洗了手，又洗脸，对着镜子的表情认真，但是在台子上摸索着找牙刷的时候，丁浩就知道这位是喝多了。

丁浩过去扶着他，道："白斌，白斌你醒醒，还知道我是谁吗？"

白斌晃了一下，倚在他肩膀上道："浩浩？"

丁浩乐了，喝多了连小名都喊出来的也就这位了。丁浩他答应了一声，闻着他身上的酒味混着肥皂清爽的气味也不觉得多反感，扶着他道："还行吗，要不要我先送你回去？"

白斌道："我喝多了。"

白斌自小跟着白老爷子锻炼，酒量也是不错的，不过工作之后才发现一个问题，他不能混着喝酒，一旦红酒、白酒或者啤酒之类的混合着喝了，哪怕只有半杯，也会有醉意。白少如今说喝多了，显然是推辞不过，混合着喝酒了。

丁浩也体谅他，那一桌子老狐狸没几个好对付的，瞧着白斌现在赖皮似的贴着他，心里更是给那桌子老狐狸记了一笔，将来一定要找机会讨回来！

"那我开车，咱们先回去啊？"

白斌趴在他肩上摇了摇头，说话吐字倒是很清晰，看不出一点醉意来："不，下午还要去办公室，要批文件。"

丁浩看着他眼睛越来越亮，心里有点发毛，这回醉得不轻啊！只得拍着他小声劝了："那咱们再坐半个小时，那时候差不多结束了，我带你去办公室……"

白斌抬手就去看表，吓得丁浩给他拦住了！

这人喝醉后比平时还认真，你要跟他说还有半个钟头，他真就坐半个钟头，多一分钟都不待在这儿啊！丁浩把白斌的手表摘下来揣进自己兜里，又跟他做保证："到点儿我一准叫你！"

白斌看了看丁浩，像是在确认是谁，瞧清楚了才点了头："好。"

白斌喝醉了，但不熟的人压根就看不出来他这是醉了。

他脸上一点表情都没有，跟平时一样镇定地坐着，人跟他搭话就接一句，不说就自己老实地待着，直到散局了，丁浩来喊他走。

俩人都喝了酒，干脆把车扔下，打了电话喊董飞开车来接。

丁浩让白斌站在楼前边等，他去后边停车场准备提前上车。这跟平时的步骤不太一样，平时都是白斌去后边开车接上丁浩，这次反了，白斌有点迷茫。丁浩瞅着他当众就要抓自己的胳膊，吓得装作握手的姿势就给他半路改了动作："哈哈哈，白局，那什么……改天见，今天聊得真愉快！"

白斌眉头皱起来又展开，这跟平时更不一样了，哪里有点不对劲。

丁浩在心里哗哗地流泪，你说这人平时精明得跟什么似的，怎么喝醉了就这么不懂事儿啊？！还当他们小时候呢，干什么都先抓着自己胳膊，生怕他被人拐走似的。

丁浩借着告别的机会小声嘱咐他："别乱走，在这儿等董飞，知道不？"

白斌点点头，他喝醉后还有一个优点，就是特听话，答应了就一定做到。

白斌站在大楼门口等董飞的工夫，有几个过来搭话的。其中有会看眼色的，知道白斌来头不小，特意多问了几句，还挺客气地请白斌一块坐顺路车回城区："白局，正好咱们住得挺近，顺路一起回去？"

各单位分的住房是离得很近，可白斌这会儿牢记"在这儿等董飞"的任务，摇头谢绝了，但客气地回了话："我还有点事，您忙。"

问的人客套了两句也就走了。也有喝高了打着酒嗝儿过来的，老远就招呼他："哎，白局，等车哪？上哪儿去啊？"

白斌站在那儿"嗯"了一声，像是给他提醒了，想起什么来似的回了一句："要回办公室一趟，有几份文件没整理。"

那人挺惊讶："还回办公楼哪？回去也差不多是下班时间了。"瞧见白斌摇头还是要去办公室，那人也乐了，"你们这些小年轻就是这样，等你们成了家就知道家的温暖，成天盼着提前回家了，哈哈！"

董飞来得挺快，在楼下停了车去接白斌过来。他回来的时候脸色有点不好，边系安全带边问丁浩："少爷喝醉了？"

董飞家老爷子是白斌他爷爷的老部下，是白老爷子从战场上背出来才捡了一条命的，老头佩服白老爷子的为人，打小儿就送了董飞去白老爷子那里接受教育。董飞对白斌也是尊敬得很，从小一口一个少爷地喊着。

丁浩听他十几年如一日地喊少爷，直到现在也觉得不习惯，但听见他问，还是应了一声：“嗯，先送去办公楼吧，从刚才起就非闹着去。”

旁边那位醉酒的神情镇定地申诉了：“我没闹，我要去批文件。”

说着，他习惯性地抬手腕去看表，可是并没有跟往常一样瞧见。白斌盯着空空荡荡的手腕看了半天，连眉头都皱起来。

丁浩咳了一声，忙从兜里掏出手表来给他戴上：“在我这儿呢，我刚不是帮你揣起来了吗，喏。”

这人也老实，坐在那儿任丁浩给他戴好手表。

前边的董飞尽职尽责地充当起小司机，还不忘提醒丁浩：“休息室里有新买的衣服，可以先换一下。对了，抽屉里还有成盒的茶叶，你记得泡杯茶给他醒酒……”

丁浩为了安抚喝醉了的人，正牺牲自己的爪子给他捏着玩，听见董飞说这些也挺惊讶：“你不上去？”

董飞沉默了一阵，屈服在丁浩的厚脸皮之下：“好吧，我也上去。”

办公室条件还算可以，是套间样式的，外面办公，里面是间休息室。因为开发区离市区远，还有时不时要值班，休息室里还有一张床，准备得很齐全。

董飞扶着白斌进了里间，挺同情地看了丁浩一眼，欠身出去了：“丁浩，好好照顾少爷。”

丁浩转身也要走，但下一瞬就被拽住了手腕，白斌不乐意了：“浩浩你要去哪儿？”

丁浩不敢乱说话，醉酒的白斌性格不能用常理来判断，说错了可真生气，人醒了还不带认的！丁浩吃了好几次亏，这会儿认真思考了才回答：“我……我是觉得你要批文件，得有个秘书在，我去帮你把秘书喊回来啊……”

白斌对这话挺满意，但依旧没松手：“我不要秘书，你去给我拿文件吧。”

白斌喝醉后力气特别大，而且比以往都固执。丁浩答应了去拿文件，但也只端了一杯茶来，勉强喂了他一杯浓茶下去，还没等茶发挥应有的效应，他又昏昏沉沉睡了。

丁浩坐在一旁，眼睛盯着他看了一会儿，忽然乐了，拿手指戳了戳他的脸：“你也不是十项全能吧？”

睡着了的人略有知觉，大概是身边的温暖太过熟悉，十几年的习惯成自然，迷迷糊糊地又睡了。

丁浩失笑："偶尔醉一次也挺好。"

白斌醒酒以后都是晚上了，睁开眼的时候正好瞧见丁浩在房间里收拾东西。他也不起来，就那么枕着胳膊瞧丁浩忙活，看到丁浩收拾几下就揉腰的动作，这才出声喊丁浩："浩浩。"

丁浩刚收拾好一个包，听见白斌喊就过去了："醒了？"从床头拿了杯水自己尝了尝，又递到白斌手里，"哎，正好，喝吧。"

白斌声音有些刚睡醒的沙哑，接过水杯又问了一句："我下午是不是醉了？"

丁浩终于找到诉苦的机会了，掰着手指数落白斌的不是："白斌你这酒品也太不好了，你说下回醉了，我要不在你身边，你可怎么办，啊？你看看，你这屋子，你这床，还有里面那浴室……"

白斌喝了一杯水，又自己起来续了一杯，丁浩还跟在他屁股后边嘟嘟囔囔地抱怨："你抱着我的腿哭啊。唉，我都说我不走了，你还非得哭着抱着不松口，死活要我给你讲童话故事，啧啧！"

白斌停下来了，回头瞧了他一眼，不留余地地否认了他的陈述："不可能。"

丁浩咬住了话不松口，还在那儿逞强。

丁浩刚倔强地反驳了两句，就听见白斌放在办公桌上的手机响了，白斌看了一下来电显示，直接按了免提，跟丁浩一起听："爷爷，这么晚了，有事吗？"

电话那边的白老爷子声音挺洪亮，瞧不出一点困意："白斌啊，白杰回来了，丽萨带着小宝贝也回来了，哈哈哈！哎，明天你跟浩浩也来家一趟，咱们一起去照全家福，听见没？"

丁浩在旁边听得一清二楚，也乐得眉开眼笑："爷爷！白杰回来啦？他那研究所批下来没啊？"

"批下来了，哎哟，非得弄个什么生物技术，折腾了半天才给弄好……"白老爷子听见丁浩的声音，一点都不惊讶，还给他解释了一下中间的过程，不过三句之后又转到自己的宝贝曾孙身上去了，"那小宝贝晚上可精神了，还跟我一块玩积木、搭小桥，真是讨人喜欢啊！"

丁浩听白老爷子显摆了半天曾孙，忽然有点明白了平时那些人听丁奶奶显摆她"宝贝浩浩"的心情。估计白斌也想到了，正支撑着下巴冲丁浩笑，做了个口型：跟奶奶说你一样。

白老爷子下了最终指示，让他们最迟明天下午回去。白老爷子知道这俩人大学毕业以后去了D市，尤其是丁浩，没跟家里多打招呼就做了一番事业，公司开得不错，赚得也不少，瞧着也是个有本事的孩子。

白老爷子这个年纪，正是最喜欢小孩、喜欢家里热闹的时候。白杰和丽萨回来了，他就抓紧时间喊白斌也回来，就是为了想全家人多凑在一起团圆几天，顺便炫耀一下自己的宝贝曾孙。

丁浩对白老爷子的热情不知道该说什么好，不过老人也是好心。他家人现在也离得远，白家有什么，老爷子总会想到他，毕竟是从小看着长大的，拿着当亲孙子对待。他能有这么一位处处为他着想的爷爷，真是天大的福分。

俩人也不多在开发区磨蹭，连夜赶回市区的家，收拾了行李，订了机票，匆匆忙忙地赶往白老爷子那儿。

机票订得匆忙，只来得及订经济舱的位子。

三人一排的座椅略微有些拥挤，好在只有一个小时的旅程，并不算太累。

丁浩在飞机上还给人搭话了，那人瞧着娘兮兮的，半长的卷发扎起一半，披着一半，斜着眼睛冲丁浩笑，自称是个摄影师，瞧见丁浩便一直夸他帅气，有当模特的潜质。

丁浩对待大众，尤其是能看出他外表及内涵价值的大众，总是带着几分友好。不过刚说了两句，那娘兮兮的家伙又瞧见了刚从洗手间回来的白斌，这回眼睛都直了，都不带看丁浩的。

白斌跟没瞧见那摄影师似的，径直过去，坐在丁浩身边，拿了一份报纸看，不过瞧着不是当天的，也就放下了。

白斌随手的几个小动作，把那摄影师弄得五迷三道的，那眼神就跟黏在白斌身上似的，拔都拔不下来，最后他甚至试着跟白斌攀谈了几句。

丁浩心头小火直冒，扯了个微笑，天南海北地跟那摄影师聊，连贫带损地说了一通。

那摄影师不但不生气，反而觉得丁浩说的话十分有语言魅力，眼光又转移到了丁浩身上："跟你交谈真是愉快，我们从同一个地方出发，又到同一个地方，在这样的缘分下，我可以问你的名字吗？我下一个摄影作品需要模特，您是否有空闲时间呢？"

丁浩花花公子的本质潜伏多年，今日终于有了再见天日的机会，冲那摄影师微微眯起眼睛笑了："我觉得，我们接下来还是继续相信缘分吧。"

这样略带些调戏成分的语句让摄影师很是欢喜，看着丁浩的眼神都有些着迷了。这年头，不只是女人觉得坏男人魅力大，连男人也都这么觉得。

白斌对丁浩抢风头的事并不在乎，可是最后听到丁浩说的，觉得有点过了，这得制止。白大少按着他，板着脸说了一句话：“别胡闹。”

那摄影师的脸色立刻精彩起来，他打从过来跟丁浩搭讪就没见这两个人说过话，此刻瞧着那一人抓着另一个还在扑腾的手，这样的场面不由让他想拿起照相机——这俩人的手都这么好看啊，好适合当手模啊！

白斌从刚才起就觉得那摄影师的口音奇怪，试着跟他讲了几句外文，他立刻接了下去。

丁浩手给白斌抓着，暗地里扑腾了几下也没见白斌松开，如今俩人更是欺负他不懂外语，叽里呱啦地念鸟文！丁浩不乐意了：“白斌，白斌你们说什么呢？”

白斌低声跟他解释了一下：“我说你是我弟弟，我们正要回家，你听话些，别惹事了。”

那摄影师又一连串地问了白斌什么，瞧着白斌点了头，试探着向丁浩放慢速度说了一句：“I love you？”

丁浩：“去你的假洋鬼子！老子这句听得懂！”

对方一点没生气，倒是被他这种鲜活扑腾的劲儿逗笑了。

俩人跟这摄影师聊了一路，得知他刚回国，正准备去应聘第一份工作，工作方向还是大学教师。丁浩哼了一声：“你教？学校不怕你带歪学生啊？”

那人呵呵笑了，眼神在丁浩跟白斌身上游移，显然还在打让他们给自己当模特的主意，开口道：“不会啊，中国现在开放多了，而且比起西方人，我觉得还是东方人拍照的时候更美。尤其是你的脸，别看你现在不会打扮，但是给我一个小时，我保管拍出来比女人还漂亮。”

丁浩指着他问白斌：“这算不算耍流氓？”

白斌沉默了一下，还是拿起过期的报纸埋头看了起来。

这一路除去这个过分热情的卷毛摄影师，一切都还顺利。

他们刚出通道就瞧见了来接机的人，丁浩有点惊讶道：“白杰？”

白杰穿了一身米色的休闲装，正站在那儿想事儿，听见有人喊才抬了头，不过视线立刻移动到了声源发出地的旁边，瞧过去的时候嘴角都勾了笑容：“哥！”

白斌、白杰兄弟两个实在太好认了，就算是陌生人也能一眼瞧出来他们有血缘关系。兄弟俩不但五官相似，就连脸上的表情都差不多，用丁浩的话说就是，他俩都是面部肌肉缺乏运动。

白斌对他亲自来接机有点惊讶，白杰结婚早，这会儿儿子都会满地爬了，不过就是因为满地爬才更辛苦：“昨天晚上才到家的吧，怎么不在家多休息会儿？”

白杰笑着接过他们的行李放在推车上，一边带路一边回了话：“我们是前天到的，休息好了，爷爷才给你们打的电话。”

一路上，兄弟两个聊得挺高兴，丁浩偶尔也插句话。他在D市小打小闹的，弄的那些也只是短期的投资，真正的经商还要问白杰。张娟女士生了一双好儿子，大儿子白斌从政，小儿子白杰从商，她本就是商界的女强人，白杰又打小儿跟着她在外打拼，天生对数字敏感，经商手段自然不在话下。

丁浩没经过系统学习，经营的也只是自己估摸着有赚头的，不明白的地方有很多。白杰知道丁浩跟自己哥哥的关系，早就把他归纳到自己人里，有的地方跟他解释了半天，他没弄明白，干脆答应抽空去D市帮他一把。

丁浩自然是满口答应，他求小财神去还来不及：“白杰，小时候真没白疼你啊！”

白杰在前边笑了，居然跟着点了点头：“是，你给我带来很多乐趣。丁浩，你那个小铁皮箱子还在吧？当年你可没少输给我，我记得里头锁了不少借条呢。”

丁浩眼珠子转了转，立刻接上了：“都在都在！白杰，要不这样，我把那钱当你的入股钱，你顺便来我这儿做份兼职，用不着多忙，时不时地来看看就成……”

白斌在旁边听着笑了，点头道：“你这笔买卖做得倒是不错。”

白杰也在前边赞同地点了点头：“哥，他这几年学聪明了，还知道拖人下水。”

丁浩还在那儿敲边鼓：“白杰你帮不帮我啊？好歹咱们是一家人。”

白杰难得跟丁浩开了一句玩笑：“我姓白，你姓丁，你怎么跟我一家人了？”

丁浩腰杆立刻直了，还挺得意：“我从小就是吃你家饭长大的，还有，我挣了钱，那也是咱们家的，你和白斌要用，说一声就给！怎么就不是一家人了啊？”

白斌乐了，使劲揉了揉丁浩的脑袋，按着他坐好：“行了，丁大老板，先歇歇再谈事业吧。”

白杰从后视镜里瞧过去，坐在后面的两个人都是笑呵呵的，自己也跟着笑起来。

一路上没怎么堵车，他们到家的时候刚过中午。

白老爷子踩着点给他们准备了饭菜，因为丽萨带着小宝贝儿来，他特意让吴阿姨提前到这边来帮忙，这顿接风洗尘的饭也是吴阿姨精心准备的。她照看了白斌、丁浩多年，对他们的口味很清楚，几道小菜就让丁浩感动得眼泪汪汪：“阿姨！还是您做的可乐鸡翅好吃啊！外边的都没这么地道！”

白斌默不作声地又给他夹了一块翅根，丁浩抱着饭碗不撒手，直吃了三大碗才停下嘴：“不行，吃不下了。”

白老爷子打他们吃饭起就没说话，生怕打扰丁浩进食，如今听到丁浩这句也乐了：“是，也该吃不下了，这都第三碗见底儿了！”

白杰吃得也不慢，大概是在国外待久了，对肉类比较感兴趣，餐桌上一大半的肉都是他跟丁浩解决掉的，他这会儿也拿起纸巾擦了擦嘴：“我也吃饱了，爷爷，丽萨他们呢？”

白老爷子冲楼上指了指：“带小宝贝去午睡了，刚去一会儿，你可小声点，别给吵醒了，啊！”

白杰答应了一声，刚想上去又给白老爷子喊住了：“换鞋，换鞋！”

吴阿姨早就准备好了，这会儿从鞋柜里拿出新加工过的棉布拖鞋给白杰：“给，老爷子早就准备好了，这鞋正反都加了棉花，踩着木地板，一点都不响呢！”

白老爷子瞧白杰换了鞋上楼去了，这才靠近丁浩他们，小声地开了口：“浩浩啊，爷爷跟你说，那小宝贝长得可漂亮了，跟白斌小时候一模一样！”

这话丁浩怎么听怎么别扭，白杰跟丽萨的孩子长得像白斌？这算怎么回事儿啊？

白老爷子还在那儿说个不停，红光满面地炫耀着。

老头嘀咕着嘱咐丁浩：“等会儿小宝贝醒了，你陪着他好好玩一会儿，让他多熟悉熟悉你，跟你们也亲，呵呵！对了，我让你们买玩具来，买了吗？”

“啊，买了！”丁浩从包里翻出个魔方，他们来得匆忙，只来得及在路边买了个小玩意儿，“爷爷，这个成吗？”

白老爷子恨铁不成钢地看着他：“这将来要喊你干爹的，你好意思拿这么个小东西糊弄人家啊？”

丁浩自己拨弄了下魔方，笑嘻嘻的：“爷爷，白杰他们小两口辛辛苦苦地生下孩子也不容易，喊我声伯伯，我就挺知足了。”

白老爷子怒了，压着声音教训他：“他们再辛苦一把，还能有一个呢！当干爹都不知道珍惜！不只你，还有白斌，你们整天忙工作，女朋友也不见一个，跟工作能生出小孩来吗？！”

丁浩差点给自己的口水呛着，咳了几声，看向白斌求助。

白斌试着跟自己爷爷解释：“爷爷，我们还年轻，不着急……”

白老爷子压根就不听他们解释，一心想用白杰家那个小宝贝感化这俩工作狂。

白斌还要说什么，老头干脆伸手打断他们，直接说出自己的想法：“等会儿白露来，你们从她那儿拿几件，记得，挑鲜艳的啊，小孩都喜欢亮色的！”

丁浩嘴巴张开又闭上了，合着他们说了半天，白老爷子一句也没听进去，又绕回到玩具上了。

坐在客厅等白露的工夫，白老爷子顺便问了下白斌的工作情况，连带着也问了丁浩。老头对经商也没有多大了解，只是嘱咐丁浩别光顾着赚钱，重要的是在过程中多学些东西。

看着那俩坐在对面一一答应了，他又问了他们的生活状况，正谈着，门铃就响了，丁浩猜是白露，就过去给她开了门。

白露是白斌的堂妹，打小儿特崇拜白斌，跟丁浩他们一起长大，小时候没少打架。她听说白杰、丽萨带着孩子回来了，高兴地不得了，左手一兜子、右手一兜子就来了，门一开就热情洋溢地喊了一声：“小宝贝儿——”

丁浩乐了：“哎，白露，看清楚了再喊啊！”

白露一晃眼就看清楚了，急不可耐地推开他：“丁浩你闪边儿去，我家小宝贝儿呢？”

白老爷子冲她比画了下手指，做了个嘘的动作：“小声点，中午刚睡下。”老爷子话音未落，就听见楼上有人下来了，隐隐地还能听见小孩的声音。

白露这东西都没来得及放下，立刻直奔楼梯口了，眼睛都乐得弯起来：“小宝贝儿，姑姑来啦！”

那一家三口从楼梯上走下来，白杰怀里抱着个小孩，丽萨正在给小孩穿另外一只衣袖，小孩听话地举手配合着。

小孩刚起床，白嫩嫩的小脸上还带着些初醒的迷茫劲儿，瞧见客厅里有不认识的人也不哭不闹的，看看这个又看看那个，最后抓着白杰的衣领子缩回自己爸爸怀里去了，只留一个茶色的小脑袋在外边。

白老爷子嘱咐他们这俩刚当爹妈的：“以后穿好再下来，小心别着孩子的手！”

丽萨吐了吐舌头，她这两天见识过白老爷子对孩子的小心照顾，虽然有点观念不同，不过本着当“中国好媳妇”的愿望，还是顺从地点了点头：“好的爷爷，下次不会这样了。”

白杰把挂在自己身上、跟无尾熊似的小家伙放下来，让他坐在沙发上跟大家打招呼。小宝贝对父亲很依赖，就算是坐着也要去抓白杰的衣袖，咬着指头喊了声：“爸爸的爷爷……”

白老爷子脸上立刻绽放了笑容，一迭声地答应着。白露眼馋得不行，凑过去把两兜子玩具都铺在他旁边："宝贝儿，喊声姑姑啊！"

坐在沙发上的小孩抬起头，白露这才瞧见他有一双黑眼睛，五官也像白杰多些，尤其是那小脸上的表情，跟抱着他的白杰更像了。白露看得满心欢喜，盯着小孩儿的眼睛眨了眨："真漂亮！"

小孩揪着白杰的衣服，跟着她一起眨了眨眼睛，有点疑惑地抬头看了下自己的爸爸，又咬着手指头看了看旁边的丽萨，瞧着自己父母点头鼓励，这才冲白露礼貌地点了点头，含糊不清地喊了句什么。

就这么一句，也把白露美得不行，弯着眼睛把玩具使劲儿往前推："小宝贝儿，喜欢吗？"

丽萨看见白露拿玩具给他，忙阻止："不用给他买新的啦，这两天收到了好多玩具呢！"

白老爷子瞧着沙发上那几个亲亲热热地聊天说话，冲丁浩使了个眼色，意思是让他赶紧上！

丁浩握着个魔方犹犹豫豫的不肯过去，他总觉得一过去就跟抢人孩子似的，那"干爹"一喊，他内心都有负罪感。

白斌倒是没这种想法，拍了拍丁浩的肩膀，小声开导他："怎么也是喊你伯父的，就当是侄子，不要紧。"

丁浩这才慢慢地蹭过去，托着手里的魔方摆了个亲切可人的笑脸，对着小孩也喊了句："小宝贝，这是送你的礼物，那啥，下次送个大的啊。"

小孩原本老实地坐在沙发上，就算白露堆了那么多玩具也没见动弹，可瞧见丁浩手里这个花花绿绿的小魔方就伸出了手。这个由小正方形堆积成的大正方形，对他似乎有很大的吸引力。也许是遗传了白杰对数字及图形的敏感，这孩子特别喜欢丁浩拿来的魔方。

不过小孩似乎也遗传了白杰幼年的迷糊，一伸手抓错了地方，揪住了丁浩的手指头。他皱了皱眉，还是坚持握着丁浩的手指往自己这边拉近了，水汪汪的黑眼睛瞧着丁浩，嘴里咿呀地说了句话。

丽萨在旁边笑了："丁浩，小宝贝喜欢你呢！"

丁浩没哄过孩子，小孩手掌都没他指头长，可抓得倒是挺紧。丁浩一动不敢动，生怕伤着孩子，他对这种软绵绵的生物本能地有点害怕，扭头看向白斌求助："这……这怎么办啊？"

白老爷子乐了，让丁浩蹲在那儿别动弹："赶紧的，让小宝贝儿多喜欢一会儿！"

白露有点不平衡，在旁边跟丁浩打商量：“哎，丁浩，我拿这兜子玩具换你一个魔方行不？”

丁浩还没开口，白老爷子插话了，说得还挺正气凛然：“不行，不行！你这大老远辛苦拎来的，不能便宜了丁浩这猴崽子！”

丁浩没办法，只得老实地蹲在那儿，也不敢抽出手指头。

白杰拿过那个魔方，随意地拧动了几下，递给小宝贝：“喏。”

自从魔方换了地方，小宝贝儿就一直盯着，瞧见自己爸爸递过来，立刻伸手去接。他手小，一只手握不住，这才想起来另一只手还抓着丁浩的指头。他瞧了瞧丁浩，又瞧了瞧魔方，立刻就放开了丁浩去抱着魔方了。

白露在旁边幸灾乐祸：“丁浩，你还不如魔方哪！”

丁浩蹲了半天，给累得不行，听见这话，也没好气地呛了她一句：“是，那你还不如我呢！”

白露的眉毛都竖起来了，还好白老爷子在中间打圆场：“好了好了，都消停会儿，等会儿来照相的了！”

丽萨给小宝贝冲了一点牛奶，白露兴致勃勃地在旁边看小孩喝奶，觉得真是自家的孩子好，怎么看怎么喜欢：“丽萨，你们给小宝贝起名字了没啊？”

丽萨生了小孩儿后身材还是保持得很好，就是脸跟着圆了一圈，看着更显小了，听见白露问小孩的名字，笑呵呵的：“没有呢，白杰说中文的名字要重要的人起！”

丽萨如今的中文说得不那么跑调了，不过白露依然没太听懂，便小心地问了一遍：“什么意思啊？”

丽萨使劲扒拉脑袋里的中文词汇，努力给白露解释了一遍：“小宝贝是中国宝贝，我们要起一个重要的中文名字……嗯，要重要的人起。”丽萨指了指白斌和丁浩，“重要的人！”

白露不乐意了：“丽萨你太不够意思了，我也很重要啊！”

丽萨揪着头发继续给她解释：“不是这样，我和白杰希望他们当小宝贝的教父，小宝贝要让教父起名呀！”

白斌有点惊讶，他跟丁浩都没有宗教信仰，而且身份似乎也不是宗教允许的那种：“我们当合适吗？”

丽萨欢乐地点了头：“合适的！白杰说过，可以有中国特色，你们可以做有中国特色的教父！”

丁浩给她这一句逗乐了，冲她竖起了大拇指：“中文有进步！说得太深刻，太有内涵了！”

白斌也笑了，看着丽萨期盼的目光，点头答应了：“好，我们就当小宝贝，喀，有中国特色的教父。”

白老爷子在后边揪了揪丁浩的衣服，小声问道：“什么叫‘教父’？”

丁浩小声地回了：“就是以后小宝贝儿也喊我们‘爸爸’，跟喊‘干爹’一样。”

白老爷子还是有点不明白，皱着眉头不放心地又问：“这以后都喊？”

丁浩又想起了丽萨那句“有中国特色”，憋着笑点了点头：“没错儿！”

这次照相是请了人来家里，依旧是穿红色的唐装合影，连小宝贝都有一身，还有一个小帽子，带着个小荷包，看着特喜气。

拍着拍着，摄影师就发现了问题，小心地提出建议：“后排的男士多笑笑啊，这四世同堂的多好呀，呵呵呵……”

后排站着三个男士，其中就有俩不会笑。

丁浩笑得脸都快僵硬了，斜眼瞥了白斌、白杰一眼，保持着笑容，从嘴里挤出一句：“想点高兴的事儿啊你们。”

俩兄弟面部表情微妙地变化了一些，但只能说不板着脸了，算不上笑。

摄影师犹犹豫豫的又停下来了，看样子还想说什么。

白老爷子不乐意了：“哎！你会不会照相啊？这么半天了，一张都没照出来，光听你说话了！”

摄影师快哭了，举着相机跟白老爷子磕磕巴巴地解释：“不是，那什么老爷子，后边的勉强算笑出来了，您能不能……能不能让怀里的小宝贝也笑笑啊？”

小宝贝抓着白老爷子的衣服，努力学着爸爸和新上任的教父们，认认真真地做着严肃状。

白老爷子乐了，不过这照相还是笑好，便喊丁浩去给小宝贝拿几件玩具来：“就拿他平时爱玩的小手枪，都在楼梯拐角那边的房间里！”

丁浩答应了一声就跑过去了，推开门进去才发现里头铺了软垫子，估计是小宝贝在里面爬着玩过，收拾得格外干净。丁浩忙脱了鞋，踩着软垫子进去翻找小宝贝的玩具柜子。

小宝贝的玩具堆了好些，有已经组装好的拼图，还有一些积木，甚至有白老爷子珍藏多年的陆战指挥沙盘……丁浩翻了几下，赫然发现了与几本儿童图册摆放在一起的东西，他没看错的话，这是高级仿真枪械吧？你这一大抽屉是怎么从国外弄回来的啊？

丽萨从门口探了头来喊他："丁浩，还没找到吗？贴着粉红色桃心的就是哟！"

丁浩默默地放下手里的银色小手枪，换了旁边棕色手柄的，这支手枪上有丽萨说的那粉红色桃心儿。丁浩看着那黑洞洞的枪管子，打从心里觉得这玩意儿就算贴了桃心，也瞧不出哪里能哄孩子笑出来。

丁浩把枪递给丽萨，看着她熟练地接过手枪，把弹夹卸掉再组装好，准备拿去给小宝贝玩。他这才想起来丽萨是意大利人，意大利除了盛产热情奔放的小姑娘，西西里岛上好像还盛产别的啊。

丁浩磕磕巴巴道："丽……丽萨啊！这东西是哪来的啊？"

丽萨晃了晃手枪："这个？这是我外公外婆送给小宝贝的玩具呀！"

丁浩吞了下口水："那什么，我能问问咱外公外婆……是干什么的不？"

"医生哦！"丽萨想了想，又补充了一句，"现在是医生了。"

折腾了半天，他们总算弄出几张带着笑模样的照片。凑合着照完了，一家人又开始研究起小宝贝的名字。

因为之前丽萨点名让白斌和丁浩给小宝贝起名字，白老爷子也不好跟着掺和，只能拿着自己事先写好的几个好听的字儿跟丁浩在那儿嘟囔："你看这个'昊'字不错吧？还有这个，嗯，这几个也好听……"

丁浩自己也想不出好名字，干脆将字儿拿过来跟白斌一起商量。白斌看他愁眉苦脸的，提了建议："要不各取咱们名字的一个字吧？"

丁浩应了一声："这样也行，叫丁什么好？"

白老爷子在旁边咳了一声。

可丁浩跟没听见似的，继续跟白斌商量："丁斌？丁小斌？丁小白？"

白露在旁边不乐意了，丁浩就算是教父也不能这么抢人啊，她打断道："我说丁浩，小宝贝应该跟我们家姓吧？"

白老爷子又咳了一声，跟丁浩商量了下："浩浩啊，你看要不这样，孩子姓白，后边的你起，成不？"

丁浩也只是跟他们开个玩笑："爷爷，我跟白露玩儿呢。要不就按您刚说的那个，正好跟我的'浩'同音，叫白昊吧？"丁浩又摸了下小宝贝嫩嫩的脸蛋，滑溜溜的真让人喜欢，忍不住笑着逗他，"小宝贝儿，咱们叫白昊怎么样？"

小宝贝正坐在沙发上抓着魔方认真地研究，听见人喊他也只是迷茫地抬了下头，似乎还在想着如何把相同颜色的小方块拧回去。

白斌对这个名字没意见，又看了下白老爷子那边。白老爷子只要孩子姓白就成了，又听到丁浩把他取的字用上了，自然是高兴的，瞧见白斌看他，连忙摆手：“我老头子没意见，你问问白杰他们，看他们当爹妈的喜欢不啊。”

白杰跟着表明了态度：“我没意见。”

丽萨一开始就想让丁浩他们起名的，瞧着一家人郑重其事的都帮忙还挺感动：“白昊很好，就叫这个吧。”

小宝贝的名字决定下来，教父的事也算是确定了。白老爷子了却了一桩心事，又跟白斌兄弟谈了下工作的事儿，看到丁浩想走，又喊住他。丁浩如今也是白家的人了，多听听、多学学还是有好处的：“浩浩别乱跑，一起过来开会。”

会议的主要内容是白杰回来办研究所，白老爷子把白杰最近弄的几个项目跟白斌说了一下，将来他们兄弟是要互相扶持的，提前有个打算也好。

其间，白老爷子重点对白杰的回国做出了表扬：“没错，学好了还是要回报祖国的嘛！”

白杰顿了顿，然后才点头：“对，要报效祖国。”

丁浩在后头扯着白斌咬耳朵：“我觉得他原本不是要说这话的吧？怎么听着应该接‘国内资源多且便宜’啊？”

白斌小声地回了一句：“乖乖听着，别说话。”

白老爷子看着很高兴，拍了拍白杰的肩膀，不忘嘱咐他：“以后多做些实事，有不懂的地方问你哥哥，知道吗？”

大概是因为有了曾孙，即便白杰做的计划与自己想的有出入，白老爷子也没有过多地干预。这是他们年轻人的事，他老头子只管在后边帮衬一把就好。想起家里新添了成员，老人笑得嘴都合不拢：“对了，丽萨上学的事儿你怎么办的？昨天急急忙忙的，我也没听明白，正好你哥他们也在，跟大家伙都说下。”

白杰对丽萨的事还是很上心的：“丽萨向学校交了申请，她中文说得不太好，我想让她多在家适应一会儿，正好孩子也小，等一段时间听听消息吧。”

白老爷子对宝贝曾孙的福利很关注，听见白杰这么说，连连点头：“可以，可以，先在家学中文，学好了再去上学也不迟。”老头巴不得丽萨在家，丽萨在家就意味着小宝贝也在家。一想起小家伙，白老爷子就忍不住乐呵。

丁浩在旁边听了半天，渐渐地有点分心，眼睛歪到小宝贝那边去了。原本还对小孩有点抵触的，可是自打给小宝贝起完名字，丁浩倒是真心喜欢上小宝贝了。想到以后小家伙喊自己小爸爸——这是全家人折中的意见，毕竟孩子还小，教父两个字的中文发音念不出来，干爹也绕口，就直接这样喊了——他觉得这感觉就是不一样。

瞧着这一时半会儿的，白老爷子也说不到自己身上，他干脆起来跟老爷子说了一声去找小宝贝玩儿："爷爷，我陪陪孩子去，行不？"

白老爷子答应了，不过鉴于丁浩平时毛毛躁躁的，又不放心地多叮嘱了几句："浩浩啊，小心点抱，别摔着！要托着屁股抱起来，知道吗？"

丁浩摆了个一只手托脑袋一只手抱屁股的姿势："爷爷，我知道怎么抱！您都说了好几遍啦！"

小孩玩的地方专门铺了地毯，还拿塑料的小栏杆围了一圈儿，里面摆了个小木马。丽萨正和白露逗他玩儿，给小宝贝吹了俩气球，拿丝带绑好后拴在小宝贝腰上，小孩一爬就能看到气球跟着在后边晃悠，可爱极了。

丁浩也去吹了俩气球，吹得还挺大，吓得白露一个劲儿地撵他走："丁浩你停下！停下！这万一爆了，吓着孩子怎么办啊？"

小宝贝没在意大人的举动，他的魔方刚才掉了，现在正围着地毯找，能爬的地方爬过去，不能爬的就扶着沙发自己走，低头找得很认真："方……方方……"

丁浩听见了，便帮着小宝贝一块找。他站得高、看得远，一下就瞅着了，拿起沙发座位上的魔方递给小孩："宝贝儿，是这个不？"

小宝贝看着丁浩伸出手："方方。"

丁浩觉得这孩子真不愧是姓白，这打小儿就知道节约用字，简短回答："叫声小爸爸，宝贝儿，就叫一声啊。"

小宝贝看了看丽萨，丽萨鼓励他："这个是小爸爸哦，是宝贝儿的小爸爸呢！"

小宝贝平时没这么喊过，犹豫了半天也没喊出来，眨巴着眼睛看着丁浩手里的魔方。

丁浩拿着魔方不撒手，哄他到自己身边："宝贝儿，咱们一起玩好不好？"

白露气得鼻子都歪了："丁浩你要不要脸？小孩的东西你也抢？"

丁浩脸皮厚，压根儿就没听进去，还在那儿冲白露摆手："你懂什么，这叫亲子互动！"

尽管白露不想承认，但这亲子互动还是起到了一定的效果。看着小宝贝坐在丁浩怀里，两人小手抓大手。大手牵小手地玩魔方，白露头一回羡慕脸皮厚的人。

小宝贝——如今起名叫白昊了，小白昊认真地瞧着丁浩左转右转，把魔方弄成五颜六色，然后还原成整齐的六个单色面，俩人玩得挺高兴。

终于，有一个红颜色的小方块还原不回去了，小白昊转头盯着丁浩，一脸渴望地看着小爸爸，希望小爸爸能全部弄成单色面。

丁浩接过来鼓捣半天，也没弄成功，咳了一声哄他：“宝贝儿，这个魔方坏了。”

白露一巴掌就拍在丁浩脑袋上了，怒目而视：“丁浩！你怎么教孩子哪？！”

丁浩抓了抓头发，也有点犯愁，他这不弄不过去嘛……看着小白昊还在眼巴巴地等着，他只好想了个折中的法子：“宝贝儿你闭上眼睛，啊，闭上眼睛数到十就好了。”又抬头问了下丽萨，“他会数数不？”

白昊小朋友用行动证明了他会数数，拿小手捂住眼睛，背过身去默默不动弹了。

丽萨给丁浩解释了下：“会数的，一般在心里默数。”

丁浩抓紧时间把那个红的抠下来，换了对应的颜色按上去，手脚麻利得让白露目瞪口呆。

一到十数好了，小白昊转过头来，果然看到了一个六色面整齐的魔方。

丁浩一边接受小白昊崇拜的目光，一边摸着小孩的脑袋夸下海口：“宝贝儿，以后有事跟爸说啊！没咱办不成的！”

丽萨在旁边捂嘴笑。

白露也站在后边抽了抽嘴角：“丁浩，你忒有才了，你怎么不叫‘丁有才’啊？”

丁浩还在那儿笑呵呵地推辞：“嘿嘿，客气！客气！”

白露对他的人品下限已经绝望了，捂着脸小声叹了口气：“我这真不是夸你……”

第二章
丁浩的办公时间

白老爷子本想着让白斌先回去，留下丁浩多住几天，一来是让丁浩也回家看看，二来是跟小宝贝多多相处。丁浩动了心思，他确实是有点想家人，尤其是丁奶奶那边，一直说着让他回去瞧瞧。

丁浩跟白斌商量了下，白斌只许诺了他五天时间，还一本正经地告诉他："要尽快回去上班，知道吗？"

丁浩点头道："知道。"

俩人正说着，丁浩兜里的手机就响了，瞧了下名字，忙给接起来："喂，丁旭？"

给丁浩打电话的这位一般不会主动联系人，如果是他打电话来了，那绝对是丁浩哪里出了错。电话那边的语气有点疲惫，一准儿又是留下加班了："丁浩，你们公司的报关单有些问题。"

丁浩跟这人也熟，听见他说了具体的事儿，反而不紧张了，毕竟自己现在做的可是正经买卖："怎么了？前几天进口的东西不对？先说好，我可是守法良民，从不干违法乱纪的事儿啊……"

丁旭在那边笑了一声："行了，行了，不是货物的问题，是你们自己填写单据的时候用错了单子。上个月新换了报关单，你们用的是以前的，这边录入不进去。"想了想，又说了一句，"这样吧，你明天下午带材料和印章过来一趟，我加班给你弄好，不耽误周一审核。"

丁浩听着人家加班加点地帮忙，也不好意思说自己留在家里了："好，那明天下午见，先谢谢你了。”

挂了电话，丁浩接起刚才的话题，叹了口气：“得，五天假期没有了，得跟你一起回去干活了。”

白斌笑了，道：“就应该是这样，你也是大人了，工作为重。”

丁旭是丁浩的老同学，俩人关系很微妙。

当时一场意外造成的连环车祸让两个人认识了对方，总之不是多么美好的相遇就是了。那场车祸里，最倒霉的就是丁旭，而最大肇事者就是丁浩。

庆幸的是两人死里逃生，活了下来。

俩人学生时期也死磕过一段日子，算是不打不相识，丁旭同志耐不住丁浩的厚脸皮，“被迫”与他成了朋友。这么多年的朋友接触下来，彼此改变的事情实在是太多了。

丁旭一直跟着祖父生活，和父母感情十分寡淡，什么事情都是和丁老商量。后来丁旭毕业后参加考试，填报岗位的时候毫不犹豫地选择了海关。这是丁老曾经待过的岗位，丁旭虽然嘴上不说，但心里还是想要在老人曾经工作过的地方，默默无闻地做一些小事，给祖父带来一点安慰。

就这样，丁旭被分配到了 D 市海关。

D 市的港口正在扩大建设，以前的工作重点是陆路口岸。丁旭是新人，从陆路口岸几个场站学习完毕，就给调回了关里，跟着一个前辈继续学习工作。

海关向来人少，给职工分了一栋十五层的楼也用不了那么多房间，大部分就给租出去了。

丁浩租的办公室就在丁旭单位那栋楼里。

别看外边挺气派，其实里面要求可多了，每一项都让丁浩深深懊悔，他当初怎么就死要面子选了这儿租间办公室的？在大楼内的工作人员必须身着正装就不多说了，怎么还有定期检查卫生还打分这一项？

更可恶的是，关长老头亲自带人来看，后边站着几个戴白手套的，一个个给你摸墙角、摸桌面，不干净就扣分。远鸿公司的职工让总经理丁浩同志带得一个个自由惯了，初来乍到，愣是一个月就把一年的分扣光了，这要再扣，不但会被赶出大楼去，就连以后进出口货物递单子时都会上黑名单，要接受重点检查。

最后此事还是远鸿全体工作人员人手一块抹布解决的。

所以，丁浩一般很少往办公室那里跑，有什么事儿也约了客户在外面解决。

丁浩下了飞机便直接去了丁旭那里。丁旭正在报关大厅里等着，瞧见他来了，直接让他带着材料过来签章："这里几份要重新复印盖章，我记得上个月跟你说过了要换单子吧？"

丁浩有点不好意思："我回头就问问怎么回事，下边办事太不利落了。"他刚要拿着材料去复印，旁边一个人接过去了："我来吧。"

丁浩这才发现旁边还坐着个人，五官长得不错，就是太黑了。这一下午就丁旭一个人在这儿加班，也没开大灯，光线不亮的情况下，还真是不容易看见他："肖良文？你又晒黑了吧？你在这儿半天，我都没瞧见，哈哈！"

肖良文冲他点点头："是出去了一趟，刚回来。"他拿了丁浩手里的材料，又跟丁旭确认了哪几份需要复印，那样子都带了小心。

丁浩瞧着肖良文跟大型犬一样老老实实的，不敢跟丁旭顶撞一句，只是认真地看着他听他说话，觉得这人真是不容易。当年白斌学打拳的时候认识的肖良文，那个时候丁旭就跟肖良文关系不错，这么多年的兄弟感情看来还没散。丁旭性子冷，肖良文性子独，这两人能凑到一起也不知道是好是坏。

丁浩瞧着他俩不怎么说话，也不好开口说笑。

肖良文听完了直起身子，难得地问了丁浩一句："白斌最近忙吗？"

丁浩知道肖良文这是好奇为什么白斌没来，也不怪肖良文好奇，他平时都跟白斌形影不离的，恨不得是双胞胎，忙给肖良文解释了下："我们出去了一趟，刚下飞机呢，白斌先回去……收拾东西了。"他笑呵呵地替白斌邀请肖良文："最近是有点忙，过了这阵子就好了。他那天还问你来着，说是有个拳击俱乐部不错，改天约你去玩儿！"

肖良文有点心不在焉，眼睛明显老往丁旭那边瞟，瞧着丁旭没在意他，眼光黯了下，连回答起丁浩的邀请都有点敷衍："改天吧，等你们忙完了再说。"

丁浩被这俩人之间的诡异气氛弄得有点好奇，这二位不知道又闹什么矛盾了。但这俩人平时都是不喜欢吐露心事的主儿，丁浩也只能老老实实地坐在旁边，闲着无聊，就看起了丁旭理单。

丁旭干活很麻利，一只手输入报关单号，一只手整理分类。他干活的时候很认真，这样一个本就严谨的人，一旦认真起来就很让人着迷。丁浩瞧着他那一身蓝黑色的制服加小肩章，以及不苟言笑的清俊脸颊，忽然觉得他还是适合制服的，都能拍照上宣传了。

尤其是那双修长的手，骨节分明却不单薄，一抬腕，一转动，就让人眼睛不由自主地跟着他动作。丁浩托着下巴，转了转自己的手，好像也不难看，可就是没有丁旭做出来的那种雷厉风行的样子。

丁旭就算是木头人，给他盯着看了这么半天也不舒服了，试着提醒他："你可以打电话去问问什么原因，如果是新单子没到，先来这边领取一些也可以。"

丁浩点头答应着，忙出去打了个电话问问情况。原来是丁浩这次进的货物的问题，其中有一部分是德国的酒店二手装修材料，主要是看中了人家里面的黄铜制品，这比国内的要便宜许多。最近对二手物品进口管制得严格，公司的人都跑这块的批文去了，事情正好都卡在这个月，一时就给忘了换单子。

业务部的小伙子很愧疚："老大，我们错了，下回绝对不这样了！再这样……再这样我就去给您擦办公室去！我拿手给您擦得锃亮！"

丁浩乐了："别介，你先把你们那两间办公室整理好吧。人家都告状告我这儿来了，说是你们在办公室抽烟，都把火警弄响了？"

那位也是很委屈："老大，您不知道，这楼里边的报警措施太到位了，一个办公室超过两人以上抽烟，它就吱哇乱响。我们那不是赶新区那边的设计方案嘛，就给忘了，嘿嘿！"

丁浩口头叮嘱了他们几句，让他们以后小心一些，下不为例。他找的都是年轻人，大家平时处得跟朋友似的，也不多做要求。问清原因，想着也要给丁旭说一声，他又转身进了大厅："丁旭，我跟你说，我们那边拿了新单子了！这次是不小心忘了换，不好意思啊，我保证……"

他还没靠近，丁旭那边就有个影子站起来了，丁旭手边的一摞单据也掉地上了，正蹲在那里捡。

丁浩觉得有点奇怪，也不大老远绕进去了，扶着报关的台子往里看了一眼，嘴上还在嘟囔之前的话："我保证没有下次了……喀，丁旭啊，我们这次真是对不起，给你们添麻烦了，抱歉抱歉啊。"丁浩一边说一边往里面探头看，他的好奇心给挑起来了，刚才丁旭做什么了，怎么他一来就吓得往桌子底下钻？

丁旭在桌子底下捡个没完，也不出来，只"嗯"了几声。

丁浩更好奇了，这到底做什么了？他越是趴在那儿不走，丁旭越是不起来，十几本订起来的单子在那儿来回捡个没完。

肖良文看不下去了，委婉地提醒他："天不早了，白斌还等你吧。"这句话翻译过来就是，丁浩你怎么还不回家？

丁浩抬头瞧了肖良文一眼，那位五官也没见青肿，嘴巴也没破皮儿，瞧着不像刚被教训过的模样啊："我再等会儿。"他把注意力又转移到丁旭身上了，"材料都弄好了吗？还有需要我帮忙的吗？”

丁旭也不好意思再蹲在下边了，抱着单子站起来，咳了一声：“丁浩，这没你的事儿了，剩下的我会弄好。”

丁浩终于如愿以偿看到丁旭的脸了，除了脸上红了一块，也瞧不出什么。他嘴里不忘答应下来：“好好，太麻烦你了！”不死心地又瞧了一眼，确实是看不出来什么，这才收拾了印章走了，“哎，丁旭，今儿天晚了就先不打扰了，改天请你们吃饭！回见啊！”

丁旭一直板着脸，等着丁浩那流氓走了，这才回头瞪了肖良文一眼：“你还敢跟我动手了？”

丁旭话说得不严厉，可是肖良文也不敢再靠近了，犹豫再三还是递出了纸巾：“丁旭，还疼吗？”

丁旭也不接过来，看着他扯了个笑：“刚才挥拳头的时候怎么不想想？”他的动作有点大，疼得“嗞”了一声。

肖良文更愧疚了：“我……我不是故意的。”

丁旭皱起眉头，刚才没发觉，现在舔了一下才发现自己咬伤了舌头。刚才丁旭不过是站在肖良文背后拍了他一下，他反手还击得太快，丁旭躲闪不及，这会儿除了脸上一块红肿，嘴里也带了血腥味。

丁旭看见肖良文还是不肯离开也不敢过来，叹了口气，关掉电脑，问他道：“一定要今天说是吧？”

肖良文眨了眨眼睛，看着丁旭还是有点紧张：“你答应过，说清楚还是好兄弟。”

这么大个人了，做起这个紧张的动作倒是很意外，估计怕丁旭误会他刚才的急躁，还试着跟丁旭解释了一下：“我那个是因为之前一直去打拳，习惯了，下意识的反射动作。上回联系不到也是因为去训练了，你知道我挺喜欢这些，你工作也忙，而且我出差了一个礼拜，偶尔找不到我也是……”

丁旭收拾好剩余的报关单，拔下电脑上的识别卡放进抽屉里：“知道了，去我办公室说吧。”

“做事之前想清楚后果。”

黑暗中，那个人揉捏着鼻梁这么说着，看起来很是疲惫。

肖良文迟疑了下，道：“丁旭，对不起，我之前不该……去做那些事。”

丁旭冷声道：“如果你只为这个道歉，我们今天还是不要谈下去了。”

肖良文不肯离开：“我不是那个意思，我没想隐瞒你什么，真的。”

丁旭看他一眼。

肖良文拿捏不准他知道了多少，犹豫了一下，只这一下，对方就要起身离开。他这次不敢犹豫了："对不起，我不该回厦市。不过我发誓，我没有再自己行动，真的！"他抬头认真地看着对方，"我不会再陷入危险，丁旭，我们当初说好了留在这里重新开始。"

丁旭生起气来眼睛喜欢眯着，看起来格外狭长，有微微水光从垂下来的眼眸中散出，他人俊美，嘴里说的话却是很冷硬："我管你去死。"

如果真的不管的话，就不会留下他谈话了。

肖良文还是说出了全部的实话："丁旭，我听说有一批货可能要北上，我不知道具体数量，不过听他们说是那东西。"

有一种东西只能走见不得光的渠道，那就是毒品。毒品分为很多种，初期制作的麻黄草，到冰毒、K粉、摇头丸，以及高度提纯的海洛因，这些都是危害极大的东西。丁旭听他这样说，眉头微微皱起来。

"丁旭，我保证这次不会再出危险的任务，我和李局他们也会联系好再行动，不会像之前那么鲁莽了。"肖良文说道。警方的人也分在明处和暗处的两种，肖良文这条暗线已潜伏多年，引蛇出洞，自然少不了他。

丁旭顺着肖良文的额头往下看去，视线落在眉骨上，那里有一个刀疤，又落到肩上，衣服下面也有子弹碎片擦过的疤痕……这种刀尖上舔血的日子，他敬佩，但是每次都替好友提心吊胆。

他叹了一口气，道："其实我也猜到了，不过你要去，就去吧。我会和关里打好招呼，配合你们行动。"

丁浩到家的时候都傍晚了，正是天黑得最快的时候。家里窗帘提前拉上了，开着大灯，照得整个屋子都是暖暖的橘色。

白斌听见开门的声音，在里边问了一句，听见他应声又喊他先吃点心："怎么回来得这么晚？餐桌上有牛奶和酥饼，你先吃点啊，我热下菜，马上就好。"

厨房跟餐厅之间有扇玻璃的推拉门，隐约能瞧见白斌系着围裙正在炒菜，"唑啦唑啦"的煎炸声在抽油烟机的遮掩之下还是很清晰，就连锅铲与锅碰撞的声音都能隐隐听到。

丁浩鼻子动了动，闻着一阵饭菜的香味，觉得跟在自己家里一样，特别踏实。他跑过去拉开门，也不管油烟会熏脏衣裳，探头探脑问道："今天吃什么好吃的啊？"

白斌让他离远一点，生怕油点子溅到他身上："红烧肉、杭椒牛柳、虾仁辣白菜，还有一个砂锅豆腐，你中午不是说在飞机上没吃好，要回来吃肉？"

丁浩对着一桌子的肉菜十分满意："白斌你可真好！"

白斌一边手脚麻利地把菜倒进盘子里，一边还闹他："你可别把口水抹在我身上啊，馋猫。"

丁浩肚子饿得咕咕叫，白斌也就口头惩罚了一下这惹事儿的主，陪着热热乎乎地吃了顿饭。白斌不放心丁浩，趁着吃饭又问了他关于公司的事情："没什么问题吧？"

丁浩正在吃红烧肉，这肉炖的火候挺足，连肉带肉皮都炖得烂烂的，蘸上浓郁香甜的酱汁，好吃得直吧唧嘴，听见白斌问他，这才勉强在嘴里腾出一点地方，含糊不清地说："没事儿，是他们粗心给忘了换单子，人丁旭好心怕耽误我们工作，加班给弄好的……"他给白斌也夹了一块，还附赠上一勺汤汁拌饭，"尝尝，这样可好吃了！"

白斌吃东西也是一板一眼的，食物都是单独入口，但也不挑，给什么吃什么，尝到那甜兮兮的味道又皱了眉："下次要少放点糖。"

丁浩忙把勺子护住了："别啊，不放糖就不好吃了！"

白斌对食物要求不高，要不是这些年丁浩在旁边挑嘴，也没这么多讲究。话说回来，也是多亏了丁浩，他才练就了这么一手好厨艺。拿今天来说，要是丁浩不回来，估计晚饭随便一个蛋炒饭就解决了，哪能把食物的调味和健康之间的关系研究得这么透彻呢！

丁浩也就岔开了几句话，没一会儿，白斌又绕回来了："公司的事情挺麻烦的吧？"

丁浩点了点头，他又没经过商，完全是自己摸索，要不是对未来的发展趋势很敏感，投资的又都是固定资产，早就赔钱了。

白斌看着他不说话了。以前丁浩还在上大学的时候，他工作回来，丁浩还给他送茶，陪着他看文件，如今丁浩也上班了，两人几乎对调了身份。

白斌只是在基层锻炼，学习处事方法，这是在熬资历，为以后做准备，因此时间很充裕，就算忙也不会耽误正常的休息。可丁浩不同，他那是在商场上冲锋，不见硝烟的战场更是无情，你要站不稳脚跟，人就会踩着你过去，他为此付出了很多努力。

白斌经常能瞧见丁浩半夜还在书房翻书学东西，瞧着他看出俩黑眼圈还笑呵呵地说“没事，快适应了”，说不心疼是假的，可看着他说得那么认真，到嘴边劝说的话语又忍不住收回去了。

男人都不希望是弱者，他不能再那么滴水不漏地护着丁浩。家里的小朋友长大了，有权利去外面的世界看看，总不能让他以自己为中心活着。

这是丁浩自己选的路，白斌能做的只是在背后尽自己所能去照顾他，在他需要的时候，摸摸他的脑袋说句鼓励的话。

亲手放自己养大的小猫出去，这种滋味真的是很不好受。白斌对丁浩在外工作有种莫名的忧虑，他有的时候甚至会想丁浩外出会不会受伤，会不会饿肚子……他看着丁浩长大，丁浩离开得久了，这种感觉也越来越强烈。

丁旭的事情是一个引子，这样刚下飞机就忙得团团转，白斌敢发誓，丁浩这半个下午肯定连一杯水都没喝上。这样的工作……真的适合丁浩吗？就像丁浩妈妈那次不经意说起来的：丁浩原先也没希望多有出息，如今一个人经营公司，很累吧？

他瞧着丁浩回来得晚，大口大口扒饭吃的样子又有点心疼，给丁浩倒了一杯水放在一旁：“公司如今人多，再做起事儿来可不是闹着玩的。要不先去别的公司学学再自己干啊？”

丁浩接过水杯喝了一口，白斌这话要是搁在以前说，他以前一定以为这是瞧不起人了，可是现在倒是有几分理解了。丁浩觉得白斌为自己紧张得皱着眉头的样子很有趣，逗他道：“白斌，你真是比我爸还唠叨，我以后喊你爹得了……”

那位果然又板起脸来，语气严肃，可是眉头却不皱着了：“又胡闹。”

丁浩瞧着他一副要开始说教的模样，立刻双手举起来做投降状，没等他开口就自己接过话来了：“我知道，我知道，撑不下去跟你说嘛！白斌你就让我试试呗，我现在干着还行，保证不赔……不赔光钱！嘿嘿！”

白斌给他说得也笑了，再严肃的话题也扛不住他这个活宝闹腾：“不是钱的事儿，你不喜欢可以说，就算是经商也有很多选择，我们挑一个你最喜欢的就是了。”瞧着他吃饱了，等半天还是问了出来，“你想不想继续上学？”

丁浩看着他不说话了。

白斌又跟他解释了一下：“我不是逼着你上学啊，学校里也有研究所，也有和公司合办的项目，白杰他们就是在跟校方合作。我就是想着，学校的环境怎么也比较……比较不复杂，挺适合你的。D市这边还是有几个不错的学校的，对了，我前两天还……”

丁浩一直看着他不吭声，他也不好再说下去，试着问丁浩："不喜欢去学校吗？"

丁浩挑了下眉："白斌，你是不是特紧张？"

白斌愣了下，不过马上摇头："没有。"

丁浩乐了，眼睛还盯着白斌的脸："少来，你肯定特紧张！我刚才吃肉没擦手就碰你脸一下，那么大一个印子，你顶了半天都没去擦，哈哈哈！"这位太坏了，笑得眼泪都出来了还不许白斌去抹掉那印子。

白斌叹了口气，也笑了，他确实有些紧张了，简直跟第一次当家长一样。

白斌提出的建议并不是说说就算了，跟丁浩详细地谈话过后，瞧着丁浩也不多反对，干脆着手帮他寻找可以合作的学校。白斌觉得还是让丁浩在自己跟前扑腾更好，正好开发区要筹建新校，D 市对这块很重视，有意想引进一些好大学，创造好的人文环境。

学校能带动一个地区周边的发展步伐，D 市里现在又在整顿精神文明，能引进一所好大学对地方政绩也是有所帮助的。

白斌从几个大学的参考名单中一眼看中了 Z 大。Z 大是知名学府，又是他跟丁浩的母校，如果 Z 大过来这边办分校区，丁浩肯定也乐意再次踏入校园。

这么想着，白斌着手办理起这件事儿。地方上做事都是条文比实干的多，一件事来回几个部门地跑，白斌加大力度，愣是把这个项目比原先推快了一年多。

其间白杰已经在 D 市站稳了脚步，逐渐开发了几个专利产品，走的是技术出口路线。从国外买进便宜材料，国内生产再加工，再通过国外营销商中转，将初期的技术投入回报进行对比，白杰不断调整自己的工作方案。

白杰拥有敏锐的商业嗅觉，觉察到风向之后，逐渐改变之前做生物技术的想法。国内目前是重工业发展的好时机，不少机械加工制造技术正在逐步完善和成熟，D 市的机械制造，更是国内首屈一指的。可制造技术再熟练，学习得再好，也不过是不停重复买来的技术。要想真正地提高附加产值，那必须把自己的专利技术抓起来。

同高校打交道的同时，白杰还提出了对老工人创新技术的奖励措施。如果一条河你走了一百遍，那你肯定熟知它的一切。节省资源，创造出更好的效益，往往出自这些平凡而伟大的人。

白杰永远都记得，那个老工人亲手做的磨砂轮只是一个单面的粗陶瓷磨砂轮，却节省下了从国外定期进口高级组件的大笔金额。这么一个小东西，完全起到了之前进口零部件的作用，虽然更换的频率比之前要高一些，但比起进口的费用，那真是不值一提。

大家都知道不能再为别人打工，可是真正能有自己的技术，敢用自己的技术的，还是少数。跟白杰一起合作的教授说过，如果一个项目能真正拿出 3% 的利润来研发技术，下一步取得的成果将远不止这些。

身为一个好的商人，做的就是从不吃亏的买卖。白杰征询母亲的同意，在 D 市从外贸加工做起，重点发展机械深加工，迈出了构建自己商业王国的第一步。

白杰投资的方向确定了，丽萨为了能与白杰在一起，方便照顾他和宝宝，也来到 D 市上学。

她学的是中医，一半是因为好奇中国的医术，一半是因为白杰。白杰以前身体不好，虽然现在人长高了也结实了许多，但春秋这种容易生病的季节，耐不住家里一遍遍地打电话来提醒，便保留了吃中药的习惯。

丽萨给白杰熬制过中药，再次学起来还有模有样的，学着学着，经常高呼神奇的中国、美妙的中药。

白书记夫妇本来还担心这两个孩子在外地家庭事业兼顾不好，这样一看，也就慢慢放心了。因为白杰在国外生活多年，又加上丽萨是个洋媳妇儿，白书记夫妇担心他们刚去那边对周围环境不熟悉，特意叮嘱了有事情就去找同在 D 市的哥哥白斌。

丽萨去 D 市的时候，白妈妈还特意打电话给丁浩，让他多照顾一下丽萨。

丁浩连声答应道："您放心吧！"

"那就好，浩浩啊……反正你在那边多照顾你白杰弟弟一家，阿姨在这里谢谢你了。"

丁浩挂了电话就犯愁。

白斌坐在旁边听着，脸上的笑容就没断过，瞧着丁浩在那儿抓耳挠腮就问他："怎么了？你平时'弟弟''弟妹'地叫也不见害羞，不是还说来了这边你罩的吗，现在急什么？"

丁浩瞪了他一眼："练习……练习能跟实战一样吗？！我还没做好准备哪！"

白斌笑得眼睛都弯了："你都喊半年口号了，还没准备啊？"

丁浩怒了："我心里没准备！！"

白斌拍了拍他的背安慰他："好了好了，我不是也替丁叔丁姨照顾你两年多了，你也没听他们说什么不是？"

丁浩有点无语，白斌这家伙也就这时候脸皮厚，在丁奶奶家就这样，一口一个奶奶，叫得比他都亲。就连奶奶家养的鹩哥豆豆，这浑蛋小东西最近也学上了白斌的声音，一板一眼地模仿："奶奶，您喝水吗？""奶奶，卖炒蚕豆的来了，您来点儿？"

听听！

这破鸟连它最爱吃的炒蚕豆都换了白斌的声调！它都不学那个卖炒蚕豆的老头说话了！

丁浩想着想着，自己给自己气乐了："哎，白斌，其实你比我脸皮厚吧？来，让我看看你的脸皮有多厚！"

白斌任他折腾："这叫'近墨者黑'。"

丁浩不服气，立刻回了一声："呸！你怎么不说'近朱者赤'啊？"

不管怎么说，丁浩好歹正式向"兄长"这个名字踏进一步，跟白斌家里的关系处得更融洽了。这从白书记夫妇从外地寄过来的礼包就能看出来，给白斌、白杰兄弟的那份明显不如给丁浩、丽萨的大，白书记夫妇着实是疼爱晚辈的。

邮寄包裹来的时候，白书记还习惯性地写上一封家书，叮嘱白家兄弟工作等事，同时关照丁浩、丽萨照顾自己身体，不要太忙学业，每每最后一句都是：如有困难，就去找你哥哥帮你，一家人，本就是应该的。

这句话丽萨读了再读，确定真不是什么客套的话，因为白杰也跟她说了："有困难，找我哥。"

初来D市，白杰两口子一个办公司，一个忙着学中医，再带着小宝贝，确实是有点困难了。

丽萨拿着白书记的家书，在白杰的指点下就找上门去，按响了哥哥家的门铃，冲着来开门的丁浩举起了小宝贝："丁浩，儿子！"

娘儿俩，大的笑眯眯，小的则一脸茫然，倒是都瞧向丁浩。

丽萨中文不太灵光，这话一说出来就让人忍不住往歪里想。丁浩忙接过她举起来的小宝贝，一边哄小孩一边跟她说："我说丽萨，这中国话可不是这么说的啊，你得加点别的词进去，你这说出去容易让人误会，你得说，'丁浩，我的儿子'……啊呸！"

丁浩自己都给自己绕进去了，抱着小宝贝仔细整理了下语句，又开了口："你就说，'丁浩你看，这是我儿子'，再客气点儿就得加句'我们过来看看你'什么的，知道吗？"

丽萨已经给他绕晕了："丁浩你看……看来，是我儿子？"

丁浩郁闷了："我是你妹！"

丽萨这句听懂了，立刻领悟，连连OK，可转眼又晕了："你妹？白露？白露不在这里的。"

这傻妞还探头去屋里找，丁浩给她气乐了。

第三章
养娃新手已上线

白斌听着他俩在门口逗话玩儿，也过来看了看小宝贝，招呼他们进来：“丽萨来了？快进来坐吧。”

丽萨背了一个挺大的背包，丁浩帮忙接过来，掂了掂还挺沉，有点好奇地问：“这是什么？丽萨你又做烤饼了？”

丽萨平时喜欢做些小点心送来给他们，不过这次可不是来送点心的。把小宝贝放在沙发上，丽萨打开背包给丁浩他们展示了一下：“不是的，这个是给小宝贝的。喏，你看，奶瓶、小碗、外套……都是小宝贝的哦！”

丁浩在沙发上逗小孩玩，瞧见丽萨举着手里的小衣服展示，也乐了：“这当然能看出来是给小宝贝的啊，丽萨，你刚去买的？”他以为丽萨是顺路来看他们，没多想。

“是呀，刚买的！”丽萨把手里的一大兜子交到丁浩手里，还是笑眯眯的，“丁浩，不要客气，都是给你的！”

丁浩有点愣了，这怎么又成了送给他的了：“丽萨，这个我可用不了……”他话还没说完，就瞧见丽萨把小宝贝也往他这边推。丁浩眨了眨眼：“这也给我？”

“对对！都是给你的！” 丽萨高兴地点了点头，又重点补充了几句，“丁浩，收下几天再还给我哦！”

丁浩这回听明白了，丽萨是让他帮忙带孩子来了，抱着小宝贝在怀里逗了两下：“成啊，你要忙就把宝贝儿放这儿，反正我最近也没什么活，帮你带着呗。”

想着丽萨一句话掰开分几次说完，又跟她笑闹了几句，“丽萨啊，你这中文水平可有待提高，上课能做好课堂笔记嘛。”

丽萨拿手比画着跟丁浩说明白了。原来白杰给她准备了一个小的录音机，上课时有不懂的就录下来，回家帮着她整理。白家兄弟一个性子，对自己人那叫一个体贴入微。白杰知道丽萨学得慢，录下之后不但给帮着解说了，还顺便当起了家庭教师，从读到写，教得十分有耐心。

丽萨这次来也是为了学业，她功课有点紧了，再加上语言这个大难题，上课越发困难。偏偏小宝贝还需要人照顾，下课回来就陪着小宝贝，等着他睡了才去忙功课，丽萨有点撑不住了，这眼瞅着就跟不上进度，也只能向大哥求助来了：“只要几天就好，等找到合适的保姆，小宝贝就可以在家里了！”

白斌冲她摆摆手：“没有必要这么着急，先放在这里吧。”

丁浩在那边已经和小宝贝玩起来了，居然还逗得小孩咯咯笑了两声。

丽萨瞧着小宝贝不认生，也就放心了：“丁浩，要注意的事我都写在这张纸上了，你记得看哦！”过去亲了小宝贝一下，“宝贝，妈妈先回家，等过几天再来接你回去哦！你在这里乖乖的，听小爸爸的话好不好？”

小宝贝嗯了一声，抬头看看丁浩又看看丽萨：“好。”

丁浩没想到小宝贝这么顺从，这要换了他小时候，那还不先哭着打滚闹腾一顿啊？他瞧着那没啥表情的小脸就乐呵，凑过去使劲儿亲了一口，大大地夸奖了一番：“真是好孩子！”

丽萨又仔细地解说了一遍如何照顾小宝贝，中文依旧磕磕巴巴的，白斌拿着那张纸对照着，勉强给听明白了。丽萨瞧着白斌那么认真，也就放心了，在门口跟小宝贝挥手告别，热情地飞了一个吻：“宝贝儿！跟妈妈说再见！”

小宝贝也把手举到嘴边飞了一个吻，声音挺响，就是表情依旧没什么变化：“妈妈再见。”

丽萨走了，她留下的那一大包东西还在，白斌按着那张纸上的说明，一件件地给归类放好，顺手还去烧了壶开水，准备冲奶粉给小宝贝喝。

丁浩在旁边忙着逗孩子玩儿，正举高了作势要往上扔，小宝贝一脸严肃地紧紧抱着他脖子不松开。

丁浩乐得哈哈大笑：“白斌，白斌你看！他跟我多亲啊！”

白斌没好意思告诉他，那是孩子自己怕他抱不稳摔着，只是嘱咐了他：“小心点，别碰着他。”

丁浩答应了一声，一会儿又跟小宝贝滚到沙发上闹成一团。两人一手一个布做的小恐龙，正在“打仗”，丁浩啊呜啊呜地拿手里的恐龙吓小宝贝。

“大。”小宝贝指了指自己的，又指了指丁浩的，简洁完整地表达出自己的意思，“小。”

丁浩扑哧就乐了，使劲儿揉了揉他的脑袋，照脑门儿上就亲了一口：“你怎么这么聪明啊，宝贝儿！”

两个人闹了一会儿，丁浩又按白斌说的，弄了点果泥喂小宝贝：“啊——”

小宝贝看着他不肯张嘴，伸手要去自己拿勺子：“会用。”

丁浩连忙把勺子交给他，让他自己吃果泥。丁浩拿的是丽萨带来的儿童型小勺子，勺子柄上还带着个小青蛙，小宝贝趴在茶几上，自己攥着勺子乖乖地吃果泥，一点都没洒出来。

白斌对此很满意，他觉得孩子就该从小养成良好的习惯，白杰跟丽萨教育得很好。

吃完果泥，丁浩又陪着他玩了一会儿。丁浩自己肚子饿了，琢磨着小宝贝也该饿了，抱着孩子去书房找白斌：“我们饿了。”

白斌瞧着那一大一小站在门口，尤其是丁浩脖子上还挂着小宝贝的拨浪鼓，嘴角绷不住了：“你脖子上是什么？”

丁浩很得意：“这是我们友情的见证，对吧宝贝儿？”

小宝贝不知道听懂了没有，居然还点了点头，小手紧紧地抓着丁浩的衣服，看来两人的确是混熟了。

白斌看了看表，也确实该做饭了：“丽萨说要给小宝贝喝粥，还要吃蛋饼……你有没有想吃的菜？”

丁浩摇了摇头：“我没意见，你看着做就好。宝贝儿你想吃什么？”

小宝贝瞧着丁浩的动作，迟疑了一下，学着他摇了摇头。

白斌弯腰亲了小宝贝，道：“今天展示下厨艺好了，做顿好吃的。”

中午这顿饭果然丰盛，都是特意做的小宝贝也能吃的那种。为了小宝贝吃饭方便，丁浩干脆让他坐在自己怀里。小宝贝平时大概也是这么吃饭的，对丁浩这姿势一点都不排斥。

白斌瞧着他们俩抱着吃饭，皱了下眉头。他觉得丁浩这样自己也吃不好，看来下午得出去买个儿童专用椅。

小宝贝最喜欢的是蔬菜牛肉粥，还有那一小碟豌豆，小勺子频频往那边伸，一颗豆子哆哆嗦嗦舀半天。

丁浩瞧着好玩，也不动手帮他，就偶尔鼓励一下：“加油！弄那个，那个最大的豆子……宝贝儿真棒！”

白斌把蛋饼换成了鱼肉蒸糕，切得四四方方的，热乎乎的，搁在小宝贝碗里：“吃吧。”

小宝贝拿着勺子自己吃饭，脖子上还围着个饭兜兜，吧唧吧唧吃得可香了。

白斌感慨了一句：“真好养。”

丁浩不乐意了，在桌子底下用拖鞋去踢他：“白斌，你这是说谁难养哪？”

白斌给他在碗里也放了块蒸糕，笑了：“都好养，成了吧？赶紧吃饭，人家孩子都比你听话。”

旁边的孩子果然听话，他们这么闹腾都跟没看见似的，专心致志地吃自己的饭。

吃完饭，丁浩按那纸条上写的哄小宝贝睡觉，路过书房见白斌还在那儿忙活，凑过去瞧了一眼。白斌在给丁浩忙活，弄的是跟校方的合作建议方案，瞧见丁浩过来，觉得有点奇怪：“不去睡觉吗？”

丁浩这几天能空闲下来，就是因为白斌这份方案，他公司那边还特意拨了几个人去跑学校的业务，他懒得去，干脆在家里等消息，瞧着白斌在把数据二次分析，又列表又计算的，就劝白斌：“白斌，别忙了，你先去睡会儿呗？”

白斌捏了捏鼻梁：“马上就弄好了，你带宝贝儿去睡觉吧，我下午有点事儿要出去。”他还没忘了那儿童椅，想着中午丁浩抱着孩子，没怎么顾得上自己吃饭，总有些担心。

丁浩应了一声，也没再多问，小宝贝在他怀里困得快要抓不住他的衣服了，还是先照顾好孩子要紧：“那我们上去了。”

小宝贝眼皮直打架，这都快睁不开了，听见丁浩跟白斌告别还不忘习惯性飞吻，小手放在嘴边吧嗒了一口，冲白斌挥了挥，没等落下就打了个哈欠，缩到丁浩怀里拱来拱去：“睡觉觉……”

丁浩看了他一会儿，心都软了，一迭声地答应了：“好好好，咱们去睡觉觉，啊。”

白斌瞧着那俩上楼的身影，觉得下午出去不但该买个儿童椅，应该把儿童床也买回来。

丁浩抱着小宝贝去了白斌的卧室，那边有照片，白斌兄弟两个收拾房间的风格也相似，小孩比较有安全感。丁浩刚带孩子，觉得这小家伙不哭不闹的，特别好玩，这还没喜欢过来，更是舍不得让小宝贝一个人睡，给他铺了个小毯子，放好了，搂着一块睡觉。

小宝贝玩累了，沾着枕头就睡过去，睡觉姿势比丁浩还规矩些，盖着自己的小被子，两只小手紧紧地抓着，小脸红扑扑的。

丁浩自己睡习惯了，这冷不丁地搂了个软乎乎的娃娃也不敢多动弹，偶尔翻个身都能把自己吓醒，生怕把孩子压着了。他睡得不安稳，迷迷糊糊的还起来查看了下小宝贝有没有踢被子，瞧着小孩被子角儿都没乱，又抓着头发去地上把自己那床被子捡起来，裹住了继续睡。

睡得正香，小宝贝忽然皱起了眉头，小声嘟囔了句："快点……"

丁浩睡着了没听见，小宝贝没等到旁边人的反应，这次不止皱眉头了，眼睛都睁开了："快……"翻了个身爬起来，去推旁边的丁浩，"快点！快点！"

丁浩睡得有点迷糊，睁开眼睛瞧了一眼小宝贝，只当他是睡醒了要闹着玩儿，侧身又给他按倒了，强行盖了小被子拍着小肚皮哄他睡觉："乖噢，乖噢，睡觉觉。"

小宝贝眼里含了泪花，又去抓丁浩的手，使劲儿摇了摇："快点。"

丁浩打了个哈欠，还在拍人家鼓鼓的小肚子："快点……快点……你快点睡觉，啊。"

小宝贝哆嗦了下，忍不住哇一声哭出来，与此同时，丁浩觉察到一股温热的液体流过来了！

丁浩忙把小宝贝抱起来，一边哄着，一边手忙脚乱地翻找背包里的尿不湿："宝贝不哭啊，不哭！"

小宝贝很委屈，他已经会叫人带着上厕所了，尿床这种事妈咪说过不可以，这次……这次真是人生一大耻辱……小宝贝越想越委屈，哇哇大哭起来。

丁浩带着孩子玩儿还行，对照顾孩子真没什么经验，小宝贝一哭，吓得他直喊白斌，叫了几声也不见人来，往外探头看了下，客厅也没人，估计出去了。

丁浩硬着头皮上前，忙活了半天才给小宝贝解开了背带裤扣子："乖啊，碰疼了就说，小爸爸没给人脱过衣服啊。"

小宝贝已经哭得打嗝儿了，丁浩那个心疼啊，给他擦了擦小脸上的眼泪，使劲儿亲了一口："宝贝不哭了啊，是小爸爸不好，乖，咱不哭了。"

丁浩现在明白那个"快点"是什么意思了，这是孩子喊他起来要去上厕所呢！丁浩叹了口气，他有点后悔没仔细看丽萨留的那张纸。

丁浩半天才帮小宝贝脱了裤子，准备拿尿不湿给他用上。丽萨带小宝贝来的时候说过关于尿不湿的问题，因为小宝贝自己会喊人，她就没给宝贝用那个，还特意提醒了丁浩，可能孩子怕生要认地方，不行就先给用会儿尿不湿。

小宝贝哭得眼睛、鼻子红红的，难过得低着头一直不肯抬起来，眼泪吧嗒吧嗒地往下掉："错了……"

丁浩听着小宝贝可怜巴巴地认错，心都疼了，抱着哄了又哄："宝贝儿没错，是小爸爸的错啊，乖，没事的。"想着小宝贝这样不舒服，又把尿不湿放下，先带小宝贝去洗澡，"咱们去洗澡好不好？洗完又香喷喷的了。"

小宝贝抓着他的衣领不松开，睫毛上都挂着眼泪。

丁浩这又忙活着放热水，好歹给帮着洗完了澡，天气有点冷，也不敢多让小宝贝在浴缸里玩小鸭子，瞧着不哭了，拿了小衣服给他穿戴好。

小宝贝不知道是什么心理，大概是在丁浩面前已经丢过人了，共同拥有那种可耻回忆，反而让他更加信赖丁浩。小宝贝抱着丁浩的脖子不肯撒手，哪怕抽抽搭搭直委屈的时候也是。

丁浩正抱着他在客厅穿小外套，白斌就进来了，瞧着房间里一片狼藉，跟打了仗似的，眉头都皱起来："这是怎么了？"

丁浩好容易把小宝贝逗笑了，视线都不敢移开，一边给他扣扣子，一边给白斌解释了下："我刚没听见宝贝儿喊人，没来得及带他去厕所，尿床上了。"

虽然丽萨那纸条上也写了如何处理这类的事情，但白斌还是没有想到事态会这么严重，这会儿也不急着去看卧室了，过去瞧了瞧小宝贝："换衣服了？"

丁浩嗯了一声："换了，还洗了澡。"

大概白斌跟白杰长得很像，小宝贝有一种被自己亲爸给抓包的感觉，不安地把脑袋藏到丁浩怀里。

白斌也不在这里伤害人家孩子的自尊心了，嘱咐了丁浩拿吹风机给小宝贝吹下别着凉，又去收拾卧室里面那烂摊子了。

丁浩给小宝贝收拾整齐，两人一人一根棒棒糖含着的时候，白斌已经连浴室都收拾好，过来整理客厅了。

丁浩把棒棒糖拿出来，问了下："我帮你，有要洗的吗？"

他这一把糖拿出来，小宝贝立刻跟着学，一只手紧紧抱着他的脖子，一只手去拿嘴里的棒棒糖，恋恋不舍地往外拽。丁浩忙把手里的糖塞回去，小宝贝这才又乖乖地咬着糖，双手抱住丁浩。

白斌瞧见笑了下："你先照顾孩子吧，我拿去阳台那边洗。"

丁浩跟小宝贝这次算是有了革命友情，哪怕晚上人给送来儿童椅，他也不去坐，使劲抱着丁浩不撒手，一颗毛茸茸的脑袋还在丁浩怀里蹭来蹭去。

白斌皱了眉，他不喜欢小孩没规矩：“白昊，下来。”

小宝贝停顿了下，又往丁浩怀里缩。

丁浩心软了，今天下午小宝贝尿床的事儿他有责任，要不是他没听见，人家孩子也不至于一脸“我犯错误了”地哭个不停。抱住小宝贝拍了拍后背，他跟白斌求情：“算啦，不就吃个饭吗，我抱着就抱着呗！”

白斌不高兴，他这都特意买了椅子了，而且小宝贝已经可以自己坐，应该养成独立的性格。这位完全忘了自己当初怎么宠丁浩的，瞧着小宝贝重申了一遍：“白昊，下来，自己吃饭。”

白斌跟白杰容貌相似，但是气场要强大太多，小宝贝委屈地从丁浩怀里蹭下来，坐在高高的儿童椅上自己扒拉面条吃，吃两口就看看丁浩，生怕自己小爸爸跑了。

丁浩也瞧着小宝贝，见他可怜兮兮地看自己，连吃饭的心思都没了，还不如中午抱着他的时候吃得多呢！等着小宝贝吃完一碗，丁浩立刻就抱他起来。小宝贝也紧紧地抓着丁浩衣领，眼圈儿都红了，眼瞅着就要掉下泪来。

丁浩也在那儿抽鼻子，抱着又亲又啃的。

白斌也吃不下去了，旁边这俩人跟关了几十年不让见的亲人似的，就差抱头痛哭以示思念之情，他觉得自己当了回恶霸。

等到晚上，白斌瞧着丁浩抱着小宝贝站在床边眼巴巴地瞅着自己，头顿时更疼了：“我已经把婴儿床从客房搬过来了。”

丁浩眨巴着眼睛看白斌：“我知道，能不能让他跟我睡啊？”

白斌干脆地拒绝了：“不能。”瞧着丁浩还想说什么，立刻把话补充全了，“不能去你床上睡，只能睡我这边的婴儿床。丽萨说了，他在家也是一个人睡的。”

丁浩不肯，磨磨蹭蹭的，非要带着小宝贝一起睡，最后瞧着白斌要过来捉人了，这才依依不舍地把小宝贝放到婴儿床里：“宝贝儿，有事就喊小爸爸啊，这次我一定听见。拉钩？”

小宝贝扒着婴儿床的防护栏，伸出小手去抓丁浩的手指头，一双大眼睛里满满的都是丁浩：“小……爸爸……”

丁浩眼圈儿又红了：“白斌，你听见没？你就让他跟我一起睡又怎么了啊？”

白斌在那边坚持自己的初衷，跟没听见似的还在看书。

丁浩也感觉出来白斌不会答应了，一大一小眼泪汪汪地抱着好好亲了一会儿，又给宝贝儿弄软了小枕头，盖上薄被：“乖啊，明天小爸爸陪你玩儿，一睁开眼就能见着我了啊。”

小宝贝抓着丁浩的手不松开，丁浩也舍不得走，便陪着他，等他睡着了这才轻轻地抽出手指头，回自己房间去了。

但没一会儿，丁浩又抱着自己枕头和被子过来了。婴儿床在白斌卧室床边放着，他到底还是舍不得小孩。推开白斌一点，丁浩爬上床，脸恨不得贴着婴儿床，凑在那儿看小孩，看小宝贝睡得香甜，这才放下心来。

白斌问他："你也要睡这儿？"

"我就借住一……"丁浩想了下，话在嘴边转了一圈，改口道，"一段时间，我陪陪他啊，好歹也叫我爸爸。"

白斌道："不是说教父？"

丁浩坚持道："在中国就是干爹，干爹就是爸爸。"

白斌看了他一会儿，见他不走，也只能把书收起来，关了床头灯准备睡觉。他低声跟丁浩说了两句话，但是对方都爱答不理的。白斌有点哭笑不得，只好解释道："浩浩，别不讲道理，丽萨留的注意事项单子上写得很清楚，宝贝已经可以自己睡了。而且，小孩子就该学着独立的啊。"

丁浩不听这些，还在瞧着小床的方向。

白斌小声地嘀咕了句："过来点，那边……不一样。"

丁浩怕吵醒小宝贝，也压低了声音问他："哪儿不一样了？"

白斌犹豫了半天还是说了："那边脏。"丁浩躺着的是小宝贝下午尿床的地方，虽然换了新的被褥和床单，但白斌还是觉得别扭。

丁浩气得翻身过去瞪他："哪儿脏了？！我跟你说，这么乖的小孩，你打着灯笼也没地儿找去！"

白斌拧眉道："这乖跟脏没什么联系吧？再乖也……咝！"

丁浩的一口白牙发挥了功效，立刻让白斌把到嘴边的话咽了回去。

丁浩咬着他沉默了一会儿，半天才松了口。

"呸！"

这位还记仇呢。

丁浩在家陪了小宝贝两天，白斌的假期结束了，要回去上班。因为开发区离家较远，他不能回来给他们做饭，特意叮嘱了丁浩不要自己开火，让他们点外卖吃。

丁浩口头上答应了，送白斌出门："你路上小心啊。"

白斌在门口换了鞋，正准备走，忽然被人揪了领带。白斌猝不及防，差点撞到丁浩。宝贝揪着领带的小手不松开，瞧着白斌眨了眨眼睛，又往下拽了拽："亲……"

小宝贝正处于对学习无限热爱的阶段，看到什么都要学，学得还特像。他平时看到自己爸爸上班的时候妈妈都会亲一下，这是又要开始模仿了。

白斌扭头去看丁浩，丁浩咳了一声，忙哄着小宝贝跟白斌说再见："宝贝儿，来个告别吻吧？"

怀里的小宝贝看了看门口正在整理领带的大爸爸，又瞧瞧丁浩，大概是觉得白斌表情很严肃，没敢像在自己家那样凑过去亲吻脸颊，只拿小手凑在嘴边啵儿了一个冲白斌挥了挥："再见。"

白斌摸摸他的小脸，再次叮嘱了他们玩的时候注意安全，上班去了。

丁浩教着小宝贝读了一会儿图画书，小宝贝对那些个色彩艳丽的简笔画动物不感兴趣，扒拉出自己的宝贝魔方递给丁浩，很期待地看着他："转转。"

丁浩给他转了两圈儿，乐呵呵地递给他："宝贝这么喜欢魔方啊，下次咱们买个更漂亮的，啊。"

小宝贝点了点头，他手里拿着的那个还是丁浩当初送的，一直很喜欢。不知道是听明白了丁浩说的话，还是单纯地想夸奖自己手里的魔方，他奶声奶气地重复："漂亮！"

丁浩摸摸他的小脑袋，看着他玩儿。

小宝贝坐在那儿默默弄了半天，弄乱了颜色，又递给丁浩，瞅着丁浩给他还原了，再接过来继续弄乱。

俩人就这么玩了一上午，丁浩怕他累着，抱起来带他去房间里捉迷藏。丁浩本想着让小宝贝多活动一会儿，可是他刚放下他还没走，小宝贝就揪着他的衣服爬回他怀里了。

小宝贝睁着水汪汪的大眼睛瞧着丁浩："小爸爸。"

丁浩头一回被人这么依赖，立刻心软了，想着也快要吃中午饭，干脆带小宝贝一起去准备。白斌说的那个外卖味道是不错，但是外边的东西没营养啊，调料杂七杂八的放一堆，小宝贝吃那个可不行："咱们一起做饭吃好不好啊？"

丁浩给小宝贝拿了个塑料小碗，把他放在厨房门口的软垫子上，教他数豆子。"宝贝你在这里玩，记住啊，不能进去。"丁浩难得严肃了一回，跟小宝贝再三重复，"里面很危险，烫到了就得哭鼻子，知道吗？"

小宝贝认真地点了点头。

丁浩进去做饭，没一会儿就开始担心，探了头出去瞧着小宝贝。孩子倒是很老实，正听话地来回数豆子，从盘子里数到碗里，再从碗里放回盘子里。

听见厨房推拉门打开的声音，宝贝还抬头看了丁浩一眼，一副担心的表情："小爸爸，烫？"丁浩教育得很成功，这都开始担心丁浩给烫着了。

丁浩乐了，冲他飞了个吻，安慰了下他："宝贝儿等着啊，今儿中午咱们吃好的！"

丁浩不常下厨，但是也会做饭，仔细想了下小宝贝能吃的，决定做小馄饨。小宝贝一天到晚不是喝粥就是吃糕的，也该换换口味了。做这个油烟也少，完全可以开着门瞧着小宝贝，一举多得。

家里没有准备好的馄饨皮，就现和面揉了，擀出馄饨皮来。丁浩弄好了这个，又忙去剁肉调馅，还不忘时不时转头去瞧小宝贝，分心的结果就是乱了手脚。

丁浩把馄饨包出来的时候，厨房里已经一塌糊涂了，万幸的是，包的小馄饨质量还不错，一个个跟小元宝似的，圆鼓鼓的讨人喜欢。

丁浩开火烧水，把小馄饨放进去煮熟，瞧着小宝贝在门口张望，便拿了件围裙过去，给他系好了抱进来："宝贝，一起煮馄饨吃好不好？"

小宝贝记性很好，抓着丁浩的衣服不松开，一脸严肃地指着灶台："烫。"

丁浩乐了，亲了他一口："哈哈，你一个人来烫，小爸爸在这儿就烫不着，记住了吗？"

小馄饨熟得快，放了点紫菜、虾米，还滴了香油，老远就能闻见香味儿。丁浩把小宝贝放到餐桌旁的儿童椅上，又去拿小碗盛了小半碗给他。儿童椅上有固定小饭碗的东西，丁浩确定汤不会洒出来烫着孩子，这才去给自己也盛了一碗。

丁浩端着碗出来的时候，小宝贝正自己拿勺子吹着吃。丁浩看小孩吃得香，逗着他问："宝贝儿，好吃吗？"

小宝贝点了点头，又默默地吃自己的去了。

丁浩坐在旁边也尝了一口，这才发现人家孩子是在安慰他。说实话，这东西卖相不错，味道也还凑合，但是比起白斌平时做的那些个就差远了。

小宝贝很给面子地吃了一碗，再给他吃就摇头，拍着肚子表示饱了，吃不下。

丁浩哄着他又喝了点汤，之后他再也不肯吃了，甚至都开始抬头去看挂钟："爸爸……下班。"

丁浩觉得自己很失败，几天的忙活都毁在这一顿饭上了。他陪吃、陪玩、陪睡的，果然还是敌不过人家掌勺的。

白斌下班回来的时候，小宝贝难得热情地给了他一个吻，抱着他的脖子喊了一声“爸爸”，也不知道是认识白斌了，还是把白斌当成了自己亲爹。

丁浩顿时就心酸了。

白斌去厨房看了一圈就明白了，把小宝贝还给丁浩，脱了西装自觉去系围裙：“我来做饭。”

食物果然有收买人心的功效，一个晚上，小宝贝的目光就跟着白斌没停过，这次不怕丁浩走丢了，生怕他大爸爸不回家做饭，就连晚安吻都是先给的白斌，吧唧吧唧，亲完左边亲右边。

丁浩让小宝贝亲了他三下，这才心满意足地回去睡了。

路过客厅的时候，看到白斌坐在那儿看书，他心里还不平衡，来回地绕圈不肯走。

白斌问他：“怎么了？”

丁浩心里不舒服，哼道：“他今天晚上先亲的你。”这吃醋的倒是老实，不打全招了。

白斌闷声笑了。

丁浩道：“我这几天白陪他了，还不如你一顿饭管用。”

白斌安慰他：“不是晚上一直在跟你玩儿吗，也没见他去找我，对吧？”他学着丁浩的语气也叹了一句，“你还专门给他包馄饨，都没给我做过。”

丁浩：“你今天晚上不是也吃了？”

白斌道：“要不是他不爱吃，你就不给我留了是不是？我都没吃饱。”

丁浩还没回话，就听见小恶魔的声音了：“小爸爸……快点……”

丁浩立刻跑过去道：“来了！”

丁浩去抱小宝贝上厕所。小宝贝除了吃饭时，其他的时候还是喜欢丁浩的，这种喜欢就在于哪怕上厕所也只喊他小爸爸带他去。

丁浩抱着小孩回来，放进婴儿床里还摇了摇，小宝贝没等哄就自己睡着了。

第二天一早，丁浩抱着小宝贝去了一趟公司，原本不过是拿份数据单的事儿，愣是从早上出门拖到傍晚才回来。小宝贝在大楼里受到热烈欢迎，小姑娘们偷偷藏着的零食这时候都拿出来了，就连丁浩兜里都给塞得满满的。

小宝贝脸上没什么表情，就是抓丁浩衣领的手更紧了些，遇着冲他飞吻的，便给人家回一个。丁浩瞧着小宝贝怕生，赶紧带着小宝贝去了办公室，可他这边刚放下小宝贝，外边就有人来敲门了。

丁浩一边给小宝贝拆开零食袋，一边随口应了声："进来！"

推门进来的是丁旭，手里还拿着新的拖把、扫把，估计是知道丁浩懒，进来直接就往门后边放好："丁浩，这是新发的卫生用具，我给你放这儿了，你们记得打扫得干净些。"正准备走，一抬头就瞧见小宝贝了，"这是什么？"

丁浩抱着孩子冲人家炫耀："我儿子！宝贝儿喊声'爸爸'听啊！"

小宝贝抱着自己的饼干袋子，很配合地亲了亲丁浩："小爸爸。"

丁旭皱了眉："怎么长得这么像白斌啊？"靠近了仔细瞧了瞧，立刻顿悟了，"这是白杰家的小孩吧？"

丁浩正张嘴咬住小宝贝送来的饼干，听见他说，还在那儿强词夺理："孩子跟我亲着哪！一口一个爸的，嘿嘿！"

丁旭说惯了实话，这会儿也不客气地点明了："你别老抢人家孩子，白斌都把你惯得没样儿了。"丁浩从小就无法无天，外带白斌的纵容政策，丁旭思路一下就偏离了正常轨道，他就没敢想丁浩是好意帮人带孩子。

丁浩跟他接触久了，立刻就领悟了，气得差点给嘴里的饼干呛着："哎！丁旭，你怎么不往好处想我哪？"

丁旭仔细打量丁浩："我真没觉得你哪点儿好。"

丁浩被这种陈述句的语气打击得有点发蔫儿，小宝贝同情地又递上块饼干，外加一个亲吻："小爸爸，吃。"

丁浩赖着丁旭，让他请吃饭。丁旭闹不过丁浩，只能打电话给肖良文让他多订一个人的，想了想又加了句："再弄点小孩能吃的……应该一岁多点吧？"瞧着丁浩在那边点头，又跟肖良文确定了一遍。

丁旭的手机质量不太好，肖良文说的地址丁浩在旁边听得一清二楚，没等丁旭挂电话，这就抱着小宝贝乐呵上了："宝贝儿，咱们中午吃大餐啊！不花钱，记得多吃点……"

丁旭在旁边听着于心不忍，实在不愿意看见这么好个孩子让丁浩往邪路上带："丁浩，你要好好教育，别什么话都跟孩子说。"

中午吃饭的时候，还是搭乘丁旭的车，一辆二手富康。丁浩觉得这车都不如李盛东一个车轮子贵，连车窗都是手摇的那种，他琢磨着丁旭和肖良文这几年也各有各的事业了，不至于混得这么惨吧："丁旭，我前段时间听说肖良文在进口铜矿砂，对吧？"

丁旭在前边开车，换了一身便装，也是特规矩的那种："是。"

丁浩有点不理解，那种大单子，上税就得八位数起，不比李盛东差啊：“你怎么没换辆好开的？我瞧着你一到红灯那儿就打不着火，这车有年头了吧？”

丁旭沉默了一下，肖良文不止一次要给他换，有次还趁他不注意把这破富康拖走了，后来他一个礼拜没理肖良文，这才千辛万苦地又找回来。他跟丁浩不同，心里总有些可笑的坚持。他可以无条件帮助肖良文，但是不代表能接受肖良文做的一切为他好的事儿。

“这车是我自己买的，开着比较有纪念意义。”

这种敷衍的借口丁浩自然能听出来，瞧着丁旭那边气压下降，也不敢多问了。

肖良文订餐的地方环境不错，看样子是长期定点来吃饭的，丁旭一进来就有人带他们去了一楼的包间。

肖良文正坐在那儿等他们，瞧着丁旭进来便站起来了，跟以前一样，见着丁旭后，眼神就没动过地方：“来了，我喊他们上菜吧？”瞧着丁旭点头，他这才冲服务员说了什么。

丁浩见小宝贝躲在自己怀里不肯出来，知道这是怕生了，举着孩子往高处一扔一扔地哄他笑。

丁旭眉头立刻皱起来了，他有恐高症，下意识地觉得小孩也不舒服：“丁浩，你小心点，别吓着他了。”

小宝贝跟丁浩玩习惯了，这样倒是放松了点，抱着丁浩的脖子也敢往周围打量。周围的摆设挺新鲜，小孩看了半天，看够了，又去看人。一桌上只有三个大人，他抱着丁浩，一抬头就瞧见了肖良文。

小宝贝眼睛睁得大大的，慢慢地沁出泪珠来：“小……爸爸……呜……”

丁浩吓了一跳：“怎么了？宝贝不哭啊，那是叔叔，别怕。”

小宝贝给丁浩鼓励着，又看了一眼肖良文，那边配合着做了个微笑的表情，一张黑脸上露出排白牙。小宝贝立刻吓得扑进丁浩怀里去了，小身子一抖一抖的，哭了鼻子：“小爸爸……害怕……”

丁浩哭笑不得，冲肖良文说了声抱歉：“不好意思啊，这孩子其实有点怕黑，咳，我没想到他还怕长得黑的人。”

肖良文脸上勉强扯出的微笑维持不下去了。

丁旭指挥着肖良文换了位置：“你坐靠窗的那边去，别让小孩看见。”

肖良文不情愿，他这一天能跟丁旭碰面也不容易，但是也不敢不听丁旭的，磨磨蹭蹭地换了个位置，试着问了下丁旭：“要不，你也坐过来点？”

丁浩帮着肖良文打圆场："丁旭你靠近一点吧！哎，就坐我旁边，我家孩子不怕你。你帮我挡着肖良文，他看不见就不哭了！"

丁浩说得还真没错，丁旭把肖良文挡住了，小宝贝看不见还真不哭了。可是小宝贝瞧不见肖良文还特意探了头去找，找着了，一看就又哭："小爸爸！还在……这……"

丁浩有点扛不住了，这也不能赶着肖良文走吧？人家中午吃个工作餐也不容易，他带着小孩来蹭吃倒没什么，把正主儿赶走就不合适了。他给小宝贝拿了块糕："宝贝，咱们快吃，吃完了就看不见他了。"

小宝贝抽抽搭搭地看着丁浩，又探头越过丁旭瞧了眼肖良文，含着眼泪吃糕："吃完，走。"

丁浩赶紧答应他："对对，吃完了咱们就走，再也不来了，啊。"

丁旭从来没见过厚脸皮厚到这么自然的父子。

临走的时候，小宝贝估计也稍微适应肖良文那张黑脸了，小心翼翼地给了他一个告别的飞吻，对丁旭就要好很多，当着肖良文的面，吧唧一口就亲上去了："再见。"

肖良文看着丁旭脸上那个口水印子，眉毛直挑："丁浩，你还有事要忙吧。我送你回去！"

丁浩哪里敢让他送，这一挑眉毛又吓得小宝贝要哭，忙哄了孩子，跟肖良文道了谢："不用不用，我们自己走，你……你还是送丁旭去吧。"

丁浩带着孩子溜达了一圈儿，生怕肖良文那黑脸给小孩留下心理阴影。陪着小宝贝去喂了鸽子，又坐了会儿滑梯，外边有点冷，丁浩不敢多待，瞧着小宝贝恢复过来就带着他回家去了。

丁浩刚进单元门就碰见白斌。那位估计是不放心，提前下班回来了，瞧着丁浩只穿了件单衣，拿外套裹住小宝贝抱着回来，眉头立刻皱起。

丁浩怕他说话吵醒小宝贝，忙压低了声音跟他解释："出租车里暖和，没留神就睡着了。你声音小点啊，这玩了一下午还没休息哪……"

白斌眉头还是皱着的，脱了自己的外套给丁浩披上，到前面去开门了："下次注意一点。"

小宝贝累了，加上中午惯常的午觉也没睡成，到了吃晚饭的时候也困得起不来。丁浩也不折腾孩子了，留了份饭在锅里，等小宝贝醒了随时热给他吃。

白斌叫了丁浩去书房，关了门跟他商量之前的那份合作方案："学校的事已经定下来了，这个月底来人，不出意外的话都是Z大研究所的老师。我想到时候带你一起过去，你看看那个项目，可以的话就尽早签合同。”

丁浩仔细看了那份和校方合作的方案，十几张纸全是白斌为他付出的辛苦。瞧着白斌写得详细，丁浩直接点头答应了：“行啊，到时候喊我。”

白斌好几天没见着他这么听话了，又问了一遍：“真的？不会半路反悔跑了？”

丁浩把手里的文件放下：“我都听你的。”

白斌挑了挑眉：“那我再跟你说下具体的……”

丁浩忽然转头，道：“白斌，你听，是不是宝贝起来了？”他这两天给折磨得也不轻，一做着事儿，总觉得小宝贝会起来，都快成习惯了。

白斌敲了敲纸让他看这里，道：“没有。”

丁浩总觉得能听见小宝贝的声音，转身出去道：“我去看看，要是他没起来，我再回来。”

白斌没办法，也只能陪着他过去。小宝贝这次很乖，还在睡，不过丁浩一靠近就醒了，揉着眼睛喊了声爸爸。

他这一醒过来，就宣布白斌教育丁浩的事又没戏了。

陪着小宝贝吃了饭，丁浩瞧着小孩一直闷闷不乐，觉得是白天让肖良文给吓着了，小心地哄着小孩：“宝贝儿，咱们不想害怕的了，想点开心的。”

丁浩把小宝贝最喜欢的玩具一件件摆满沙发，希望能唤起一点愉快的回忆，可这愉快没弄成，倒是让小宝贝想家了。小宝贝抓着自己的魔方，抱着自己的小手枪，泪眼汪汪地看着丁浩：“爸爸……”

丁浩没明白，忙端正坐好：“我在这儿啊。”

小宝贝抱着手枪不松手，丁浩这才明白了，这是要找白杰。

可这大晚上的，他上哪儿去变个白杰出来啊？实在没辙了，丁浩硬着头皮带小宝贝去找白斌：“宝贝，看，爸爸在这儿。”

小宝贝看了一眼，立刻趴回丁浩怀里去了：“不是这个……”

丁浩哄他：“长得差不多，真的，宝贝你看一眼啊！”

白斌抬头看着小宝贝。

小宝贝一瞧见那板着的冷脸，吓得又要哭：“爸爸……不笑……”

丁浩急了：“白斌！你快给他笑一个啊！”

白斌眉头都皱起来了：“笑不出来。”

现在要逗笑的人又多了一位，丁浩空有理论没有实践经验，急得抓耳挠腮。

白家叔侄俩都一脸抗议地看向他。

白斌跟丁浩去新校区之前，丽萨终于过来了。

丽萨一再感谢他们的帮助，说是要把小宝贝接回去："丁浩，真是谢谢你啊！我现在没有那么忙了，可以照顾小宝贝！"

丁浩有点舍不得把孩子还给人家，抱着不肯松手："丽萨，不着急啊，你不是还没请到保姆吗？要不……"

一提保姆，丽萨就更高兴了，在那边中文掺杂意大利语说了一通，丁浩参悟了半天才算弄明白怎么回事儿。大意是白老爷子实在不放心，让吴阿姨来帮忙照顾他们。

末了，丽萨还替白老爷子转达了一句问候："爷爷说了，你要是吃不饱，也可以哭着去找吴阿姨！要我打开大门，欢迎你去！"

她这话转达得太明确了，丁浩一下就乐了："不用不用，我还不至于哭着要口饭吃。"

丽萨抱着小宝贝，让他跟白斌、丁浩说声再见："宝贝儿，咱们回家了哦！"

小宝贝认识妈妈，这些天没见了，一来就抱住丽萨不松手。听见丽萨说的，他立刻大方地给了白斌一个飞吻，又回头去找丁浩，瞧着丁浩不跟他一起走还很疑惑："小爸爸？"

丁浩眼圈儿都红了，他这些天没白养，握着小宝贝的手亲了亲："宝贝儿，小爸爸过几天就去看你啊。"

小宝贝也不知道听懂了没，抱着丽萨的脖子一直仰着头瞧丁浩，眉头都皱起来了，学得跟白斌很像。

丁浩在窗前巴望了半天，瞧着小宝贝上了车走远了，还不肯离开。

白斌不忍心瞧下去，问他："要不，一会儿咱们去白杰家吃饭？"

丁浩扑哧笑了："不去了，咱们自己吃也挺好。"

晚饭吃饱喝足之后，白斌又跟丁浩说起去学校的事："我那天听说徐老先生也要过来。"

丁浩正在发懒，听见白斌的话便顺着接了一句："哦，徐老先生要来啊……徐老先生？"丁浩刚明白过来，抬头瞧了白斌一眼，"你说的不会是我老师吧？"

白斌道："是啊，老先生要过来带研究生，而且这边Z大的项目是他在主持，说不定你要跟老师继续合作了。”

丁浩打了个哈欠，闭着眼睛含糊不清地嘟囔了一句：“他来这儿，可没银行借给他小推车用。”

白斌失笑。

丁浩的老师是个很有趣的人，老头做实验的时候最喜欢把仪器来回倒腾，Z 大实验楼和教学楼离得远，每回都是丁浩帮他到银行里借人家的小推车用。

白斌想起一些大学时期的趣事，那个时候的丁浩也很好，偶尔打篮球，更多的时候是陪着他一起待在学生会的办公室里。他整理文件，丁浩就窝在沙发上打瞌睡，他一抬眼，就能瞧见丁浩。

丁浩一直在他身边陪着他。

第四章
新校区的欢乐生活

丁浩跟白斌去了新校区那边，市里特意规划出一大片地方支持学校建设，没敢给特荒凉的地儿，挨着城郊，一边拆迁一边盖教学楼。

天气有点凉，丁浩只穿了件薄外套出门，这会儿一直把手揣在兜里取暖。白斌皱了眉，他头一次没带备用的衣服，低头问了丁浩句什么，被丁浩拒绝了，正要再说，就瞧见对面有人挥手，还热情地喊了他们名字。

“嗨！白斌！丁浩！丁浩你还记得我吗？这里！这里！”

马路对面有个高个子男孩，顶着一脑袋的金毛热情地呼唤起了丁浩，要不是还有车，这都恨不得飞奔过来了。

丁浩瞧着那一头金光灿灿的，一下就想起来了，也冲他友好地招了招手：“哟，李夏！你怎么也来了啊？”

李夏同志，是丁浩他们以前在 Z 大读书时的邻居。这孩子个性单纯，笑容阳光灿烂，继承了他父亲的一头金毛及热情开朗的性格，对人特实在。混血帅哥抱着一大包东西急匆匆地跑过来，随意把袋子放下，就给了丁浩一个大大的拥抱：“丁浩！我好想你啊！”

丁浩给他勒得骨头都疼了，没等伸手去推，他又主动放开丁浩了，带着点好奇看着白斌：“白，你在生气？”

丁浩乐了：“李夏，这几年没见，你还学会看人脸色了？”

上面忘了说一句，李夏同志的神经与别人不同，异常粗壮。这是一个可以顶着白斌的低气压，在自己的世界里自由欢脱的人。

李夏松开丁浩，仔细打量着白斌的神情，“啊”了一声：“我知道了！”这孩子立刻又端起标志性的阳光笑容，伸出双手冲白斌抱过去：“白！你在吃醋啊！我们也来抱一下！”

白斌推着他脑门不让他靠近，额头上都快蹦青筋了：“我不用，谢谢。”他以为这几年的历练让他可以稍微忍耐住李夏这家伙的粗线条，不过现在看来，定力还不够。

丁浩甩了甩胳膊，上去解救李夏，这“洋人”搞不清楚状况，白斌都气成这样了还在笑，这不是找收拾吗。“李夏啊，你怎么来这里了，你明年才读研究生吧？”

李夏打小儿跟着他妈妈，这中文比丽萨好多了，用哀伤的语调跟丁浩解释了一把：“我跟徐老先生一起来的，他说这边需要助手。我和几个师兄都来了，老先生说反正我们保研不用去实习，就到这里来锻炼好了。”

他这边一解释，丁浩就听明白了。李夏同志今年大四，学校给了保研名额，本该在学校过上猪一般堕落的幸福日子，连游戏盘和整箱的方便面都买好了，可还没开箱子，就给徐老先生抓了壮丁，一起支援分校建设来了。

白斌推快了校区的建设，原本校区成立的时候徐老先生已经不教书了，如今偏偏赶上老先生返聘，老头希望能发挥自己的余热，非要来支援祖国教育事业，死活劝不住，来了新校区。

白斌那边还有事儿，说好了中午一起吃饭，丁浩就让李夏带他先去找徐老先生。李夏很高兴：“白，一定记得叫上我们啊！”

白斌看了他一眼，迟疑了下，还是点了点头：“好。”

李夏欢乐地跟白斌挥手告别，瞧着白斌走远了，还拿手捂在嘴边冲白斌重复着喊：“千万别忘记啊！”

丁浩逗他：“李夏，徐老先生饿着你了啊？不至于饥渴到这个地步吧？”

李夏抓了抓脑袋，有点为难：“也不是饿着，主要是冷。”

丁浩觉得有点奇怪，他把D市有特色的店想了一遍，实在想不起有哪个店还能让人吃出“冷”来，这真新鲜。

徐老先生见着丁浩很高兴，拍着他的肩膀热情地同他谈话：“丁浩啊！不错不错，我都听白斌说了，项目的事儿你来办我们就放心了！”

丁浩也觉得徐老先生亲近，这毕竟是带过他的老师，也不多讲客套话，只围着徐老先生问了些身体方面的问题。丁浩当年给徐老先生当书童一样勤勤恳恳追随了他四年，给他买饭送水，外加掐着点儿地叮嘱吃药，如今再说起来也笑了：“老师，我当年伺候您，回去我奶奶还吃醋了，一个劲儿地说白养我了，唉！”

徐老先生也笑了，他觉得丁浩实在是个好孩子：“好多了，我最近还常出去走走。对了，丁浩你中午有事儿没有？跟我们几个一起去吃饭吧？”

徐老先生这话音还没落，李夏为首的那几个人一起在旁边劝起来了：“老师，老师！别啊，中午咱们吃点热乎的！”

“是啊老师，李夏刚说了，中午有人请咱们吃饭！”

徐老先生不高兴了：“我还管不了自己学生一顿饭吗？”

丁浩一直很好奇徐老先生带他们吃什么去了，听见老先生有点恼怒，立刻打了圆场：“老师，我跟您去，不过咱们还是吃点热乎的吧？您胃不好，吃凉的又该不舒服了。”

丁浩哄惯了老人，这一开口就让徐老先生笑了，老头摸着丁浩的脑袋很欣慰：“还是你懂事儿，咱们中午就一起吃点热乎的吧。”又回头嘱咐了李夏，“你去把咱们那车开来，等会儿还去老地方。”

李夏一步一挪地出去了，屋里几个人都垂着脑袋不说话。

丁浩给白斌打了个电话，说了下情况。白斌也知道徐老先生向来有自己的一套思路，贸然干扰只会让这固执的老头生气，也就不再多说什么，只叮嘱丁浩先去楼前拿件衣服。

白斌那边也挺忙，语速稍微有点快：“我让董飞给你送了件外套来，记得穿。”

丁浩听着，觉得没那么冷了，扬了扬嘴角答应了一声：“好。”

去楼前拿了外套，谢过董飞，丁浩就跟着徐老先生出去了。李夏开着他们那破越野，一路翻山越岭的就出发了，后边几个人挤成一团，勉强都塞了进去。丁浩给挤得都快贴在玻璃上了，他那新鲜感维持了没多久，就彻底破碎了。

丁浩很后悔，自己为什么为了那该死的好奇心跟徐老先生他们一起去吃饭。

徐老先生身体很健康，人老了，总要有个什么爱好。像是白老爷子喜欢下棋，丁奶奶喜欢剪纸、养鹩哥，徐老先生则喜欢上了摄影。

这也是当初老先生坚持要来D市的原因。这边有一大片湿地保护区，每年冬天来的候鸟多不胜数，但最有名的还是白天鹅。

白天鹅只在每年最冷的时候来这儿过冬，而且怕人，藏身的地方要多荒凉就多荒凉。徐老先生最近常去湿地保护区，一边野餐一边寻找机会拍几张照片。这次幸亏丁浩提议吃点热乎的，老先生大方地带几个学生去了湿地保护区路边的一家野味餐厅，几个青菜、一盆肉，招呼他们快点吃。

“吃吧，吃吧！吃饱了，咱们一起去找白天鹅！”徐老先生想了想，又扭头问丁浩这个D市常住人口，“丁浩啊，我查了资料，说是来这边的白天鹅是最多的，可找了几天都没有。咱们这儿有白天鹅的吧？”

丁浩还真没注意过这些事儿，谁冬天会出来扒拉荒草窝子找会飞的大白鹅啊！他举着筷子迟疑了下，还没想出话来，那边给他们上菜的服务员就接了话：“有有有！我们这儿白天鹅可多了！”

徐老先生一听更来劲儿了，追问了那个服务员几句：“哦，这附近哪儿有啊？”

徐老先生这一追问，那服务员就领会错意思了，他们家挂的牌子就是“野味”，人还当徐老先生领着一群人来吃鲜的呢，冲老先生眨了眨眼：“我们家就有啊！”

老先生没明白过来，对面几个学生扑哧乐了，捂着嘴在那儿闷笑。

服务员点了下他们的人数，很认真地建议徐老先生：“先生啊，我觉得你们这几个人，上两只就足够了！真的，我们家向来不缺斤短两，头脚都齐全了给您上来，保证不少一块！”

徐老先生气得手都抖了，举着筷子敲了两下：“胡闹！胡闹！这是国家保护动物你们知道吗？这都吃……我就说这两天找不着白天鹅了！”

服务员脸色也不好，估计还真没碰见当场教育人的。

丁浩怕老先生真气出病了，忙劝了两句让服务员出去了。这种路边的店哪里会有白天鹅，无非是挂个野味的名头吸引人罢了。这要随便都能吃上天鹅肉，那白天鹅就不稀奇了。

丁浩又安慰起徐老先生：“老师，您别听他们的，咱们吃完饭去找，准能瞧见天鹅！我在这儿住了好些日子了，人都说天越冷越能瞧见。”

老先生深受打击，整个人都没精神了，喝了一碗汤，自己又去翻桌上那本菜单。菜单年头有点久了，带着几个油印子，老先生顺着价位表还真找着了白天鹅。

上面白纸黑字印得清楚：天鹅肉，两百元一斤。

徐老先生瞧着那个价格，过了一会儿，挺认真地问丁浩：“我跟他们买几只活的，你说人卖不啊？”

丁浩给老先生倒了杯热茶：“老师，您怎么就跟白天鹅较上劲儿了？就算有也都是拿粮食药死的，拍不成啊。”

徐老先生叹了口气：“我不是想拍照，是想拿来放生。”

丁浩瞧着老头是真难过了，给想了个折中的法子：“要不这样，咱们找人去他们厨房瞧瞧，如果真有活天鹅就买来放生，要没有咱们就走？”

徐老先生点了头，又愤愤地加了一句：“有死的就报案！这太恶劣了！”

丁浩点了头，眼睛一转就想出点子来。他指名让李夏去找，给出的理由很简单，在场的就李夏一个黄毛，完全可以装作外国友人，借着语言不通、不认路混进后院去。

保险起见，丁浩还是问了一句：“李夏，你知道白天鹅长什么样儿吧？”

李夏连连点头，他这几天做梦都是白天鹅：“知道……知道！老师很仔细地讲过！”

丁浩放心了，让李夏放聪明点进去，别惹起麻烦。李夏平时打工的地儿也挺乱，各种酒吧、夜场的都去，这时候也发挥了应有的作用，没一会儿就看清楚回来了：“老师！没有天鹅，后面只有几只家养的鹅。”

徐老先生放了心，招呼李夏坐下继续吃饭：“那就好，你们快吃，吃完咱们去找找看。”

李夏一听，脸色就不好，拿肉汤拌饭吃了两碗，又抓紧时间喝了一壶热茶。旁边那几个学生跟李夏一样，有个还把自己随身带的瓶子空出来，倒了热水进去，贴身揣好。

半个小时之后，丁浩明白他们这样做的重大意义了。

徐老先生依旧没找到白天鹅，保护区方圆几十公里，无边无际的芦苇荡，荒草摇曳。冷风嗖嗖地刮过，带起老头厚厚的围脖。徐老先生站在母亲河边上诗兴大发，咏诗一首：“黄河之水天上来，奔流到海不！复！回！”

如今处于冬季，面前的黄河几乎都要断流了，一半黄沙一半水的缓慢流淌而过，都能瞧见底下淤积的厚厚河床。

徐老先生也觉得这个不太应景，于是换了一首抒情的：“让我在这里谛听黄河母亲的心跳，唱出我们的赞歌！啊！黄河！让人永生难忘！”

丁浩跟李夏站在旁边冻得直打哆嗦，搓着手脚来回蹦跶，一个说：“老师，咱回去吧？”一个可怜兮兮地耷拉着脑袋：“老师，我冷。”

另外几个也缩着脖子，在衣服领子里试图取暖，眼巴巴地瞅着徐老先生默默地请求。他们刚跟老先生不久，这会儿也不敢多反抗，把希望都压在丁浩跟李夏身上了。丁浩是脸皮厚，李夏是天生瞧不出人脸色，这俩人在前头带头劝着，他们也能早点回去。

徐老先生怀里揣着学生贡献的热水瓶子，嘴上还在教训他们：“没出息，没出息！文人的风骨都跑到哪里去了，啊？”

丁浩冻得发蔫儿，这还不忘嘴贫：“老师，我是理科生。”

李夏也举手回答：“老师，我好像是外国人。”

后边几个里出了叛徒，咬着耳朵嘀嘀咕咕：“唉，李夏拿了助学金的吧？”

另一个捂了耳朵，立刻点了头：“就是就是，奖学金有外国人的份儿，助学金可没有……上回老师让他抄关于候鸟的诗词，他也说自己是外国人没抄来着！”

“是啊！就他没抄，还是我替他抄的啊！过分，忒过分！”

“就是，就是！”

丁浩这多亏了白斌临走的时候给的那件外套，不过就算这样，也冻得不轻，一张嘴就哈出一口雾气来。他年轻，倒是没什么，有点担心徐老先生年纪大了不抗冻，瞧着那边徐老先生已经咏叹完一遍，又从春天重新开始歌颂，忍不住扶着老头的手往回走：“老师，春天的事儿，咱们还是等春暖花开了再来说吧。”

丁浩陪着他们回来，一个多小时的路途，徐老先生怕李夏自己开车累着，换了一个学生去替他。老先生穿的棉服厚实，倒没怎么冻着，拿望远镜瞧了眼这无边荒野，直跟他们念叨湿地生态的意义：“这是难得的财富啊，现如今都搞开发，这么大片保护区可是少见。”

后面几个年轻人冻得瑟瑟发抖，还不忘点头附和：“对对对，真难得！”

徐老先生很高兴，这几天教学楼里设备还没配齐，正好不用上课，立刻提议了：“那咱们明天还来啊？我照片还没拍好哪。”这还念念不忘他的白天鹅。

后面几个立刻沉默了，挤在后排车座上一边取暖一边岔开话题，这个夸“你的领子真好看”，那个立刻说“你的鞋擦得挺亮啊”……绕来绕去，没人敢接徐老先生的话茬。

丁浩也不跟他们掺和，他鼻子冻得有点发红，白斌给拿的大衣还算厚实，这会儿还没冻透，费力地从衣服兜里掏出几块糖，没等往嘴里送就被李夏他们盯住了。

李夏个子高，饿得快，看见糖，肚子咕噜就响了一声：“丁浩，我也要。”

旁边几个瞧见了，立刻跟着学：“师兄，我也要……”

丁浩往嘴里塞了块巧克力，把剩下的放在李夏手里让他们分了。他兜里有零食的习惯还是白斌给养成的，白斌知道他在外边不老实吃饭，总是在他兜里塞几块牛肉干、巧克力什么的，手随时插进兜里，总会有点小惊喜。

日子久了，这都成了习惯。

丁浩侧头瞧着窗外荒凉的一片，半人高的枯黄芦苇成片地连起来，瞧着没个尽头，就这么一直一直延续到天际，偶尔能见着一两个养虾人搭盖的低矮房屋，还能提醒他这里是有人烟的。

再一次回来这里，明明一样落后的地方，却给他不同的感受。

之前那个梦里，他在D市第一次瞧见白斌是什么时候来着？好像也是这个季节吧。天气又冷又干，风一吹过，牙齿就要打战，他死要面子，非要穿一件小皮衣跟着丁远边来野外考察。

那个时候的丁浩不学无术，来这儿的目的不纯洁，他是想来这里吃大雁的。

李盛东跟他吹过，说他们上回来D市在保护区里开车追兔子，还偷摸儿顺了两杆猎枪打鸟儿。

他眼馋了，也想来这儿追兔子打鸟。他一直听人说天上的大雁好吃，想尝尝新鲜。

他瞒着丁远边开车出去，绕着路跑了三圈儿，愣是没敢进去。保护区太大了，他不敢一个人到里边，可犟脾气上来，又不肯白来一趟，空手回去。

他就这么一直绕，一直绕，直到汽车没油了。

他来的时候开的是辆破桑塔纳，汽车都报警了，那油表还显示有三分之一没用呢！丁浩气得踢了这破车一脚，带着点希望打火，启动一下，那破车居然还能晃悠着走两步，可也只是两步，马上又熄火了。

就这么走两步休息一下的，车子挨到最近的加油站，离一百米的时候，在十字路口彻底地熄火了。

他站在路中间左右为难，推不过去又挪不动的，更要命的是，车上连个可乐瓶子都没有，想要临时装点汽油回来都不成，最后只能把车扔在路中间跑去买汽油。庆幸的是，这地儿荒凉，路上一时半会儿不会有车经过，不然他那车横在路口，早就给撞了。

加油站很简陋，是他瞧见过最简陋的地方，竟然连个卖矿泉水和饮料的都没有！这边就两个大妈，穿着带有油污的工作服，脚底下有捡来的废弃塑料瓶儿。他挑了个还算干净的可乐瓶子，买了一瓶汽油捧着回来。

不知道是他手僵了还是这破车年头久了，油箱盖子半天也拧不开。

他在寒风中冻得直打摆子，捧着一瓶汽油欲哭无泪，身上的小皮衣给刮得哗哗作响，一点风都挡不住。

就这么一副倒霉样儿，他瞧见了白斌。

好像每次他倒霉的时候，帮他的都是白斌。

白斌从车上下来，帮他灌好那一瓶子油，又瞧着他晃晃悠悠开进加油站，加完了油，就那么一直看着，直到临走也没多说什么。

他忘了白斌，只当他们第一次见面。

白斌记得他，希望能听到一句“好久不见”，或者“你还好吗”。

…………

窗外闪过几根电线杆，上方蛛线一般的电线纵横交叉，远远地瞧着并不明显，却相交相汇，一根都不会错的。

丁浩看着外面走了神。

李夏在旁边困难地抽出手，把剩下的一块巧克力递给他，都已经给捏得有些变形了：“丁浩，你吃吧？”

丁浩没接，还在看窗外：“不用，一会儿就到了，我也不饿。”

李夏替他接上下半句：“就是有点冷，对吧？你吃吧，我瞧着你脸色不好啊，不会要生病吧？”

丁浩有反应了，回头冲李夏呸了一声，他难得有那么点感伤，都给李夏搅和没了：“李夏，有你这么说话的吗？我们家丽萨都比你含蓄！”

李夏同志心直口快，说了也没觉出什么不对，他把那巧克力剥开吃了，吃着东西都闭不了嘴：“我说的是实话。丁浩，你是不是着凉了？一上车就很难受的样子。”

丁浩最后的一点忧郁彻底没了踪影，闭上眼睛靠着车窗睡觉。

白斌不知道从哪里听来的消息，知道丁浩跟徐老先生去了湿地保护区，早早地在高速路前等着他们。这是从湿地回市区的必经之地，他不知道徐老先生一行人会走高速还是国道，只能一直在这儿等着。

天色暗了，北方冬天的日落向来要早，太阳还未全部落山，就已经要开车灯。丁浩瞧着那个人亮着车灯等在路口，老远就出来等着他，一种说不清的感觉从心口蔓延，重新开始的感觉从来没有这么强烈过。

从那挤得跟罐头一样的破越野上下来，他身上立刻被白斌盖上了一件羽绒服，连帽子都给他戴好。丁浩没动，就站在那儿让白斌忙活，瞧着汽车尾灯下的那个男人，就连他皱起来的眉头都瞧着格外好看。

那个人的语气很生硬，但是给他戴的帽子却很暖：“下次记得给我打电话，我去接你。”

丁浩笑了，点头说好。

身后的越野车嘀嘀响了两声喇叭，从他们身边过去了。路边的荒草在夜色中被风吹动，像是无边的黑色在摇摆，唯一的温暖只剩下白斌开着的车灯。

前面的人走得坚定，问的话也动听：“我们回家吧？”

丁浩手指动了动，握紧了笑道：“好。”

白斌，你不知道吧？我能再回来一次，不管这里是梦境还是现实，都太幸运了。

丁浩从湿地回来就一直打喷嚏，白斌摸着额头也不烫，没敢给他胡乱吃药，只能多煮了一点姜汤让他喝了，祛寒气。

打喷嚏的这位一直以自己的小体格为荣，老丁家的基因除了展现在脸上，就是那很少被病毒纠缠的身体了。借白露一句明白话：人都说不怎么动脑子的，不常生病。

大约是丁浩这几年多少还动了几回脑子，等到晚上睡着了，迷迷糊糊哆嗦起来。

白斌照顾了他一晚上，盖了两床厚被子，这才让他舒服一点。白斌心里有点自责，他瞧见丁浩回来后不舒服，可是见丁浩饭没少吃，网也没少上的，就没再劝着吃药，如今大半夜也不好再带丁浩去医院了，外边风大，稍微一吹，立马得住院。

白斌碰了碰丁浩的额头，有点发烫。

这一夜白斌都没睡踏实，时不时起来摸摸丁浩的脑门，又看看表的，好容易挨到天亮，正想着怎么劝丁浩去医院瞧瞧，那位伸了个懒腰，自己醒了。

“白斌，几点了？”丁浩瞧着精神还不错，揉着眼睛去白斌那边捞手表，“你怎么还不去上班啊？”

白斌把他的胳膊抓回去，拿被子裹好：“喊了一晚上冷，醒了就忘了？”

丁浩给他裹得严实，试着动了动脚，立刻被他压住了：“还难受吗？要不我带你去医院吧？”

丁浩摇了摇头，他都不记得昨天冷得哆嗦过，瞧着白斌一脸认真地问他，还有点迷茫：“我不就打了几个喷嚏，不至于去医院吧？”

白斌摸着丁浩的额头，确实不烫了，凉丝丝的，比他的还正常：“昨天差点发烧，说了一晚上的话。”

丁浩瞧着白斌给他塞后边的被角，还在追问：“我昨天说梦话了？都说什么了？”

白斌瞧他一眼：“一晚上都喊冷，松开一点被子就要哭。”

丁浩一听就知道后半句不是真的，他可从来不哭。笑嘻嘻地挨着白斌，丁浩从善如流，接了他的话："对对，我想起来了！但是现在没事了，真的！"

白斌无奈道："真不用去医院？"

丁浩探出一小截手，摸了摸他的脑门，这家伙还在坏笑："白斌，你这可比我热多了！咱们去了，你说医生检查哪个啊？"

白斌审视了他一会儿，确定没事了，才道："那我先去上班。冰箱里有粥，你饿了就热一下，听见没？还有药，也放在餐桌上了，你记得吃。"

丁浩躺在床上裹着被子，点头答应了。

等到丁浩病情刚好点了，就被叫去学校找徐老先生谈项目的事儿。

可他没出门就被白斌按住吃药，这还不老实，非说自己有免疫力，不吃药也能好："白斌，真的，感冒吃不吃药都得拖个把礼拜……"

白斌眉头皱得很紧，捏着药片不肯放他出去："吃了再走。"

丁浩就是有点头晕，别的还没什么大感觉，他觉得白斌这样有点小题大做，不过还是老实地坐下来。

白斌拿的是胶囊，丁浩吃了药，吞了好几口水还觉得喉咙里堵得慌。

瞧着他吃完了，白斌又忍不住提出新要求："要不再休息一天吧？"

丁浩不答应："你当初挂着水不也上班啊？我昨天都跟老师约好了，白杰也特意早去等着呢！一群人都在那儿等我一个，末了我再说不去了？你这不臊我嘛……而且你摸，我额头都不烫了。"

白斌拧眉道："好像是不烫，可你总打喷嚏，吃了药也不见好。"

丁浩笑了："你当你给我的是仙丹啊，哪有立刻就好的。"他也就是多打了几个喷嚏，这位爷太紧张了。

丁浩眼巴巴地瞅着他，等着他松口放自己出去："白斌，吃完药了，你让我去呗？"

白斌给他这个可怜样儿逗笑了，点头应允道："好。我今天去现场，正好路过那边，送你过去。"

丁浩一出门就被白斌包成厚厚一团，围巾裹得几乎要盖住眼睛，加上戴着的帽子，他觉得自己像极了偷摸儿出门的小明星。老丁家的强大基因再次发挥了功效，这家伙无论什么时候都觉得自己特美，白露有一次忍不住对丁浩这种心理做了评价。

她说："丁浩，我特羡慕你。"瞧着丁浩那张得意扬扬的脸，她又慢吞吞补充全了整句，"我一直搞不懂，你那种莫名的自信源自哪里……"

这句话让丁浩琢磨了小半天，才明白过来不是句夸奖人的话。

白斌送丁浩去学校见徐老先生，白杰正好刚到，瞧见自己哥哥，还问候了一句。

白斌瞧见自己弟弟，心里这才踏实点了，嘱咐了白杰，让他多照顾丁浩一些："他感冒了，饮食稍微注意一点。"

白杰点头答应了："嗯，我会看住他。"瞧着丁浩穿得严实，还难得开了句玩笑，"丁浩，你比小宝贝穿得还多。赶紧好起来吧，宝贝儿一直抱着魔方念叨你呢，好了去家里瞧瞧他。"

丁浩本就有点鼻音，听着白杰这么说，鼻音更重了："好好，等好了就去。你可让丽萨多注意点，最近天冷，得多穿衣服，别冻感冒了啊。"

徐老先生老早就在屋里瞧见丁浩他们上楼了，可等了半天也不见人进来，就催着李夏去看看。李夏刚开了门，就听见丁浩说的后半句，一下笑了："丁浩，还多穿衣服哪？你这再穿，真走不动了！"

丁浩瞧见李夏一身小皮衣的也不怕冷，心里顿时嫉妒。要说身体好，还是李夏这孩子身体最好，二十岁的年纪不光笑容灿烂，就这小身板也吸引人眼球。丁浩瞄着李夏敞开的衣服，里面就薄薄的一件 V 领线衫，隐约透出那副好身材。

丁浩隔着围巾，瓮声瓮气地嘀咕了一句骚包。

李夏没听见，白斌倒是听清楚了，敲了下丁浩脑门："别跟李盛东瞎学这些乌七八糟的词儿。"敲完又改成揉的，"我走了？"

丁浩点头，目送他走了，这才跟白杰、李夏进去。

徐老先生瞧见丁浩感冒了，一迭声地问候他。老头觉得丁浩的感冒是他引起的，格外对不住丁浩："丁浩，都怪我带你去湿地，唉！以后你就别跟着去了，现在的年轻人经不起冻……"说完丁浩，又扭头对旁边那几个学生叮嘱，"你们也别去了，一个个不管几月的天了，还穿那么薄的小外套，不感冒才怪！"

李夏领头反对了，他们哪里放心徐老先生一个人去："老师，我们买了羽绒服了！"

后边几个跟着点头相应："是啊，是啊，老师您带我们去吧，您一个人去找肯定没我们大家一起找得快！"

徐老先生笑骂了一句，这几个猴崽子平时闹腾，不过对他倒是真心照顾的："你们都去了，没人看家啊。"

李夏指了指白杰跟丁浩："他们留下帮咱们……"

没等李夏说完，徐老先生就瞪了李夏一眼，这孩子太不客气了，一点都不懂得谦虚："李夏！这是客人，你怎么说话哪？看丁浩干什么？丁浩是你师兄没错儿，但人家也有自己的公司要忙啊！平时一再告诫你们谦虚待人、谦虚待人，你们一个个的都没往心里听！"

李夏瞅着丁浩坐在他们唯一的大椅子上，捧着他们新买的茶杯，吃着他们最后一包软曲奇饼干，还嗑起了瓜子儿……他瞧着那个一脸不正经笑容的昔日师兄，一点也没从丁浩身上瞧出"谦虚待人"来。

旁边的几个提醒徐老先生："老师，昨天不是还有一个来面试的吗？说是来当助教的，您忘啦？"

他这么一说，徐老先生倒是想起来了："对，说是上午来，也快到了吧？"

白杰有点迟疑，他是来帮丁浩对项目的，瞧着徐老先生他们上午还有面试，提议把会议时间挪到下午："我们今天都在这儿，要不等您忙完了再谈？"

徐老先生乐呵呵地笑了，摆摆手说不用："那也是一个老朋友介绍来的孩子，刚从国外念完文学，正好我们这儿也缺少个助教，让他来帮帮忙。"

李夏跟丁浩久了，深得丁浩真传，立刻向徐老先生提议了："老师，这次会议就让他来记录吧？咱们就当给他面试了！"

徐老先生点头同意了："也好。"他猜着那孩子是学文的，做起会议记录，肯定要比家里这几个写得漂亮。老先生每回翻看李夏他们做的一周会议纪要，都得边猜边改错别字，这让拥有文人风骨的徐老先生十分痛苦。

徐老先生这边一点头，后面几个立刻拍着巴掌赞同："耶！不用咱们写喽！"

"终于来了个能让咱们欺负的了！"

徐老先生考虑要不要给这几个熊孩子多布置点作业，一个学期三篇论文发表还真是便宜他们了。

来面试的人卡着点儿到了，那叫一个准时，推开门的时候还给徐老先生鞠了一躬："不好意思，不好意思！本来想早点来的，没料到路上堵车……"

这一串儿话说得清脆利落，外加那个鞠躬，更让人觉得有礼貌，可大家的视线全留在这位的脑袋上了——具体来说，是他脑袋上的豹纹小礼帽。

等到他抬起头来，徐老先生更是忍不住吸了口气。

这位戴着豹纹帽子就不说什么了，还留着半长的卷发，大约是觉得来面试得郑重一点，都给扎起来了，只留下几缕垂在耳朵边上，配着有些尖的小脸蛋，怎么瞧怎么女气。

小豹纹几步过去，握住徐老先生的手，笑得还挺欢快："老先生您好！我是付教授介绍来的，一直听付教授说起您，真没想到还有这个荣幸能让您指导。我叫李华茂，木子李，风华正茂的华茂！希望今后您多多指导！”

徐老先生有点蒙了，他没见过这么海派的打扮，不过这人是老朋友介绍来的，也不好再说什么：“那个，华茂啊，坐吧……坐下谈。”

这位立刻答应了，紧挨着徐老先生就坐下了，瞧着李夏他们还站在一边没动，又腾地起来：“瞧我，都忙糊涂了！几位都是老师的学生吧？入门比我早，我就厚脸皮先喊师兄了，坐坐坐，别站着说话啊！”

李夏他们刚才一直在瞅人家的卷毛，给他这么一说，倒是不好意思了，抓着脑袋各自找位置坐下。

丁浩躲在围巾后边笑弯了眼睛，这家伙他见过，就是之前那个摄影师！他跟白斌一起回家瞧小宝贝儿的时候，在飞机上跟他聊了一路……这人看人全看脸的啊！如今再瞧着，还是个有文化的摄影师。

白杰瞧丁浩一直盯着人家看，看到最后还笑了，觉得这很不好，咳了一声提醒他：“丁浩，你看什么呢？”

他也就是提醒一下，没料到丁浩还当真回答了。丁浩拿裹得严实的胳膊戳了白杰一下，小声跟他咬耳朵：“白杰，你刚瞧见没？他衣服里扎的腰带也是豹纹儿的！嘿嘿！”

白杰瞧了一眼，正好跟李华茂对上，那位眼睛立刻亮了，一闪一闪的，不比帽子上镶嵌的亮钻差！

徐老先生要做的项目是太阳能街灯，是跟另外几所高校合作的。他们上次也做过这个，但是由于搞科研的没什么商业经验，做完各自负责的部分，结算经费的时候被扣得很惨，除了厂商提供了材料，也就多了几天盒饭的钱。

教授们拿着那百十块钱叹了一声，说是权当带学生练手儿了。徐老先生心里也不舒坦，他瞧着自己学生在实验室加班加点地赶出来，好几个都有黑眼圈儿了，哪能不心疼啊。老先生护短，找人理论过一回，可人家的公关部也不是吃素的，甭说要回钱来了，差点给人泼了茶水。

老先生一辈子让人尊重，哪儿经历过这些个，一想就来气。

现在又有这个项目了，徐老先生想着上次的教训，本不想接的。也凑巧了，那天正好碰见白斌来新校区，一起吃饭说起来，他这才知道丁浩从商了。这等于说是自己人打入内部了啊，徐老先生很高兴，跟白斌一再说了他这个项目先给丁浩留着，就算有便宜，也要便宜自己人不是！

白斌的想法跟徐老先生不谋而合，他也觉得外面环境复杂，不适合丁浩，不如来学校的好。

如此这般，才有了今天的大聚首。

白杰代表丁浩正在跟徐老先生协商，因为是自己老师，给的条件很宽松。徐老先生只要瞅见丁浩在旁边就放心了，如今再听见白杰说的，更是满意。

李华茂同志刚来，那几个学生就打着面试的旗号塞了纸笔给他，让他做会议记录。这位也不含糊，接过就写，还做得有模有样，挺像那么回事儿。李夏他们特高兴，他们偷偷瞥了一眼李华茂写的，内容详细，字也漂亮，这以后抄诗词的事儿也能放心交给他了。

李华茂不知道那几位的险恶用心，还在认认真真地写着。

丁浩坐在旁边本分地充当摆设，他来这儿就是给徐老先生吃定心丸来了。老先生这边房间里还是有点冷，丁浩只脱了一件大衣，围巾也没摘，偶尔打个喷嚏。

李华茂唰唰地做着记录，手脚利落地又给丁浩递上纸巾："给。"

丁浩侧头瞧他一眼："不用，我有手绢……我说，你是不是怕我传染啊？"

李华茂写字的手顿了一下，抬起头来瞧丁浩，他这种隐晦的心思竟然还有人能看懂？这太神奇了，同类啊，他好奇道："你……你是？"

丁浩把围巾往下弄了点，冲他笑了："摄影师，你怎么不去拍照，来这儿当起文秘了啊？"

李华茂眨巴了下眼睛，看看丁浩，再看看白杰，问的第一句话竟然是："你身边这人跟之前那个长得不太像啊，换人了？"

丁浩听明白了，乐了："说什么哪，这是我弟弟。"

李华茂低头继续做笔记，那纸巾也揣回兜里去了："哦，上回那个是哥哥，这回是弟弟……你骗谁呢你！"

丁浩懒得跟他说这些："你不是回去当大学老师了，怎么又跑到这儿来应聘？哎，我说李华茂，甭装听不见啊，我也是徐老先生的学生，论辈分，你是不是也该喊我句师兄啊？"

写字那位还沉浸在"好模特都被抢走了"的痛苦中，听见丁浩说的，心不甘情不愿地喊了句师兄。

丁浩就爱听这种发自内心的苦闷声音，听见了就身心舒畅，又逗着他问了几句："你学文的？"

李华茂脑袋稍微抬高了一点，听着语气有点小得意："我文理双学士！"

丁浩哦了一声："这么好的条件，那边怎么不要你啊？"

抬高的脑袋又低下去了："他们学校要求男老师短发……这都什么年代了，怎么还弄这种野蛮条例啊？这要在国外，都属于干涉人权。"那位嘟嘟囔囔说了一堆不好，中心大意始终围绕在捍卫自己那头卷毛上。

丁浩听明白了，这是死爱漂亮，为了那头卷毛不肯折腰，跑路了。他看着白杰那边还有一阵子要跟徐老先生商量的，也不再打扰李华茂，换了位置跟李夏他们聊天去了。

李夏他们几个刚来D市，首先熟悉的就是荒草无边的保护区，来了这么久，也就去市中心买了件羽绒服。丁浩瞧着他们对市区生活很向往，笑着答应请他们去玩："来了我管饭，咱们开酒店，吃喝玩一条龙啊！"

那边几个立刻师兄长师兄短地喊上了，那叫一个亲啊，就差把丁浩供起来早晚三炷香了。

丁浩他们聊得挺高兴，徐老先生跟白杰商量得也很高兴。老先生觉得这次真没找错人，不但丁浩这儿保险，这个白杰也很不错，一看就是个有能力的。他很痛快地答应了项目的事儿，他们几个高校只管研发，其他的一切都归白杰跟丁浩忙活。

李华茂做事利落，徐老先生这边跟白杰刚握手，他那边就差不多同时落笔了，写得详细又有条理。李华茂面试这关没话说，除了外形太过招摇，其他的都让徐老先生很满意。

徐老先生是负责这边新校区管理的，因为学校还没完全建好，只挪了部分研究生过来，跟李华茂的专业不相符，老先生答应他跟着自己跑几天腿，等着建好校舍招生了再重新安排。"等春天吧，差不多完工了，到时候本部招生的时候直接分人过来，你再去下边代课。"

徐老先生在Z大辈分算高的了，他这么一点头，李华茂就知道自己过了，立刻笑得跟朵花儿似的给他倒了杯热茶，语气也格外亲热："老师，我来得不是时候，又给您添麻烦了……"

徐老先生大概适应了他的外表，接过茶来也乐呵呵的，摆了摆手让他坐下："老付的学生嘛，我当然要好好照顾。唉，你当年跟着老付好好儿的，怎么非闹着出国啊？那老家伙为这个还跟我诉了几次苦，说是带着的那批学生里就一个好苗子还跑了……"

李华茂不着声色地打断徐老先生的怀旧，又给端着茶壶续了水："老师，我当年不懂事儿，哈哈，哈哈哈，再也不出去了！”

他打断得不够快，这边李夏几个已经听见了，嘀嘀咕咕，小声咬耳朵：“付教授就是那个经常拿诗词来的？”

后边几个点头：“对对，就是那个总爱拿繁体书来的那个！”

徐老先生喜欢文学，尤其喜欢诗歌之类，有几个文学方面的朋友不奇怪。但是那位付老先生是李华茂的老师，这又让人疑惑了：“付教授不是只带博士生？”

有知道情况的人插了句嘴：“早几年还带过研究生吧？”

李夏同志最直白，一下就问出了大家的心声：“你们说，李华茂多大岁数了啊？”

李华茂正在那边倒茶，听到这句，差点没把茶水泼出来，笑得也有点勉强。

徐老先生正跟李华茂从学习聊到生活，听见李夏那大嗓门，冲他嘘了一声：“李夏，没规矩！”

李夏吐了吐舌头，那边几个立刻围成一团，捧着李华茂整理的记录评头论足，一副“我们没参与”的样子。

丁浩不怕徐老先生，接着李夏的话茬继续上：“老师，他刚跟我说他是文理双学士，进门还喊李夏师兄，您跟我们说说具体情况呗，别喊乱了辈分啊！”

李华茂小刀子一样的眼神又杀到丁浩那边去了，他最恨人家提他年龄，尤其是这种一提再提的！长得帅也不能提！

徐老先生这个时候有点受到李夏传染，没想那么多，点着头给丁浩解惑：“你们该喊他师兄，刚进门的时候我也糊涂，忘了跟你们说。”老先生指了指李华茂，语气中带着点得意，“你们这个师兄不得了啊，文理双学士，文理双硕士，文理双博士，啧啧！”

李夏他们几个立刻用一种崇拜的眼神看向李华茂，小豹纹连连说着：“过奖过奖。”可他的尾巴还没翘起来，就给丁浩无情地拍下去了。

丁浩喝茶叹了一声：“真不愧多吃了这么些年的饭啊！”

李华茂耷拉着脑袋坐在一边给茶壶添水，他一年之内给人提醒注意年龄的时候，也没今天多啊！刚才他跟丁浩说双学士，无非是想沾点青春的边儿，丁浩就连这个也非给他当场揭发，他伤心了。

徐老先生拍了拍他的肩膀，笑得一脸和蔼，说出的话再次让他的心情跌到谷底：“华茂啊，处对象了没？这都快三十了吧，老付前两天还嘱咐我给你介绍个好的，你想要什么样的啊？跟老师说，一定挑个好姑娘！”

李华茂捏着小茶壶，手上登时就起了青筋，使劲儿憋了个笑容：“老师，我是腊月的小生日，这按阳历算，我今年才二十七呢……”

徐老先生看了看日历：“哟，还真是……”老头咂巴咂巴嘴没说出来，李夏那个缺心眼的傻大个接上了：“老师，腊月就是十二月吧？这不下个月就到了吗！”

李华茂恶狠狠地瞪了李夏一眼，小眼睛跟猫一样溜儿圆，那神情，恨不得在脸上写着：差一天，那也是二十七岁！

李夏头一次遭遇怨念的眼神，眨巴眨巴眼睛，立刻扭头问丁浩：“丁浩，腊月是十二月没错吧？”这孩子以为自己记错了，完全没领悟到李华茂控诉里的重点。

丁浩打从刚才起就一直咧着嘴笑，听见他问，连连点头：“没错……没错！就是下个月！”

李夏抓了抓脑袋，他不明白李华茂为什么还瞪他，丁浩都说了他没错呀。

李夏的常识没错，但是他说出来就错了。

李华茂当年跟付教授读研，两年之内硬是给读完了。这期间，李同志的废寝忘食与付老头布置的繁重课业并称F大两大最——最壮烈和最惨烈。李华茂能用两年学习完毕，并成功取得国外读博的资格，用付教授的一句话总结：真是奇迹啊！

凡是奇迹，总是有些原因与代价的。

李华茂拼命的原因是个女人。他那时候很纯情，喜欢上大自己一级的师姐，俩人都是学文的，共同话题也多。一来二去，李华茂一颗心就挂在人家身上了。

李同志当年比较害羞，外表含蓄，说话也含蓄，偶尔写首小情诗都是藏头露尾的。那师姐也有点愣，压根就没瞧出李华茂喜欢她，还热情地鼓励他以后要考博，自己今年就要考X国的云云。

李华茂一听师姐要考博出国，立刻慌了，他这刚恋爱……咯，刚开始要恋爱，师姐怎么能扔下他单蹦儿？于是，拼命李郎硬是在两年里读完了研究生，还顺利地考上了师姐要去的那个国家的公费博士生。

可问题就出在了这儿，全学校就一个公费的名额。

那个师姐家境一般，瞧着公费的没有了，人家想了想，还是留在国内读博了。李华茂临走那天，师姐特意去机场送了他，一脸羡慕地瞧着他叹了一句：“小李啊，你真厉害。早知道你也考这个学校，我就不报了……”

李华茂两眼泪汪汪地瞧着师姐，这跟他想象的差太多了。他当初想的是，俩人在机场并肩提着行李，他羞答答地拿出证件，说一句“师姐，我跟你一起走”，瞧着师姐感动的眼神再顺利告白，从此相亲相爱、伉俪情深……

现实很残忍，师姐对着他远去的背影挥手送行。

李华茂同志的初恋，在师姐饱含羡慕的“拜拜”中彻底夭折。

他为自己的恋情失败，在飞机上哭了一路：“我要回去，我……我一个人去那儿干……干啥啊？呜呜呜……”

明白了自己恋情失败的原因，李华茂同志在国外读书期间，为自己树立了宏伟的志愿。他立志要成为一个不再羞涩的人，他要好好把握青春，把握人生，把握那该死的爱情……之后在国外的三年，他历经艰辛，不比国内读研时付出的少。

以上，就是李华茂二十七岁十一个月的重大人生经历和转折。他不知道的是，在他无比抗拒的二十八岁，他的人生幸福终于找到了。

现在的李华茂还沉浸在年龄被人揭发的心痛中，愤愤地瞅着李夏，又看着一脸坏笑的丁浩，敌众我寡……李同志默默在心中流下一行清泪，扭过头去。

徐老先生坐在他对面，瞧着他回头，又开始跟他嘀咕结婚生娃。李华茂摸着自己的头发，在心里安慰自己，只要不让他剃头发，听听徐老先生满是人情味的唠叨也不错。

白杰的任务圆满完成，他跟徐老先生约好下次见面的时间，到时候他们拿具体方案过来，临走的时候又担心丁浩感冒了，没听清会议内容，特意问李华茂要了一份记录的复印件，转手递给丁浩：“你回去自己看……不，还是给我哥看吧，你感冒了，记得多休息。”

白杰只是单纯觉得丁浩平时就要麻烦自己家大哥，感冒了，那不是要加倍地麻烦？当然，他哥也很乐意被麻烦……丁浩只要照顾好自己，就是对他哥的帮助与支持了。

这种深层次的内心话语当然不能被普通人领悟，所以来给白杰送复印件的李华茂同志的眼睛又亮了！

丁浩从他猥琐的眼神里渐渐领悟了真谛，把帮他拎包的白杰叫住了。丁浩隔着围巾跟李华茂告别，说得格外真诚：“李华茂啊，下个月你生日我一定来！白杰，二十八这数吉利啊，咱们也送份儿心意给他吧？”

白杰不明白丁浩的话，或者说他压根就没把心思放在家人以外的人身上，听见也只是淡淡地点了点头：“好。”

这么一声，瞬间把李华茂的表情冻结了。

白杰送丁浩回去，路上接到了他哥的电话。白斌打来问了下他们商谈的情况，得到白杰的肯定答案也就没再多问，几句话又绕到丁浩身上，听着白杰说他们还没吃饭，让他们先别去找馆子了：“回家吧，我今天下午开会，提前回来了，正好做点拿手的慰劳下你们。”

白杰听他哥的话，立刻答应了：“好。”

到家的时候，白斌正在往餐桌上摆菜，招呼着白杰坐下：“来了？先休息会儿，还有一个汤，马上就好。”

白斌起身去端汤，丁浩脱了外套扔在沙发上，跟着进去：“还有什么？我瞧瞧……莲藕排骨汤！这个好，哎，白斌，怎么没排骨啊？”

白斌道：“有，但不给你吃。”

打从丁浩感冒起，白斌就往清淡里喂他，这几天他吃青菜都吃够了，瞟了一眼冒着油花的莲藕汤叹了口气，成吧，这好歹也算托白杰的福，沾了荤腥了！

白斌果然准备了两份菜式，一份清淡的，一份味道偏重的，瞧着丁浩往排骨那边坐，给他喊住了，拍了拍自己旁边：“浩浩，坐这儿来。”

丁浩一点一点挪回来，啃着莲藕看白家兄弟吃肉。

白斌问了下丁浩上午的情况，白杰一一回答了。那内容详细得让丁浩觉得白杰这一天没干别的，就全职监督他了。

吃过饭，兄弟俩都有事忙，也不多留下说话了。白斌送了自己弟弟出去，又给他带了一份莲藕排骨：“不小心煮多了，你们晚上吃吧。”

白杰忙收下，他这也是托丁浩的福，头一回吃着自己哥哥煮的菜，捧着那个硕大的饭盒连声说改天给他们送回来。

丁浩给白斌拦在门口没放出来，探着脑袋提醒白杰：“记得带小宝贝一起过来，你跟他说，我可想他了！”

白杰笑了说好，告辞走了。

丁浩还在门口，回头就被白斌弹了脑门，推着进里边去了：“不怕再吹风冻着了？到时候别说宝贝来咱们这儿，你想去瞧瞧都不成了。”

丁浩不怕他，笑嘻嘻地问了一句：“你今天怎么没系围裙？往常可都系着啊。”

白斌道：“我系围裙，你就这么高兴？下次问问奶奶，看是谁把你教得从小就会使坏。”

丁浩一脸惊奇地看着他：“不是你吗？我从小就跟着你了啊！”

白斌气得笑了：“这还成了我教的？那我教你别的，你怎么学不会？当年学英语吃了多少苦，如今又都忘干净了吧？”

丁浩听着他说英语，一下就想起李华茂了：“我跟你说啊，白斌，我今天见着一个特有意思的人。”

白斌道："见着谁了？"

丁浩因为感冒本就有点晕，这会有点记不起事儿来："那谁，我想想，刚才还一直念叨叫什么来着，特风骚的一个名字，还融入了一个成语……"丁浩努力回想，他记得似乎是形容一个人很年轻，很漂亮，偶尔脑海里还闪过一顶豹纹小帽子。

白斌看了下手表，快到开会的时间了："那你先想着，等我晚上回来告诉我。"瞧着丁浩脸色微红，又嘱咐他，"下午没事就去床上睡会儿，知道吗？"

丁浩脑袋里那个人名，在白斌出门前也没能想起来。

白杰做了项目的初步分析，在白斌的授意下，让丁浩负责联络学校研发人员这块的工作，事情不多，就是需要经常去学校。丁浩这是自己求白杰帮忙的，他对项目的事儿不懂，又跟徐老先生拍着胸脯保证过，现在都指望白杰帮忙呢，压根儿不敢多说什么，听白杰这么说，立刻老老实实地往学校跑。

丁浩对开车有阴影，自己很少开着出去，白斌只当他不喜欢开车，也没多问。白斌去开发区正好路过学校，每天按点把丁浩送过去，中午让他跟着徐老先生蹭食堂，晚上再准时接他回来。

"白斌，你上班那么忙，再接送我会不会很麻烦啊？"

"没事，没事！为了你，老子啥都不怕啊！"

"那你这么照顾我，是不是还想送套房子给我啊？"

"那是必须啊！最近新开发的碧水园楼盘就不错！"

"浩浩，"白斌一只手扶着方向盘，一只手把丁浩两只手上的布偶都抓下来，这是给小宝贝买的，还没送去，倒是丁浩自己先玩上了，"在车上不要自问自答。"

丁浩的玩具被白斌没收了，拿胳膊枕在脑袋后边斜眼看他："我又没说错，你本来就照顾我啊。"

白斌道："你要真想要看楼盘，回头让董飞带你去。"

丁浩嗯了一声，还想再说什么，白斌就踩了刹车，到学校门口了。

丁浩顾不上贫嘴了，白斌还要去上班那儿，一边解开安全带，一边跟他告别："我走了啊。"

白斌叫住他，递了一个纸袋过去，道："你忘了拿药。"

丁浩乐了，过去接过来道："谢了，你好好上班啊，我赔了钱可指望你养啊！"

白斌道："瞎说什么呢。别乱跑，我晚上来接你。"

丁浩点头说好，下了车，等着白斌按喇叭走了，这才转身进学校，一进去就瞧见大门柱子后边的李华茂。那位今天换了一身，略微朴素了点，不过依旧能瞧见点豹纹的痕迹。

李华茂拿着些打扫卫生的工具也是往里走，瞧见丁浩的时候还挺羡慕："丁浩，还有人专门接送你啊！真好。"

丁浩跟他同路，忙接过几件来帮忙拿着，跟他谦虚了下："还成，还成。"

李华茂在旁边还在感叹："那个是白斌吧？他刚给你什么了，是不是早点？好吃吗？"

丁浩一把捂住他嘴巴："嘘嘘！小声点！"

李华茂爱干净，丁浩手上还拿着几块抹布呢，新买的也不成啊！拼命地挣扎了几下："放开……放开！呜呜！"

丁浩个子比他高，按住他还是小菜一碟的，瞧着他扑腾够了，这才慢悠悠地放开手："哟，这手上还拿着抹布，你瞧我！不好意思啊。"

李华茂一双眼睛瞪着丁浩，他是一点都没瞧出来丁浩不好意思了！他张张嘴想说话，那边丁浩又甩起抹布了，冲他咳了一声。

"李华茂啊，不对，我该叫你师兄。"丁浩笑眯眯地瞧着他，一只手还环住了他的肩膀，"师兄啊，你想多了，不是早点，就一盒感冒药。还有，我想你这几天也打听得差不多了。我跟白斌呢，从小就认识，一起长大的，关系特铁。白斌家我就不说了，就说白斌那人吧，脾气不太好，朋友知道我们关系好倒是也没什么，但是外人如果有人乱传我和白家的关系吧，他特别容易生气，他那人就是一点流言蜚语也听不得！我呢，也有一摊子家业，不太大，养百八十个人不成问题……哦，有的时候还因为工作需要，经常得跟些社会上的人合作，没办法，现如今嘴上说说，人都不听啊！"

李华茂觉得自己这是给人威胁了。

威胁他的人又细致地给他讲了一遍如何对付嘴巴不严实的人，从勒索、绑架讲到灌水泥扔海里。想了想，丁浩又针对李华茂补充了一点："对了，还有毁容。"

最后一点起到致命的威胁作用，李华茂瞬间离丁浩远了些，瞧着丁浩，小心地跟他搭话："其实，我刚才也没看清楚……而且丁浩，你不用对我这么小心啊，咱们一样，你喊我一声师兄，我不会出去乱说闲话的。"

丁浩还在笑，不过这次温和了许多："我只是提醒你一下。咱们这儿毕竟不是国外，国内关系网多复杂啊，这种事可不能乱说。"

李华茂也琢磨过来丁浩是逗他玩了，白了丁浩一眼：“这我当然知道！我又不是外国人！”

丁浩乐呵呵地拍着他肩膀：“其实吧，你单说我也没什么，关键是白斌，这个人你一个字都不能说。”瞧着他点头了，也不忘了掐断他对白杰的念想，“还有白杰，他是白斌的弟弟，也就等于是我弟弟，你可别打他主意啊！他们兄弟俩都不能给你当模特。”

李华茂挥了挥手，说得还挺有骨气：“你放心，我这是摄影艺术，主要是追求精神层次上的……”

丁浩打断他：“不追求美貌了？”

李华茂给他卡住脖子一般，说不出下面的话，支支吾吾了半天：“我那不是……以为不会再跟你们见着了嘛，我那是练习！我天生腼腆，那些话都是顺口说着玩的！”

他们走到门口，这话正好被迎面出来的李夏听见，大个子很有好奇心：“练习什么？顺口什么？”

丁浩打量了李夏那一头金毛，又瞧了他的身高，眼神从头慢慢地往下顺，停在那张脸上，叹了口气：“李夏，你这条件不符合啊。”帅是帅，就是表情像二哈，实在是傻了点。

李华茂推了门，自己先进去找徐老先生了。

从本质上来说，李华茂不是个逗弄人的好料子，他这辈子就逗了丁浩一个人玩，还是在飞机上豁出去大胆了一回。他运气不好，就这么一回，遭报应了。

被他戏弄的人，是个正宗的流氓。

李华茂没编制，算是外聘人员，白天跟着徐老先生忙，晚上有大把的空闲时间，选了几个要在晚上代课的学校，给自己的时间安排得挺满，想了想，又划掉了星期六的——这不是在国外了，不用没命地赚钱，这一晚就当奖励自己出去玩的！嗯，也不枉费他那么辛苦地学摄影了，总要有些娱乐不是？

李华茂顺便又找了几个装修相对好一点的地方，他也是刚来D市，对这里不太熟悉，只能在网络上寻找，瞧着人评价好的，就打开来看看，一连看了几个也没喜欢的：“一枝红杏？这是什么破名字啊！嘁，谁会去！”

李华茂这边念叨“一枝红杏”，丁浩那边也被人念叨了。

“不去，不去！李盛东我跟你说多少回了，你要想请我出去玩，就把钱折现给我打卡上来！哎，我上回不是给你发了银行卡账号吗？就按那个打钱来啊。”

电话那边的声音带着点醉醺醺的调子："丁小浩！哥是看你可怜，都没出来见过世面吧？你跟白斌跟傻了……灌什么水泥！老子就说了怎么的，白斌、白斌、白斌！我喊了三遍，你让他来抓我啊！"

丁浩道行没有李盛东深，给镇压回来了。

那边听着丁浩不出声，立刻软了许多："别挂啊，别挂，哥跟你闹着玩儿呢！旁边没人，就我一个，真的！"软磨硬泡半天，依旧非让丁浩去找他玩，"来吧，这是新开的店，名字也新鲜，特适合你！"

丁浩给他面子，哼着接了一句："什么名字？"

李盛东在电话那头大着舌头说了句："一枝红杏啊！"

"去你大爷的李盛东！你才一枝红杏！你才出墙！"

啪的一声，电话挂了。

李盛东喝高了，自己都没绕过弯来，拿着嘟嘟直响的手机搔了搔头发："嘿，邪门了！你小时候不最爱吃杏儿啊，这又发什么神经……"

丁浩回家之后还是生气，想起李盛东说的那"一枝红杏"就忍不住磨牙！这太侮辱人了！晚上他翻来覆去的睡不着，使劲想坏点子怎么折腾李盛东，一个比一个狠。

白斌半夜起来喝水，瞧见他那房间还亮着灯，敲门问了一下："怎么还没睡？"

丁浩道："没事。我就是在考虑明天白天要做什么。"

白斌笑了一声："头一回见你这么积极主动啊。"

丁浩哼了声，能不积极吗？这是报仇的大事儿！

白斌还在夸奖他："知道提前做准备了，值得表扬。"

丁浩还没回话就听见自己手机响了，铃声很特别，一听就知道是给专人配制的：爸爸，接电话了！爸爸，接电话了！

这是丁浩最近听的相声里的选段，特意拿出来给李盛东用，这电话铃声一响就打从心里解气啊，有的时候为了多听听，还特意给李盛东打个骚扰电话，响一下就挂，让李盛东给他打回来，不停喊"爸爸接电话"。

不过现在丁浩可没心思听了，他还没想好对策，就算李盛东蹲在他跟前喊"爸爸"，他也懒得理。

李盛东不知道有什么事儿非找丁浩不可，锲而不舍地喊着"爸爸接电话"。

丁浩拿被子捂住脑袋，使劲往枕头底下钻："白斌，帮我按掉！"

白斌也知道电话是李盛东打来的，听着那铃声哭笑不得，不过大半夜的，李盛东打来也不合适，他决定去帮丁浩关机。

他顺着铃声找到手机，还没来得及按，手机自己不响了。

保险起见，白斌还是按了关机键。

他刚处理完丁浩的手机，自己的又响起来。知道他手机号码的人不多，除了家人更是少有人打来。白斌拿起手机看了下，立刻就接了："喂，白杰？"

白杰在那边声音有些低，可能是刚从梦中被叫醒而睡眠不足："哥，有一个叫李盛东的打电话过来，说丁浩的同事出事了，正在医院急救。"

白斌皱了眉："你听清楚了？那个住院的叫什么名字？"

白杰在那边沉默了一会儿："那边很乱，我没有听清楚受伤人的名字，好像也有个'李'字吧。医院的名字倒是听清楚了，是市二院……哦，对了，他还让丁浩开机。"

白斌已经确定是李盛东，估计是真的出事了，这才大半夜心急火燎地找丁浩。

白杰在那边又问了要不要他也过去。

白斌说不用，他知道自己弟弟对睡眠有强烈的需求，能半梦半醒地打电话把事儿说清楚就不错了："你休息吧，我跟丁浩过去就可以了。"

丁浩已经自发自觉地开始套衣服，他刚才都听见了，出事、住院、李盛东……这些可都不是什么好词。瞧着白斌也换好了衣服，丁浩又去衣柜里拿了外套，打了个哈欠："好了，走吧。"

丁浩路上开机给李盛东打了个电话，李盛东那边信号不好，接通了之后说话断断续续的："丁浩，我们在……好多血，我喊了三个医生，你别怕啊……你同事……"

手机刺啦一声，信号断了。

丁浩听着那边的嘟嘟声，眉头都皱起来了，事情似乎比他想的要严重得多。

"我再给市二院打个电话。"白斌道，"会没事的，别怕。我们去了再说。"

俩人赶到市二院，从急诊记录上没找到人，又敲开值班室的门去问护士："刚才送来的人去哪里了？受伤的，很严重的那个！"

护士有点迷茫："很严重的？"

丁浩跟她比画了下李盛东的长相，拿手指按住眼角往下扯，生生弄出对三角眼来："这个，这个人送来的，记得不啊？"

他这么一比画，小护士立刻明白了，哦了一声，给他们指了下住院部的方向："去那边了！"

丁浩一颗心往下沉得更厉害了，那边不只有住院部，还有太平间啊！

跟着白斌又去了住院部，打听到病房号，丁浩手脚才恢复点知觉。他手机上同事一栏上百个电话，大晚上的也不敢挨个打，只要知道人还活着，有救，其他都不怕了。

市二院设备不如其他医院好，病房空着一大片。这大半夜了，走廊上只剩下幽幽的应急灯闪着，人走在走廊上都有回音。唯一有亮光的一间病房在最西头，门缝底下透出点若隐若现的光。

丁浩手心又开始冒汗，他不知道推开门会瞧见哪个熟人躺在病床上，下意识地总是回想到当年他出车祸的时候，一脸的血。

丁浩手停在门把手上，深深地吸了一口气。

“臭流氓！”

“你这人讲不讲道理啊？我说你先喷我一脸血，现在还有理了？！”

“你……你不撞我！我能喷你一脸吗？！”

“我那是摔倒不小心磕了，我又不是故意的！还有，男的你烫个卷毛干什么？！”

“我乐意！管得着吗你！”

丁浩黑着脸啪的一声把门推开了，吵架的二位被他惊得一跳，都抬头看着门口。

丁浩瞧着那个胸前一小摊血的流氓李盛东，再瞧瞧鼻孔堵着俩卫生纸的卷毛李华茂，额头上青筋突突直跳。丁浩指着病床上神采奕奕的小卷毛，问的话几乎是从牙缝里挤出来的：“李盛东，这就是我那伤得严重的同事，啊？”

丁浩眼睛没花，病房里这两个确实是手脚健全的。唯一的伤，大概就是李华茂那正淌着鼻血的鼻子了。

李华茂伤得很无辜，他申请的代课还没下来，正等通知，晚上闲着没事，就溜达着去了市中心。

市中心那么多酒吧，偏偏他就瞧见了“一枝红杏”。

那装修别具一格，门口没灯，就俩大红灯笼，照得门口的招牌看不太清。李华茂是一个富有好奇心的人，他决定停下来看清楚这家店到底叫什么。那招牌是红底的，字也是闷骚的红色。李华茂站在门口拼了半天：“一枝红……红……”

他这边念叨着，倒霉的事就来了。门口就俩灯笼照明，实在不亮堂，李盛东从里边晃晃悠悠出来，没瞧见他，面对面的俩人就撞翻了！

李华茂扑腾起来，没等说话，就被那个喝高了的再次压倒。

用李华茂的说法就是，他差点被这人把鼻梁撞断！

李盛东同志抗议，他说那不叫撞，只是轻轻磕了一下！

总之，俩人撞得有点过于扎实，下巴碰鼻梁，李华茂的鼻子显然没有李盛东下巴硬，当下就撞出了鼻血，糊了李盛东一脸。

这本来也没什么，随便让个清醒的人瞧瞧，拍拍肩膀说句对不住也就各走各的了，可是李盛东当时不清醒，他喝高了。

喝高了的李流氓难得发了一把慈善心，拉扯着地上的卷毛起来，还客气地问了句："没伤着吧？我走了啊！"

李华茂给他连压两次，鼻血哗哗地流，他竟然大摇大摆的，还想走！李华茂那个气啊，张嘴就想评理。前头说过，李华茂比较爱干净，流鼻血躺在地上吧，血绝对会倒流回嘴巴里，而李华茂绝对不会咽下去，所以一开口，噗地吐出一口血来："我……喀喀，我跟你说，喀，你这是不道德的！"

李盛东喝得有点晕了，猛地瞧见这人又喷血又吐血的，吓了一跳！想都没想，伸手就去捂他流血的地方："我去！怎么这么多血啊？！"

李华茂给他捂得生生呛回一口血去！

李盛东喝醉了，力气大得离谱，下手也没轻没重的，一只手差不多就捂住了李华茂的半张脸。他当是止血呢，捂得可结实了，李华茂喊不出声，鼻子也被血堵住，没几下就翻了白眼。

李盛东一看血没止住，人也晕了，还觉得有点奇怪，不过瞧着那一头卷毛，猜着是个姑娘。他对待女士还是比较有风度的，心想给人送医院吧！于是，他扛着李华茂往路边走。李华茂给他扛在肩膀上，大衣兜里的手机扑通一声掉出来，屏幕给摔亮了。

屏幕上显示的人有点眼熟，李盛东揉了揉眼睛，发现的确是丁浩，就是丁浩脑袋上戴着个卡通帽子，乌龟造型的……又按了下，主菜单背景显示的人更熟了，这不白斌嘛！

其实那人是白杰，李华茂是摄影师，职业病发作，偷拍了几张放在手机里收藏的。李盛东晕晕乎乎没分辨出来，不过瞧着轮廓大体相同，还是有点忌讳。他觉得这没准是撞着丁浩他们认识的人了，忙翻出自己的手机给丁浩打电话确认一下。

丁浩没接，再打就关机了。扛在肩上的小卷毛软绵绵的不动弹，李盛东站在马路口抓了抓脑袋，又去翻卷毛的手机，他刚才好像看到一个什么"丁浩家的小小白"这样的名字。

李盛东找到那个名字，打过去，这次有人接了。他也不管人家听清楚没，自己乱七八糟地说了一遍，最后还拍着胸脯让人安心："我给送医院！绝对送去！市二院，离这可近了！丁浩你放心啊，这人你……嗝儿！认识，我一定好好地救他！"

白杰那边也睡迷糊了，他本来就低血压，刚起来的一段时间压根是听不进话的，模模糊糊抓住了几个关键词，稍微组织了一下语言，给自己哥哥打过去。

等到了急诊科，李盛东挨个值班室去揪医生，好歹凑了三个，不管人家哪个科室的，都给拎到李华茂那边去。

三个医生闻到李盛东身上一股酒味，又听他说带来的人又喷血又吐血的，还以为是出车祸给伤到脏器了，忙带着李华茂去做检查。

李盛东在外边等的时候正好接到丁浩的电话，这次他清醒点了，不过碍于信号不好，依旧没能解释清楚。

总之，当医生查明李华茂就是因为鼻血堵塞鼻子，呼吸不顺畅，又加上外力才晕倒的时候，丁浩他们已经到了。

丁浩听完他们的一通解释，嘴角忍不住抽了两下。那边两个解释个事情，都能吵上十次八次，各种侮辱性的修饰词愣是都不带重样的！

丁浩看着那两位中气十足的，深吸了口气，慢慢开口："也就是说，你们俩都没事了，是吧？"

李盛东危机意识比较强烈，小心地接了话："嗯，那什么，大晚上的，你们跑这一趟累着了吧？丁浩，我给你报销车费……"

李华茂没觉出来，坐在病床上还在冲丁浩热情地打招呼，大概是堵着了鼻子，说话带着点鼻音："不好意思啊，丁浩！我手机里存了白杰的电话，这家伙大晚上的就打过去了，嘿嘿。"他帮徐老先生做记录，从联络人名单里记下了白杰的电话。

丁浩已经顾不上电话的事儿了，他这边一肚子火，这俩家伙拖出去放血两百斤都不够解恨的！"李盛东，你给我等着！"临出门又想起什么，丁浩转身回来从李华茂身上搜出手机来，利落地拔下手机卡扔给李华茂，把那个有他跟白杰照片的手机揣进兜里，"还有你手机，没收了！"

李华茂哎了一声，刚想说话就被白斌看了一眼，那眼神就让他冷得哆嗦，嘴巴张了张又老老实实地闭上了。

白斌跟李盛东也客气了一句："李盛东，回头见。"

这声音里听不出什么负面情绪，但也让李盛东背后渗了冷汗，酒是彻底醒了，正在慢慢整理今晚做的蠢事儿的时候，病床上那个叽叽喳喳的又嚷嚷起来。

李华茂手机让丁浩拿走了，又见了红，可算是赔了夫人又折兵。他瞧着李盛东那花里胡哨的衬衫就来气，这人就算是丁浩朋友也不成啊，忒流氓了！李华茂冲他伸手，大大方方地要求赔偿：“赔钱！医药费、误工费、置装费、精神损失费！”

李盛东也气得不轻，他以往揍了人都不带送医院的，这难得好心了一次，还惹上这么个祸害。“赔钱？我呸！”

李华茂气坏了，指着他的衣服，立刻运用法律武器捍卫自己：“你衣服上还有我的血哪，我跟你说啊，这样我告你故意伤害都成！”

李盛东醒酒之后脑仁儿生疼，给他这么一说倒是乐了，揪着自己的衬衫凑近了：“你还提醒我了，你也赔我衬衫！你看看这一摊的血！我跟你说啊，把你卖了都不值我这身衣服钱！”

李华茂脸气得通红，他这辈子还没遇到这么不讲理的，丁浩那老爱欺负人也是有原因的啊，这个人脑袋不知道是给门板夹了还是怎么的，打从一开始就连压带撞地欺负他！

现在的丁浩也想不讲理一回，任谁大晚上的给折腾了一回午夜历险都会烦躁得很，尤其发现照片上的自己还给扣了个乌龟壳，气得没给他摔了手机！

丁浩第二天很干脆地没有起来，拖到快中午了，这才去了学校瞧瞧。

徐老先生那边已经接到李华茂的电话了，说是牙疼，在医院检查。老头心地善良，信以为真，还帮着李华茂给丁浩说了一遍：“那孩子也真是，牙疼早说啊。我看着他打从昨天下午就坐立不安的一直想出去，唉！”

丁浩很有一种告密的冲动，忍了忍，还是放弃了。他们之间的事儿怎么闹都成，一旦牵扯到长辈就不好说了。

徐老先生这几天还在给李华茂打听合适的女朋友，趁着李华茂不在，拿了几张照片来征求丁浩他们的意见，丁浩都不忍心泼他冷水，附和着点了点头，只说都好。

李夏瞧着徐老先生拿了这个舍不得那个的，抓了抓脑袋：“老师，要不你直接去问他喜欢什么样的呗！我瞧着李师兄不像会害羞的人啊，只是相亲……”

徐老先生教训他：“什么叫‘只是相亲’！见一回都是难得的缘分，没准儿就成了哪！”

李夏觉得这事儿成不了。他这么迟钝的都能看出来，李华茂师兄喜欢的分明是五官精致的美人，照片上的姑娘不怎么符合要求，最起码也得长成丁浩这样比较漂亮的，要不然丁浩那么招惹李师兄，李师兄能忍下来？而徐老先生给挑的都是圆脸的小姑娘，并不多漂亮，看着倒是贤惠，俗称有旺夫相的那种。

丁浩瞧着徐老先生兴致高昂的，在旁边敲起了边鼓："老师，要不咱们去医院瞧瞧李华茂吧！他一个人在外地，进医院也没人看望，不太合适吧？"

徐老先生迟疑了下，李华茂在电话里可是再三说了不用他们去看，说得还挺急，没几句就挂了。老先生有点为难："可是，他没说在哪家医院啊。"

丁浩一脸真诚地望着徐老先生，替他拿了外套，扶着他出门："放心，我知道他在哪儿！老师，您把那相亲的照片也揣上，咱们送温暖的时候到了！"

徐老先生在丁浩的怂恿下，亲自去医院慰问病号李华茂。丁浩熟门熟路地找到病房，他昨天听见护士说李盛东交了三天的钱，猜着李华茂那么爱惜生命及金钱的人，一准儿留下来做个复查，顺便当旅馆住一晚。

丁浩猜得没错，他们进去的时候，李华茂正在收拾东西。

李华茂外套上估计也沾染了血迹，这人爱干净，拿水洗了晾了一晚，半湿半干的就穿在身上了。他瞧见徐老先生来，有点意外，再看见后边跟着的丁浩，更是心惊肉跳，这是……丁浩告密，带老师抓他来了？

李华茂小脑袋里使劲儿编造各种谎言，一眨眼的工夫闪过不下十种："老师。"

徐老先生冲他摆摆手，笑呵呵地让他坐下："华茂啊，你这带病工作很辛苦嘛。你看看，一直忍着不肯说，出事了吧！"

李华茂拿不准徐老先生知道了多少，心里七上八下的，硬是扯出个笑容跟老先生搭话："是……那什么，我也没想到，呵呵……"

徐老先生拍了拍他的肩膀："你们这些年轻人，忙起来半夜都不睡。好了吧！一个牙疼就住院了！哎，身体还是自己的啊，以后不舒服就说，学校还是很体谅你们的。"

李华茂这才松了口气，说话也利落起来，一迭声地谢了徐老先生谢学校："谢谢组织对我的关心和爱护，我回去一定好好工作，回报社会！老师，您对我真好，我这儿一颗心啊……"

后边站着的人是存心来捣乱的，瞧不见他一点好："李华茂啊，你鼻梁怎么破了？老师您快看！还磕青了嘿！"

李华茂一颗心生生卡在嗓子眼儿里！上不去下不来的，更是难受，试图拿手去捂鼻子不让徐老先生看见："我这是……这是……"

他捂得晚了，丁浩这么一喊，徐老先生也瞧见了。老先生很吃惊，牙疼还疼出外伤来了？他拨拉开李华茂的手自己瞧了下：“哟！这还真是青了。华茂啊，这是怎么回事啊？”

李华茂昨天出来的时候没打算夜不归宿，随身也没带什么化妆的玩意儿，早上起来素面朝天。他这难得的一次没化妆，小脸还挺白嫩，更是凸显出鼻梁上的瘀青，听见徐老先生问，现想现编地回了话：“啊？啊！那个，是医生！给我补牙的医生镊子没拿好，砸鼻梁上了！哈哈哈！出了点小意外，让您看笑话了……”

他还没说完，丁浩攥着拳头蹦起来，语气相当愤怒：“太不像话了！这是什么医生啊，给牲口看病也不能这么马虎不是！我找他去！”

“丁浩——”李华茂这回是真要哭了，“别去了，谁都有不容易的时候啊！你就发发慈悲，放别人一马吧……”丁浩要是出去，他就全露馅了，他这是替自己求情来了。

丁浩看着李华茂可怜巴巴的样儿，心里这才舒坦了点，大方地点了头：“好，既然你都这么说了，我就暂时放过他！”

徐老先生对自己学生还是很关心的，热情地要带他换家医院瞧瞧。李华茂哪儿敢去啊，哄了老先生半天才让他打消这个念头。徐老先生瞧着“牙疼”的事儿没什么好再提的了，于是掏出了照片儿：“华茂啊，你看下这几个女孩！哪个比较有气质？”

李华茂有过相亲经验，徐老先生一亮出照片儿他就明白了。这家伙也不说哪个好哪个不好的，装出一副很为难的样子，略带了点羞涩：“老师，您这太突然了，我也没什么准备！要不，我带回去认真看看，仔细考虑之后再给您答复吧？”

徐老先生对他的态度很满意，不但大方地让李华茂都带回去好好看，还表扬了几句：“不错！不错！这才是成年人应有的态度嘛！回去帮我教育教育你那几个小师弟，现在的孩子太胡来了，对待终身大事一点儿都不认真！”

李华茂腼腆地笑笑，答应了。

李华茂小心翼翼地收起照片，认真地坐在那儿听徐老先生谈话。老先生总结自己的人生经验，并结合相应的理论知识，详细地跟李华茂讲解了一遍，从第一次见面去哪儿吃饭带多少钱，到俩人交往几个月适合结婚，末了还嘱咐他：“华茂，你们家就你一个吧？最好也找个独生子女，这样可以生二胎！”

李华茂同志憋住自己内心的苦闷，扯出一个笑容来应和徐老先生，连声说是。

他脸上强力隐藏的痛苦，成功取悦了丁浩同志。丁浩看了看手表，觉得也不能太折腾李华茂了，多少得给点休息缓冲的时间，向徐老先生提议：“老师，这都快吃中午饭了，咱们先去找地儿坐下，李师兄这可是婚姻大事，您不能急在一时呀！”

李华茂感激地瞧了丁浩一眼，忙点头附和：“对对对，老师您胃不好，这万一过了饭点儿又该不舒服了！咱们……”

丁浩存心不让他好过，顺着话就接上了一句：“咱们边吃边聊啊！呵呵，边吃边聊！”

李华茂忽然想起昨天晚上那个穿花里胡哨衣服的流氓李盛东，李盛东说过的一句话特别符合他现在的情况：脑仁儿生疼啊！

丁浩这顿饭吃得春风得意，他觉得李华茂当时的表情很下饭，一看就食欲大开。那种隐隐的、不能说清的、既感激又哀怨的心情，充分地从李华茂僵硬的笑容和忧郁的眼神里表达出来。丁浩回家之后，想起来还忍不住要乐上一阵子。

白斌给他时不时一阵笑弄得书都看不下去，干脆放下书抬头去观察他看的什么节目，而当时播出的是《天气预报》。

白斌实在看不出这个有什么好笑的，揉了丁浩的脑袋问他：“今天又有什么好玩的事儿了？”

丁浩笑得歪倒在沙发，遥控器都不要了，把李华茂相亲的事儿跟白斌说了一遍，自己还乐呢：“白斌，你不知道！我头一回看见人笑得跟哭似的诶！老师在回来的路上还跟我念叨，说这孩子真是的，一说相亲，高兴得都不会笑了！哈哈哈！”

白斌对李华茂的反应倒不是很大，只是一直瞧着丁浩。他觉得丁浩眯着眼睛笑的时候，跟家里养的小猫一样四脚朝天的，特别逗人。

客厅里的灯关了，单留了电视开着，屏幕上忽明忽暗的。耳边听着电视节目的声音，被那些变化色彩的微弱光亮打在身上，是一种家的温暖。

电视的声音很响，但还是能听到身边人低低的笑声，是真的很幸福。

李华茂的“牙疼”没几天就痊愈了，鼻梁上的伤好了，人又恢复了平时的嘚瑟样儿。这几天他一直捂着个大口罩，出去讲课的时候还给人批评了，说是不尊重课堂，就是这样，硬着头皮挨训也没摘下来。

今天没什么事儿，徐老先生带着李夏他们几个开越野去湿地拍照了，李华茂喜欢拍人物，对景儿没什么追求，跟徐老先生主动要求留下看门。

徐老先生也没强求，再说他那小越野装的人有限，点了几个身强力壮、眼神儿好的出发了，他对没找到的白天鹅念念不忘。

李华茂自己留在办公室里，守着电脑听歌翻扑克牌，旁边还有一个小电暖炉子，暖和得直打哈欠。李同志眯着眼睛感慨，这生活太美好了。

有些人天生见不得别人好，比如流氓中的流氓李盛东。

李盛东打电话来的时候，李华茂正在打哈欠，看见不认识的号码，随手就接了：“喂，谁啊？”

李盛东在那边吼得中气十足：“你大爷！”

李华茂把手里那个暗金色的手机拿开一点，还在不紧不慢地翻自己的扑克牌：“我俩大爷哪！你是刚死的那个啊，还是早死了的那个啊？”

那边一点幽默感都没有，还挺气愤：“你竟然敢偷我手机！我告诉你啊李华茂！做人不能这样！我送你去医院、出医药费，完了还留在那儿照顾你一宿……”

翻纸牌游戏成功通关，李华茂点了开始按钮重新再来，嘴上也不含糊：“你那是喝高了不能走了吧？哼，睡觉比猪还沉，晚上还打呼噜！还有，你给我出医药费那是应该的，我都没好意思再找你赔钱，你还来劲儿了啊！”

李盛东在那边沉默了一会儿，他觉得这人气人的功夫不亚于丁浩，是个对手：“你是丁浩的同事，我不跟你计较这些。你把手机还我，这事儿就算过了。”

“那你先让丁浩把我手机还回来！”李华茂想起自己的手机就心痛，他那里边可有不少好存货！这一心二用的就翻错了一张牌，倒扣五十分，气得骂了句，“去你的！”

“丁浩还给你留了张卡哪！你连卡都没给我拔下来就给带走了！”那边吼完之后深深吸了一口气，强压住冒火的念头，努力缓和了情绪，跟李华茂再次说明情况，“我那手机卡里有好些个客户的联系电话，你这换卡的工夫也不知道给耽误了多少事儿！我说，你那手机给丁浩得了，我给你换个新的。”

他这再次提醒了李华茂的伤心往事，他那一去不复返的手机哟，他那些珍藏的美人儿哟。

李华茂之前厚着脸皮去求丁浩把手机还给他，丁浩八成还没消气，一次说把内存卡里的照片全删了，一次说把手机扔马桶里冲了，消息一个比一个绝望。他想起李盛东是丁浩的朋友，又打起了主意：“李盛东啊，咱们也算是不打不相识，好歹也是朋友了嘛！要不这样吧，你去丁浩那儿把我的手机要回来，你的我立刻就还！”

李盛东哪儿敢再去招惹丁浩啊，白斌这几天正忙着抓他小辫子，他躲着还来不及呢！刚说了个“不”字儿，那边就要挂电话，李盛东忙喊住他：“哎哎！别挂，咱们再商量下！”

李盛东这次真是急得肝疼：“我的祖宗啊，我那手机送你，卡还我就成……啊？不要我的？买买买！你要哪个买哪个！一样的，保证跟你以前那个一模一样！”

李华茂估计也就这么个结果了，逗弄完了李盛东欣然接受，不过还是强调了一下：“你这是赔给我的！”

电话那边咬牙切齿：“对，我赔你的！”

俩人约好了见面时间，挂了电话。李盛东还是气得不行，踢了沙发一脚泄愤，嘴里骂骂咧咧的不说好话。

李盛东那天是在家里，他回镇上的时候一般都陪着他妈妈。他爸做生意不比他清闲，成年地往外跑，他妈妈一个人在家也怪可怜，所以即便外边有房，他也很少出去独住。

他这边跟李华茂对顶了一顿，那大嗓门把李妈妈给招惹来了。李妈妈等在门边儿听了好一会儿，正好听见李盛东低声下气地求人，又是“小祖宗”又是买东西的，还是“跟以前一模一样”，顿时乐了，她家东子这是要找老婆了啊！她从来没见这兔崽子对谁这么服气呢！

镇上这边普遍结婚早，李盛东他妈妈瞧着跟自己岁数一样的都抱上了孙子，心里那个羡慕呀！可偏偏李盛东不是个踏实的主儿，女朋友挺多，可没一个正经人家的！刚开始，李妈妈还觉得分手好，该换！可发觉李盛东不停地换女朋友之后，李妈妈着急了。

她觉得自己儿子玩得太疯，叮嘱了几次也不见成效，喊他回来相亲吧，骗一回两回还成，喊多了就不上当了，他还威胁她：“再这样，我不回家了啊！”

听听！说这话能不挨抽吗！

被抽了两顿，李盛东皮糙肉厚的不疼，倒是心疼起自个儿亲妈的手，一个劲儿地劝她“慢点，别闪着胳膊”“小心，别伤着手腕儿”。李妈妈给他气乐了，也不再逼着他去相亲。不过，她心里依旧是盼望着李盛东能早点安稳下来，家里有个知心人也好说点话，多劝慰下。

别人都说李盛东这几年发了，可也就她这个当妈妈的知道，她家东子也没少在外边受委屈，喝了酒也会难受。有回东子醉得厉害，哇哇地吐啊，连胆汁都出来了。她在一边心疼得直掉泪，东子还吓得直哄她，后来醉了都不敢回家，等没事儿了才回来。

李妈妈叹了口气，想着李盛东刚才那个电话，心情又好了起来，没准儿这是东子想定下来了吧？瞧着自己儿子打从挂了电话就高兴得满屋子乱转，还踢沙发踹椅子的特兴奋，李妈妈觉得这事儿靠谱，这一看就是恋爱了嘛！年轻人高兴了，都这样！

李妈妈盼着这一天好几年了，她觉得这回差不多能抱上孙子了。看着自己儿子满屋子折腾，她倒是笑了，还劝他："东子！这事儿不能急，你得好好儿地哄，啊！"

李盛东有点烦躁，但对李妈妈还是好言好语的："妈！您别跟着掺和了，您都不知道这是怎么回事儿……"

李妈妈啧了一声，有点不满："我怎么不知道了啊！不就是见面吗？我都听见啦！"凑过去又详细问了下，"长得怎么样？哪儿的人啊？东子你领家来我看看呗！"

李盛东拿起外套，往外跑："妈，我有事，先出去了！"

李妈妈在后边追，没追上，笑骂了一句："这熊孩子！追个人还害羞上了，没出息！"

第五章
小宝贝的魔方要充电

白杰的加入，让丁浩的工作清闲起来。丁浩觉得自己的活儿都让白杰干了，有点过意不去，所以当丽萨请求他在周末帮忙照顾小宝贝的时候，他痛快地答应了。

白斌跟丁浩一起去了那边接小宝贝，丽萨对此感到很高兴，不但为小宝贝准备了许多日常用品，还为丁浩准备了很多自己做的小饼干："喏，丁浩，请多吃一些吧！很好吃的！"

丁浩收下饼干，一转眼就瞧见了小宝贝。小家伙长大了一点，穿着一件小熊外套，脑袋上还顶着两个半圆的耳朵，看起来可爱极了。丁浩把饼干递给白斌，伸手去接小宝贝，抱住使劲儿亲了一口："宝贝儿，可想死我了！"

小宝贝还记得丁浩，也凑过去给了丁浩一个吻，瞧见旁边的白斌，一视同仁地也亲了一口，不过比亲丁浩的那口含蓄多了，只沾了沾脸。

丁浩抱着小宝贝在房间里转圈儿玩起来了，俩人你亲我、我亲你的，半天也分不开。白斌坐在沙发上问了下丽萨的近况，他对照顾小孩的请求有点误会："怎么，吴阿姨照顾得不好？"

"她很好，但是我希望小宝贝与家人多接触一些。"她摊了摊手，对自己繁重的功课表达了些许不满，"以前学校不忙，还有休息日，现在没有了。我希望宝贝每个礼拜都能出去玩一下，熟悉一下外面的环境……白斌，你们能陪着他吗？"

白斌这还没说话，丁浩听见了，忙抢着答应下来："当然，当然，丽萨你放心！我今儿带他去放风筝，明儿去划船，后天就换游乐场，保证不带重样的！"

怀里的小宝贝之前玩过风筝，对此还有印象，抱着丁浩的脖子重复了一句："风曾（筝）。"

丁浩乐了，亲了他一口："咱们一会儿就去放风筝，啊。"

白斌提出了反对："那个冬天没法玩，不要随便向小孩子许诺。"他这还在担心丁浩一高兴就对小宝贝说什么"一起睡吧"之类的，小宝贝现在能听懂不少话，这万一当真了，半夜爬上来不走怎么办？

丁浩没他想得那么多，他也没带过小孩，就是想把最好的都给孩子，给白斌说了一句也只是冲小宝贝做了个鬼脸："好吧，好吧，咱们不玩这个。咱们去买风筝好不好？"

小宝贝点了点头："好。"妈咪跟他说过，要做乖孩子，小爸爸说什么，他就答应什么。

超市里的温度适中，而且东西多，白斌也不再反对。他们抱着小孩从丽萨那儿走了之后，就拐去了市中心的一家大型超市。

超市里有专门给带小孩的人设计的购物车，外形是一辆颜色鲜艳的橘黄色卡通小汽车，上面附带一个购物篮。丁浩把小宝贝放在卡通汽车里面，里面还有可以转动的方向盘，小宝贝试着转了两下，从窗户里探出脑袋来看丁浩："小爸爸？"

丁浩忙蹲下去："哎，我在这儿呢！"

小宝贝瞧见丁浩就伸出小手，让丁浩抱他出来："不在里面。"

丁浩对小宝贝有求必应，别说是抱着了，让他骑在自己脖子上也成啊！白斌瞧着小宝贝不坐这个，想着换一个小一点的购物车，可是小宝贝眼巴巴地瞅着丁浩，又去看那小汽车。

丁浩立刻跟白斌商量："别换了呗？"

白斌对丁浩自然也是有求必应，推着那鲜艳的儿童购物车继续前进。反正这东西除了外形不同，跟普通的购物车有一样的装载能力，白斌也没觉得有什么不自然的。

白斌一身职业西装，推着这个车走在路上，频频引人注意，虽说有些不搭，但是白斌这样反而让人觉得这才是新好男人的表现。

丁浩在前边抱着孩子，注意力全在小宝贝身上，白斌更是从来不在乎这些。一家三口自己逛自己的，偶尔碰到什么要买的，丁浩也会回头问下白斌的意见，现在不能乱买，小宝贝太小，还有些不能吃的东西。

白斌侧身靠过去，指着几个标签给丁浩看，低声说几句话才让他放进购物车或者换了。

白斌说的时候，小宝贝也一脸认真地听着，似乎想努力去听懂白斌在说什么。

丁浩一低头就瞧见小宝贝严肃的模样儿，笑着亲了一口："宝贝儿也选一个啊？"

小宝贝看了看丁浩，先习惯性地回他一个吻，然后指了指货架上细瓶装的彩虹糖果。这个跟他的魔方颜色一样多，小宝贝很喜欢，抱着丁浩的脖子软软糯糯地喊了他一声："小爸爸。"

丁浩眼睛顿时弯了，伸手就去抓了一把，放进后边的购物车里。白斌看见了，给他留了一个，其他的又放回原位，一下买这么多，小孩不一定爱吃，再说，吃多了糖也不好。他当初就是没舍得管丁浩，让丁浩打小儿挑食，如今小宝贝可不能再宠着了。

小宝贝趴在丁浩的肩膀上看着白斌把他的糖放回去，默默地数了一会儿，回头跟丁浩告状："一……一。"这意思是说，他那一把糖，变成一个了。

丁浩没听明白，模模糊糊听到个发音，还当小宝贝要去看别的："椅？宝贝儿还记得你吃饭的小椅子啊，呵呵！咱们不买那个，上次那小椅子、小床都给你留着呢。"

小宝贝告状失败，趴在丁浩怀里闷了一会儿，也不再说什么，只是时不时地要攀到丁浩肩膀上，回头去看购物车里自己那瓶唯一的彩虹糖果还在不在。

白斌都瞧在眼里，笑了。

小宝贝回他们这儿住的第一个晚上，白斌的预言成真。

丁浩穿着白天特意买的印有小熊图案的睡衣，抱着穿着同样款式带熊耳朵睡衣的小宝贝站在床边，眼巴巴地瞅着白斌。他这次学聪明了，不说话，就那么看着。

白斌揉了揉额头，做出了最后的让步："睡着了之后，立刻送他回自己的小床。"

小宝贝不是第一次在白斌房里睡，但这是头一次挨着白斌躺下睡一整晚，他以前跟丁浩午睡的时候比较多，对白斌有点陌生，但是又觉得白斌跟自己亲爸爸很像，倒也不怕白斌。瞧着白斌在看书，他扶着白斌的胳膊，也探了脑袋去看，瞧见没有图片，有点儿失望。

白斌低头正好瞧见，不动声色地换了一本旅游杂志。丁浩的生日快到了，按照每年惯例，他们是要出去旅行的，他正好瞧瞧去哪里比较好。这本杂志的图画比较多，小宝贝晃着小脑袋跟白斌一起看，偶尔回头瞧瞧丁浩还在不在。

看书有助于睡眠，小宝贝没一会儿就困了，揉着眼睛爬回丁浩那边，挨着丁浩睡着了。

白斌瞧见小孩躺下睡了，放下杂志看了看，跟丁浩轻声问了句："我抱他回去？"

丁浩点了点头，小声回了句："轻点。"小宝贝挨着他睡得可香甜，他真舍不得小宝贝走。

送了小宝贝过去，在小床上放好，盖上小被子，白斌这才回来。

丁浩又依依不舍地看了一会儿，确定孩子睡着了，自己抱着枕头回房间去了。

小宝贝来这儿的某一天晚上，丁浩失眠到半夜才勉强睡着，刚有点睡意，就听见了奇怪的声音，像是小宝贝在喊他。

丁浩对孩子的声音熟悉，小孩一喊，立刻不睡了，侧过身去听了听，还真是小宝贝在说话，不过咿咿呀呀的，听不清他在讲什么。

丁浩赤着脚推开白斌的房门，小心推了他一下，喊他起来一起听："哎，你听……"

过了好一会儿，丁浩才听见小孩说了一句，好像还挺高兴的，咬着手指头吧唧吧唧响。

白斌也听见了，皱了下眉头，不太确定地看着丁浩："这是在说梦话吧？"

丁浩有点疑惑："宝贝这才多大，怎么说起梦话来了？我听人说，身体不好的才说梦话吧？"

白斌对此不了解，摇了摇头表示不知道。

丁浩不放心，睡觉都不踏实，到底还是爬起来拿了一个录音机，蹲在小床边等着录小宝贝说的话。小宝贝说的话带了奇怪的音节，他听不懂，猜着这可能是跟丽萨学的意大利文。守到晚上三点，小宝贝估计是睡得很熟了，没再说话。

丁浩一宿没睡，顶着一副黑眼圈儿，早上起来就先去网上查了查：

一岁多的小孩，最近一睡觉就说梦话，这是 ×× 缺乏症……请到 ×× 医院来！

一岁多的小孩，最近一睡觉就说梦话，同时还伴随着磨牙，这是 ×× 缺乏症……请购买 ×× 品牌指定特效药！

…………

丁浩打开一个网站，就弹出一堆广告网页，强忍着心烦大体浏览了一遍正文。里面稍微跟小宝贝的情况沾点边的，都说得很玄乎。起初是这个微量元素缺乏，那个维生素缺乏的，后来都扯上癫痫了，把丁浩吓得不轻。

丁浩收拾整齐了就要带小宝贝去医院瞧瞧，白斌把他拦住了："网上的消息太杂了，也不可信。你不如打电话问问妈妈，还有奶奶她们，我觉得没那么严重。"

小宝贝刚醒，有点饿了，他饿的时候就会特别听白斌的话。这一点比较像丁浩，打小儿喜欢跟着管饱的人转。

白斌把小宝贝放在小椅子上，给他倒了一碗热好的牛奶，里面还泡了他喜欢的小饼干。小宝贝自己拿勺子吃了两口，转头去看客厅里打电话的丁浩："小爸爸。"

白斌又给他夹了一块鸡蛋糕，听见他问丁浩，认真地回答：“你小爸爸去打电话，一会儿就回来。”

小宝贝瞧着桌子上的确放了丁浩的碗筷，觉得他小爸爸饿不着，又低头继续吃自己的了。

丁浩在那边打电话先去问了丁妈妈，丁妈妈是幼教出身，对小孩的事儿也是有经验的，听见丁浩问的，扑哧就笑了：“浩浩，你别急啊，这估计就是累着了。白天玩得太高兴，晚上就爱嚷嚷两句……哎，你小时候可比这闹腾，满床转着圈儿地踢腿，跟闹猴儿似的，你爸两巴掌下去就老实了！哭几声后自己睡得可香呢，第二天还告诉我啊，说你梦见打针去了屁股疼呢。”

丁浩臊了个大红脸，挂了丁妈妈的电话后还是有点担心，又给丁奶奶打过去。

那边说的跟丁妈妈的解释差不多。丁奶奶还嘱咐了丁浩两句，让他一定好好地带着人家孩子：“白天别玩得太厉害啊，浩浩你是大人，他可小呢！这小孩高兴起来不睡觉，晚上就不长个儿了。”

丁奶奶无意中又戳到了丁浩的伤心处，难怪他个子长不高。

丁浩又问候了丁奶奶几句，听着老人抱怨丁浩不回家瞧她，又多哄了几句。电话那边隐约有鹩哥吱吱哇哇地叫唤，丁奶奶跟丁浩说了句去喂豆豆吃饭就挂了。丁浩感慨，鹩哥豆豆最近的地位直线上升，这要再不回去，估计丁奶奶都要先跟人提豆豆，其次提他了。

丁浩回来陪白斌吃了早饭，他还是不太放心，脑袋里总想着网上说的那几样严重的，很担心宝贝儿的健康，吃过了饭，还是抱着小宝贝去了一趟丽萨那里。白斌拿了厚外套跟着丁浩，丁浩不习惯开车，向来是他接送的。

到了丽萨那儿，他们正好碰到好久不见的白露。白露是来出差的，正好路过D市，想过来瞧瞧丽萨和小宝贝，听着丽萨说小宝贝送到她哥那边去了还觉得有点可惜。她时间有点紧，不方便再跑一趟白斌那里，可巧丁浩就自己抱着小宝贝送上门来。白露高兴极了，对丁浩都是和颜悦色的。

丁浩把来的目的给丽萨说了一下。因为在家里的时候小宝贝都是自己睡的，而且很乖，丽萨并没有遇见小宝贝说梦话的现象，表示对此也不理解。

白露觉得说梦话没什么，可宝贝儿这么小，她又最疼他，便开始跟着丁浩一起担心起来。

丁浩听不懂外国话，想拿录下来的给丽萨听一遍。丁妈妈在电话里说，小孩高兴了说梦话，会把白天说的话重复再重复，跟再学习似的，丁浩想知道小宝贝在梦里都说了些什么。

白露对小宝贝保护过度，都带上了点迷信色彩，她觉得让小宝贝听见自己说的梦话不好，想抱着宝贝儿去房间里玩。小宝贝跟她不熟悉，只是看看她，往丁浩怀里躲。白露看得心里直发酸，这么好的孩子怎么偏偏跟丁浩要好呢？

丁浩亲了小宝贝一口，让白斌带着小宝贝去玩具房里面玩，他想留下来听听丽萨怎么说。

小宝贝回到家很高兴，难得地主动去拉白斌的手。他带白斌看了自己的收藏，连自己最喜欢的小手枪都给白斌摸了一下。

白斌坐在一边瞧着小宝贝满地爬，抱着这个给他看，又拖着那个来给他看，一副期盼受到夸奖的样子，立刻学着丁浩的语气，拍了拍他拖过来的毛绒玩具，夸奖他："真不错。"

白斌学的语气不是很像，但是表达的意思差不多，小宝贝坐在自己的那一堆玩具里，大方地表示愿意与白斌一起分享。

客厅里，丁浩、白露正等丽萨给翻译小宝贝的梦话。

丽萨认真地听了一遍，抬头瞧着丁浩，眼神很迷茫："丁浩，我听不太懂中文。"

丁浩深吸一口气，举起四个指头跟丽萨发誓："这不是中文，我用我的脸保证！真的，丽萨！"

这次白露也点头认同了丁浩的话，迟疑着问丽萨："这也不是……意大利语？"

丽萨摇了摇头，这真的不是意大利语，她听不懂小宝贝在说什么。

丁浩皱了眉头，还想跟丽萨说什么，就听见白斌在走廊上喊他："浩浩，过来一下。"

小宝贝在白斌怀里含着眼泪等丁浩，瞧见他过来，立刻扑了过去。

丁浩拍了拍在自己怀里使劲拱着的小宝贝，有些不明白："这是怎么了？刚才不是还挺高兴的？"

白斌有点尴尬，咳了一声："我好像，把他的魔方弄坏了。"

丁浩乐了，他难得瞧见白斌出糗，跟着逗了几句："哎，这就是你的不对了啊！你看把人孩子弄得，都哭成什么样了！"

小宝贝从丁浩怀里抬起头来，他没哭，妈咪说哭了就不是乖孩子。小宝贝伸手去抓丁浩的下巴，让他低头瞧自己没有哭，又仰着头给旁边的丽萨和白露看了看干净的小脸，再次强调："没哭。"

丽萨立刻鼓励他："宝贝很坚强！没有哭！"

白露也跟着点头："对对，真坚强！没哭，一点儿也没哭！"

丁浩给小宝贝捏着下巴不松开，听着旁边娘子军们的话，也不好去闹白斌了，跟白斌商量了下："你去跟丽萨说会儿话，我去陪宝贝再玩一会儿？"

白斌点了点头，他对小孩这种生物，真的有些不知所措了。不但是小孩子本身很脆弱，就连他们的玩具都很脆弱。

小宝贝一脸伤心地带着丁浩去看他的魔方，现在它已经散了，变成几块在地上可怜兮兮地躺着。小宝贝带着点恳求去拉丁浩的手，放在坏掉的魔方上面："小爸爸，修修。"

他以前的魔方坏了，都是丁浩给"修理"好的，这次同样对丁浩抱有极大的希望。

那地上散了的魔方是不可能修好了，不过丁浩也不忍心瞧见小宝贝难过，扭头瞧见旁边的手机数据线，应该是丽萨落在这儿忘了收走的。

丁浩拿过那条数据线把魔方勉强缠绕了一下，固定好形状，放在小宝贝够不到的柜子上方，哄他："魔方拿去充电了，明天就能复原了。宝贝儿，咱们等明天再来看它啊。"

白露怕小宝贝难过，正端了果汁来喂他，冷不丁听见他这句不要脸的话，抬头瞧了一眼柜子上头被五花大绑的魔方，嘴角忍不住抽了几下。

丁浩跟小宝贝互动得很好，终于让小孩暂时不去在乎魔方的事儿了。整个过程让白露忍不住直撇嘴角，她对丁浩的"无耻"认知又上升一层，骗小孩的事儿也只有这家伙干得出来。

丁浩抱着笑了的小宝贝出来的时候，白斌正好跟丽萨谈完，瞧见他来，立刻招手："丽萨下午还有课，我们也该走了。"

白露有点舍不得，她难得见着白斌一次，但是时间实在太紧，也来不及一起吃饭。

丁浩瞧着白露可怜巴巴的样儿，于心不忍，主动邀请了她："白露，要不去我们那儿坐坐啊？"

白露很动心，但是依旧摇了摇头。部队里有规定，时间要求得更是严格，她是来不及去了："我还有任务，等会儿也要走了。"

白斌对自己妹妹还是很关心的，问了白露有没有人同行，得知有人过来接她之后才放心，不过还是叮嘱她出门要小心一些："以后来了就给我打电话，我去接你。"

丁浩觉得白斌忘了他妹子的武力值，适当地提醒了一下："白露，要是有人欺负你，也别在车站动手啊！那边人多，你领到一个小黑胡同里再下手。"这是白露之前干过的一件事儿，这妞有次给人摸了钱包，一气之下追了三条胡同，愣是把那贼给揪住暴打一顿。据目击者说，那场面真是太暴力了，简直惨不忍睹。

白露酝酿了半天的离别之情顿时没了气氛，一记眼刀杀过去：“丁浩你给我闭嘴！你要敢不教孩子学好，你要是敢带不好……哼！我先领着你去小黑胡同，咱们谈谈心！”

“哈哈，来来，宝贝咱们跟姑姑来个告别之吻！”丁浩举着小宝贝转移话题，让宝贝给白露飞了个吻，软软地说了声“再见”。

白露也是个没出息的，就这么给轻易征服了，红着眼圈儿亲了宝贝一口：“姑姑走了，你乖乖的啊，下回还来看你哦！”想了想，忍不住又提醒丁浩，“你别忘了那‘充电’的魔方，回头孩子该找你要了，‘充不好电’可真哭了！”

丁浩冲她做了个放心的手势：“没问题，这种事儿我常干！绝不会出错儿！”

白露一颗心瞬间更放不下了，她为自己宝贝侄子的学前教育感到很担忧。

接白露的车一会儿就来了，几个人送走了白露，丽萨也该去上学了。白斌顺路带她去了学校，约好了晚上再把小宝贝送回来。

小宝贝瞧着自己妈妈去了学校，一直趴在车窗上看，丁浩趁机教育他：“宝贝，这是学校，以后你也来这儿上学好不好？”

宝贝瞧着自己妈妈进去了，不再回头看自己，学着白斌的样子一本正经地皱起眉头来：“不要，学校。”说完把小脑袋埋进丁浩怀里，拱来拱去的表达不满，“不喜欢。”

丁浩被他拱在腰上，弄得直痒痒，笑得停不住：“好好好，咱们不去学校……”他把小宝贝抱出来，回击似的伸手去挠人家小孩的痒痒肉。小宝贝不怕痒，只动了两下就老实地坐在那儿，抬头瞧着丁浩，一副不明白他在干什么的样子。

最后宝贝被丁浩抱住亲了两口才算完。这俩人闹了半天，这才正经看前面的路。丁浩瞧着方向不对，有点疑惑地问白斌：“这不是回家的路吧？”

白斌在前面开车，听见他问就答了下：“对，咱们先去趟医院。”

丁浩这段时间心思都在小孩身上，听见白斌这般说也只当是带着小宝贝去瞧医生，没往别处想，这还抱着小孩鼓励他呢：“宝贝儿啊，等会儿看见穿白大褂的医生，别害怕！你要记住，一切反动派都是纸老虎啊纸老虎。”

小宝贝揪了揪自己帽子上的耳朵，他今天戴的是顶小老虎的帽子，脑门上还有一个“王”。小孩认真地指着自己脑袋，告诉丁浩：“老虎。”

丁浩扑哧笑了:“你这是布老虎,人家那可是有铁钳子的老虎啊！哈哈,不吓你了,别怕，别怕！就看看你的小肚子，不疼的！”

小宝贝学得很快，而且不一会儿就把这句话熟练地运用到了丁浩身上。

到了医院，丁浩被白斌带到十七楼某个检查室的时候，这才反应过来不对劲。这个楼层他太熟悉了，自从来了 D 市，白斌就托了关系给弄了个体检室，定期定点地让他来检查身体。丁浩这几天带孩子带得太投入，差点忘了今天是例行检查的日子。

丁浩看着那熟悉的门牌，脸色不太好，抱着小宝贝扭头就想走："我不去！"他本来就有点晕血，更何况今天还有小宝贝在，一晕血，多丢人啊。

白斌拦住他，把孩子接过去，眉头皱起来："听话，就是抽几管血，很快就好的。"

丁浩不干："你去拿点药，我就是前段时间累着了，回去老实喝中药成不成？干吗非要来检查啊？"

白斌对这事儿很坚持，不让步："很快就好。"

小宝贝也在旁边安慰丁浩，从白斌怀里探了身子过去亲了亲丁浩："小爸爸！看看，不疼！"

"白斌，你带小宝贝也去看看吧……"

小宝贝立刻捂住自己的肚子，缩回白斌怀里。

丁浩笑着戳了戳小孩的小肚子，跟白斌又说了一遍："我说真的，宝贝太小了，我总有点不放心，反正也来了，就带去让医生瞧瞧，要是没事更好。"说完叹了口气，推开检查室的门，"走吧，我一会儿就去找你们。"

检查室的门吱呀一声关上了，白斌犹豫了下，还是抱着小宝贝去了儿童医生那里。医生给小孩做检查的时候，白斌脸色特别凝重，一直紧盯着小宝贝。

怀里的小宝贝叫了白斌一声，白斌抬头看他。小孩不舒服地扭动着身体，他忙抱起来道："疼了？"

小宝贝看着白斌，伸出小手摸了摸白斌的额头，一脸的关心："大爸爸，疼？"

白斌笑了，拿下他的小手亲了一口："不疼。"

丁浩在检查室里好半天才端起那个小盒一口气喝了，立刻拧着眉头努力让自己不吐出来，表情视死如归。

旁边站着一个全副武装的医生，脸上的口罩遮挡起大半的容貌，不过一双眼睛倒是眯了起来，带着些笑意："丁浩，还害怕呢？就是做个钡餐，没事的。"

丁浩挪了挪身体，听见他问，立刻顶了一句："废话，又不是你喝。"这还带着一口恶气，瞅了一眼身材修长的白大褂医生同志，"张阳，你这真是站着说话不腰疼，我说你今年体检做了吗……"

张阳医生，丁浩初中时期的好友，曾经和丁浩有过一段兄弟义气的时光，其间与白斌交恶。丁浩的脾气对谁都不改，好坏都表现在脸上，张阳不同，他对丁浩跟对别人明显地有区别。可以这么说，张阳很乐意把自己真实的一面与丁浩分享，他对丁浩，有一种幼年伙伴的亲近感。

也许从第一次见面的时候起，丁浩就知道了他的秘密——被校园欺凌。那大概是张阳一生最狼狈的时刻，被同学围打、羞辱，跌入低谷。他还没来得及自暴自弃，就被丁浩拽了起来。他需要友情，丁浩给了他友情；他需要金钱，丁浩也给出了最适当的援助。

丁浩这家伙就这么闯进了他的学生时代，这样说有点矫情，但是对于他，真的是这样。

无论是从感情方面还是金钱方面来说，丁浩的帮助都是最及时的。后来也有人帮助过他，但是比较起来，他还是会怀念那份单纯的温暖。一如现在，在丁浩身边，他很容易就能放松下来，像普通朋友一样谈话，不会有鄙夷，也不会有试探与讨好。他们会互相调侃，会爆粗口，气极了，丁浩也会呸一声让他“快还钱”。

丁浩：“张阳？你笑我是不是？注意点啊，你可是给我打过欠条的人！”

挨着窗台的医生笑得眼睛更弯了。

趴在那儿的喋喋不休，比开方的医生还啰嗦，后边做检查的倒是很老实，一声不吭，如果仔细看，其实也是笑着的。

无论如何，检查还是要继续的。

等丁浩一肚子怨气出来的时候，跟在后边的医生倒是挺镇定，写好了检查报告给他。

丁浩翻了下检查报告，怨气更甚：“跟平时一样！我都说了我好好儿的没事！”

张阳劝他：“这是好事啊，要是跟平时不一样，你才该哭了呢！”

丁浩扯了扯嘴角：“我走了。对了，张阳你下次别戴口罩了，屋里暖气那么大，每回来，你都热出一脑门儿汗！”

张阳愣了下，点头答应了。

丁浩找到白斌的时候，白斌正抱着小宝贝在花园玩。小孩长得好看，周围不少人想凑过来逗逗他，可白斌摆着一张生人勿近的脸，一时半会儿也没有人敢靠过去。

小宝贝先瞧见了丁浩，张开小手冲丁浩喊了一声：“小爸爸！”等白斌抱着他走近了，立刻把小兜里的鲜花掏出来，举到丁浩面前，“送给小爸爸！”

丁浩一出检查室，心情就舒畅多了，瞧见小宝贝递过来的花，更是瞬间被治愈，接过来随手插到自己口袋里，在小孩脸上亲了一口：“谢谢宝贝儿！看，小爸爸是不是又变帅了？”

小宝贝配合得很到位，一脸认真地上下打量一遍，郑重地点了头：“又帅了。”

白斌也笑了，从自己兜里也掏出一朵花插在丁浩口袋里：“好了，现在是最帅的了。”

丁浩摸着那花上没刺，知道这是别人送来的花篮里的。他觉得白斌不可能这么恶劣，带着小宝贝去掐别人花篮里的花玩儿，这种事儿一般只有他干得出来啊，有点好奇地问白斌：“你们从哪儿弄的？”

白斌指了指儿童门诊那边：“刚才抱着白昊去看医生，正好有病人送感谢信还有鲜花来。医生瞧着白昊好玩，检查完了，送了他几朵。”

小宝贝举起自己的小手，冲丁浩比画了具体数字：“三朵。”

丁浩对白斌说的后半句比较感兴趣：“检查结果怎么样？宝贝儿没事吧？”

“没事，就是累着了，下次要让他早休息。”白斌瞧着他这么紧张，也笑了，“我们回家吧。”

俩人在路上都很安静。因为抱着小宝贝，丁浩坐在了后面，白斌眼睛余光扫过的时候，瞧见丁浩抱着小孩，姿势倒是越发娴熟了。

白斌道：“对了，我刚才接到丽萨的电话。她也不放心，给意大利的父母打了个越洋电话，不过她应该是太久没跟家人联络了，说着说着就跑题了。我听着她最后的意思，好像是想抽空带小宝贝回家去瞧瞧。”

丁浩有点吃惊：“回意大利啊？”

白斌在前面嗯了一声，发觉丁浩半天不吭声，知道他这是舍不得宝贝走，又安抚他：“也没多久，就是寒假那段时间，很快就回来了。”

后边又半天没动静。

小宝贝似乎动了下，穿着的亮面羽绒服发出窸窸窣窣的声音，接着是软糯的童音：“小爸爸，不疼。”

第六章
祸害从天上飞过来

小宝贝寒假果然和丽萨一起回了意大利。白杰这次没跟着去，他要回白老爷子那儿跟家人过春节，况且丁浩这边的项目还没弄完，他也走不开。

丁浩去机场送的他们。瞧着小宝贝捂得跟个小包子似的，丁浩眼圈又红了，这衣服还是他和宝贝一起去买的，有两件，他们昨天还一起穿来着。

丁浩抱着小孩亲了亲，告别的话都带了鼻音："宝贝儿，去那里也要记得想我啊！"

小宝贝似乎是觉出丁浩心情不好，亲完了脸颊，还亲了丁浩的嘴巴："小爸爸。"

白斌在一边看不过去了，皱着眉头把小孩拎起来，放回丽萨怀里，再看向丁浩，一脸的不赞同："他从什么时候开始这么亲你的？"

丁浩还沉浸在浓浓的忧伤中，他瞧着小宝贝过了安检，渐渐走远看不见了，这才回头，心不在焉地回答了白斌的问题："啊，前几天。也不常亲，就看我实在难过了才亲一口……哎！真是个好孩子。"

白斌有些不悦："不要惯着他。"

丁浩看了他一眼："至于吗？小题大做。"

机场这次是白斌第二次瞧见小宝贝亲丁浩，这回更过分，上次还是亲脸，这次都亲嘴巴了！白斌决定等小宝贝回来，再好好教育一次。

丁浩这段时间带着小宝贝到处跑，过得乐呵呵的，突然家里少了小东西还真不适应，晚上睡觉的时候，习惯性去瞧了一眼儿童床，也不见咬着指头的小东西了。

丁浩站在那儿叹了口气，听着很惆怅。

白斌正在看书，见他过来，就指着书上几个地方问他：“你挑一个，咱们今年自己开车过去吧。”

丁浩的生日快到了，往年都是出去旅行，选出来的那几个都是离家近的，但是丁浩没心思去，又翻了两页书，抬头跟白斌建议道：“要不今年咱们别出去了？我就想在家，跟你一起过个生日。”

白斌干脆放下书，想了下道：“也行。那就回镇上去住两天，那边人少，也可以多陪陪奶奶。”

丁浩道：“嗯。那回去的时候，还得给豆豆买点吃的。这家伙现在学坏了，不给吃的都装不认识你，忒气人！”

白斌又问他：“还不开心呢？”

丁浩表情很无辜：“没，我就是很累，特想睡觉。”

如果说丁浩这只是心情上的一点小郁闷，那李华茂跟李夏这对难兄难弟，就属于金钱上的苦恼。

他们没钱了，穷得叮当响。

李夏还好解释。李夏的妈妈一直要求儿子独立，等他上了大学，更是鼓励他自己赚取学费。李夏之前还能去咖啡厅打工，钱的事儿也不多难，可是跟徐老先生来了D市，学校附近可没有咖啡厅让他赚钱了。李夏跟着徐老先生做项目，也只是搭把手儿，别说到时候给的钱少，就是给也得拖到好几个月之后。

李夏只出不进的，说囊中羞涩都是轻的，这眼瞅着都要断粮了！

李华茂那边的情况不比李夏好到哪里去。他这些天虽说也去上课了，但是上回那鼻梁磕碰的问题给他带来了一定影响。他刚结束一门课，人家学校就来了通知，委婉地表达了一下关心，还提醒他，如果以后身体不方便，可以把课程推后，就是说，人家误会他有打架斗殴前科，以后都不一定再乐意用他了。

李华茂家里条件还不错，自己又能赚钱，还从来没受过这方面的为难。如今他身上剩下的钱都是成块的了，花得没剩多少，贫穷程度直逼李夏。如果他给家里打电话，钱是有了，但是肯定又要被揪住问相亲的事儿。李华茂想了想，还是挂断了电话。

他宁可自己过得苦点，也不愿意再被叨叨一顿。

这两人日子过得苦哈哈，一致决定要破釜沉舟，进城打工。李夏穿好了自己的小皮衣，皮鞋也擦得锃亮，一头金毛打理得当，帅得势不可挡！李华茂背上他的大个儿相机，头发利落地全扎起来，一双亮晶晶的眼睛里都是对未来生活的希望！他们要赚钱！

可是问题又来了，D 市交通不便，他们学校在郊区，要去市中心打工，必须找个房子住下。房子去哪儿找？他们穷得啃馒头了，别说押金，个把月的租金估计都凑不齐！

李夏忽然想起他那“谦虚待人”的师兄丁浩。

李华茂指示他：“上！这关乎肚皮的存亡，脸皮算什么！”

李夏试图抗议：“为什么我一个人去，借到的钱却要和师兄你平分？”

李华茂斜他一眼：“因为你是外国人，外国人脸皮比较厚。”

这个逻辑不通，李夏二次上诉，立刻被武力镇压。大师兄一脚踢他出去找丁浩，亲切地嘱咐他：“借不到钱别回来！”

李夏去找丁浩帮忙，丁浩自然是帮他的，不但借给他钱，推荐了一家打工的酒吧，还大方地借了另一套房子的钥匙给他：“喏，拿去用吧。那房子离酒吧街挺近，你们去打工就住那儿，反正空着也是空着。”

李夏眼泪汪汪地去接钥匙：“丁浩，还是你最好！你比大师兄好多了……”

他还没碰到钥匙，丁浩又将钥匙攥回手心里去了，不放心地警告他：“李夏，你一定不能烧水忘关火了，还有卫生也要打扫干净！听见没？”

李夏在原地给他敬了个礼：“Yes Sir！”

丁浩市中心的那套房子是三居室，房子位置很不错，家具什么的也都齐全。李华茂大方地让李夏先选了房间，并且承包了做饭及打扫等家务活。

李夏对此有些不好意思，早上也帮着扔垃圾，顺路出去还跟周围的大妈们打招呼：“阿姨您早啊！哇，这是您孙子吧，长得跟您真像……不不不！我不是说他胖！啊？胖了好？哦哦……那您比他好多了啊！”

李夏说话直来直去的，没少得罪人家老太太。不过他那一脑袋的金毛，在关键时刻发挥了应有的作用。大家当他是外国友人，觉得他会说中国话那就了不得了，一般也不多难为他。时间长了，他跟几个老住户熟悉起来，有的还请他去辅导自己的小孙子。李夏那黄毛没白长，一节外语课，人家给八十块钱。

李华茂得知此事以后，心生嫉妒。他学历比李夏高，发音比李夏准，耐心比李夏好，经验比李夏多……可他没有李夏的那头黄毛。要知道，李华茂去学校代课，人家给开的价格也不过一节课五十块钱啊。李华茂叹息一声，继续背着自己的宝贝相机出门干活。

李华茂的打工之路比李夏的要坎坷得多。D市没有大都市繁华，人们的眼光难免短一点，比如说，没多少人欣赏李华茂拍的照片。李华茂在人家工作室里挂了名，可十天半个月的也没啥活儿可干，无奈之下帮忙拍起了“宝宝照”。

这活儿很考验技术，你不但要控制闪光灯，小心拍照，还要时刻去应付小孩的各种突发状况。

哭着的得哄笑了，爬远了的还要抱回来，啃手指头的得制止，爬过来啃相机三脚架的更得制止！

一个月下来，李华茂差点没崩溃。

徐老先生那边周一到周五有课，他们只抽了周末出来赚钱。李华茂早出晚归，勤勤恳恳，工资差三天就到手；李夏只在晚上打工两个小时，并且小费丰厚，从这孩子换了的新款PSP上就能看出来，他已经摆脱了啃馒头度日的窘迫困境。

李华茂每回瞧见李夏打游戏打到半夜，然后一觉睡到下午才起床，总是有一种发自内心的迫切想法——照李夏脸上踢一脚！

这个想法越来越迫切，尤其是发了工资之后，发现那还没李夏的小费多的时候，他爆发了！

李华茂呸了一口，一脸愤恨地瞪着李夏：“不是说这边经济消费低吗！给我开这么点儿工资，还不如你卖一瓶酒的钱！”李华茂奋力拍了一下桌子，眼圈儿都红了，“这不公平！这太不利于社会的稳步发展了！”

李夏睡到中午刚起来，正顶着那头蓬松的金毛，坐在餐桌边吃面条，听见他说，含糊不清地回了一句：“那……师兄，你也去我们那儿打工好了。”

李华茂动心了：“你们那儿还要人？先说好，我卖艺不卖身的！”

李夏一口面差点没喷出来，举着碗抗议：“师兄，我也不卖身的啊！”

李华茂拿手指头勾住李夏的衣领，拉起一点来，趁机去看人家的胸肌，啧了一声：“你这身材，不卖可惜了。”

李夏脸红了，闷声端起碗来吃面条，几乎把脑袋都要埋进去。他记得丁浩说的话，仅次于“不许进厨房烧水”的，就是“别让李华茂接近你一米以内”！李夏终于明白了丁浩话里的含义，那意思是说，李华茂师兄特爱占人便宜吧！

李华茂瞧着李夏的吃相，乐了：“哎哎！我不逗你了！李夏你吃慢点，跟我说说你们那儿打工的事儿呗？”

“包厢里随时都要人，不过那里边乱，干什么的都有。前台倒是只要一个，跟我一样是调酒的……”李夏放慢了吃饭的速度，想了想，又一五一十地跟李华茂全说了，“其实会基本的调酒就可以了，主要是形象要好一点。”

李华茂拍着胸脯保证：“我会调酒！我考过证儿的，调酒师、咖啡师的职业资格证我都有！”这是一个考试狂人，他在国内被应试教育虐来虐去，最后居然虐爽了！他秉着无考不欢的精神，坚持以拿证为荣，对待各种考试，宁可错杀，绝不放过！

李夏也知道自己师兄的能耐：“那我跟老板说，你明天过去一趟吧。对了，现在只有凌晨的班，是两点到四点的……”

李华茂原本激情满满，一听这话，脸色立刻变了，很干脆地拒绝了：“那我不去了。”他晚上睡不好，眼睛要肿，而且那个点儿去熬夜，他年纪大了，皮肤扛不住。

李夏端着碗吃得很快，李华茂做的早餐很少有重样的，李夏跟着也有口福了，本来就是什么都吃，管饱就成，现在更是吃得肚皮滚圆。

李华茂礼拜天下午要去工作室拍照，他瞧着李夏还得吃一阵子，也不等着收拾碗筷了。拿好了自己的随身物品，他嘱咐了李夏一句：“我出去了，你把这几个碗洗了吧。还有，绝对不许开火啊！更不许烧水！”

李夏在餐桌那边没起来，点了两下头，也不知道是听见了还是在扒拉面条。

今天来拍照的人有些少，李华茂难得有一个休息的机会，抱着相机坐在窗台上小眯了一会儿。北方的冬天有一个好处，虽然小风刮得又冷又疼的，但是太阳却很暖和。前两天刚下了雪，小风吹过的时候都能带着飘起来一些，瞧着跟下了场太阳雪似的。

李华茂斜靠在宽大的窗台上，整个人都快缩进软垫、抱枕里去。阳光洒进来，晒得人骨头都懒洋洋的。李华茂窝在那儿，脑袋一点一点，就快睡过去了。

有一个成语叫飞来横祸，就是说，意外的、突如其来的、让人意想不到的灾祸从天上直接飞过来。

李华茂半梦半醒的，被一阵刺耳的玻璃破碎的声音惊醒，接着被不明黑影高速袭击了！要不是他反应够快，一下护住脑袋从窗台一侧摔下来，那脸绝对毁容了！

摄影工作室的玻璃窗外面没有护栏，碎了一个地方，剩下的玻璃也跟着噼噼啪啪地往下掉。李华茂趴在那儿，一只手捂着脑袋，一只手护着相机，这俩东西都是他的命根子。眼前不远处有个球状黑影还在做着弹跳动作，撞到墙角，又慢慢滚了两下，滚到李华茂面前。

那是一个橘红色的篮球。

外边有奔跑的声音，不一会儿就冲进一个人来，嗓门大得整个工作室的人都听见了："对不住了！我哄孩子来着，一不小心把球扔偏了。你们那玻璃多少钱？我赔。"瞧着里面一圈人都围着事发现场，还扶着个人站起来，他愣了下，又补充一句，"伤着谁了？我也赔……"

李华茂给人扶着站起来，他脑袋一阵发晕，手臂上还沾着点血迹，想是刚才让玻璃划破了。他看了门口那人一眼，虽然穿着正儿八经的西装，但是那双下垂的三角眼，还是能认出来的。

一旦认出来，李华茂就恨不得扑上去咬死那人，这回连声音都是从牙缝里磨出来的："李！盛！东！"

李盛东也认出他来了，带着点惊讶："李华茂？怎么又是你……那什么，要不要去医院？"

李华茂气得发抖，还没说话，就给周围的同事们送进了李盛东的车里。一个小姑娘红着眼圈儿给他拿了件外套披上，嘱咐他一定要回来："华茂哥，我们收拾下就去看你，你坚持住啊！"

李盛东车里还坐着一个女的，怀里抱着一个两三岁大的小孩，猛地瞧见李华茂被塞进来，吓了一跳！她闻着李华茂身上有血腥气，抱着孩子往一边躲了下，语气有点惊慌："东哥，你怎么让他上车来了？咱们赔点钱不就行了吗？"

李盛东看了那女的一眼，她不说话了，倒是她怀里的小孩歪过头来瞅着李华茂。小孩长得不错，就是头有点大，李华茂觉得他那细脖子快要支撑不了那么重的脑袋。

李盛东在前头开车，从后视镜里瞥了他一眼，但瞧不见厚衣服底下到底伤成什么样。好歹两人是认识的，李盛东想要表达一下关心，可是他从没做过关心人的事儿，一开口就把人给得罪了："我说，没多大事吧？"

"你们家流了一缸子血叫没事儿啊？"李华茂咬牙切齿地喘了口气儿，语气也不多好，"李盛东，咱们下次见面，能不去医院吗？！"他觉得自己真的跟这人八字不合，这流氓命太硬，天生来克他的！

李盛东听见他这么说，反而笑了："哟，还能吵架啊！那我就放心了，这伤得一定不重。"

旁边的女人来回瞧着他们两个，大概是没见过李盛东跟人贫嘴，有点讶异，但也就是看了两眼，没敢开口问。她抱着的那孩子倒是不怕，支着脑袋看着李华茂，胆子还挺大，伸手就摸李华茂的肚子："咋这么大啊？"

李华茂刚开始还瞧着这孩子长得不错，有点喜欢，一听这话，立刻抽了嘴角。真是什么样的人带什么样的娃，注意的地方都跟平常人不一样！

那小孩瞧见李华茂没搭理他，又扭头提高了声音去问李盛东："叔，他肚子为啥这么大？"生怕李盛东不信似的，他还比画上了。小孩没轻重，小手乱挥舞着就碰到那女人的脸，立刻给按住了胳膊，似乎还拧了一下："你老实点。"

李华茂瞧了瞧那女的，见她没什么表情，又忍不住看了下小孩。也不知道那孩子皮实还是穿的衣服厚，跟没事似的还在叽叽喳喳地问，也不喊疼。等小孩再来揪他衣服的时候，他自己掀开鼓鼓囊囊的外套，给小孩看了下。

他怀里是那宝贝相机，刚才一直贴身捂着，匆忙中就给带出来了。李华茂允许小孩摸了一下，跟他郑重声明："不是肚子大，是怀里抱着东西。"

李盛东回头看了一眼，顺口问他："你上医院揣个相机干什么？"

李华茂懒得跟他解释，眼珠子转了转，就开口吓唬他："我拍照存证啊！怎么着也得吃一堑长一智吧，你上回没赔我医药费，这次我可得小心点了。现在可是讲究证据的年代，我拍下来……小孩，别乱按！"

他阻止得有点晚了，那孩子实在是太有好奇心，动作很快地戳了几下子。相机亮了，但是立刻"哔哔"地叫了两声，又自动关机了。

李华茂愣住了，不确定地又按了一下，但依旧是这样的反应。

旁边的小孩很聪明，指着那相机，肯定地告诉李华茂："这个坏了！不能玩了。"

李华茂的眼神越发悲愤，他这会儿可是人财两失啊，罪魁祸首李盛东必须对他负责任！他拍着前边的驾驶座儿喊李盛东："赔钱！我相机也坏了！都怪你，你没事儿扔什么篮球啊！有在大街上玩这个的吗！"

李盛东还没说话，那小孩又凑上来，大概是觉得李华茂对他挺亲切的，自己扯着李华茂的袖子说话了："那个篮球是我的！"

这不是一个好孩子认错的态度，这完全是一种想对人炫耀"我有篮球"的意思。

李盛东也乐了，跟着起哄："对啊，那是他的球儿！你要赔偿找他去。"

李华茂脸都黑了，合着这一家人没一个逻辑正常的！小孩的球……小孩的球不也是你买的吗！你不带出来，能在大马路上玩篮球吗！再说了，球把窗户都砸破了，小孩能有这么大力气啊？他愤愤地捶了李盛东的靠背一下："李盛东你甭绕圈子！这小孩刚才喊你叔了吧？我跟你说，你家亲戚惹的祸你也得负责！再说了……"

旁边的女的听见这句，有点不乐意了，抱过那小孩搂在怀里："你跟一个孩子计较什么，又不是故意的。”怀里的小孩动了下，女人立刻道，“别闹！你听妈妈的话，啊。”

她声音很轻，听着也温柔，但是手底下不知道怎么动作的，听不见声响，但确实让那小孩老实下来，趴在她怀里不敢动弹了。

李华茂嘴巴张了张，又合上了。他跟李盛东说话随便惯了，但是那女的似乎把他说的话当了真，生怕他们娘儿俩惹李盛东生气似的，处处小心。

一路上，三人没再说话，李盛东把人送到医院也不急着走，好像挺清闲的，竟然陪着他做了检查。李华茂的袖子让护士挽起来了，正在处理伤口，被玻璃伤着的口子倒是不深，就是一直往外流血。

李盛东觉得有点对不住李华茂，三番五次地送人进医院，凶手还都是自己，看着小护士给他包扎，顺口问了句：“不说是划伤吗，这怎么还流血啊？”

他们只看了外科，又没做血液检查，小护士也不太敢确定，试着说了下：“大概是个人的问题吧，血小板偏低的人凝血要慢。”

李华茂不赞同，一脸严肃地告诉李盛东：“别找我血的毛病啊，这是你弄出来的伤，别想推脱责任！”

李盛东给他气乐了：“我又没说不赔钱！”

李华茂白他一眼，把他的话补充完全：“你上回也这么说的，说完就跑了。”

李盛东也想起上次的事儿来了：“那你还趁机摸了我手机去哪，你怎么不说啊？”

李华茂也火了：“嘿！你想翻旧账是不是？我跟你说……哎，护士小姐等一下！麻烦给打个蝴蝶结，不是这样的，要双股的那种，对对！谢谢您啊！”手臂上缠好了纱布，这才回头继续跟李盛东讲事实，摆道理，“你上次……你笑什么？”

“笑你手上那破蝴蝶结！”李盛东实在忍不住了，拿手揪扯了下纱布，他觉得这个人“臭美”到了一定境界，这都什么时候儿了，还讲究这个！

“你能不能把这傻了吧唧的玩意儿弄掉？”

“我乐意，你管得着吗？打蝴蝶结有助于止疼，我就爱这口儿！”

“鬼扯！”

“让鬼扯都不让你扯！你放手……李盛东你别碰我胳膊！”

外边的走廊上还有两个人在等着，一大一小，女人抱着孩子在门口安静地等着。大冬天的，医院走廊上还是有点冷。那孩子冻得直吸鼻涕，抱着女人的脖子有点不自在，看来平时很少被这么亲密地抱着。

病房的门没关，李华茂一歪头就瞧见门口的俩人，看着那冻得直缩脖子的小孩，就撇撇嘴角。他还真没见过这么当妈的，大冬天的，等在外边装可怜给谁看啊？李华茂抬头看了下李盛东，招呼他凑近了，小声问他："外边那个，是抱着孩子跟你要钱的吧？你私生子？"

李盛东一巴掌拍在他脑门上，脸色都不好看了："瞎说！那是我兄弟的媳妇，这是来借钱的！"

这一巴掌不疼，倒是把李华茂的胆子打肥了。他眨了眨眼，试着说出了自己的想法："我觉得那孩子长得挺像你的哎。"

李盛东的自恋程度仅次于丁浩，听见马上"嘁"了一声："我就那么大众脸啊？我比他长得好看多了！"

李华茂回头瞅了瞅，正好跟那小孩看对眼了，小孩龇牙冲他乐了。李华茂觉得这个笑容像极了李盛东，扯了扯他的衣袖："哎哎，你看，这笑起来更像你了！一看就不是好人啊！"

李盛东眉头皱起个大疙瘩，捏着李华茂的脖子把他转回来："老实养你的病，啊！什么事到你嘴里就都变味了，哪儿看的肥皂剧啊？俗不俗啊你！"

李华茂眉头也皱着，还是忍不住来回对比着看。

李盛东懒得管他，给丁浩打了个电话，告诉丁浩他又给自己整进医院里来了："你别急，他伤得不重。"

丁浩在那边火冒三丈："别急？明天我们开会，你叫我别急？你都把做会议记录的给送进医院里……什么？马上能出院？呸！你把他胳膊弄伤了干什么？！你倒是弄个脚啊，那胳膊还留着有用哪！"

丁浩虽然嚷嚷得挺凶，但到底还是担心自己人，没一会儿就颠颠儿跑来了，瞧见李华茂胳膊上五花大绑的，那厚厚的纱布包裹得他胳膊都粗了一圈儿，心疼得不行："李盛东，你这是拿车撞的吧？"

李盛东不乐意了："丁浩你看清楚，他那是打的蝴蝶结！"

丁浩又凑近看了下，还真是打的蝴蝶结，只是纱布太厚了，堆着瞧不出来，猛一眼看过去，倒像是重伤患，问了下李华茂，知道只是划伤也就放心了，转身又找起李盛东麻烦来："门口那女的抱着的，该不会是……你儿子吧？"

李盛东觉得又好气又好笑，那小崽子真跟他长得那么像？怎么来个人就问一遍？他对丁浩用不着客气，直接顶了回去："你管好你自己就成啊！少管这些乱七八糟的事！那是我兄弟的孩子，他出了点事儿进局子了，让他老婆来找我借钱的。”

李盛东以前喜欢充大哥，还当真弄了不少兄弟跟着他瞎混，这两年做生意忙，也就收了玩的心思，不过感情还在，有什么事，一般来求他，他都会帮一把。

丁浩也知道他过去的那些事，但是就是因为知道，看着他的眼神更加古怪了：“这样你都不放过啊？”

一而再再而三被招惹的人怒了：“滚蛋！”

有丁浩在还是很有好处的，李盛东那钱包鼓着出来，瘪着回去，连点油腥都没给他剩下。

李华茂拿着那厚厚的钞票，眼睛都笑弯了，这比他大半年赚的都多啊。暂时缓解了经济危机的李华茂对李盛东的言语也亲切起来，尤其对他明天的行踪路线感兴趣，就差在脸上写着“你再砸我下吧”。

门口那个女人一直闷不吭声地等着李盛东，瞧见他看过来，立刻露出期待又小心的神情，楚楚可怜。

李盛东还带着这俩累赘，也不好让人家多等，瞧着丁浩来了也算有了个交代，跟李华茂说了声“有事再找我”就走了。

丁浩用热烈的眼神目送李盛东离去。

他回头瞧见李华茂也探着脖子往外看，乐了：“怎么，又看上李盛东，想让他给你当模特了？看你一脸舍不得的，我帮你们介绍介绍啊？”

李华茂哼了一声：“我才没看他，我瞧那孩子呢！”

丁浩很好奇：“你看人家孩子干什么？”

李华茂想着那女的抱着小孩还拧他，心里就一阵不舒服：“没什么，这两天拍小孩拍多了，习惯性注意了下。那孩子长得还不错，挺精神的。”

“哦，对了！你一说我就想起来了，过几天我儿子回来，我带过去，你给我们好好拍几张啊！”丁浩想到小宝贝就美滋滋的，帮李华茂收拾了下，把医生刚才开的单子拿了，去药房拿药，“就这些？还有别的没？”

“没了。”李华茂摇了摇头，说了声谢谢，但是笑得有点勉强。不知道为什么，丁浩一说小宝贝，李华茂总会想起刚才那个小孩。

丁浩家的小宝贝真是捧在手心里长大的，从小儿就没缺什么。刚才那孩子比起丁浩家的小宝贝可就差远了，最起码他妈妈对他就不是很好，要不然怎么会大冬天的抱着他故意在外边等？李华茂特反感拿孩子当挡箭牌的人，你要求人可怜是自己的事儿，何苦带着个孩子出来惺惺作态？

他曾经听一个搞儿童心理学的专家说过，凡是调皮的孩子，其实都是希望父母多关注他的，希望父母能多看他一眼，多听他说一句话。

因为他们渴望更多的爱，所以会使劲儿扑腾。

李华茂想起那笑得一口小白牙的小脸，心里有点堵得慌。

工作室的老板人还不错，人家知道李华茂是靠摄影吃饭的，生怕伤着手，揣着钱来要给他先垫上医药费："先把胳膊治好要紧，这事儿太意外了，也怪我们没弄个防护措施，唉。"

李华茂忙说不用："刚才那砸伤我的付医药费了，不用您再拿一份儿。"

老板觉得过意不去，给他留了几百块钱才走的，说是让他自己买点营养品。李华茂在工作室人缘不错，跟着老板来瞧他的还有几个小姑娘，一口一个"华茂哥"地叫。要不是李华茂伤得太轻，不至于住院治疗，那些小姑娘早就坐下来给他削水果了！

丁浩领药回来，瞧见这一屋子的莺莺燕燕还逗他："哟，李华茂！艳福不浅啊！"

坐在床边的小姑娘捂着嘴笑了："哪儿啊，我们是华茂哥的好朋友！"

旁边的也点头说是，还来回打量丁浩，眼睛亮晶晶的，跟那几个咬耳朵。另外几个也偷摸儿地瞧丁浩，看了一眼，脸就红了。小姑娘们凑在一起说悄悄话："哎，你看这个小帅哥，长得可真好看呀！"

一个压低了声音哼哼道："好看是好看，但我怎么觉得他有点风流相呀？特别招桃花的那种……"

又一个笑嘻嘻道："风流好啊！千帆阅尽，蓦然回首，发现身边的人，喏，隐藏在脂粉下的那颗真爱的心！"

丁浩离得远，只听见嘀嘀咕咕的说话声，听不清什么内容，看见那些小姑娘时不时地回头看他一下，然后又笑成一团，自我感觉良好，只当这是个人魅力发挥了作用，对李华茂说话也难得温和了一些："药拿回来了，咱们走吧。一会儿还得回学校去。"

那几个女孩眼睛眨了眨，看着丁浩笑嘻嘻的不说话。

李华茂跟她们感情不错，对她们道："走了啊，你们回去的路上也小心点！"

丁浩送李华茂回学校的路上，总觉得学校条件艰苦，伤着了更是诸多不便，看了看他胳膊，又问了下："你一个人能行吗？要不就跟老师请假吧，去市中心那边住几天？水电什么的也方便点儿。"

李华茂心里惦记他的宝贝相机，也想留在市区找地儿修理一下，听见丁浩问，犹豫了下：“那明天开会怎么办？”

丁浩乐了：“我刚才是跟李盛东说着玩儿的，也没那么重要！会议内容跟平时一样，就是讲下进度什么的，让李夏他们弄就成。”看着李华茂还在考虑，干脆给他吃了颗定心丸，“要不这样，明天我带秘书过去成了吧？”

李华茂笑了，头上的卷毛遮着一半眼睛，眯起来还挺好看：“谢谢你啊丁浩！”

李华茂留在市区那儿多住了几天，他相机摔得不轻，光修这个就把钱花了一半。相机越贵，修理的速度越慢，光是组件就不好找。李华茂每天溜达过去看看，等着取相机的这点工夫，干脆在附近走走，倒是找到几个不错的取景点。

李华茂身残志坚，正拿手比画着寻找拍摄角度，忽然就瞧见了马路对面的一个女人。

那个女人似乎是在等人，只站在马路边不断张望。她眼神很急，但是旁边的孩子似乎不乐意在路边傻等，一直想要挣脱她的手去别处玩，挣得厉害了，就被她使劲拎住了后脖领子，低头教训了一句。

李华茂手放下来了，但是还在瞧着她们。

那小孩被拎得有点不舒服，又动了下，这次没有得到上几次那么宽容的对待了，被狠狠地拍了一巴掌。李华茂隔得很远，但是也看得到小孩鼓鼓的羽绒服被打凹进去一块。看得出，那一巴掌带了些愤恨。

小孩低头不动弹了，小手时不时揉一下眼睛，不知道是不是哭了。

李华茂皱了皱眉头，转身回修理店。这些事儿不该他管，就算他们是李盛东的朋友，他充其量也不过是个朋友罢了。就算孩子可怜……李华茂忍不住回头又看了一眼，这次女人身边停了一辆车，她正俯身跟里面的人说着什么。车门打开，下来个人，从那身花里胡哨的衣服就能看出来，那是李盛东。

李华茂瞧着不远处的那三个人，心里冒起一阵酸气，可看着李盛东举起那孩子哄着的时候，又有点羡慕。真的是年纪大了，他也该找个人稳定下来了，将来有可能的话，也收养一个孩子，不用多乖多听话，只要有一个孩子该有的活泼就好。

李华茂这边有感而发，丁浩在家里也是念叨小孩。

小宝贝给丽萨带去意大利，怎么算都得年后才能回来。白老爷子家的惯例是过年要拍全家福的，这会儿为了小宝贝，还特意给挪到年后拍，只等他回来。

丁浩生日也快到了，干脆给自己放了个大假，收拾好东西，准备回家住几天，一来是等小宝贝回来，二来是去看看家人，尤其是丁奶奶那边。老人年纪大了，越发小孩子心性儿，光嘴上哄没用，他也该回去看看了。

白斌这边年底比较忙，只能空出丁浩生日那天，让董飞送丁浩回去，又嘱咐丁浩在家等他，别乱跑。

丁浩在机场听着白斌一条条地念完，这才被准许上了飞机。董飞一路陪同，想着刚才的事儿又要笑。

丁浩脸皮厚，自发自觉地把董飞的表情当成羡慕，舒了口气："你没见过白斌这么啰唆的样儿吧？我跟你说啊，他在家里每天都念我，不许这不许那……唉。"

董飞听着他这种嘚瑟的语气更想笑，咳了一声，低头去看杂志了。也就这么个活宝才能让人这么不放心了，不过，也就是这样才热闹。

第七章
最温暖的生日礼物

丁浩没敢回自己家，最近电视上一直科普说“男人也有更年期”，丁远边深信不疑，提前给丁浩打了招呼，大意是说，他也更年期了，让丁浩下次再挨骂不许回嘴，男人更年期也有唠叨的特权。

白斌在的时候还好，丁浩自己一个人，还真不敢回去听丁远边念叨，谁都没敢通知，偷摸儿让董飞陪着他去了镇上，回了丁奶奶家。

丁奶奶见到丁浩很是高兴，拉着丁浩的手一迭声地嚷嚷丁浩瘦了，摸着丁浩的脸都闪了泪花：“我可怜的浩浩哟，都瘦成这样了！可把奶奶心疼死了！”

董飞正在往里面搬东西，冷不丁听见这一句，默默看了丁浩一眼又低下头去。他没记错的话，丁浩这两年的体检报告显示他的身高、体重都没变。好吧，丁浩自己把前者做了修改，每年一厘米地稳步提高着，但是体重是真的没变。

换句话说，董飞真的没看出丁浩哪儿清减了。

丁奶奶在丁浩的请求下，很痛快地答应把丁浩藏起来，老人说了：“你爸就是在这儿亲眼看见你，我也让他说出个‘没看着’来！”

丁奶奶威风不减当年，丁浩感动得一塌糊涂，祖孙俩在门口就抱成一团，一个喊“我的亲奶奶诶”，一个应“我宝贝浩浩哟”……

董飞觉得压力有点大，下意识地看了下门口有没有围观的，幸好，天色晚了，没什么人瞧见。

张阳家还住在丁浩租给他们的房子里，说是租，还不如说让他们白住，这租金从开始就没变过，那点钱都不够交水电费的。张阳的妈妈住得离丁奶奶近，她提前内退了，每个月学校给发着工资，丁浩托她照顾丁奶奶也偷偷给着一份儿，自己家儿子张阳更是上了大学就自己开始赚学费，没让她操心过，日子过得很舒心。

张阿姨正好来给丁奶奶送点水果，学校里发的苹果，特意挑了好的拿来，瞧见丁浩来家里了，很热情地帮着给做了一顿饭。丁奶奶一直算着丁浩该回来了，阳台外边放了好些蔬菜，都是丁浩爱吃的，做起来也方便。

不一会儿，张阿姨就麻利儿地做了一大桌子，她还记得丁浩爱吃她家的手撕鸡，特意给做了一只，自己炸了辣椒油调味儿，又撒了碎花生瓣、芝麻粒，吃起来味道浓郁，香辣可口。

因为张阳实习分配的是D市的医院，张阿姨坐下多问了几句，听着丁浩说张阳长胖了点，笑得眼角的皱纹都遮不住："哎，这孩子！我每回打电话问他，都说在单位吃得好，我还不信呢！浩浩这么说啊，我就放心了！"

董飞端着饭碗，听见这话，又忍不住看了一眼丁浩，心想，就是因为是丁浩说的，才更不能放心吧？

丁浩独占了手撕鸡，丁奶奶牙口不好，吃不了，董飞个子比他高，更不用谦让。他一边啃鸡翅膀，一边继续哄张阳妈妈开心："阿姨您放心，他在哪儿都吃不了亏！真的，您别看他在家里脾气好啊，他在外边，嗬！来一个打一个，来两个揍一双啊！"

董飞一口粥差点没喷出来！他还从没见过这么跟人家父母夸奖孩子报平安的。

丁浩把自己手边的水递给董飞，又顺口把董飞编排进去增加可信度，指着喝水的又吹上了："阿姨您看我这朋友，别看长得挺单薄的，衣服底下可都是腱子肉！就他这样练过的，张阳来了，啧！一脚就能给踹趴下！"

董飞这次有心理准备，波澜不惊地听着，手里的水杯纹丝不动。

丁奶奶当真了，回头看了看董飞，追问："真的啊？"

董飞犹豫了下，还是点了点头。金牌秘书守则第七条：在不违背良知的基础上，老板喜欢，不妨配合他说些善意的谎言。

张阿姨听了又笑："他要是能欺负人啊，我就放心喽！"大概是想起以前的事，叹了口气，"我家阳阳就是太乖了，有事儿自己忍着，从不跟我说。幸好还有浩浩你跟他做朋友，不然就让我养出个闷葫芦来呢！"

丁浩摇了摇头，一脸认真地告诉张阿姨："您太小瞧他了，阿姨！您都不知道他手儿有多黑啊，罄竹难书！罄竹难书啊！"

鹩哥豆豆在笼子里蹦跶了一会儿，也忍不住飞出来，停在丁奶奶椅子上啄着羽毛。没一会儿，后边又跟着飞出来只小鹩哥，长得活脱脱小一号的豆豆，古灵精怪的模样儿让丁浩想起豆豆刚来的时候。

丁浩瞧着小鹩哥，心里喜欢，拿了碟子里的花生米去喂它。小鹩哥怕生，犹豫着没敢吃，蹦着躲去丁奶奶身后了。丁浩一边逗它，一边问："奶奶，这就是小豆豆啊？"

丁奶奶把小东西握在手里，轻放在桌子上："可不是！早几年就给豆豆配了母鹩哥，孵了好几窝儿，就这么一只活了，人家赶紧给送来了！豆豆可疼它呢。"又戳了一下小鹩哥的脑袋，"这小东西鬼得很，现在跟豆豆成天地蹲在门口等炒豆，人家个把月来一次，它们俩跟过年似的，叫得那个欢哟！"

丁浩也乐了："那卖炒豆的老头现在还来啊？"

丁奶奶告诉他："来啊，不过换了辆小货车，专门给咱们这边送炒货！人家现在不吆喝啦，都用那种自动播放的喇叭，声音倒是没变。豆豆它们爷儿俩听见卖炒豆老头的声音，喊得比人家喇叭都起劲儿！呵呵，人还特意绕个圈来给它们送两包炒豆呢。"

丁浩忍不住笑了，吃货教出个小吃货，哈哈！

豆豆带着儿子一起蹲在椅子上，两只小东西姿势一样，眼神一样，都歪着脑袋可无辜地瞧着丁浩。估计是经常被丁奶奶教育要说四个字儿的吉祥话，鹩哥豆豆扑腾着翅膀过去，挨着丁浩蹭了蹭，一脸讨好地跟着凑热闹："恭喜发财！"

丁浩被它逗乐了，丢给它一粒碎花生米："不错不错！豆豆，再来个。"

鹩哥可得意了，小脖子仰着说个不停。

"万事如意！"

"身体健康！"

"我吃旺旺！"

小鹩哥瞧见了，有样学样，也扑腾着小翅膀凑过去讨好董飞。小东西深情地看着董飞，说的也是四个字儿的："你二吧你！"

董飞始料不及，一口水就喷出来！弄了鹩哥一头一身的水，呛得一边咳嗽，一边拿纸巾给小东西擦干净："对不起，对不起……咯咯！这太突然了，我没心理准备……"

小鹩哥悲愤了，拿翅膀重重拍了董飞一下子，自己飞走了，一整晚拿屁股对着大家，没再吭声。它打从来这个家起就没被这么欺负过，伤心极了。

董飞有些尴尬，拿着纸巾不知道该怎么办。丁浩幸灾乐祸，笑得碗都端不住了，丁奶奶也乐了，老人这边难得这么热闹，听着丁浩他们说笑，嘴都合不拢。

董飞住了一晚就走了，临走的时候小鹩哥还是不肯正眼瞧他，撅着屁股生闷气。

丁浩让他不用放在心上，瞧着他有点受挫，又拍着他肩膀劝慰他："这样吧，你下回来的时候捎点鹩哥爱吃的饲料，豆豆以前可好哄了，半包饲料就能跟你走！"

鹩哥豆豆在吊兰里叫了一声，以示抗议。

没等几天，小鹩哥就吃上了饲料，不过不是董飞送来的，是白斌亲自给带来的。白斌工作性质特殊，就算加班加点忙完工作也不能抽身离开，只能抽了中间的双休日来看看家里人。虽然辛苦一点，但瞧见老人身体健康，他也安心许多。

白斌回来的时候动静有点大，毕竟得先去看看白老爷子，看了自己家人，丁浩家那边也不能漏下。白斌一去看丁远边，丁浩躲着不回家的事儿就露馅了。

白斌把丁浩从镇上接回来，丁浩一到家，先被丁远边揪着耳朵训了一遍话。丁远边听说丁浩又不弄酒店，改去做工程，一颗心七上八下，这些天就没睡舒坦过。

白斌在旁边陪着，忙跟丁远边解释了一下，说丁浩那不是专门弄工程的："我们老师过去了，浩浩算是搭把手，帮了学校个忙，也没扔下原来的产业，就是负责给各部门联络一下，真不是胡来。"

丁远边还是不放心，他们这边好几个老朋友的儿子、侄子都跑去"搞工程"，弄得乌烟瘴气，钱没捞着几个，把自家老子的名声全弄臭了。丁远边自己是不怕的，可白斌呢？白斌刚起步，哪儿能担得起这个啊！这俩小的远在D市，丁浩胆子向来大，白斌又什么都让着他，万一闯祸了可怎么得了！

白斌又仔细地解释了一遍，丁远边认真听着，直到把白斌的心里话都给问出来，才算放心。白斌表达的意思很明确，他想让丁浩多跟学校接触，有可能的话，继续上学深造最好。

丁远边也觉得这样好，他家那兔崽子做事儿没那么大的气性，而且一个人在外打拼确实辛苦，白斌能这么护着最好不过。

从骨子里来说，白斌的想法跟丁远边的不谋而合，他们就没指望丁浩能干出多大事儿，老老实实地养在身边就好。丁远边觉得丁浩一出门，他就提心吊胆，听着D市新闻里的负面消息，不由自主地就往丁浩身上安，委实折寿几年。白斌觉得丁浩在自己跟前做事，抬头就能瞧见，心情那是相当的好，实在是长寿的妙方。

家里主事儿的两个男主人商量半天，差不多已经替丁浩定下来了：去学校吧，就这么办！

丁妈妈趁着他们商量细节问题，拉着丁浩去了厨房，拿出一小坛子醉枣子给他吃："喏，浩浩今年还没吃到吧？秋天去你奶奶家那儿摘的，打下来就给泡上啦。"

丁浩夹了一颗尝了口，又甜又辣，咬起来倒是很脆："在奶奶那儿也吃了点，不过都是干枣，还是这个好吃啊。"

丁妈妈瞧他吃得香，又摸了摸他的脑袋，满眼的笑意："慢点吃，这一坛子都给你留着呢。浩浩，来了多住几天吧？正好你生日也快到了，咱们在家过啊？"

丁浩嗯了一声，被酒辣得咝咝吸气："妈……我都想好了，咱们那天都去镇上吧？反正就是一家人聚聚，去奶奶家，人多了热闹，奶奶也高兴。"

丁妈妈点头答应了，只要儿子高兴，去哪儿都成，何况是去老人那边呢！给丁浩倒了杯水，她又小声问他："浩浩啊，你爸他们说的是真的吗？你偷偷跟妈说，你还想不想继续上学？"

丁浩"咯嘣""咯嘣"连吃了几个醉枣，吐了枣核，这才回答了："随便啊，反正多读点书又不是坏事。"

丁妈妈知道自己儿子坐不住，打从读幼儿园开始就闹得全家鸡飞狗跳，小学跳级，高中复课，转学都连着转了两三次。她瞧着丁浩瘦了点，又开始心疼："要不咱们不读了吧？这不也能吃上饭嘛，好不容易把这十几年的熬下来，咱不回去受那个罪了。"

丁浩抱着丁妈妈的脖子乐了，在她脸上啃了一口："妈！您真是我亲妈诶！"

丁妈妈也笑了："可不是你亲妈怎么的！你小时候那个皮啊，换个后妈都养不活哟！"掐了下丁浩的脸，嘱咐他，"你有事儿跟妈说，别管你爸他们。好不容易过上几天舒心日子，甭那么累。"

丁浩嗯了一声，抱着丁妈妈亲了好半天，不过还是顺着丁远边他们的话接了下去："妈，我觉得回学校也好，多跟老师们接触接触，多学点本事呗。"

丁妈妈拍拍他的手，笑着说好。

丁浩和白斌在丁浩父母这边吃了晚饭，丁妈妈特意做了拿手的白菜汤，白斌喝了两碗，笑着说就这个味道最好。

丁妈妈不知道是受了夸奖，还是刚才喝了酒，红光满面的，笑得可开心了。

白斌开车过来的，不方便喝酒，丁浩替他端起了杯子。他们家的酒是自己泡的药酒，一天一小杯最好了。丁浩敬了父母，说起话来，不由多喝了两杯。丁远边也不拦着他，只是嘱咐他："在外边处事儿有点分寸，别由着自己性子胡来，多听听旁边人的话，知道吗？"

丁浩拍着胸脯答应了，说的话那叫一个好听。丁远边笑笑也就放过丁浩了，不再多啰唆，好歹还有白斌看着，他也放心了。

当爹的最了解自己儿子，你别看丁浩这小兔崽子表面挺乖，在外人面前人模人样儿的，心里的鬼主意可多了去了。刚才他给人白斌夹菜，那夹的都是自己不爱吃的！啧，嘴巴上可不这么说，一口一个“尝尝吧，我妈最拿手的”“好吃吧，老丁家手艺最地道的菜啊”……

丁远边看着看着，自己先乐了。

一顿饭吃得挺开心，可吃过了饭，丁浩他们还是回了白老爷子那边。

丁远边道：“到了别忘了打个电话回来。”

丁浩吃晚饭的时候多喝了一点，脸有点发红，说话倒是还利落：“爸，到了就打……电话，您放心吧！”

丁妈妈把那一坛子醉枣都给丁浩带上了，嘱咐他们路上小心开车：“路上有冰，开慢点，啊。”

丁浩从车窗里跟自己爸妈挥手：“知道了！妈，快进去吧，天儿冷！”

吉普车喇叭响了两声，开走了。丁远边瞧着那吉普冒着寒风带着自己儿子走了，等瞧不见人影了才回屋去。

丁妈妈也站在门口多瞧了两眼，想着过几天去镇上又能瞧见丁浩，就又高兴起来。

丁浩喝多了酒，小动作也格外多。他在路上偷吃了不少醉枣，末了还捧着小坛子喝了一口。白斌开着车来不及阻止，等到白老爷子那儿的时候，丁浩眼神已经有点飘了。

别小看这小坛子醉枣。丁妈妈生怕泡不出好醉枣，托了熟人去酒厂弄的原酿。这个纯度高，度数又大，偏偏又放了好些糖让人尝不出来，几口下去就高了。

丁浩下车时已经有点站不稳了，白斌半扶半抱着带他进去。白老爷子正在客厅看书，瞧见他们这么进来，吓了一跳：“怎么了这是？”

白斌帮着给解释了下：“贪嘴，不小心吃多了醉枣。”

丁浩抗议，嗯了一声，也说不出什么话来。他刚下车吹了冷风，又进来被房间里的暖气烤，加上刚才吃的醉枣，只觉得自己由内到外都要烧起来了。

白老爷子也瞧出他不对来了，让白斌赶紧扶着他去房间休息：“快去洗洗睡吧。”

白斌答应了一声，扶着丁浩上楼。丁浩不走，红着小脸站在原地，冲白老爷子敬了个礼：“爷爷晚安！”

白老爷子的老花镜都给他这一嗓门震得往下直溜，扶着眼镜冲他摆手，也笑了：

“晚安，晚安！快去睡吧。”

丁浩又敬了个礼，人都快歪了：“是！”

白斌被他闹得不行，干脆背着他上了楼：“别乱动啊，小心磕着……洗澡？好好好，我带你去洗澡。”

白老爷子瞧着趴在白斌肩膀上还在扑腾的人，摇头笑了下。现在的年轻人啊，果然还是有点朝气的好。他都没想过，自己孙子将来会有这么像老妈子的一天，这份儿体贴又有耐心的劲儿，除了丁浩，恐怕还真没用在别人身上过。

白斌工作忙，住了一晚就走了。丁浩跟着白老爷子下了两天棋，又难得收了心思，翻出自己以前的纸笔，写了好几篇大字。白老爷子在旁边看着，虽然瞧着字不如前了，但还是夸了他几句。

丁浩属于那种骂着上进，夸着倒退的，白老爷子说了之后，字是一篇不如一篇，末了自己也写不下去了。白老爷子在旁边看着，生生给他气笑了，瞧着他在家里坐不住，干脆让他去镇上待几天。

“去看看你奶奶吧，在这儿就会糟蹋纸，快别惹我生气了！”

丁浩收拾了包袱去丁奶奶家，一直住到生日那天。

其间丁浩同小鹩哥建立了革命友情，白斌留下的鸟饲料十分管用，丁浩每天换着口味喂它，有的时候还拎着笼子带它出去玩儿。炒货铺子离得不算太远，早上他溜达着过去，陪丁奶奶买早点，顺便给小鹩哥也来一份儿炒豆。

小东西人生的真谛被颠覆了，原来炒豆不是月中才可以吃到的！原来炒豆可以天天吃！它现在可喜欢跟着丁浩，有事没事就缠着丁浩蹭脑袋，连丁浩伸手进它笼子里去拿装水的小鼓杯都不啄他，还讨好地往前给他踢了踢，歪着脑袋，一脸讨好的样子。

“浩浩！浩浩……恭喜发财！”

丁浩乐了：“换一个！”

小鹩哥往丁浩跟前蹭了蹭，嘴巴巧得不得了：“万事如意，身体健康……又长高啦！”

丁浩听得心花怒发，把兜里的炒豆都给它拿出来，倒在另外一个装小米的鼓杯里：“喏，吃吧，吃吧！吃完还有啊。”

丁奶奶在沙发上坐着，瞧着丁浩在阳台上逗鹩哥，笑得眼睛也眯起来。孙子辈的几个里，来这边儿最多的就是丁浩，老人最疼的也是丁浩，毕竟是从小看着长大的，这份儿疼爱是怎么也替代不了的，怎么瞧怎么喜欢。

生日当天早上，丁浩早早起来去买菜。原本张阿姨帮着提前准备了一些，可丁奶奶非要买新鲜的鱼肉，说是要给丁浩好好补补。丁浩向来顺着老人，又不舍得老人出去，大清早的就起来自己去买了。

刚出了单元门，他就瞧见外边停着的一辆车。丁浩看了牌子一眼，是D市的牌号，想是连夜赶路，牌子上都挂了一层雪，灰扑扑的，实在狼狈。

丁浩过去拍了拍车窗，好一会儿窗户才放下来，里面的人有点惊讶："浩浩，这么早就起来了？"

丁浩不答他，伸手去他脸上摸了一下，眉头皱起来："白斌，你早到了？车里多冷啊，怎么不上楼去？"

"不冷，开了暖气。"白斌知道他担心，按着他的手多贴在脸上一会儿，让他知道自己是真的没冻着。瞧着丁浩还皱眉，白斌笑了："路上没堵车，倒是比想的提前到了一小会儿。"白斌到的时候是凌晨四点，他不想打扰老人休息，可又想第一眼瞧见丁浩，干脆在外边等了等。

他想天亮了，第一眼就瞧见丁浩，光这么想着，心里就格外地温暖，哪怕赶了一夜的车，也不觉得疲惫了。

丁浩他们小区位置好，离菜市场也近，他跟白斌俩人溜达着过去买了需要的蔬菜、鱼肉。刚开早市，小商贩们忙碌着，菜色都比平时要多一些。年关快到了，该置办年货了呢。

白斌穿着昨天的衣服，大概是刚下班就赶过来，虽然多了件厚外套，但依旧能瞧见里面的西装，中规中矩的，更是衬托得人有一种特殊的气质。这样一个人，跟在穿着厚棉袄，还戴着护耳的丁浩身后，让人忍不住多瞧两眼。

"爷爷跟你说了吧，我那天写了一张特好的字儿，回头拿给你看啊，我觉得都可以裱起来了……嗯，这个铁杆山药成吗？买点回去蒸着吃吧，奶奶挺爱吃这个的。"

白斌点了点头。他不多说话，丁浩买了，他就在后边接过来提着；丁浩身上没零钱，他就掏了自己的钱包给丁浩，让丁浩自己拿。

两人逛了半天，拎着大包小包的东西回去了，到家的时候，丁奶奶刚起来，瞧见丁浩一个人出去，两个人回来，有点惊讶："白斌哪，这么早就来了啊？"说着就要去给白斌倒水，"外边天儿冷吧？看看你穿的，这都快冻透了！下回奶奶也给你买个大棉袄，啊。"

白斌忙把菜放下，扶住老太太，自己去倒水："奶奶您快歇歇，我自己来。"

他压根就没把自己当外人，不但给自己倒了一杯，还熟门熟路地翻出丁浩常用的杯子，也给丁浩倒了一杯。

丁浩把俩人买来的菜分类放好，鱼还新鲜，就拿去放在厨房的盆里，浅浅的一层水，大鲤鱼肚皮朝天，睁着眼睛直吐泡泡，偶尔摆一下尾巴。

小鹩哥没见过这么大的鱼，扑腾着翅膀飞过去，站在丁浩肩膀上也往下看。

丁浩指着那鱼教育它："这是松鼠鱼、红烧鱼、糖醋鱼、水煮鱼……算了，你也学不了这么多，说个年年有余吧！"

小鹩哥对鱼不感兴趣，从丁浩左肩上蹦到右肩上，轻轻啄了下丁浩头发："浩浩！浩浩……发财！"

丁浩扑哧笑了，这小东西越来越会偷懒，连说得最溜的"恭喜发财"也不肯好好说了。丁浩随手丢了一颗豌豆粒给它，小鹩哥欢欢喜喜地去啄起来，尝了一口就觉出不对来了，"呸呸"地吐掉，在抽油烟机上扑腾翅膀抗议！

丁浩怕它把厨房弄乱，开了抽油烟机，让抽油烟机呜呜响着吓唬它："烤鹩哥了啊！嘘嘘！快走，快走！"

小鹩哥怕火，一听这个声音也有点待不住了，它瞅着丁浩，估计这回真的讨不到东西吃了，这才犹犹豫豫地飞走。

丁奶奶要去做早点给白斌吃，白斌拦住了没让，笑着说："我在路上吃过了，不饿。"

丁奶奶心疼他，觉得他连夜赶过来，总得有个表示。老人想了想，这一不喝水，二不吃饭的，该是累了吧？这么想着，她就试探着问他："白斌啊，要不你去休息会儿啊？奶奶都给你收拾好屋子了，新棉花絮的被子，可软可暖和呢！"

白斌还真的有点累了，这一夜奔波也是辛苦："那好，我去休息会儿。"

丁奶奶要起来带他过去，丁浩瞧见了，从厨房几步过来："奶奶您坐会儿呗，不是说要看早上重播的那个戏吗？"丁浩把电视打开，又递了遥控器过去，放在老人手里，"喏，正好要演了！您昨天没看上，嚷嚷了一个晚上，快好好看会儿吧！我带他过去就成。"

走了两步，丁浩又回来叮嘱老人，难得摆了张严肃的脸："奶奶，我可跟您说了啊，不能去收拾那鱼！厨房里的菜也不能动，那是我妈上个星期就定下的活儿，您干了，她可跟您没完！"

丁奶奶乐了，挥手让丁浩赶紧走："知道，知道！你这说了多少遍了，豆豆都会说了！"

鹩哥豆豆正在阳台的晾衣竿上跟小鹩哥玩，听见这话，伶俐地回了一句，说的是它最拿手的，声音都格外深沉：“锄禾日当午，汗滴……禾下土！”

这也是个懒货！这么两句翻来覆去地背了好几年，居然还挺得意！

丁奶奶给白斌收拾的客房还不错，但白斌也就看了一眼，又拐进丁浩的卧室。丁浩正在给他翻睡衣，瞧见他进来也不意外：“等会儿啊，我给你拿睡衣……还穿那件灰色的？”

白斌对衣服不挑，丁浩给什么就穿什么，拿着睡衣去冲了个热水澡，略微缓解了一下疲惫，再回去就自发自觉地进了客房休息。

白斌坐在床上让丁浩给他擦头发，闭着眼睛说得理所当然：“我还真有点不习惯。”

丁浩正给他擦着，听见这句气乐了，拿毛巾在他脑袋上使劲儿揉了下：“白斌，不想睡客房就直说啊。”

白斌道：“不是，这几天都没睡好。”

丁浩心软了，道：“你头发还湿着啊，你翻个身，我给你擦完。”

白斌摇头，声音已经带了点困意：“别擦了，就这样睡吧，很累。”

分明是模糊不清的声音，却格外让人舍不得拒绝。

白斌一觉睡得舒服，等起来的时候都是中午了。隔壁房间的丁浩还窝在暖和的被子里呼呼大睡，比他睡得还香。

白斌敲门进去，拍了拍他肩膀把人叫起来。丁浩眯着眼睛，好半天才反应过来：“我还以为我做梦呢，原来真是你啊。”

丁浩从枕头底下掏出手表看了一下，十点刚过，也就赶紧起来了。

白斌整理衣领的时候，忽然笑道：“我还没说‘生日快乐’吧？”

丁浩挑眉：“这个是形式上的，不重要。”这家伙眼珠子围着白斌转来转去的，开始寻找重要的，“你带礼物了没啊？”

“带了。”白斌笑了，“在车上，等晚上回去拿给你。”

丁远边夫妇果然已经来了。丁妈妈一来就系了围裙进厨房忙活去了，丁远边也没闲着，正坐在沙发上挑豆角。丁奶奶一边看电视一边指挥他：“挑仔细了啊，小心有虫子眼儿……你看看！中间夹着这么老的，不好吃，这都得挑出来。”

丁远边这都快论根挑了，就这样，丁奶奶还是左右不满意。老人年纪大了，家里不让她干活儿，可她看着丁远边干活更着急：“你看看，你看看，掐了头去了尾的，还剩下多少？你快给我吧，急死我了。”

白斌过去帮着把那一小篮子豆角收起来，连桌子都一起收拾干净："爸，我来吧。"

丁远边愣了下，倒不是因为这个称呼，只是他没想到白斌会干这些活。瞧着白斌端着小菜篮子进了厨房，跟丁妈妈一起忙活做饭，他还有点没回过神来，看了看厨房，又回头问丁浩："平时都是白斌做饭啊？"

丁浩帮着丁奶奶修遥控器，老人舍不得扔，拿了个旧的缠了好几圈透明胶凑合用。他听见丁远边问，随口答了："是啊！上回在咱们家，您跟我妈不也尝了他手艺，还直夸他做得好吃嘛！"

丁远边有点傻眼："我以为……"以为白斌是装装样子的。他还真没想到白斌能放下身段做这些，再回头瞧了一眼厨房里忙活的人，似乎还系上了围裙。看白斌那架势，当真是很熟练的。

丁远边瞧了一眼自己家的小兔崽子，正在那边低着头修遥控器，瞧着这副等着吃的模样，似乎已经习以为常了。

丁远边忽然有些感慨。

丁浩在旁边没什么感觉，还在装遥控器里的小弹簧："奶奶啊，下回我可不给你修了啊，咱们这真得换一个了……喏，好了，千万别晃，一晃还掉啊。"

丁奶奶小心地接过来，放在一边沙发扶手上："浩浩啊，这次真不怪奶奶，都是你爸！他一来就给我碰到地上去了！"

丁浩看了一眼丁远边，没敢跟着声讨，只小声地附议了几句："对对，您就罚他把他们家的拿来给咱们换上。"

丁远边听着给气乐了："丁浩，少淘气，回头给你奶奶买个新的去。"那遥控器都跟丁浩一个辈分了，要不是用得仔细，早坏了。

丁浩跟丁奶奶咬耳朵："奶奶您看，如今儿子靠不住啊，还是养孙子划算！"

丁远边耳朵尖，一下又听见了，瞪了丁浩一眼："瞎说什么！"

丁奶奶没听清丁浩的话，倒是听见丁远边这句了，一下护住丁浩，瞪了回去："去去去！成天地大小声儿，我耳朵都是被你吵聋的！"这才是个无原则溺爱，外加能赖人的主儿。

丁浩在后边听着直乐。

"浩浩！"

白斌从厨房出来了，一只手拿着菜刀，一只手抓着小鹩哥，表情很严肃："它偷吃。"

丁浩觉得白斌这个造型很适合来问“这只鸟怎么吃”。瞧着小鹩哥蔫头耷脑的，丁浩自己先乐了，戳着小东西的脑袋问：“又偷吃什么去了？你个小馋鬼！”

白斌眉头还是皱着的：“它偷吃辣椒，红色的那袋子辣椒都给它啄出了窟窿。”

丁远边对鹩哥不太熟悉，虽说平时常逗弄着玩，但还真没去喂过，听见白斌这么说，吓了一跳：“这怎么什么都吃啊？没吃出什么毛病吧？”

白斌把犯了错的小鹩哥放到丁浩手里，跟丁远边解释了下：“没事儿，鹩哥能吃辣，好像还对喉咙有好处吧。”又敲了一下小鹩哥的脑袋，“就是不能吃太多。”

小鹩哥缩在丁浩手里，往里面挪了挪。

丁远边听得一愣一愣的，还是有点不相信鹩哥敢吃辣椒。

丁奶奶在旁边笑了：“该！早就该捉住它敲一顿啦！早先喂了它一次辣椒吃，这还吃上瘾了，生怕不给它吃似的，非得挨个都咬一口！真是，鬼头鬼脑的不学一点好！”丁奶奶也过去敲了小鹩哥一下，不过老人下手很轻，跟摸了一下似的。

小鹩哥歪着头看了看丁奶奶，觉得那边比较安全，扑腾着翅膀过去了，蹲在丁奶奶肩膀上，一副“我在沉思过错”的模样儿。

说是给丁浩过生日，其实就是一家人聚聚。丁妈妈给丁浩买了个小蛋糕，白斌没料到，他也提前给订了一个。白斌原想着还会有别的人过来，订的蛋糕有点大，三层夹水果的，这会儿就他们五个人，加两只鹩哥，肯定吃不完。

丁奶奶疼自己孙子，让他们带回去吃：“浩浩带着吧，别打开了！”

丁浩想了个折中的法子：“把我妈买的那个给带上吧，咱们中午吃这个大的，一年一次过生日，怎么也得吃个痛快啊……对不对，小豆豆？”

小鹩哥早就停在蛋糕盒子上，正来回地用小爪子去拨拉系着的丝带，听见丁浩喊它，立刻抬头讨好地叫唤了两声：“恭喜发财！身体健康！我吃旺旺！”

一家人都笑了，丁妈妈逗小东西：“你吃什么旺旺啊？这是蛋糕，小笨蛋！”

小鹩哥从小娇生惯养，丁奶奶怕给喂出什么毛病，只敢挑了一点蛋糕底子，外加一点水果干给它吃。小东西吧嗒吧嗒几下吃进去，吃得可香。

豆豆的分量比它多，可是吃得反倒没它多，啄了几口，又蹦跶着去别处玩了。它的阳台上还放着小鹩哥拖过去的一截辣椒，太阳光一照，红艳艳的。

丁远边吃饭的时候又提了一次给老人请保姆的事儿，老人没答应，这次倒不是勉强，而是确实有人照顾着：“你们还记得张阳妈妈吗？她如今也退休不上班了，一个礼拜五六天都在这儿呢。我们俩一起剪个纸啊，做个花儿啊，忙着哪。”瞧着丁远边还要开口，又夹了块排骨去堵他嘴巴，“尝尝人斌斌做的菜啊，我老了咬不动，你们替我多吃点儿！”

丁浩在旁边埋头吃饭，他知道丁奶奶其实就是舍不得这个地方，舍不得埋在这里的爷爷。丁奶奶以前说过，她走了以后啊，就埋在老头子旁边……现在的日子多好啊，活着就为孩子们多操心多笑笑，等去了，还有老头子一直陪着，知足喽。

丁远边夫妇留下住了一宿，丁妈妈也放寒假了，她想来多陪陪老人。丁浩跟白斌住得挺近，也不忙着回去，等丁奶奶要睡了，这才起身回自己的小家。

丁奶奶嘱咐丁浩明天还过来：“奶奶还留着好吃的给你哪，一坛子的猪肉脯，可好吃了。”

丁浩笑着答应了：“好，一定早来，奶奶您好好休息。”丁奶奶记性有点不好了，猪肉脯上午就给丁浩拿出来吃来着，现在又说了一遍。丁浩不嫌烦，他听着老人唠叨这些，心里就觉得特别温暖。

丁浩到自己的住处，已经快十一点了。稍微收拾了一下，丁浩就开始觉得饿了。晚上怕老人吃多了难受，丁浩提议喝粥。丁浩胃口从小养刁了，习惯了少食多餐，一顿也没喝多少，现在不饿才怪。

幸好丁妈妈给他买的小蛋糕他们提回来了，现在还可以吃几口。

白斌让他去洗澡：“我再做点吃的，等你洗好一起吃。”

丁浩对大厨很恭敬，立刻领命去了，等擦着头发出来的时候，客厅里边黑漆漆一片，就桌子上有点微弱的烛光。

忽明忽暗的橘红色光芒，暖暖的，映衬得蛋糕上的“23”格外醒目。

蛋糕旁边还有几碟子果仁、两杯热好的牛奶。丁浩顶着毛巾过去，带着鼻音还不忘逞强：“哎，白斌，人家一般是蛋糕配红酒好吧？你弄两杯牛奶多没气氛……”

白斌在烛光下也是笑着的：“红酒也有，改天喝。奶奶说你这几天胃不舒服，咱们先喝牛奶庆祝吧。”

丁浩不吭声。

白斌从旁边拿过一个盒子，薄薄的，倒是很扁平：“浩浩，你打开看看。”

丁浩拆开盒子，里面是很正式的那种公文袋，他愣了下，又打开袋子，里面是几张纸，或者说是一份类似于遗嘱的东西，上面注明了白斌的全部资产，接收人是丁浩。丁浩拿着纸，有些手抖。

白斌跟他一起看着这几张薄薄的纸：“喜欢吗？”

丁浩嗓子发堵，有些哽咽：“谁……喜欢这个……啊！”

白斌声音也有点颤抖："你知道就好。为什么要在家里留这个？"他们在D市的家里，在床底下，也有这么一个小盒子，里面放着的东西跟这份差不多，不过是买的巨额保险，标明如果丁浩出了意外，受益人是他——白斌。

如果不是在打扫卫生的时候，无意中发现那个小盒子，如果不是好奇丁浩收了什么还写着他的名字，他就不会发现丁浩这个小心翼翼藏起来的秘密。

"你知不知道我看到的时候……是什么心情？"

白斌头一次展现了脆弱的一面。丁浩甚至觉得，他快要哭了。

那么，白斌，你又知不知道……我写这些的时候是什么心情？

那场车祸让我明白什么是最重要的。白斌，我只是想，如果我再遇到什么意外……请你不要忘了我。

还有，活得更好一点。

丁浩勉强笑了道："哪，我生日快过去了。咱们把蜡烛吹了，吃蛋糕吧？"

白斌答应了一声，陪着丁浩一起吹了蜡烛。黑漆漆的房间里，白斌在那儿认真听丁浩嘟嘟囔囔地说自己的生日愿望，无非是希望老人身体健康，家人平安发财之类的，第三个愿望留在心底，没说出来。

白斌不知道为什么，他就是觉得最后那个愿望是跟自己有关系的。

许完愿，白斌把旁边的落地灯打开，家里就他们两个，开一盏小灯足够了。

丁浩把拿出来的文件收拾一下，准备放回公文袋里去，他一瞧见这东西就犯堵，心里特别不舒服。

白斌道："我只是觉得该给你送点什么。抱歉，让你觉得不安了。"

白斌轻声说了对不起。

丁浩看着自己手上的那份材料，眼睛有点模糊，声音这次也彻底无法隐瞒，带着哽咽问："不是，我该对你说对不起。"

没有任何花哨的礼物，白斌送的就是一份承诺。

生日过完，第二天清晨的光照进来，让丁浩微微眯起眼睛。

他起身出去，客厅里比平时乱一些。桌子上的蛋糕已经残缺了，红色的"23"数字蜡烛融化了一半，红色的蜡烛油滴落在奶油中，冷掉了。

丁浩收拾了一下客厅的残局，把牛奶杯子拿去厨房的水池里泡着。他动作很轻，生怕吵醒睡着的白斌，收拾完这些，又在客厅沙发上坐了一会儿，忍不住拨通了丁旭的电话。

电话过了很久才接通，听丁旭的声音，似乎还没睡醒："喂？"

丁浩愣了一下，抬头看了一下客厅的挂钟，有些不好意思。现在还有些早，丁旭作息规律，一准儿是被他吵醒了。不过打通了，也不好就这么挂了，丁浩硬着头皮先送上了祝福：“那个，丁旭啊，昨晚没来得及跟你说，祝你生日快乐……”

电话那边沉默了一会儿，接着是一阵窸窸窣窣的布料摩擦声音。丁旭的气息很重，似乎心情不好，说话语气硬邦邦的：“不用。”

丁浩握着话筒，不知道该说什么。他像是做了一场大梦，车祸之后的事和之前……他自己都分不清了。

电话那边信号似乎不好，吱吱的干扰声音让丁浩听不清楚对方的回话，追问了两遍才听到丁旭的声音。丁旭清了清嗓子，声音有些沙哑，但是在清晨透着一股特有的慵懒：“丁浩，你这个时间给我打电话，就是要说这些？我不需要你的道歉。”电话那头叹息了一声，声音里带了一丝隐忍，“我劝你还是万事小心些。”

“什么？”

“就是你想的那样。”

丁旭说了声“还有事”就把电话挂断了。

丁浩握着话筒，脑袋里一片混乱。

丁浩心里毛毛的。打从跟丁旭通完电话，他就开始坐立不安。丁浩不愿意出门，就连丁奶奶、丁妈妈那边也不敢去。他对那场车祸有阴影，特别在意这件事，生怕自己的一点小举动连累了家人。

过年的时候躲不过去，他便跟着白斌去向长辈拜年，这出去一趟，路上就瞧见三起车祸，其中一起就在他们旁边。那车想要超车来着，没打转向灯，忽然就从右边超过去了，所幸白斌反应及时，不然被撞到的很可能就是他们。

丁浩坐在车上，吓得脸色发白，手指将安全带攥得死紧，用力过度，指甲都泛白了。去了白老爷子那儿，丁浩也不知道自己跟老人说了什么吉祥话，甚至连去自己家拜年的景象都记不清了。他稀里糊涂地回到镇上的小家，开了电视，听见影片里警车吱哇乱叫，都能吓得打哆嗦。

晚上睡觉，他更是裹紧被子，浑身冷得像个冰疙瘩，怎么也暖不过来。

白斌有点担心，问他：“是不是白天冻着了？我去给你拿点药吃啊。”

丁浩趴在床上，说话闷声闷气的：“没事，我就是不习惯坐车，难受。”

“没事的，别怕。”白斌猜到丁浩怕什么了，白天是有点突发情况，不过他都及时处理好了，“你也瞧见了，没有人员伤亡啊。在路上磕磕碰碰是难免的，董飞刚开车那会儿可没少蹭掉车漆。”白斌难得拿董飞开涮，他现在只想让丁浩放松下来，自家大秘书偶尔牺牲形象也是可以的。

丁浩笑了一下，可指尖仍旧冰凉。

白斌继续小声地安慰他："还有一次啊，路上堵车，董飞就规规矩矩地停在后边等。等了三个红绿灯，周围的车都走了，就董飞的没动，你猜为什么！"

丁浩摇了摇头，表示猜不到。

白斌笑了，告诉他："因为啊，前面的两辆车撞了，两个女车主下车商量赔偿问题。她们个子矮，董飞在后边没看到，就一直等着，呵呵。"

这勉强算是个冷笑话，不过丁浩还是扑哧乐了。这里面有董飞的一份功劳，但更多的是因为白斌，丁浩还是头一次听见白斌讲笑话。很显然，这人不适合说笑，这个玩笑冷到不行，但是丁浩的手指开始暖起来。

丁浩道："我困了。"

白斌应了一声，给他关灯说了晚安。

丁浩的睡眠算是有了好转，不过心事重重，便不可避免地瘦了一圈儿。

白斌在旁边瞧着，眉头都皱起来。

白斌问他："你有没有想吃的东西？酸的？甜的？"

白斌以前为了饮食健康，对丁浩的食谱是严格要求的，这种无原则的任由丁浩选择的话相当少，这等于说"你想吃什么，咱们就吃什么"。换了以前，丁浩肯定要转着心眼多为自己谋福利，可是如今丁浩没那份吃的心思了。

"你这几天是不是有心事？"白斌这句话一说完，丁浩就抖了一下。白斌抬头瞧丁浩一眼，丁浩垂着眼睛不说话，瞧着可怜巴巴的，他也不忍心问了，只对丁浩道："有什么不能跟我说的？"

丁浩看了他一眼，没来得及说话，就听见白斌他补加了一句："反正年假快休完了，咱们马上就回 D 市去了。你有事就说出来，我一定满足你，嗯，太过分的不行……呵呵。"

丁浩又垂下头去，白斌这等于断了他所有后路。他就是不想回 D 市啊。

果然，在丁浩的不合作的情况下，为了带人回 D 市，白斌费了很大的工夫。

丁浩缩在镇上的小房子里不肯走，左看右看，就是不敢看白斌的眼睛："我……我想多住几天……这不是，难得回来一次。那啥，奶奶她们都想我了。"

白斌挑眉看他，对他的这个说辞很不满意："我问过奶奶她们了。她们说，你要跟我回去。"

丁浩闭上嘴巴不说话了。他现在就跟个定时炸弹似的，谁知道什么时候出事又连累谁啊？丁浩抓着门框不肯走，都快哭了："白斌，你就让我在这儿住几天吧，求你了。"

白斌没松手，只是再次跟他确认了一下："你一个人在这儿住？"瞧见他点头，二话不说就抓着衣领把人带走了，边走边教训他，"做梦。留你一个人在这儿，你是存心不想让我睡安稳觉吧？"

丁浩被白斌一直拎到楼下，塞进车里。他瞧见董飞在后边开了车跟着，立刻又开始提要求："白斌，我要去坐董飞那辆车！"

白斌往后看了一眼，董飞开的是黑色轿车。那车的优点是密封性良好，缺点也是这个。晕车的都知道，密封性太好的车在路上开起来，遇着个颠簸的地方，那可有得受。丁浩不晕车，但是特紧张，一进来就脸色发白，平时白斌都找高且宽敞的越野之类的车给他坐，今天不知道是什么原因，他非要往小车里钻。

白斌把他"哄"下来就很不容易了，为能把人带回D市，也不再那么讲究。停了车，去跟后边的董飞交换钥匙，白斌站在小黑车前面冲丁浩招手："过来，我们开这个。"

丁浩这回真要哭了："我不是这个意思……那什么，我跟董飞一辆车不成吗？"丁浩豁出去了，宁可祸害人董飞，也不乐意伤害白斌啊。丁浩瞧了瞧一脸正气的董飞，深觉这个男人应该跟李盛东一样，天生命硬不怕克的。

不知内情的董飞同志，对丁浩突如其来的热情有些讶异。不过他瞧着白斌的脸色不好，果断地接过白斌手里的车钥匙："那，我先在前面走吧。"

白斌点头答应了，又叮嘱他："后备厢里有一些水果和礼品，你等下路过张阳家、丁奶奶家那边，都放下一些。"

董飞答应了一声。礼数方面的事情交给他做，白斌还是很放心的。

丁浩被强行打包带回了D市。这次的行李有些多，两家大人都给拿了不少东西，董飞特意开车过来接都只能勉强装满行李，再也放不下人了。白老爷子要给他们拨辆车，但是白斌瞧着丁浩一上车就脸色不好，干脆带他坐飞机回去，好歹行程不满两个小时，比坐半天车少受些罪。

董飞开车带了行李回去，他也发觉丁浩没什么精神，跟白斌约好了第二天再给送过去，让他们回去好好休息一下。

丁浩回了D市，情况更糟糕了，这次不但没有恢复食欲，反而连前几天刚稳定下来的睡眠都不能保持了。虽然丁浩努力表现得跟平时一样，但是白斌还是能觉察到他的异样。

白斌看在眼里，但又问不出什么，头一次有些无可奈何。终于有一天，白斌忍不住把董飞叫进来，向万能的金牌秘书进行咨询。

董飞认真听完白斌说的情况，甚至拿出小本子把白斌说的重点表现记录了一下，也跟着皱起眉头。纸上写得很明确，事情是从生日之后的早上开始的，而之前，白斌送了礼物。董飞试探着提醒白斌：“会不会……是因为礼物？”

白斌有些疑惑：“礼物？”

董飞过年在家中见了不少侄子，对待这种事儿有了一点经验，想了想，跟白斌说了句“稍等”，转身出去拿了一本书回来：“我也说不太准，这本书上应该会有答案。”

桌子上的书名通俗易懂，确实是白斌目前需要的——《青少年叛逆期应对手册》。

董飞翻开几页，寻找到几段字指给白斌看：“我想，大概是这个原因。”

白斌顺着他指着的看过去，眉头又皱起来：“叛逆期延后症状？”

董飞点了点头，他算是跟白斌和丁浩他们从小长大的，虽然丁浩一直都不怎么省心，但那顶多是淘气了点，还真没叛逆过。想来想去，董飞觉得只有这一条能算是合理解释。

白斌把书留下，自己抽时间开始研究。

叛逆期少年担心失去家长的关注，会做出一些逆反行为博取注意力，并不再对家长吐露心事……

家长和叛逆期少年的关系发生质的变化，如果一方感到高兴，另一方却忧虑时，整个人都会焦躁不安，并对自己的日常决策做出怀疑……

白斌越往下看，眉头皱得越紧。

工作、学习步调出现偏差，如果突然换了学校或者学习环境，会让叛逆期少年产生抵触，家长对其期许越大，对其的压力也就越大。叛逆期少年因负担太重而对家长小心提出需求，得不到回应时，会产生一定的心理压力……

白斌觉得，这些不是丁浩的压力，而是他的压力。

虽然心里有些不赞同，但白斌还是继续往下看，他想找出如何破解丁浩突然“叛逆”的办法。

“嗯？容易出现延迟叛逆的人……个性不成熟、依赖性强、生活能力差……”

白斌一脸严肃地合上了书：“胡说八道。”

第八章
拍摄全家福欢乐多

丁浩担心了一段时间，什么事也没发生。

丁浩几天没出去，想活动一下，但没等他出家门，白斌就打了电话来，说是小宝贝回来了，让他在家等丽萨他们过来。

“白杰有事走不开，先让丽萨到我们这儿来。董飞已经去机场接她他们了，你在家等着，不要乱跑。”

丁浩答应了一声：“好，什么时候到？我去准备点吃的。”

白斌想了下：“不用，我中午回去给你们做吧。你给小宝贝准备点水果，再把小床收拾一下，估计很累了，到家得睡一会儿。”

白杰是忙，但是家里还有吴阿姨在，他们回去也能应付得过来。白斌这是担心丁浩了，他觉得丁浩这段时间实在是没精神，想方设法地让丁浩高兴一点。丁浩心里明白，也不说破，按着白斌的要求收拾了一下家里，给丽萨和小宝贝准备了水果、饮料。家里没小点心，果脯倒是有一点，他都装在盘子里摆出来。

比起过去，丁浩觉得还是现在更重要，一直抓着不放的，实在是累人。他想开了，心情也舒服了许多，尤其是想到自己宝贝儿子要过来，更是忍不住要笑。

小宝贝来得很快，他已经不用丽萨抱着了，虽然还是不爱说话，但是多少还是能跟大人进行沟通的。小宝贝戴着小熊耳朵的编织帽，在丁浩打开门的那一刻，张开小手扑到丁浩腿上：“小爸爸！”

丁浩感动了，但是小宝贝太矮了，只能抱住他的腿，而且抱得很紧。小宝贝想丁浩了，亲热地抱住他不肯松开：“小爸爸，抱！”

丁浩哭笑不得，小家伙这段时间吃胖了点，他拖着这家伙向前走都有些吃力：“宝贝儿，你松开，我才能抱着你啊。”

小宝贝摇摇头，用一个主语将自己的意思表达清楚：“我抱。”

丽萨跟董飞在后边搬着东西进来，这些是送给丁浩他们的，车里还有一些是要送给家里其他人的，就没拿出来。不过就这些也够瞧的了，红酒、衣服、奶酪、香肠、巧克力……甚至还有两大盒的意大利面。

丁浩已经把小宝贝成功从腿上掰下来了，正抱到膝盖上跟他玩儿，瞧着丽萨弄来的这些东西，眼睛都快直了：“丽萨，这些都是给我们的啊？这也太多了吧。”

丽萨想了想，拿起了一件衣服，转身递给董飞：“对对，这个是送给你的！董先生。”

丁浩抱着小宝贝起来去捣乱，从桌子上拿了一盒意大利面塞到董飞手里，还扭头歪曲事实：“丽萨，你不懂了吧。我们中国人啊，讲究‘民以食为天’，送人送吃的就对了！穿什么的不讲究啊，一万个人里都挑不出一个来！你硬送，人董飞都不……”

“对不住，我就是那一万分之一。”董飞板着一张脸，把那盒子意大利面放到丁浩脑袋上，让他顶着，“我对吃不讲究，你还是自己留着吧。”

小宝贝瞧见丁浩顶着盒子，立刻老老实实的不动弹了，担忧地瞧着自己小爸爸，生怕盒子掉下来打到小爸爸那张漂亮的脸。

丁浩倒是更害怕砸到小宝贝，把那盒子拿下来，也不闹董飞了，抱着小孩去了里面的房间：“宝贝儿，看看小爸爸都给你准备了什么啊，保准你吓一跳！哈哈！”

丁浩这么一说，连丽萨都有点好奇了，跟着进去一起看：“丁浩是什么东西？”

丽萨中文还凑合，就是不能连起来说。董飞在后边接了一句：“不是什么东西。”也不知道董飞是有意还是无心的，说的话格外让丁浩耳朵痒。

这是特意给小宝贝腾出的一间小卧室，光线很好，地上比着丽萨家也弄了一层软垫子。房间里的桌腿、床脚都包上了一层软软的海绵，看得出来，房间的主人下了一番功夫。

不过最让人注目的还是房间中央的一个儿童小城堡。说是城堡，这根本就是一个大魔方，每个颜色的小面都能打开一部分，上面还有一个五彩的小滑梯。这东西占了房间一大半的位置，甚至连儿童床都被挤到了一边，隐约瞧见高出来的一角。

小宝贝把吃了一半的果脯递给丁浩，自己过去抱住那个大魔方，眼神很担忧：“小爸爸，这个充电……太多了。”试着转了两下，根本转不动，小宝贝忧伤了。他临走的时候魔方又坏了一次，妈咪特意给留在国内充电，可他从未想过会出现这种情况，不死心地又掰了两下，依旧是不能转动的。

小宝贝眼睛里都含了泪花：“充坏了。”

丁浩吓了一跳，忙去跟他解释：“宝贝儿，这个不是坏了，这是咱们新买的啊。你看，你看，你的在这儿呢。”

小宝贝认玩具，可能也分不出来哪个是自己玩过的，但是不肯轻易接受新的玩具。丁浩从那个魔方大城堡里掏出一个小魔方，递给小宝贝：“喏，你看，咱们的没坏。这个大的……呃，是它的朋友。”

小宝贝抬起头来瞧了一眼魔方大城堡，又低头瞧了瞧自己的魔方，勉强接受了这个“来做客的朋友”停留在自己的房间里。

丽萨过去摸了一下，不是充气的，软绵绵的很舒服。她感叹了一声：“丁浩，你对小宝贝真好。”

丁浩抓了抓脑袋：“好什么啊，他都不喜欢，哎。早知道就不买这东西了……差点把孩子弄哭了。”

“不是这个！”丽萨表达不明确，干脆冲丁浩竖起了大拇指，“宝贝送给你养老！很划算！”

丁浩乐了，这丽萨回了一趟意大利，都学会王婆卖瓜了，瞧瞧这自我推荐的！丁浩瞧着认真巡视着自己房间的小宝贝，接了丽萨的话：“那当然很划算啊，这么好的小孩，打着灯笼都没地儿找！”

丽萨试着重新表达了一遍：“是你们，你们……”绕来绕去，就是表达不清楚“丁浩和白斌值得小孩敬爱”。

丁浩憋着笑，就是不提醒她，最后还是董飞看不下去，试着提点了一下个别词汇，好歹让丽萨把一句话完整地表达出来。就这么会儿工夫，丽萨差不多把自己绕晕了。

白斌中午回来了，同车回来的还有白杰。兄弟两个都是一身西装，只是白斌的是深色，白杰的是浅色，虽说五官相似，但是一看气质就不同。白杰站在自己哥哥旁边，愣是给衬托出了几分阳光气息，尤其是抱着小宝贝笑起来的时候，真的像个大男孩。

丽萨在旁边站着，瞧见白杰的衬衫袖子往上挽着，立刻给他放下来："又弄皱了，又弄皱了，要烫好久。"

丁浩站在白斌旁边接过他的外套，主动帮他挽起袖子："嘿嘿，白斌，今天吃可乐鸡翅吧？上回做得可好吃了！"

董飞瞧着这两家人的动作，忽然对"贤惠"一词有了新的理解。人家丽萨是真的贤惠，丁浩则真是闲在家里，什么都不会。

午饭做得很丰盛，白斌留了董飞一起吃饭。董飞对此有点不安，其实，从白斌系围裙进厨房起，他的眼皮就开始跳了。他真没瞧见过白大少如此打扮，这在外面是想都不敢想的事儿。

小宝贝一样忧心忡忡。他抱着新"充好电"的魔方开心不起来，哪怕是白斌摆了一桌子的美食，也不能让他提起精神。小宝贝认为自己的魔方有了朋友，就不再愿意只跟自己玩了，说到底，还是老白家的地盘意识作怪。

小宝贝吃了两口，又抬头眼泪汪汪地问丁浩："小爸爸，大魔方什么时候回家？"

丁浩立刻告诉他："明天！不，今天晚上我就让它走！"

白老爷子家的惯例，过年的时候总要拍全家福，今年为了小宝贝还特意把日期挪到年后，只等着小孩回来。白老爷子好久没见着孩子了，在国内还没什么，但是自从丽萨给带回了意大利，白老爷子就格外想念小孩。

老人对曾孙的疼爱不断累加，逐渐飙升到一定高度，在第一时间得知丽萨她们回国后，立刻亲自赶到D市，把一家人叫到了D市来拍全家福。

白书记夫妇也从外地赶回来，他们好久没见孙子了，也是挺想的。再者，张娟也想多瞧瞧白斌和白杰的日常生活，她这个当妈的打小就没怎么管上孩子，内心始终有一份愧疚，尤其是对白斌。

他们两个人在生活中磕磕碰碰，万一打起来可怎么办？

张娟妈妈怀着一份担忧的心情到了D市，先去瞧了白杰一家。白老爷子带着大队人马已经到了，正在白杰那里笑得开心。一家人围着一个孩子转，瞧着小孩多吃一口东西，多问一句，都笑得合不拢嘴。

丽萨对白书记夫妇叫得很亲切，一口一个"爸爸""妈妈"地喊着，让他们坐下，还去端了水果。

白杰家的沙发上坐满了人，白书记夫妇一来，众人又是一番让座。白露一家都到了，白露妈妈还特意做了头发来的，瞧着是个美人，跟白露凑在一块倒像是姐妹：“哥，嫂子，快过来坐！露露，来跟我挤一个沙发。”

白露忙让出自己的位子。他们一家三口是特意请了长假来的，就当旅游散心了。原本白斌还打算带她们去外边景区逛下，可进门瞧见了小宝贝，没一个能迈动腿的。一家人围着小宝贝看得满心欢喜，把白杰家的客厅堵得满满当当。

白杰把小宝贝的皮墩子都搬出来了，可还缺一个座位。小宝贝跟在自己亲爸爸后边，看着自己的皮墩子被搬出来，很是疑惑，瞧着没人坐，试着把自己的宝贝魔方放上去，以示此地被占领。

得，这回少两个座位了。

白露冲丁浩使了个眼色。小姑娘觉得丁浩自打见了长辈就格外地腼腆，平时那么会来事儿的一个人，现在怎么跟根木头似的杵在那儿不动弹啊？

丁浩坐在白斌旁边，原本是挨着白老爷子的，看见白露使眼色，立刻就站起来了，磕磕巴巴地对白书记说话：“那什么……叔叔，您坐，您坐我这边！”

丁浩跟他们见面少，在电话里喊了几次，已经逐渐喊得顺口了，可当面叫还真是头一回，就那么几步让开位置的还差点自己绊着自己的脚。

白书记谢了丁浩，挨着白老爷子就坐下了。白老爷子一颗心都放在曾孙身上了，瞧着小宝贝也爬到自己的皮墩子上坐好，准备加入大家的会议的样儿，老人更是笑得眼睛成了一条缝儿：“来来，咱们一大家人难得聚在一块。趁这个机会，我说几句。”

丁浩站在一边认真听白老爷子说话。白斌伸手拉了丁浩衣袖一下，示意丁浩挨着他坐下。丁浩不理他，在一边依旧站得笔直，跟站岗似的。白斌手劲儿大，没几下就扯得丁浩晃悠了，一个用力，丁浩差点翻到沙发上去。

原本说话的一家人都静了一下，瞧着丁浩从沙发上扑腾起来，挨着白斌坐在沙发扶手上。那位自己不好意思了，咳了一声，自己给找了个台阶下：“那什么，我……我站累了，哈，哈哈！歇会儿，歇会儿。”

白斌装作咳嗽，但是眼里都是忍不住的笑意。

白老爷子也被丁浩这么一扑腾忘了之前要说的事儿，拿拐棍敲了敲地面：“看看，看看！又捣乱，我都忘了刚才要说什么了！”

旁边的白书记忙提醒老爷子：“刚说到照相。您该说咱们是出去照，还是在家照了！”

白老爷子也想起来了，哦了一声继续话题。丁浩低着头一动不动，不过他要是抬头瞧一眼，就能看见白书记那一脸和善的笑。

“我觉得啊，咱们今年就不要在家里照了。每年都在一个地方照多没意思啊，咱们去影楼里照照看吧！”白老爷子扭头又问白斌，“这边哪里照得好？要把小孩照得漂亮的地方啊！”

丁浩倒是想起一个来：“爷爷，我认识一个摄影师，他那个摄影工作室专门拍小孩儿，拍得还不错。”想着上回抱小宝贝去学校，李华茂还把小孩逗笑了，这才是难得的，“那边照相的小孩，都笑得挺漂亮。”

白老爷子当下拍板：“好！就去那儿。浩浩，你给提前打个电话，约个时间。”

丁浩答应了一声，拨通了电话，又问白老爷子：“爷爷，他们今天排满了，不过说是能给腾出一个小时来，下午四点过去，成吗？”

白老爷子他们是去拍全家福，只要人齐了，拍得都五官周正就成。老人想着往年也差不多个把小时，点头答应了：“可以，一个小时足够了！”又回头嘱咐大家，尤其是丽萨，“咱们休息一下，等会儿换成统一服装去。丽萨，我给白昊拿了两套小衣服，你到时候先给他穿一套，去了咱们再换一身啊。”

白老爷子带来的依旧是改良的唐装，颜色也鲜亮，各色的红穿在人身上都能带出不同的效果，像是白老爷子穿上，那叫端正；白书记夫妇穿了，那叫沉稳；白露穿了，那叫喜庆……丁浩穿了，那也很喜庆。

白斌瞧着丁浩扣盘扣，过去替丁浩跟盘扣奋斗，丁浩舒了口气：“谢谢啊……”刚道谢完，丁浩就觉出不对来了，“哎哎！白斌，你干吗啊你？我好不容易扣上几个，容易吗？你怎么又给我解开了？”

白斌道：“你系歪了。”

丁浩低头看了一下，还真是从一开始就少系了一个扣，整个人忍不住哀号了一声。

白老爷子有提前到的习惯，一大家子人到了摄影工作室的时候，人家那边还在忙活。负责接待的人很热情，先带他们去了休息室，叫了化妆师来给各位女士补了下妆。

天底下没有不爱美的女人，就连白露都老老实实地坐下了，还时不时地插句话，问给她化妆的小姑娘如何修饰眉峰什么的。那化妆师一张巧嘴又会说话，没一会儿，几个人就聊上了护肤品和保养小秘方。

小宝贝被香粉的味道熏得打了个喷嚏，揉了揉鼻子往丁浩怀里钻。

丁浩抱着小孩，问他：“宝贝儿，咱们去外边玩啊？”

小宝贝看了看丁浩，又回头去看自己另外两个爸爸，虽然揪着丁浩的衣服，但是也舍不得丢下他们俩："爸爸不走？"

丁浩跟着瞧了那边一眼，小化妆师已经完成女方的要求，正试图凑近白斌兄弟俩，她手里夹着长短不一的几支笔，还托着一盒粉，丁浩觉得那像凶器。他抱着小宝贝往门边溜："咱们先去，他们一会儿就来。"

工作室挺大，分了好几个摄影间，布景也很别致，尤其是给小孩拍照的那几大间，布置得跟森林小屋一样，颜色鲜亮又活泼，很能讨小朋友喜欢。小宝贝也挺喜欢，但是他更喜欢丁浩。丁浩把他放下来，让他自己去玩。小宝贝走两步，回头瞧见丁浩没跟上，立刻又回来了，抱住丁浩的腿不松开。

丁浩哄他："宝贝儿，自己去玩，你看那个小蘑菇房子多有意思！"

小宝贝抱着丁浩的腿使劲摇头。

丁浩干脆抱着小孩一起进去，这间现在没人用，他们倒是可以趁机玩一会儿。丁浩蹲在布景前边看小宝贝，瞧着小孩从那个圆滚滚的蘑菇房子里探出头来，忽然好想给他买一对兔耳朵，这要是戴上兔耳朵，再配合他的表情，简直就是"吃空了蘑菇而担忧"的小兔子啊！哈哈！

丁浩自己想着乐了一会儿，小孩拉了他的手，他才回过神来。小宝贝似乎想让丁浩一起进入这个蘑菇房子，丁浩可不敢，别说这房子了，就是这小布景台都撑不住他一个大人的分量啊！

"宝贝你玩，我给你拍照啊。来，笑一个……咔嚓！"

丁浩又骗孩子，拿了旁边的大个儿玩具相机，比画着给他拍照。小孩看了看丁浩，还是迟疑着比了一个双手捧脸的"开花"姿势。

丁浩玩得高兴，连房间里进来人都没发觉，听见身后"咔嚓"的拍照声才扭了头去看。给小宝贝拍照的人穿得挺得体，就是脑袋上一头卷毛让人怀疑性别，丁浩瞧见他就笑了："李华茂，你们这店还挺忙啊，我带着孩子玩了半天也没瞧见一个工作人员来。"

拍照的人放下相机，带着浓浓的鼻音回答了："那是，我拍照技术好，多少人都带了回头客来找我继续拍啊！"

他这一放下挡着的相机，丁浩关心的重点就转移了，目不转睛地盯着他那对眼睛，准确来说是他那青紫了一个的眼眶："哟，你今儿这妆还挺别致的啊。最近流行这种……家有贱狗的风格？"

丁浩戳中了李华茂的伤心处："丁浩，你不知道，李盛东他们家孩子有多折腾人！给他拍照，还非要拍踢球的，我怕他再踢碎玻璃，给换了个羽毛球……”

丁浩好奇了：“羽毛球？那么轻的东西不能把你眼睛打成这样吧？”

李华茂叹了口气，他实在是被折腾累了：“哪儿啊，他把羽毛球那底座抠下来，装在弹弓上往外打。我那不是护着相机吗，捂住相机就没捂住脸。”

丁浩乐了：“李盛东还真养上了？还在拍照没？我也去瞧瞧。”

李华茂摇了摇头：“刚走，跟你们前后脚的事儿。你要看就去市区房子那儿吧，那母子俩就住在隔壁，不过李盛东不常来。”

丁浩在市区买房的时候，李盛东也凑热闹地挨着买了一套，李华茂这么一说，丁浩就明白了。李盛东这是没地儿安置人，又怕家里人误会，先让人住在外边了。理解归理解，丁浩还是对那母子俩很好奇：“李盛东没留下过夜？一次都没？”

李华茂翻了个白眼，丁浩比他还八卦，他也就偶尔趴在门上从猫眼里往外瞧一瞧，丁浩这都打探人家生活隐私了：“我哪儿知道啊。你当我多清闲还是怎么着，成天不睡觉，定点蹲在门口等他？”

丁浩还在笑：“其实吧，你跟李盛东还真挺有缘分！你看看，你一见他就出血……这次赔了多少钱？哈哈！”

李华茂不想再提伤心事，而且这次的罪魁祸首是李盛东家的小孩，他还不至于跟小孩生气。再说了，那小孩也挺可怜，有好几次李华茂都能在走廊上瞧见他，后来，就只能在楼梯上瞧见了。李华茂问他，他就抱着自己的小汽车，擦了擦鼻涕说：“妈妈说在走廊里吵。”

李华茂忽然就问不出为什么他不回家玩的话了，如果连他在走廊里玩都不能容忍下，家里更不会让进了。李华茂没经历过这种事儿，他童年很幸福，哪怕现在还没结婚，家里也没有这样对待过他。楼梯很高，孩子很小，没有任何安全可言。李华茂心软了，带了小孩回房间玩，有时候也送他零食吃，还亲手做了一个弹弓送给他，希望能给他一点童年温暖。

对，就是那个弹弓，那熊孩子今天一来就用那弹弓把他眼眶打青了。

李华茂的心情又低沉起来，他对脸的重视程度仅次于头发。虽然那熊孩子最后哇哇大哭，抱着他的腿嗷嗷地喊“对不起”，但是他也不能轻易原谅那熊孩子。李华茂决定三天不给他零食吃，房间……房间还是让他进来吧。

想起隔壁李盛东养的那破孩子，李华茂又忍不住瞧了瞧丁浩家的小宝贝。人家小宝贝模样儿漂亮，话也不多，一瞧见丁浩起来就立刻抱着丁浩不松开，眼睛水汪汪的，看得人的心都软了。

李华茂满心羡慕："丁浩，你家这孩子真好啊。"

丁浩一把抱起小宝贝，亲了一口，也很得意："那必须啊！宝贝儿，喊李叔叔好。"

小宝贝看了一眼李华茂，不顾对面李叔叔那一脸的微笑，一扭头钻到丁浩怀里去了："臭。"

李华茂以前在国外读书，习惯喷香水，被小宝贝嫌弃过，不过从那以后他就不常用化妆品了，尤其是来了摄影工作室，有的小孩皮肤娇嫩，对化妆品过敏，他还是很注意的。如今他身上除了香皂的味儿可没有其他的味道，不死心地往前凑了下，继续讨好小宝贝："不臭，不臭，宝贝你再闻闻啊。我还问了你小爸爸，跟你用了同一款润肤霜呢，嘿嘿！咱们一样香！"

可小宝贝一句话就让李华茂委屈了，他伸出小手指了指李华茂的黑圆圈，一脸严肃地再次告诉李华茂："丑。"这次发音很标准，是第三声，那长长的尾音实在让人无法听错。

李华茂很受伤，他今儿真是身心受挫，尤其是小宝贝最后那句，简直太打击人了。

不过，有些人是可以用脸来抵消所有过错的。丁浩是这样，丁浩家的孩子也是这样。

十分钟之后，李华茂端起相机给这一大家子拍照的时候，深刻明白了这一真理。小宝贝今天很配合，被丽萨和丁浩逗得咯咯直笑。李华茂抢拍了好几个镜头，瞧着那粉嫩一团的小孩，觉得真是讨人喜欢。

拍照很顺利，白斌兄弟两个没有被下毒手，脸还是跟刚来的时候一样，拍出来也相当帅气，就是白杰之后被丽萨抓住抹了点唇膏，白斌很幸运，没有人敢给他抹这个。

白老爷子抱着曾孙心情大好，拍完了全家福，还多拍了几张抱着小宝贝的。小宝贝不爱坐在别人怀里，自己爬下来抱着白老爷子的腿站好，白露在对面逗小孩，哄他上去。白老爷子笑着摆手："不用，不用！就这么拍吧！这样挺好！"

李华茂也笑了，端着相机连拍了好几张："老爷子，我给您先都照上，等会儿您自己挑喜欢的！"

丁浩在旁边帮忙，听见这话，立刻不要脸地来了一句："挑什么啊，我们家人都上相，怎么拍都好看！咱们都拿着！"

小宝贝听着丁浩说话，习惯性地跟着重复词汇，还抓了重点："好看。"

白老爷子乐了，立刻点头：“对，好看！都拿着啊！”

一家人拍得高兴，白斌兄弟两个也都笑了。张娟瞧着自己大儿子心情不错，试着跟他谈了几句，不过她太久没有跟他沟通过，不太懂他的心理。前几句还好，后面一句提醒的话，让白斌有些恼怒。

起因是张娟瞧见丁浩跟李华茂熟识，李华茂的那头卷发让张娟有些在意。她对丁浩的交友范围提了意见：“白斌，他同这些朋友交往会不会不太好？我还是希望他能多与高等学府或者研究所的朋友来往，毕竟人要分圈子……”

白斌对此并没有多解释，只是告诉她：“如果您硬要分，那么我和他们就是一个圈子，请您不要再这样说我的朋友。”

张娟听出了白斌的不满，虽然不认为自己错了，但还是立刻道了歉：“我不是那个意思！我不排斥，只是觉得可以交往一些更好的朋友……”

白斌已经没有耐心听完：“您认识那个摄影师吗？同他讲过几句话？他的履历表也一定没看过，您不知道吧，那位是从国外回来的文理双博士。”

张娟有些惊讶地看向那个卷发的摄影师，她没想到那个人还是个有本事的：“难怪打扮得跟常人不同。”

白斌眉头有些皱起来，但是强迫自己又舒展开，语气依旧很平缓：“您瞧，因为他的努力得到了社会的一定认可，所以您再次公正地评价他。今天很幸运，遇到的是个博士，不过我希望下次遇到其他朋友的时候，您也能去正视他们的努力。一个人的人生，不是只见一面，看了相貌就能判断出来的。”

白斌尊重自己的母亲，但是这不代表长辈就可以随意评价他人。在没有过多的接触下，只依照外表就打上标签，冤枉丁浩交友不慎，这样的行为他实在无法认同。

张娟本是好心，却实打实地在白斌那里碰了硬钉子，只得讪讪住了口。她不知道该如何讨好自己的大儿子，好不容易与白斌多说了几句话，偏偏又说错了大半，非但没有一点好处，倒是惹得母子俩的关系还不如以前了。

天底下的母亲大约都一样，始终觉得自己的孩子好。这要是丁浩他妈妈在这儿，瞧见李华茂，肯定也要跟丁浩显摆一句“浩浩，他没你漂亮”或者“浩浩，咱们比他高多了”……丁浩那小尾巴立刻就能翘起来，外加一句“必须啊”。

果然还是自己养大的知根知底，一瞧表情就能知道在想什么。

丁浩可不是丁妈妈一个人养大的，他陪着白斌的日子不比自己家人少。他老远就看见白斌跟张娟俩人脸色不好，这母子两人没聊上几句就开始进入冷战状态。

发动者很显然是白斌，丁浩瞧见张娟又主动跟白斌说起好几个话题，可白斌似乎不太愿意再谈。

外边人多，大家的注意力都放在了正在拍照的小宝贝身上，丁浩也站在大家身边没过去。他觉得这样贸然去劝，效果不好，要是把小事给扩大了，到时候长辈面子上反而过不去。丁浩又往那边偷瞧一眼，情况似乎也不算太糟糕，起码白斌没有离开。

由于白老爷子一行人在D市待的时间不长，李华茂又特意亲自去冲洗照片，答应能赶在白老爷子他们走之前把相片取出来。他还拍着胸脯向老爷子保证了："您放心！我照的咱们家宝贝儿每张都是笑的，不笑不要钱啊！"

白老爷子今天开心极了，连声答应他："好好好！华茂啊，你给多洗几张，我走的时候都带上！听浩浩说，你老家在临市？那离我们那儿很近嘛，以后路过一定要来家玩啊，甭跟爷爷客气！"

李华茂抓了抓脑袋，有点不好意思："先谢谢您了！只是我也一年半载的才回去一次，下回还不知道什么时候呢！"

丁浩在旁边闹他，笑了说："不远了！我瞧见老师这几天又开始挑照片了，你这再多相几次亲，我们就都跟着你回去喝喜酒喽！"

李华茂差点给自己的口水呛着，倒是惹得周围的人都笑了。白老爷子逗他："瞧瞧，这么大的人了，一说媳妇还害羞呢！"

白老爷子他们回家时都到吃晚饭的时间了，董飞家老爷子提前打了电话来，非要安排吃饭，他们推托不过，只好去了。董飞家老爷子安排得也周到，只是一顿家宴，叫了自己家几个小辈，一起动手在自家置办了一桌。席间老人们回想起自己当年的种种，想起走了的几个老战友，又瞧瞧带着的小孩，很是一番感慨。

董飞家老爷子瞧着小宝贝也很是羡慕，他当年成家早，但也没有这么快能抱上曾孙，瞧着人家小孩自己捧着小碗吃饭，那真是看到眼里拔不出来了："哎，真是好孩子。老首长，您真有福气啊，我们家这几个小子，一个比一个不正干！"想了想，又补充了一句，"董飞不算，我还得谢谢您当年的培养，帮着我这粗人教出个好孩子哪。来来，我敬您！"

董飞在家里排行算小的，他跟了白老爷子一段时间，后来又一直跟着白斌做事，倒成了家里小辈里办事最沉稳的。董飞家老爷子一心想让儿女参军、从政，无奈家里那几个都不是能耐得住性子的，跑去做生意的还算好的，不学好，自己糟蹋钱的大有人在。唯一走上从政道路的，还是只有一个董飞。

董家老爷子知道白斌将来有大出息，就想让董飞多跟着白斌，一来是他跟白老爷子的交情深厚，二来是白老爷子铺的路比家里铺的路长远，跟着白斌，将来绝对不会吃亏。

一顿酒喝完，大家到家时已经将近晚上十点钟了。白老爷子他们来这边是丁浩安排的住宿，就住在原先买的那小别墅里，丁浩特意留下给家人来玩的时候住的。这边房间多，位置又好，一大家子都住下也不觉得拥挤。

白老爷子晚上高兴，喝得有点多了，一回来就去睡了。小宝贝更不用提，吃了一半晚饭就揉着眼睛去找丽萨了，丽萨抱着他回来，放到小床上给他盖好被子。小家伙已经睡熟了，自己枕着自己的小手，侧卧的睡姿很标准。

丁浩喝了点酒，没进去，就远远地在门口看了一眼小孩。白斌晚上也喝了不少，他帮丁浩挡了几杯，幸好只是白酒，没有掺杂其他的，倒也还过得去。

丁浩回房间之后，先去洗漱。

等他从浴室出来的时候，旁边的柜子上放着一大玻璃碗的汤。丁浩觉得有点奇怪，过去瞧了下，里面是醒酒的浓茶，估计是怕凉得慢，特意给放在大汤碗里了。

这异域风格太明显了，丁浩一猜就知道是谁干的："丽萨端来的吧？"

白斌也端着一碗过来了，道："嗯，喝点吧，多少有点用。你晚上没少端酒杯，董飞家的几个有点敬过了。"

丁浩过去喝了一口，还在辩解："人家向我敬酒那也是好事啊，那是瞧得起……"

白斌看了丁浩一眼，把那一海碗递到丁浩嘴边，丁浩立刻躲开了："别别，白斌你这也太瞧得起我了。我可喝不了这么多！"

忽然门外响起了敲门声，外边似乎还有人在说话。可白斌不为所动，依然让他喝光。

外边的人又敲了几下，好像在叫他们的名字，中间还夹杂了小孩的声音。

丁浩去开门："我好像听见小宝贝的声音了，我去看看。"

门口站着的是丽萨，怀里抱着小宝贝，眼圈儿是红的："丁浩，帮帮忙，帮帮忙。"

丁浩立刻就明白了。他今天挨着白家兄弟两个，白斌酒量是锻炼出来的，白杰可不行，尤其是丽萨还滴酒不沾，白杰被灌了不少。丽萨这准是把小宝贝放下，忙着照顾喝醉的白杰去了，没想到小孩睡一半醒了，瞧见没人在就哭了。丁浩瞧着丽萨的红眼圈，又瞧瞧小宝贝的红眼圈，忽然很赞同白斌刚才那句话，董飞家那几个兄弟欠收拾！

白露没有带小孩的经验，丽萨又不好去拜托长辈，只得抱着小宝贝来找丁浩：

“今天晚上能帮我照看小宝贝吗？丁浩，真是不好意思……这么晚还要来麻烦你……”

小宝贝在丽萨怀里还含着眼泪，一瞧见丁浩，立刻伸出了小手，要丁浩抱他：“小爸爸，好黑，害怕。”

丁浩忙抱住他，拍着他的背让他不再哭得打嗝儿，回头对丽萨说：“你快回去忙吧，今天晚上我看着他睡。”

丽萨再三谢了丁浩，这才走。丁浩抱着小孩回去，瞧着小宝贝哭得一抖一抖的，又开始心疼。小孩来到陌生的环境，本来就不适应，睁眼又瞧见周围漆黑一片的，不吓哭才怪！

“不哭啊，宝贝跟小爸爸睡，啊。咱们这边有灯，开着灯睡好不好？”丁浩小声哄着小宝贝，抬头就瞧见了白斌，那位眉头也皱着，一脸的不满。

丁浩都抱着小孩进来了，也只能硬着头皮跟白斌说了一遍：“你也听见了，丽萨实在是忙不过来……就跟我一晚，就一晚上！”

白斌没有阻止丁浩抱着小宝贝上床的举动，只是提醒他：“这边的床可没家里的大，你晚上睡觉小心些吧，翻身要轻一点。”

丁浩有些傻眼，他忘了这个问题，仔细瞧了那床，是双人床没错，但也绝对算不上宽大。尤其是他这晚上小喝了两杯，睡着了，谁知道会不会滚下去啊！往常的时候摔下去倒是不怕，可是万一把小宝贝摔伤可怎么办？

丁浩眼巴巴地瞅着白斌让他想办法：“怎么办？现在去一楼再搬张小床来？”

白斌摇了摇头，指着钟表让丁浩自己看：“你看看都几点了。”

丁浩顺着他指的方向看了一下，已经半夜了，弄出那些个声响，大伙儿就甭睡了。怀里的小宝贝一个劲儿地揉眼睛，小脑袋已经开始撑不住打瞌睡了。丁浩看看孩子又看看床，有些犯难：“那怎么办啊？”

白斌想了想，把房间里的两张单人沙发搬到床边，给他拼成一张小床，又铺好了被子，让小宝贝软软的睡在里面。小孩玩了一天，早就累了，白斌一把他放下，他就咬着指头睡着了，甚至都没来得及等丁浩给他打开小落地灯。

丁浩搬过一盏落地灯来，抬头就看见白斌冲他比了个轻声的动作，立刻配合着放轻了手脚：“睡着了？”瞧见白斌点头，还是打开了一盏小灯，放在小宝贝旁边。光线不是很亮，勉强能看清周围一小块的地方，但是暖暖的光透过来，能给小朋友极大的勇气。

丁浩听着小孩浅浅的呼吸声，这才放心了。

小宝贝第二天睁开眼的时候，是在丽萨怀里的，他觉得有些奇怪，揉着眼睛去找丁浩：“小爸爸？”

丽萨拿了个橙子给他玩：“你小爸爸一早就走了哦。”瞧着小宝贝立刻抬头仔细听她说话，一副要听下文的模样，又想了想，“晚上吧，应该会来这边吃晚餐！”

小宝贝得到丽萨的答案，也就不再问了。小宝贝自己抱着橙子玩了一会儿，其间白老爷子来向他讨要橙子，在大方地递给白老爷子之后，意外地换来两个橙子。小宝贝瞧着手里的两个橙子，忽然跑去把自己的魔方拿过来，也递给了白老爷子。

白老爷子见小孩期待地看着他，或者说期待看他把魔方变成两个，有点为难，他可没准备这个啊：“这个……这个……”

白露自从上次发现小宝贝喜欢魔方之后，这次来也特意拿了一个来，瞧见白老爷子犯难，立刻把自己准备的那个递过去。

可紧接着，小宝贝又把两个魔方一起放到了白老爷子手上，而且整个人都爬到老人膝盖上来。小宝贝期待地看着白老爷子，指了指那两个魔方：“还要。”

白老爷子把魔方还给他：“没有了，没有了，再来就……就该拿去充电了！”

小宝贝对充电有阴影，他喜欢自己可以转动的小魔方，不喜欢充电的大魔方，听见白老爷子这么说，犹犹豫豫地还是抱回了那两个小魔方，看起来十分不舍得。

小宝贝新衣服上面有个大大的口袋，他把两个魔方都装在里头，把小肚子挺得鼓鼓的，远远看上去像只小袋鼠。小宝贝不管别人怎么笑话他，始终不肯把口袋里的魔方拿出来，他想留到晚上，等丁浩来了和他一起玩。

丁浩晚上没来，连着两天都没过来，等第三天来的时候，见着小宝贝还是有点不好意思，白斌倒是没什么，这次来还给小宝贝买了礼物，抱着他亲了一口。

小宝贝匆匆地对大爸爸回了一个吻，又扑到自己小爸爸怀里去，拿出兜了两天的魔方来跟丁浩炫耀。

丁浩立刻夸奖了：“真漂亮！”

小宝贝拉着丁浩要去玩，他迫不及待地想跟丁浩一同分享自己新得到的宝物，不料白老爷子喊住了丁浩：“浩浩，先过来一下！”

丁浩过来，小宝贝也跟在后边过来了，还抱着自己的魔方，仰着头瞧丁浩。白老爷子瞧见了，又让白露抱着他去儿童房，嘱咐她：“小心看着，啊。”

白露答应了一声，跟自己爸妈一起过去了。他们瞧出来白老爷子是特意留了丁浩他们几个年轻人开会，就不留下打搅了，而且小宝贝那么可爱，他们巴不得多跟小孩相处一会儿呢。小宝贝这几天跟白露熟悉了，被她抱着离开也没说什么，只是从她肩膀上探出一张皱着眉头的小脸，瞧着丁浩。

丁浩冲小宝贝飞了个吻，小孩这才放松了一点，冲丁浩回了一个，由于一直紧紧抓着他那宝贝魔方，嘴巴全亲到了魔方上。

白书记夫妇坐了一会儿，瞧着他们在，大伙儿更紧张，也就提前离开了："我们也去瞧瞧孩子，这会儿不哭不闹的，正是好玩的时候呢。"

丽萨很得意地举手发言："爸爸，小宝贝不哭，一直很好玩，从来都很好玩的！"

白老爷子打断她，笑了："你当这是养了个玩具哪，还一直都好玩。"

这次客厅里就剩下白斌、丁浩、白杰、丽萨几人，白老爷子绕着圈子来回夸奖小宝贝，很是感慨了一番家里有个娃娃的好处，尤其是重点给丽萨上了一堂"中国课"，把中国人骨子里对血脉的重视啊，对后代的培养啊，全说了一遍。

丽萨听得很认真，其实脑袋里已经乱成一团了。白老爷子讲的每个字她都认识，可偏偏合起来她就搞不懂是什么意思，最后"之乎者也"都上来了，她就彻底晕了。

"咯，我这次来也住了挺长时间了，来这儿呢，一是瞧瞧你们生活得好不好，工作重要，家庭也不是儿戏，要合理分配好，二来啊，这个这个，来看看孩子，孩子对每一对父母都很重要啊！咱们现在都提倡生女孩儿，女孩是个宝，是妈妈贴心的小棉袄！要是有个女孩，那该多好啊……"

白老爷子绕来绕去，说了这么半天，丽萨终于明白了一点点意思。老人似乎一直围绕女孩如何好，如何贴心，希望他们有个女孩之类的话在讲。丽萨对白老爷子这种行为做出了批评："爷爷，您怎么能'重女轻男'？"

白老爷子跟丽萨接触了几天，勉强能弄明白她在说什么了，当下否定了："胡说！爷爷从来不偏心！"

白老爷子底气不足，他还是有点私心的。老人想让白杰跟丽萨抓紧时间再生一个，最好还是女孩。小宝贝是第一个孩子，白老爷子就喜欢得不得了，觉得如果再有个女孩，家里应该更热闹。

这要是平常，丁浩会凑过去添几句热闹话，可白老爷子的意思太过于明显，他喜欢小宝贝，可不一定就喜欢让人家白杰两口子生二胎。说到底，丁浩觉得自己有小宝贝这一个儿子就足够了。

当然，白斌也是这么认为的。他陪着丁浩一起坐那儿喝茶不接话，听着白老爷子跟丽萨鸡同鸭讲。

白老爷子的目光一遍遍在丁浩身上扫过，希望丁浩跟他站在同一阵线。丁浩立刻坐直了身体，捧着茶在那儿低头喝着。他心里打定了主意，老狐狸不点明，他就不说话。

小宝贝拿了魔方来让丁浩还原，把魔方给了丁浩之后，自觉地背过身捂住自己的眼睛开始数数。白露之前也要帮着他还原来着，可他不是很信任她，生怕她给他弄坏了。白露一动魔方，小孩就跟着她转，眼睛一眨不眨地盯着看，丝毫不给她“无敌还原”的机会。

白老爷子终于有点沉不住气了，问那边捂住眼睛的小孩：“小宝贝啊，你想要个弟弟还是妹妹啊？”

第九章 人人都爱奥特曼

小宝贝正在等丁浩还原魔方，听见白老爷子问他，犹豫了下，还是没有把手放下来。小孩捂着眼睛回答了这个问题：“都喜欢。”又怕没提到白老爷子，老人要伤心，补充了句，“也喜欢太爷爷，喜欢爸爸，喜欢妈妈，喜欢小爸爸，喜欢方方（魔方），喜欢白斌爸爸，喜欢白露姑姑……喜欢好多人。”

小宝贝跟背书一样说了一大串儿，把所有认识的人都念了一遍，排名还分先后，前五位绝对是最喜欢的，后边的就想到谁说谁了，连见过几次的丁旭叔叔都念上了，不过那个很黑的肖良文叔叔没说，小宝贝不喜欢他。

白老爷子选择性地只听了第一句，拿小孩的话说给丽萨听：“你看看，孩子都说想要弟弟妹妹啦！哎，现在生活好了，就是一个孩子太孤单了。”

丽萨半懂半不懂地跟着点头，白杰在旁边接了话：“爷爷，我们打算先让白昊去上幼儿园。丽萨现在上课顺利多了，我想，等公司的事情也稳定下来，会认真考虑的。”

白老爷子听到这个答案还是比较满意的，又嘱咐丁浩他们：“你们多帮着丽萨照顾小孩，人家又上学又忙家里的，不容易。”

丁浩忙点头说是，他一抬头，就被怀里的小宝贝捏着下巴往下拽。小孩正跟丁浩玩得高兴，非常不满意丁浩跟他一起玩，还要同别人说话。小宝贝学白斌板着脸，慢吞吞地教训丁浩：“小爸爸，不专心。”

白老爷子瞧着丁浩抱着小宝贝一起玩魔方，又看看旁边的白斌，越看越满意。

嗯，没准儿明年来又能瞧见个小东西呢！这样一家子多美满啊。

白老爷子带队回去之后，小宝贝被送去了幼儿园。

幼儿园是私立日托的，要求还挺严格，为了培养小孩的独立性，方便老师教育，到了学校是不允许家长送进去的。

小宝贝第一天去的时候，丽萨和丁浩趴在大门口的铁栏杆上哭得稀里哗啦。被锁在门里边的小宝贝也抓着栏杆红了眼圈儿，含着眼泪差点就要哭了："妈咪……小爸爸……"

小宝贝的后半句请求，被旁边的小朋友嗷嗷地哭喊出来。旁边的孩子抱着铁栏杆不撒手，猴子似的往上爬，哇哇地哭："我要……我要回家……呜哇哇！"

哭声太大，反倒让丁浩他们这边静下来。丁浩有生之年还是头一回听见如此震撼的哭声，听着那倒霉孩子哭得三声长一声短的，他们几个哭不出来了。

小宝贝也被震住了，扭头去看那个高了他很多的小孩，看不太清五官，倒是看到了很多的眼泪、鼻涕……小宝贝小心地往旁边退了几步，贴着栏杆外边的丁浩，眉头都皱起来。除了黑，他最讨厌脏兮兮的人和东西了。

旁边的小孩丝毫不觉，依旧哭闹着："我不！我又没做错什么事！为啥要把我关起来？！我都没在走廊上扔香蕉皮，也没拿你口红到墙上乱画了……我……我去楼梯上玩，再不乱跑了！我要回家，不要被关起来！"

送那倒霉孩子来的是个很年轻的女人，瞧着像是他妈妈。女人原本还安慰了几句，可见那孩子越劝越来劲，气得隔着栏杆拍了他一巴掌："你都这么大了，还不懂事！送你来是读书的，你不读书……不读书，跟你爸一样没用！成天惹事，迟早吃牢饭的货！"

那小孩缩着脖子，依旧不肯离开门口，大约是隔着栏杆没打疼，还小声顶了一句嘴："我爸……我爸多了！你老让我喊别人爸爸，张叔叔、王叔叔、吴叔叔，还有李叔叔！他们都吃牢饭去啦？"

女人气得不行，就算隔着栏杆，依旧拧了他好几下。旁边负责接送新生的幼儿园老师看不下去了，过来劝了两句，又拿了糖给那个孩子吃，这才哄着送去了教室。

女人没多等，送完孩子便匆忙走了，都没来得及再瞧一眼回头张望的小孩，也没来得及看清那双有点失望的眼睛。

丁浩瞧着那孩子，觉得有点眼熟，尤其是那双哭肿了的倒三角眼……丁浩想起来了，他们是之前李盛东藏起来的母子俩。

过年的时候，丁浩没瞧见李盛东他妈妈送红蛋、喜糖的，那孩子肯定没能进李盛东家的门。不过听那母子两个的对话，丁浩也能听出一些情况来。当初李盛东玩得挺厉害，招惹的都不是些正经人家的姑娘，情人最后成了兄弟的媳妇也正常。而且听对话里说的，似乎那女人还去找过其他人，结果并未成功，来找李盛东也不过是试试看罢了。

如果那真是李盛东的孩子，那女的估计早就抱着去医院做鉴定，外加一哭二闹找上门去了。李盛东当年也被人挺着肚子闹上门去，为这事，李盛东他妈妈也没少操心。打胎之前，老太太一瞧见李盛东就心口疼，可真打了胎，老太太更是心肝都抽得发疼。

丁浩记不清当年那女的长什么模样，不过，要真是今天那位，那进不了家门也罢。丁浩带小宝贝时间长了，对小孩格外有耐心，最瞧不惯那种拿孩子顶事儿的人，隔着栏杆使劲亲了自己家小孩一口："小宝贝，你乖啊，小爸爸就在外边等你！喏，看见咱们家车没？我就在车里等你下课，一步都不走开，你从教室里就能看见我啊。"

来接小宝贝的老师乐了："一大家子来送孩子的我也见过，但是像你们这么溺爱孩子的还真没见过呢！"

小宝贝抬起头来告诉老师："是宠爱，不是溺爱。"每次太爷爷说白斌爸爸溺爱小爸爸的时候，白斌爸爸都会生气地说这句话，小宝贝听多了就学会了。他也觉得"宠爱"这个词儿比较好。

老师被逗得不行，拉着小宝贝软软的小手往教室那边走："哟，懂得这么多啊！真是个聪明的孩子。你还知道什么啊，告诉老师你的名字好不好？几岁啦？"

小宝贝还沉浸在离别的忧伤中，但是依旧乖乖对老师的提问做出了回答："小爸爸说，不可以轻易泄露个人信息，只有坏人才会问这些。"

老师给噎了一下："那个，你爸爸教得也对。但是……你的名字，这个真的可以告诉老师……"

小宝贝的心思不在老师身上，他回头瞧了一眼大门栏杆那边，那边自己的爸爸妈妈们一瞧见他回头，立刻站起来冲他挥手，连最爱板着脸的白斌爸爸也冲他招手了。小宝贝背着书包，用空着的那只手冲爸爸妈妈们飞了个吻，他想快点上课，快点回家了。

小宝贝上幼儿园之后，吴阿姨也要走了。今年她自己家也有了孙子，要回家去照看一下，白杰跟丽萨送她回去，还给带了不少的礼物。吴阿姨对此有些愧疚：

“不用，不用！你们这正是最忙的时候，我也没能帮上多少忙。”

白杰对吴阿姨很客气：“阿姨，您就放心回去吧。这边还有我哥帮着，没事的。”

白杰跟丽萨想要个小孩，要是她在，还真有点不方便。吴阿姨在白家干了多年，想法跟白老爷子如出一辙，这时候要走也多少带了点促成的意思。

白杰和丽萨也确实有要第二个宝宝的意思，但是吴阿姨走了，小宝贝该怎么带，这个问题比较严重。想来想去，他们把小宝贝送去了丁浩那里。

丁浩自然乐意带着小宝贝。小孩上学的时间跟他们上班差不多，每天来回正好接送，就是白斌的福利受到一点折损。小宝贝现在能自己睡了，但是跟着丁浩习惯了，不乐意回自己房间去睡觉，每回被白斌强制带走的时候，都泪眼汪汪地看着丁浩，一口一个“小爸爸”地叫。

这招很管用，丁浩次次被喊得心软，在跟白斌的抗议中，十次里有八次能把小孩留下。

尤其是休息日，小宝贝跟着他们一起休息，丁浩再陪着多玩一会儿，晚上你就等着瞧吧，保准睡觉的地方都被小孩占领了，有时候俩人还悄悄侵占白斌的地盘，跟探险似的。

在一个周六晚上，白斌从自己枕头下摸出不知道第几个魔方来的时候，他的不满终于爆发了：“不能再这样了。”

丁浩听见白斌说话，疑惑地挑眉：“什么？”

没等白斌回答，旁边的小东西先有了反应。小孩听见丁浩的声音，迷迷糊糊地翻了个身，抓住了丁浩的睡衣角。

丁浩的注意力瞬间被转移了，低头瞧着小孩趴在自己的大枕头上吧唧嘴巴，睡得一脸香甜的，他笑了：“哟，自己睡了？今天还挺快的，我还以为要再折腾会儿呢。”

小宝贝今天玩累了，小鼻子一吸一张地睡得很沉，迷糊中感觉到丁浩在戳自己的小脸，动了两下，还是没肯松开手里的衣角。

白斌黑着脸把丁浩的睡衣拽下来，包住小孩，再次送回了小床上。

白斌觉得，必须再找个保姆，最好是安全可靠有耐心的，能在每周六帮着照看一晚上小孩最好。

很快，这个人选就出现了。

李夏同学被酒吧炒了鱿鱼，原因很简单，他太能吸引姑娘了。原本酒吧老板还挺看好他这一点，这往柜台后一站，一圈儿的大姐姐都凑过来跟他说话，得多卖出去多少酒啊。但是就因为凑过来的人太多，为着李夏跟谁谁多说句话，多笑一下的，一群人没少明争暗斗。

这些事情，老板还可以容忍，毕竟有消费的。但是接下来的事让老板有些郁闷。

李夏在感情上异常迟钝，丝毫觉察不出旁人对他的喜欢，或者说，没有觉察到真心真意的喜爱之情。李夏每日依旧尽职尽责地卖笑加卖酒，直到酒吧里那个女服务生以他女朋友自居，并数次出手将他的生意搅黄。李夏很郁闷，找了她询问。女服务生也很委屈："你那天帮我教训坏人，跟我说话，而且夸了我漂亮，说很喜欢的啊……我只是不希望，你在喜欢我之后，还对别的女人那么好。"

李夏对女性的温柔，造成了他今天的尴尬局面。过多的礼貌用语，真的很容易造成别人的误会，李夏解释再三，只换来了一个巴掌。

女孩哭着跑了："我恨你！为什么……为什么不喜欢我还要给我希望？！李夏你最讨厌了！"

老板烦心，李夏也烦心，干脆就不在酒吧干了。李夏现在住在丁浩的一套公寓里，省下不少房租，可以悠闲地找一些自己喜欢干的活儿。

李华茂听完李夏的悲惨遭遇之后，对着他那个巴掌印哈哈笑了半晌，等彻底乐够了，给李夏介绍了一个代课的活儿。李华茂现在代课也渐渐代出些名气来，做的公共课的讲座也不错，几所大学都愿意他去代课。

李华茂嘱咐李夏："我跟那边说好了，你去了按研究生待遇给。"本科生一节课给二十五块钱，研究生一节课给三十五块钱，博士生一节课给五十块钱，前提是得毕业了，像李夏这种还没毕业的研究生，都按本科生待遇发钱。

李夏有点不安："师兄，我还没毕业。"

李华茂安慰他："没事，我准备的课件是徐老师的，你去了就按那个讲。他们听的是研究生导师的课件，这么算还是赚了。"又踮起脚来摸了摸李夏那头黄毛，笑了，"你要是觉得欠人家的，课间就陪着学生练习下英文口语呗！"

李夏点头答应了。

不过代课的时间毕竟是短暂的，过了两个星期，李夏同学再次失业了。所有酒吧跟接过通知似的，都不录用他。他时间也紧张，不能全天打工，渐渐坐吃山空。

李夏来找丁浩的时候，正是白斌最心烦的时候。白斌皱着眉头瞧见那大个子走进来，晃着一头金毛满屋子找丁浩："白，丁浩在不在？我需要丁浩的帮忙！"

李夏来得不巧，今天是周日，丁浩抱着小宝贝去游乐场玩去了，白斌也想找丁浩呢！李夏哪壶不开提哪壶，白斌的怨气再度累加："他出去了，你有什么事吗？”

李夏神经粗大到一定境界，对白斌的情绪视而不见，完全沉浸在自己的苦恼中，啰里啰唆地嘟囔完自己的遭遇，还试图得到白斌的同情与支持：“白，你说，女人是不是很麻烦？我都没想得那么复杂，这种事情发生过好多次，唉！”

白斌看着那大个子一边喝茶一边长吁短叹，他认为李夏这是来炫耀的，听完这些，终于忍不住发作了：“如果就是这样的事，我可以帮你转告丁浩，你现在可以走了。”

李夏很惊讶：“走？不不，我还没开始说啊。刚才那些是唠叨啦，白，我觉得你真是个不错的朋友，已经有很久没有人能耐心地听我抱怨这些啦，哈哈哈！”

白斌额头上暴起几道青筋，脸色也阴沉得可怕。不过对面的大个子还在自顾自地抓头笑：“白！丁浩说得没错，你真的是个好人啊！”

白斌的神色缓和了些：“哦？他都跟你们说什么了？”

李夏是个老实人，白斌问什么，他就说什么。估计白斌也知道要在丁浩回来之前赶走李夏不容易了，便挑着自己能听得进去的话题问，多半是围绕着丁浩的。

“丁浩说你其实很有爱心，就是平时板着脸，不太能看出来。哦，他还说你严肃的样子也很有趣。白，其实我都没发觉你会板着脸的，我一次都没看到，真是奇怪，你明明只是不爱笑嘛！对吧？哦哦，丁浩还说了，你开车的时候有次放古典音乐，差点让他睡着，哈哈！白，下次真的不能放这种东西啦，我开车听这个也会睡着……”

李夏无意中化解了白斌的低气压，但是他完全没有发现，他每说一句话都会让白斌产生微妙的面部表情变化。白斌再次从李夏的话中明确了一件事，就是下次不能让丁浩跟着徐老先生的车出去了，至少是李夏开车的时候绝不能出去。

李夏说了半天，总算想起了自己要说的主题：“嗯，我来是想要一份工作，不要每天上班的那种，因为还要上课。我只能抽出周末两天的时间来，不过晚上也可以上班！我熬夜没问题的！一整晚不睡也没事！”

白斌抬头瞧了李夏，他对李夏最后几句话很感兴趣。

丁浩抱着小宝贝回来，推门就瞧见了系着围裙的李夏，差点以为走错了地方，倒回去瞧了一眼门牌号码，的确是自己家。

李夏倒是很热情，又是端茶又是倒水，招呼丁浩赶紧进来休息一下：“丁浩，你们累了吧？白在做饭，很快就好！”

丁浩被按着坐在沙发上，旁边的金毛大个子殷勤伺候，又是捏肩又是捶背的。

丁浩觉得更奇怪了："李夏，你有什么事求我吧？先跟你说啊，你这么伺候我，我也不一定答应你！"想了想，又担心起来，"我说，你该不会把我那房子烧了吧？"

李夏连声否定："没有，没有！丁浩，我只是想问问你……"李夏说得很小心，带着点期盼，"我这样服务，你舒服吗？"

丁浩有点疑惑，但还是点了头："还成，挺舒服的。怎么，你以后都来伺候着？"谁一回来就被当成老太爷似的伺候不舒坦啊！

丁浩一句玩笑话，立刻让李夏兴奋起来："可以吗？丁浩，真的可以让我来吗？"瞧见丁浩点头，这傻孩子立刻跑去找白斌，"白！白，丁浩说可以！我看到他点头了！你说丁浩点头了，我就可以来打工了，对吧？"

白斌正端了饭菜从厨房出来，听见李夏这个消息还有点惊讶："这么快就点头了？"

李夏乐不可支："是啊是啊，我亲眼看到的，丁浩点头了！"

丁浩也反应过来，皱着眉头喊住大个子："李夏你给我等会儿！这到底怎么回事？你先给我说清楚啊。"

白斌把小宝贝接过来，带着去洗手，跟丁浩建议道："先吃饭，边吃边聊吧。玩了一上午，也该饿了。"

小宝贝吃饭期间很听白斌的话，自己打了香皂一遍遍地洗手，洗完还举起来让白斌检查。这是他在幼儿园学的规矩，原本是检查谁的指甲长，现在做什么都爱举手让人看。

一顿饭吃下来，丁浩也差不多弄明白怎么回事了。白斌说得很中肯，一个星期就一天让人帮忙带着，他们平时也忙，总需要休息的时间。

丁浩也有点动摇了，以前还好，现在小宝贝来家里常住，他觉得白斌的耐心快到了极限，这需要缓解。

白斌瞧丁浩不吭声，只当他是不愿意，也不再强求他："这只是一个提议，以你的意见为主。也不是非要让李夏……"

丁浩笑了，给白斌夹了一筷子笋丝："这也行啊，但是晚上还是住在咱们家吧。白昊这好不容易不认生，晚上不用开灯睡了，一换地方又要闹。"回头示意李夏，"你也来，白天就在这儿陪着玩，我回头放张大床在白昊房间里，你陪着他一起睡。"

小宝贝正在吃饭，听见丁浩说他的名字还抬起头来看了看丁浩。小孩自从上了幼儿园就不喜欢大家喊"宝贝"，他明白了名字的意义，喜欢大家喊他白昊。当然，妈咪和小爸爸除外，他们可以随便喊，他都喜欢。

李夏这算是被正式聘用了。不过稳妥起见，丁浩还是带着小宝贝跟他熟悉了几天。因为之前丁浩去徐老先生那边，常带着小孩一起，白昊对李夏并不算太陌生。

丁浩他们去的那天，正好李华茂也在，正在客厅里跟一个小孩一人捧着一桶泡面在吃。那小孩戴着幼儿园发的饭兜兜，吃得可香，见有人进来，也只瞧了一眼，又低头哧溜哧溜地吃面条了。

李华茂不吃了，忙站起来热情地招呼丁浩："丁浩，你来也不说一声！你看看，我都没收拾下房间，这乱得……"他把丁浩当房东了，还是不要钱的房东，怎么着也想给人留个好印象。他收拾出了沙发，又去厨房端了点苹果过来，拿了一个给小白昊："喏，刚泡了半天，绝对洗干净了。宝贝吃一个？"

白昊小脸板得跟白斌似的，严肃地告诉李华茂他的名字，等李华茂叫了好几遍"白昊"之后，这才接过苹果，不过转手又递给丁浩，这次小表情都不一样了，看着丁浩时那叫一个专注："小爸爸吃。"

李华茂瞧着那边父子俩你亲我我亲你的，心里酸水直冒泡，他也想要一个这么贴心的娃。回头瞅了一眼抱着泡面桶大吃的熊孩子，那熊孩子还警惕地往后挪了挪，一副生怕他抢回去的模样。

李华茂有一种想在他泡面里……吐口水的欲望。

丁浩对那边的小孩挺感兴趣，让白昊跟着李夏去房间里转一圈，互相熟悉熟悉，自己留下来瞧那个小孩，仔细看一下，那孩子的眼睛其实比李盛东的要大一点，也不算难看，不过护食的模样跟李盛东小时候一个德行，忒没出息。丁浩感慨了一把，又问李华茂："他叫什么？常来你这儿玩吗？"

李华茂跟那孩子挺熟悉了，一边拿走小孩抱着的泡面桶，不许他再吃最后那点面渣，一边回了丁浩的话："他叫孙辰，也不常来，每回嘴馋了才来呢。"

孙辰小朋友在旁边举手发言了："我不嘴馋，我就是想吃盒泡面！我们老师说这个是垃圾食品……"

李华茂眉毛都竖起来，这熊孩子刚才可不是这么说的。刚才小孩还可怜巴巴地说没吃过外面的东西，他妈妈都不给买，要不是看起来实在可怜，李华茂怎么可能给他买这个吃。"你知道是垃圾食品还哭着闹着让我给你买来吃啊？"

孙辰看着李华茂眨巴了下眼睛，小模样无辜极了："我没吃过垃圾啊，就想试试垃圾是啥味道！"

李华茂被噎得差点背过气去。他决定了，下回一定要在这熊孩子泡面桶里吐口水！这小兔崽子也忒气人了！刚才他就不该心软去买泡面。

“行了，你吃饱了吧？等会儿去刷刷牙，赶紧回家去。”

孙辰摇头，脖子上的钥匙叮当作响：“我不，我妈要等晚上才回来，家里没人。”

李华茂不说话了，拿了个苹果塞给他，也不再赶他回家。孙辰在一边小板凳上啃苹果，扭着脖子看电视。电视里放的是李华茂特意给找出来的《迪迦奥特曼》，里面的奥特曼正跟怪兽打成一团，孙辰看得目不转睛。

丁浩在旁边问他：“孙辰，你妈经常不在家？”

小孩点了点头，丝毫不在意泄露了自己的事儿：“是啊。”电视上的奥特曼被怪兽压倒了，孙辰也跟着紧张起来，“奥特曼要死了。”

丁浩跟着哦了一声，没等再问，孙辰又回过头来安慰他：“不过，奥特曼一会儿还会活过来！”说的时候小鼻子都是翘起来的，很有一种自己打倒怪兽又复活的自豪感。

丁浩觉得有趣，配合着他，一脸好奇地往下问了：“是吗？你怎么知道奥特曼还会活过来啊？”

李华茂在旁边接了话，语气很是怨愤：“他怎么不知道啊！都把这一集翻来覆去看了七遍了！”

孙辰在旁边嘿嘿直乐，指着李华茂说：“他陪着我看了七遍，可好看了！”

丁浩瞧着李华茂那张憋屈的脸，实在无法赞同孙辰小朋友的一厢情愿，忍了半天还是笑了：“李华茂，这孩子很幽默啊。”丁浩拍了下李华茂的肩膀，让他以后好好照看孙辰，“我回头跟李盛东说一下，让他好好谢谢你。这是他家的事儿，把你掺和上了。”

李华茂听见丁浩这话，脸色好转一点：“不用，李盛东已经知道了，而且答应给帮忙。”他拍了自己脑袋一下，又回头去找李夏，“我脑袋被门夹了！今天就这么一件事还忘了告诉李夏。前阵子李夏不是被酒吧给辞了吗，我帮着给他找工作来着，李盛东不知道从哪儿听来的，就给他介绍了一个翻译的活儿。”

李华茂起身去找李夏，刚喊了一嗓子就被丁浩拉住了：“别喊了，他找到新活了，那差事你让给别人干吧。”

李华茂不服气：“李夏自己找的吧？我敢保证他找的什么活儿都没这个赚啊，一天小一千呢，这个把月下来够他一年吃喝了。赶紧让他把手头的活儿辞了，我就不信还有比这个翻译还条件优越的……”

丁浩松开手，说得慢吞吞的：“哦，那倒是。李夏帮我带小孩吧，的确是没那么高的工资。”

李华茂在原地站住了，硬生生把自己刚才说的话又扳过来：“我觉得如果是给丁浩你带孩子的话，咱们不拿钱也必须带好。”

白昊跟着李夏在房间里玩。李夏那屋贵重点的也就是一台笔记本电脑，其他的都是些零碎小件，不知道为什么，竟然还有一个奥特曼玩偶。

李夏拿着这个人偶来回变换了几个姿势，按了头顶一下，胸前的小灯立刻亮了起来，发出“咻咻”的声音。

白昊看着他不动。

李夏自己玩得挺高兴，摆了一个经典L型发射光线手势：“这个是杰克奥特曼，很厉害的！就是他打败的杰顿……”李夏陷入回忆中，又摆了一个奥特曼蹲马步的姿势，招呼白昊一起来欣赏，“你看，是不是很帅气？”

白昊小朋友与李夏的审美有差异，他认真地看着李夏手里的奥特曼，眉头都皱起来：“丑。”

李夏愣了下，自己拿起来看了下：“不丑啊，这不是很漂亮嘛！宝宝你再看一下，你看这英俊的脸、强壮的胸肌，哦哦，还有必杀斯派修姆光线！哈哈哈！”

白昊看着李夏，丝毫没有要笑的意思。

李夏自己笑了两声，摸了摸鼻子，也不笑了：“那个，真的还不错……要不，你玩一下？”李夏大方地把自己的珍藏版玩偶递过去。

白昊一次次推回，李夏都锲而不舍地再给递过来，大有不说好看不罢休的架势。白昊小朋友屈服了，他抱着那个奥特曼，开始认真地寻找好看的地方。他觉得，这个大个子叔叔这么坚持，肯定是有原因的。

李夏看着小孩抱着奥特曼，很是为他接受了自己的最爱而高兴，一边指导他摆放玩偶的姿势，一边按掉了奥特曼胸前的小灯。李夏虽然没有带过小孩，但是多少知道一点常识，这种玩具的灯太亮，似乎对眼睛不好，他刚才是给白昊看个新鲜，这会儿白昊自己玩，还是关了的好。

丁浩来找他们的时候，俩人已经就“奥特曼如何使用”发展了一定的友情。白昊小朋友拿出了自己的魔方，放在双手举起的奥特曼玩偶上，奥特曼与魔方也初步拥有了……友情。

丁浩对此很满意，李夏自己还是个孩子，跟小宝贝玩倒是正好。关于把小孩交给李夏照看这件事，丁浩心里算是通过了。丁浩跟李夏说得很清楚：“就只有周六一整天，我们有事忙不在家的时候，你来照看白昊，其他时间还是我自己带。”

李夏点头答应了，他也喜欢丁浩家的小孩，白昊比常来这边抢他奥特曼影碟的孙辰好多了。李夏提出一点小要求："我能带着我的奥特曼一起过去吗？"

丁浩有点没听清楚："什么东西？"

李夏从自己房间里搬出一个大纸盒子，里面满满的都是奥特曼的玩偶和影碟，甚至还有一个奥特曼的毛绒玩具。李夏的眼睛跟奥特曼胸前的小灯一样闪亮："带着我的奥特曼，可以吗？"

丁浩有点明白客厅里那个沉迷在奥特曼世界里的孙辰是受到谁的影响了。带着这些也不是不可以，不过这得问他们家白昊的意见。丁浩抱着小孩亲了一口："宝贝，你让他带着吗？"

白昊看了看那箱子奥特曼，又看了看李夏，点头答应了："好吧。"

李夏照看小孩第一天，把白昊弄哭了。

起因是这样的。白斌最近加班，好几天忙得没回家，丁浩给他送衣服去了，临走前特意做了点小馄饨之类的面食留给李夏，让他等会儿给小孩热一下。丁浩走到半路，忽然想起李夏那毁灭厨房的技术，犹豫了下，还是给李华茂打了个电话，让他去救场。

李华茂到了之后，手脚利落地开始做饭。这本来也没事了，偏偏李夏提前给小孩戴上了饭兜兜——这玩意儿不能随便戴，戴上的信号就是，开饭了。

白昊小朋友戴着饭兜兜等了小半个钟头，终于饿哭了。

等到丁浩和白斌下午回来，李夏恨不得都剖腹谢罪了。李夏一迭声的"对不起"念下来，还是让丁浩敲了脑袋，外加克扣一个奥特曼。

晚上，丁浩试着让李夏照看白昊。原本小孩是自己睡的，但是这毕竟不是他自己家，自己睡容易想起爸妈来。丁浩生怕小孩难过，一直陪着睡，这才惹得白斌找了李夏这个保姆来。

丁浩再三嘱咐了李夏，还给他预留了一个小落地灯："要是半夜白昊怕黑，你就打开这个啊。晚上也别睡太熟，白昊会自己上厕所，但是咱们这床有点高，他下不来。"

李夏听着，保证自己这次一定小心照看："丁浩你放心吧，我这次一定不会弄哭他的。"

白昊睡的小床还是之前白斌给买的那张，现在睡刚好够大，要是再过一段时间，估计要换了。白昊趴在小床的防护围栏那儿，跟丁浩亲了亲，眨巴着眼睛看丁浩："小爸爸，困了。"

丁浩被他亲了一脸奶味，刮了他鼻子一下："那赶紧睡吧，明天咱们去放风筝啊。”

白昊点了点头，软软地答应一声：“好！”他瞧着丁浩走出去，还探着脑袋去张望，似乎有点不明白丁浩为什么出去了，回过头又来问李夏，“小爸爸呢？”

李夏抓了抓脑袋：“去睡了吧。”走过去抱着白昊，让小孩躺下，又给他盖上被子，还耐心地拍了两下，“白昊，你也睡觉好不好？”

白昊小朋友不买账，他被李夏放到小床上之后，又自己掀开被子爬起来了。小孩趴在婴儿床的护栏那边，还在往门口张望，一脸担心丁浩走丢了的表情：“小爸爸……”

李夏生怕白昊再哭，抱着起来在房间里转了一圈：“我带你去找啊，不要哭。”他又不敢真的带着小孩去找丁浩，只得又在房间里转了一圈，嘴里还哄着，“马上到了啊，再等会儿……嗯，要爬座大山。”得，连睡前童话故事都出来了。

白昊被李夏抱着来回走，不一会儿就闭上了眼睛。小孩累了就爱睡，只是刚才惦记着自己的小爸爸，一直强撑着，现在李夏抱着一晃悠就慢慢睡着了。李夏瞧着小白昊闭上眼睛，刚想把他放回去，可一停下走路，他就又醒了。

李夏没办法，抱着他走了一晚上。

李夏第二天红着眼睛找丁浩商量办法，却被白斌拦住了，他喊了李夏去阳台：“浩浩还在睡，你有什么事儿？”

李夏这快晕倒了，他又困又累，听见白斌说也没多想，直白地问出了自己的疑惑：“白，小孩必须要抱着不停地走才能睡吗？我不知道要怎么样让他自己睡觉……”

白斌问了下具体情况，得知是因为一晚上都要找丁浩才折腾的，首先夸奖了李夏，之后又帮着给出了个主意。白斌说的方法很简单，他告诉李夏：“你以后白天跟他玩的时候，让他稍微活动一下，累了，自然就没力气再去找丁浩。”

李夏似懂非懂地点了点头：“要累一点吗？”

白斌想了想，补充了下：“也不要太累，我给你说几个游戏吧，像是智力拼图，白昊很喜欢玩的，你打乱顺序，让他去组装，大概十次，他晚上就不会闹了。”

李夏明白了：“这个方法好！是不是房间里那个三角形的拼图啊？”

白斌摇头：“那个三角形的是单面初级的，他玩腻了，你拿刚买来的立体的那个给他拆着玩。”

李夏取经回来，果然取得了不错的成绩。小孩跟他的亲密度有了一定的上升，虽然还不及丁浩的零头，但是好歹还有另一项重要收获——白昊晚上没力气去找小爸爸了。

李夏同志第一个月的工资发下来之后，白斌为了表达满意，还特意加了一些给他。李夏拿着钱，试图赎回自己被扣压的奥特曼，但是瞧见小白昊把魔方跟玩偶放在一起之后，又不舍得去要回来了。他知道白昊有多爱惜自己的魔方，这样将他们并排放在一起，可见白昊已经正式认可魔方与奥特曼的友情。

李夏被这样的友情感动了，他决定不收回自己的奥特曼，让魔方跟奥特曼继续在一起。

李夏没看到的是，魔方旁边的奥特曼是被一根电线绑住的。而且被绑住的奥特曼，明显有一个胳膊快要掉下来了。

丁浩昨天砸核桃，实在没有趁手的工具，随手抓了那个倒霉的奥特曼玩偶。那玩意儿沉甸甸的，砸核桃也挺顺手，只是没砸两个，胳膊就碰坏了。丁浩是当着小孩的面砸的核桃，实在不好毁尸灭迹，只得拿电线绑住了放在一边，以示“充电”马上就能好。

白昊小朋友大方地让自己的魔方去探望病号“奥特曼”，由此造成了李夏美好的误解。大概等白昊再次来看的时候，那边就只剩下自己的魔方了……

奥特曼？奥特曼回自己家了。奥特曼的家庭住址？这个啊，大概连李夏都不知道吧。

第十章
令李盛东糟心的事儿

白杰和丽萨到最后还是舍不得小宝贝，俩人都是刚当爹妈不多久，哪里能让自己家小孩离开这么久，给丁浩带了没多长时间就找来了。

丽萨眼睛都哭红了，抱着小孩不撒手："宝贝，妈咪好想你……呜呜！"

白杰在旁边默默站着，但是视线一直没离开过自己家孩子，看样子也确实是想念得很。

白斌倒是很希望他们两个能把小宝贝带回去，虽然周末能有李夏照顾，但小孩在这边，丁浩总是不能专心。丁浩带孩子上瘾，一大一小玩起来都不回家，有的时候都得他出去抓人才回来。小孩去上幼儿园，丁浩老早就在外边等着，公司里的事儿都不怎么上心了。

这话翻译过来就是，白斌争不过孩子，心里不舒坦了。

小宝贝跟着白杰和丽萨回家，现在只偶尔来看看丁浩。当然，这个偶尔的看望，还是建立在丁浩主动去幼儿园接人的基础上。白杰和丽萨短时间内不准备要第二个孩子了，他们喜欢小宝贝，想先好好地把这一个孩子照顾长大。

丁浩生活里缺了小宝贝，顿时就空闲下来，休息的时候就跟白斌去打打球、爬爬山，做些有益身心的活动。

白斌单位组织考察学习，开发区几个企业知道了，也都跟着组团去凑热闹。李盛东的公司算是大头，自然也掺和了一份，只是李盛东太忙，让个经理给领队一起去了，丁浩那就更不用说了，亲自跟着去了一趟。这次去还挺正规，无论职位高低，统一的服装，统一的旅游包，统一的小红帽，一看就是一伙儿的。

丁浩人长得好，穿了那身米白色的运动服也好看，尤其是帽子底下那张没事都要笑着的小脸，更是讨人喜欢。他跟白斌提前到了集合地点，去机场的大巴已经到了，车上除了司机还没人来。司机开了车门示意他们先去挑位置，自己点了根烟去一边解乏去了，车上有空调，不能抽烟。

丁浩拎着个相机包就上去了，他找了个靠后的双排位置坐下，自觉地空了挨着过道的位置给白斌。白斌把他们的旅行包放到上边，坐下来的时候还有点皱眉头："要不你还是别去了吧？到了那边，肯定要连着坐几天汽车，你受得了吗？"

外边天还黑着，隔着车窗都瞧不见人。丁浩低头摆弄自己的相机："没事啊，我现在好多了，自己也能开车了。昨天不是还开车去接你了吗？"按开相机，听着小东西发出嘀嘀的声音伸长了镜头，丁浩又开始转移话题，"白斌你帮我看看。这相机是我昨天从李华茂那里拿的，说是他手里最好的了，可我怎么瞧着不像多贵的啊？"

白斌对他那相机不感兴趣，依旧皱着眉头："要不，你现在回家吧？"

丁浩也不摆弄相机了，笑了下道："真没事啊。我好久没出来了，上次生日也为些事儿耽误了……咱们就当这回补上呗？"

白斌道："好。但是累了，一定要告诉我。"

学习考察完之后，有几天空闲时间，大家抽空在附近转了下，这次去的是桂林，一路风景如画，名不虚传。

只是去漓江的时候有点美中不足，天上飘了小雨，雾蒙蒙的看不真切。导游生了一张巧嘴，几句话就把一船的人逗笑了："各位大概不知道，我们这里还真是很少有这样的天气！这也算是难得一见啦！大家瞧瞧烟雨蒙蒙的漓江，也是很美的呢！"

丁浩觉得有趣，不等到景点就跑到二楼观光台上去拍照。船开得慢，还放了小曲儿，这时候二楼露台上人很少，丁浩拿着相机装模作样地拍着，还真有几分摄影师的感觉。

白斌在后边给丁浩打伞，细雨如丝，顶多也就把人的头发淋湿，但他就是舍不得。丁浩回头看他一眼，他还跟丁浩解释了一下："镜头上有雨水，你拍起来看不清楚。"

丁浩拍了一会儿，就到一边找了个避雨的地方坐下了。漓江山水好是好，但是这船开了小半个钟头了，风景没什么太大的变化，依旧是温柔的水、绵延的山，一座接一座的没有间断。

白斌收了伞，挨着丁浩坐下，瞧丁浩给他翻看刚才拍的照片，大部分是风景，竟然还有一两张偷拍的他。

丁浩笑得挺得意："我拍得好吧？李华茂教我拍照的时候说了，这拍照啊，一定要贴近生活，贴近自然。我拍的你自然不？"

白斌也笑了："是，太自然了，我都没发现你什么时候拍的。"

旁边坐着一对印度来的老夫妇，两个人共披着一条毯子，也是说说笑笑的。丁浩凑过去，用自己半生不熟的磕巴英语跟人家打招呼，对方说的是印度英语，两边竟然还勉强对话了几句。

老夫妇是学历史的，对各国的文化都很喜欢。他们儿女已经成家，这次是特意来中国旅游的，看看这片美丽的土地。他们告诉丁浩："年轻时约好了，等到有时间就一起走遍所有美丽的地方。"

丁浩听后，让白斌帮忙给翻译了一下，说想给他们拍张照片留念。那对印度夫妇很大方地摆好了姿势，甚至还入乡随俗，举起两根手指摆了个"耶"的手势。丁浩按了快门，镜头里，两位老人挤在毯子下，交叠在一处的手紧紧相握，幸福依偎。丁浩觉得雨水都有点飘进眼睛里，眼眶不自觉地有些湿润了。

沿途路过几个景点，大家都挤出来拍照，导游说的"黄金摄影地点"更是轮着被大家抢用。丁浩也凑热闹似的跟着去抢了两次，遇见熟悉的人还被请求帮着拍了几张，也有请求跟丁浩合影的女同事，但被丁浩委婉地拒绝了。丁浩笑着告诉人家："我这次来是想当摄影师的啊，大家可要成全我！来来来，美女们站好了，笑一个啊！"

白斌并不过去照相，他坐在那里瞧着人群中的丁浩。看着丁浩拍几张照片，白斌就抬头寻找他，两人也不说话，看见就笑一下。等过了景区，丁浩就回去挨着白斌坐下，给他炫耀成果。白斌也会指着相机的屏幕，给丁浩泼点冷水："快没电了。"

丁浩毫不在意，眼睛弯得让人心情都好起来："没事啊，你的不是还没用嘛！等会儿我就用你的拍照呗！"

路途漫长，那么多的风景顺水闪过去，被抛在船后，有被介绍了典故的，也有甘愿默默无闻地存在于这山水中的。白斌看着被层层绿色渲染的天地，心情也似被雨洗了一样清透，果然出来散心还是有好处的。他回头瞧一眼身边的丁浩，那位已经拍腻歪了景色，开始拉长了镜头去拍追着船来的竹筏了。

几个小商贩划着竹筏，带着成筐的新鲜水果，以及一些玉石雕刻的小东西在贩卖。运气好的，也卖出了几大件水晶石头一般的制品，正隔着客船的窗户收钱。

丁浩一边拍一边坏笑："哎，白斌！你说我这要拍下来去举报，也算警方卧底吧？警察给钱不？"

白斌气得笑了，敲了他脑袋一下："淘气。"

拍完照片的时候天气已经放晴了。丁浩跟白斌从二楼下来，临走时特意瞧了一眼那对印度老夫妇。他们依旧亲密地挤在狭小的檐下，看着拍照的人群过往，偶尔交换一个笑容，双手还是紧紧相握的。

丁浩跟在白斌后边下了楼梯，沾了雨水的铁梯子很滑。丁浩走得慢，话也说得慢吞吞的："白斌啊，回去之后你帮着我填个志愿呗？上回你提了之后，我就把想继续上学深造的想法跟徐老师说了。老师说现在在职管得不严，英语考试也挺容易的。"

白斌在前面听着，嘴角忍不住挑起来，听着后边的人说话，怎么听都觉得满意："好，等我们回去。"

阳光洒在山水里，江面上波光粼粼，映得人心里也带着暖洋洋的幸福，跟这绵延不断的圆润小山一样，没有间断。

从桂林回来，丁浩的日子比以前稍微忙碌一些了。他想继续深造的愿望是美好的，但是前提是通过考试，尤其是该死的英语考试。

白斌在丁浩复习英语的时候，好好走了一遍当年的路。丁浩被白斌教得头昏脑涨，填鸭式硬塞单词，差点哭出来。

白斌要求严格，单词不对就画线，列为重点反复教导。丁浩脑袋远没有他那副皮相好，虽然聪明，但架不住不往好地方学啊，没念几个词儿就被白斌捉住，开始往单词底下画线。

"错了。"白斌点了点那个单词道，"位置不对，要放在这里……"

丁浩一如既往地被白斌教得脑袋里一团糨糊，哪里还知道什么位置不对！起初还顺着白斌规规矩矩地学发音，后面就觉得头疼起来。

白斌早已不是当年读书时的少年人，对付丁浩当年都没输，如今更不会放松。

"又错了啊。"

丁浩快哭了。

丁浩忙考试，小宝贝来这边玩的时间又打了折扣。白杰在白斌的授意之下，为了给丁浩争取更多的考试准备时间，体贴地将大部分工作招揽过去。上次的工程已经弄完了，徐老先生他们拿到不错的薪酬，对丁浩的刻苦学习更是大加赞扬。

老先生鼓励丁浩："年轻人嘛，就应该朝气蓬勃的！趁着年轻多学点东西没错，丁浩，老师支持你！"

丁浩嘴角抽了抽，实在不好跟徐老先生解释自己的难处。

小宝贝被自己父母接回去之后，丁浩那边也不需要照看小孩的人了，保姆李夏同志再次失业了。

李华茂这几天对李夏非常照顾。原因无他，之前想着介绍给李夏的那个翻译活儿，李师兄本着肥水不流外人田的想法，自己接了。这都做了一半了，流程跟人员都熟悉过来，也没法再让李夏去顶位置。李华茂对李夏有那么一点亏欠的意思。

李夏倒是不觉得这有什么，原本就是能帮就帮一把的事儿，帮不上一样感谢。况且李华茂这一天三顿，菜色都不带重复的，让李夏很是感动了一把。大个子捧着饭碗，常年被盒饭占据的胃感受到了家的温暖，眼泪都快下来了："师兄，真好吃。"

旁边也有来蹭饭的，李华茂的领导、在隔壁藏娇的李盛东李老板发话了："吃饭别说话，都喷出来了！你让别人怎么吃啊？"话虽这么说，但是吃得也不比大个子慢，活生生两个饭桶。

李华茂在对面坐着，吃得相对比较文雅，但也捧上碗了，吃了几口，又扭头问李夏："你今天还去照顾大米罗？"

李夏点了点头："去啊！今天要给米罗洗澡。"米罗是一条大金毛猎犬，蹲在那儿都有半人高，这是李夏新找到的活儿，帮着人照顾宠物。李夏心思单纯，对动物真心地喜欢，对这份工作也很满意，这等于给自己找了只宠物玩，还不用付狗粮、打疫苗的钱，多好啊！

李华茂把最后一只鸡腿夹给李夏："那多吃点吧，给那么大一条狗洗澡也够累的。"李夏去照顾米罗的第一天，脸上、腿上都有几道鞭子抽了一样的红印，李华茂吓了一跳，还以为这孩子被人揍了，后来一问才知道，那是大米罗热情打招呼造成的。

金毛猎犬喜欢跟人亲近，李夏拿着个飞盘过去跟它玩儿，它更是开心极了。那成人胳膊粗的大尾巴来回一甩，跟用鞭子抽了没什么两样，隔着牛仔裤都能抽红喽！何况李夏那傻大个穿了半裤短袖就过去了……脸上？废话！被抽了，腿不疼啊？一疼，飞盘就掉地上去了。李夏立刻蹲下来捡，得，脸上也被抽红了一道。

李华茂也去瞧了一回，就远远地看着。大米罗不认生，瞧见李华茂还晃着尾巴要扑过来，吓得李华茂一溜烟儿就跑了。他觉得大米罗一般人遛不了，也就李夏那身高的还能牵着走，换了他这小身板，那就不是人遛狗了，那得是狗遛人，完全是拖着跑啊。

李盛东吃饱了，把碗往前一推就歪在椅子上。他从兜里掏出打火机来回掰了几下，点着火又灭了，皱着眉也不知道在想什么。

李夏是个直肠子，拿筷子指了指客厅阳台，提醒他："这里不允许吸烟，阳台那边可以。"

李盛东哼了一声，还在玩打火机。他来这儿也不是一回两回了，自然知道李华茂的破规矩，这不都没掏烟，过过干瘾吗！自从接了那个和德国公司合作的工程，这些日子他没少来李华茂这儿凑合。这次资金数额大，李盛东得亲自盯着，但是他文化水平不高，压根不懂外语，恨不得把翻译官李华茂同志随身携带着。

李盛东的那个翻译活儿不是很好干，虽说要求会讲英文就行，但是来对接的外籍工程师是几个德国大胡子。两边说话何止口音不一样，要不是李华茂还有点德语基础，根本就无法交谈。

李盛东来这边还有一个原因，昨儿晚上隔壁的女人打电话，半是哀求半是撒娇地请李盛东来看看孩子。女人语气很软，说孙辰那个小捣蛋鬼又惹她生气了，这回比较严重，老师要开除呢。

李盛东昨晚忙到半夜，来了就直接到李华茂这边睡了。这是丁浩的房子，在李盛东的想法里，他比李华茂还有优先占有权，睡一觉没什么大不了的，这会儿睡到中午起来，也差不多该去看看隔壁那两个了。

孙辰正被他妈妈罚站，脑袋上顶着书在蹲马步，估计刚被收拾完，脸上还有没干的眼泪。小孩瞧见李盛东进来，也只抽了抽鼻子，低头没说话。

孙辰他妈妈也是红着眼圈儿的，不过还不至于流泪，毁了那一脸精心描画的妆容："我一个人实在教不好他，老师说要让他退学，我不知道该怎么办才好。"

李盛东看着女人那张苦瓜脸，脑仁儿就生疼，他不怕闹腾的，就怕这种要哭不哭，一副"求你做主"的柔弱样。

那女人似乎还没察觉，细声细气地把事情说了一遍。

原来孙辰年龄偏大，李盛东托人办了手续，将他送进幼儿园的时候，人家一瞧年龄就直接给塞进了大班。孙辰野惯了，哪里能老实坐下来听老师讲故事、画图画啊，这东戳一下，西跑一下的，老师也就忍了。

偏偏这孩子还特喜欢他们班的小老师。那个小老师是刚从师范毕业的，短头发、小圆脸，一笑一个酒窝儿，特别可爱。小老师教他们唱儿歌，她千不该万不该夸了孙辰一句“声音洪亮”，就这么一句，让孙辰惦记上了。

刚才说过，孙辰是野惯了的，他哪儿懂什么儿歌啊。这边放《蜗牛与黄鹂鸟》，他就在后边跟着嗷嗷地号。小老师教到“阿门阿前一棵葡萄树”，孙辰便在后边扯着嗓子喊“葡萄树——”；小老师唱到“一步一步地往上爬”，孙辰则扯着嗓子喊“往上爬——”……无论如何都慢半拍。

小老师最后气哭了，孙辰不太会安慰人，跑过去拍着小老师的肩膀，试着用自己的方式夸奖她：“老师，你哭吧！你哭了也好看！”小老师哭得更厉害了，她觉得这孩子是故意来捣乱的。

幼儿园试着把孙辰给调到中班去，这次更不得了。虽然中班没有孙辰喜欢的那个小老师了，但是歌儿他熟啊！这边也教《蜗牛与黄鹂鸟》，孙辰终于有了一个比这班小孩懂得多的了，老师刚按了钢琴，没等音节出来，他就开始唱了！

中班的老师给他气得哆嗦，他们这班级半年才维持好的秩序，让这熊孩子半个下午就彻底扰乱了。幼儿园的领导很重视这事儿，他们给孙辰家长打了电话，委婉地说明了原因，告诉孙辰他妈妈：“对不住啊，您孩子我们实在管不了。”

女人抽抽搭搭地说完了，这次真是含了眼泪，要掉不掉的，分外可怜：“他从小没有爸爸，我也不知道该怎么管教才好，每回管得严了，他都跟我不亲。我一个人带着孩子，实在辛苦。我知道你为我们娘儿俩费了很大心思的，东哥我……”

李盛东多少也知道这女人存着什么心思，碍于往日的情分，还有兄弟的面子，不好说开了让大家难看。只是这样也实在不是办法了，李盛东觉得有必要跟她好好谈谈。

李盛东瞧着贴墙蹲马步的小孩，喊了他一声：“孙辰！”

小孩抬头看着他，脸上的眼泪已经没了。他还小，伤心事儿已经跟眼泪一起流淌没了，哭出来就不再难过，的确是个没心没肺的，也就是说话还有点鼻音：“干啥？”

李盛东笑了，把书从小孩脑袋顶上拿下来，塞到他怀里：“我跟你妈说点事，你到隔壁罚站去！”

孙辰眼珠子一转就明白了，到隔壁哪儿会罚站啊，他刚才就闻见隔壁的鸡腿香味了！他答应了一声，抱着书就跑了：“好咧！”

女人跟李盛东在房间里谈了好一会儿。孙辰在李华茂那儿闹了半天，非让他再做了一盘鸡腿，这都啃出三根鸡骨头了，李盛东他们才过来。

孙辰吸了吸嘴里的鸡骨头，眼珠子滴溜溜地转，瞅瞅刚进门的李盛东又瞅瞅他妈妈。这回他李盛东叔叔不是一脸坏笑了，那脸都黑了。他妈妈也没好到哪里去，眼泪把妆都给泡花了，看起来是伤心了一场。

“我知道你已经帮了我们很多了，我心里也实在过意不去。”孙辰他妈妈还在李盛东后边跟着，被李盛东看了一眼，又低下了头，“东哥，能不能帮我们一把？孩子还小，这样会被人欺负。”

李盛东脸色不好，气极了反倒笑了：“你男人进了监狱，你也不用这么急吧？你来之前的事儿，我多少也知道点。”

后边跟着的女人低着头不说话，肩膀都抖起来。

李盛东骂了一句，他做人剩下最后的原则就是不动女人和孩子，可这女人也太能来事了！李盛东有些不耐烦：“孙辰也甭去学校了，上次你不是问我借钱吗？得，我一把全给你！拿了钱就带孩子回家去，该干什么干什么！我吃饱了撑的才管这些糟心事儿！”

女人抖着肩膀哭起来：“东哥，我不是想要钱的……不是钱的事儿，对……对不起。”

李盛东腻歪透了，从沙发上拿起自己的衣服，摸出钱包，把里面那点钱和一张卡都塞到那女的手里：“给，密码是六个8！我明儿就让人送你们回去，你男人的事儿我也问了，关不了几年就能放出来，这钱也够你守到那时候了！”

那女的还在哭，甚至伸手想去捉李盛东的衣袖，不过被李盛东干脆地甩开了。

李华茂躲在厨房看，瞧见李盛东不准备把这女人一起带走，立刻喊了一嗓子：“李……李盛东！”

李盛东回头，瞧着那躲在厨房，系着围裙、拿着长柄铁勺，伸长了脖子看的人，怎么看怎么觉得李华茂这造型像小时候养的王八，探头探脑的，一副有风吹草动，立刻准备缩回去的模样儿。李盛东大嗓门惯了，他从隔壁一直吼到这边，估计把李华茂这小知识分子吓着了，这么想着，倒是心情好了点：“干什么？”

李华茂真给这流氓吓着了，平日里穿着西装勉强还像个文明人，这会儿连女人都吼了，那对男人就更不用说了。李华茂勉强笑了下，语气温和地提示李盛东：“那什么，老板，您走的时候把这位小姐……不不不，我不是那个意思！我是说这位女士，也送回隔壁吧？”

那女人本身就敏感，听着李华茂这话就忍不住皱眉，她知道李盛东对兄弟没得说……也许她真跟李盛东成不了了。

这边心思千回百转的，那边李华茂可不知道，依旧小声地建议："李总，您顺路送回去吧？我这一会儿也要出去了，真的。"

李盛东盯着李华茂瞧了一会儿，也不知道怎么想的，竟然真顺路把那女人带回去了。李华茂刚松口气，一回头又瞧见了孙辰："哎？你怎么没跟着一起回去啊？"

孙辰把嘴里的鸡骨头扔进厨房的垃圾箱里，踮着脚去看灶台上其他的鸡肉："我还没吃饱。"

李华茂又给孙辰拿了一块肉多的，刚想给个小碗装一下，孙辰那皮猴子已经抓着啃起来了。李华茂也懒得再洗遍碗了，这用碗装不装的都一样，反正都是下手啃。他一边给孙辰倒水，一边问："我把这一锅的油焖鸡都给你带上，你回家成吗？"

孙辰舔了舔手指头："我不，李夏刚出去的时候你说晚上要吃红烧肉，我都听见了！"

李华茂顿了下："那我这就给你做一份，你一起带走，怎么样？"瞧见孙辰还是摇头，他也有点恼了，"又不？这都给你做红烧肉了，你怎么还不啊？"

孙辰眯起眼睛笑："你老想把我赶走，肯定还要做好吃的！"

李华茂被他气乐了，拍了他小脑袋瓜子一下："哪儿那么多瞒着你的事儿啊！你吃的这锅李夏还没吃呢，你怎么不说呢？我一会儿得出去买菜，你一人在这里……"

"我不在这儿！"孙辰蹦起来，不等李华茂高兴一下，立刻又接了一句，"我跟你去买菜！我要吃软糖！还要吃仙贝！哥，你给我买呗！"

李华茂被孙辰抱着腿一口一个哥地喊，这熊孩子求人的时候忒没原则，让说什么就说什么。上回李华茂被他喊了句"大爷"，差点气得吐血，威逼利诱让他喊"哥哥"，他学会了，每回求李华茂的时候都喊几句。

李华茂也就逗他玩的，真瞧见他眼巴巴地瞅着自己的时候就不忍心拒绝，大概是自己小时候被宠得厉害，这会儿瞧见没爹没妈的就格外心疼。孙辰那个妈，有跟没有也没什么区别……李华茂瞧见过几次她跟别的男人出去，她可不止撒了李盛东这一张网。

孙辰自觉地去门后边帮李华茂拿环保购物袋。他跟着去了好几回了，虽然每次李华茂都吓唬他，可去了之后也疼他，一般都给买点糖和零嘴，而且李华茂喜欢跟他玩。孙辰小，但也能分辨出谁对他用心，就像刚才李华茂拍他脑袋那巴掌似的，下手很轻的，也就刚碰到那么一下，跟摸了一把似的。

孙辰挺喜欢李华茂，他觉得这个人真好，不是因为他妈妈的关系，都对他好呢！

李华茂摘了围裙，拿了件外套，依旧跟平时一样吓唬他："孙辰，最后一次啊，再跟着我，我就把你卖喽！"想着李盛东说过几天要把他们母子送回去，李华茂对他还是有点舍不得的，毕竟也喂了这么些天，瞧着那双使坏的三角眼都有些亲切起来。

孙辰哎了一声，笑嘻嘻的也不怕他："没事啊！我能跑回来！我记路记得可好啦！"

李华茂只当孙辰说了句玩笑话，就没放在心上，可后来发生的事，让他有些心惊。

李盛东事情多，隔了几天才让人过来，要送孙辰母子回去。也是在那天，那女人就给李盛东拉了警报。手段无非那三种，一哭二闹三上吊，这回用的是第三种，也是李盛东最反感的那一种。

李盛东赶过来的时候已经晚上了，他公司事情多，家里偏偏又打来一个要命的电话！自己忙得脚不沾地了还要来管这些，李盛东想起这事就来气，脸色也格外阴沉，推门进去的时候，司机正在房间里安慰那女人。那女人还哭着，似乎在看到李盛东进来的那一刻，情绪又平复不下来了。

"东哥！别赶我走……我，还有这孩子，真的不知道该去投靠谁才好。我们不给你添麻烦，真的！东哥，我就想在这儿安安静静地过日子……孩子还小，总不能让人知道他还有个在监狱里关着的爸爸，人家都会瞧不起他的啊！"她哭了半天，抽抽搭搭地说了自己最想说的话，"我实在不愿意回去过那种日子了，他从监狱里出来……肯定也……"

李盛东烦躁地拉了拉领带，让领口松了点，眉头都皱成一个大疙瘩："肯定什么？你不想走是吧？"

那女人缩在沙发上，小心地点了下头，看起来楚楚可怜。

李盛东踢了一脚茶几，发出"咚"的一声闷响！他的脸都黑了："你就算是不想走，也不该给我老娘打电话！"李盛东这辈子最恨别人有事给他家里打小报告，这事就算是丁浩做的，他也要抓过来抽一顿！他就不该对女人心软，看这惹得一身的骚。

女人似乎被吓住了，脸上的眼泪成串地往下掉："东……东哥……"

里间的门响了一下，李盛东的眼角余光瞥见一个小脑袋往外探了一下又立刻缩回去，关门的声音很小，但是在这大晚上的也听得见，咯噔一声，像是给盛怒的李盛东提了个醒。

“出去谈。”李盛东不愿意让孩子听见这些乌七八糟的事儿，阴沉着脸，拽着那女的胳膊去了隔壁。

李盛东敲开隔壁的门，李夏晚上去打工，屋里就只有李华茂一个人在。李华茂白天给李盛东当了一天翻译，累得一沾枕头就躺倒了。这大半夜的，他家的门被砸开，他迷迷糊糊的，没等看清是谁就让人给推出去了：“哎哎，干吗啊你？”

李盛东当面摔上防盗门，差点碰着李华茂的鼻梁。他脸色还是不好，拽着那女的胳膊都使了力气：“我借你这屋用一下，你去那边陪小崽子，一会儿就完事。”

李华茂看着门当面“啪”的一声关上，半天才反应过来，气得怪叫一声，踢了自己房门一脚：“流氓！强盗……强盗都没这么无耻的！”

李华茂在对面房间跟司机聊了一会儿，他这些日子在李盛东那边干活，多少也认识了几个人，他们还算有点共同话题可聊。这边隔音很好，但是李华茂总觉得能听见李盛东踹沙发的声音……李盛东那脾气，在他身边三天就能清楚。简单说，就是人不犯我，我不犯人，可要给脸不要脸，他也敢下狠手收拾。

李华茂有点担心李盛东动手打女人。

“这次太过了，她给东哥家里打电话，还说得含含糊糊的，差点把老太太骗来！”旁边的司机对那女人也有些不满，呸了一声，对李盛东维护得很，“也不看看自己是什么人，赖东哥可没好果子吃！肚皮里的孩子都不姓李就敢乱说话。”

李华茂有点惊讶：“真不是李盛东的孩子？”

小司机哼了一声：“哪儿是啊！像她这样想赖上来的多了，一来我们就偷着开始查，喏，就上次进幼儿园做体检，一下就验出来了！不是！”

李华茂勉强笑了下：“你们又当司机又当保镖，还兼职查私生子啊？还挺忙。”

小司机更得意了，他没什么文化，就是靠着一身耐打的本事跟着李盛东。李华茂这几句话听到他耳朵里，跟表扬没什么区别，跟李盛东的人全一个德行，怎么都觉得别人是在诚心夸自己呢！

小司机跟李华茂吹了半天，临到最后瞥见了那扇关着的房门，指了指那边，提醒李华茂：“您跟这家人住一块，挺熟的吧？那孩子刚才……应该是受刺激了。”说着啧了一声，“也不见他哭，闷头又缩回去了。跟着这样的妈也倒霉，是个机灵的，可惜没教好。”

这说得含含糊糊的，李华茂也能听明白，坐在沙发上跟着叹了口气。他这时候也不好进去对小家伙说什么，他毕竟只是住在隔壁，偶尔给人家买买零食的叔叔，又能以什么身份去安慰他？这是人家的家务事，他不该插手，也管不着。

天快亮的时候，李盛东走了，汽车发动的声音跟李盛东的脾气一样，嗡嗡响着驶出了小区。

李华茂瞧着那女人红肿着眼睛出来，带着孙辰随后上了司机的车。小司机对他们不苟言笑，想来是李盛东早就留了话，没多说什么就把他们送走了。

孙辰走的时候还有礼貌地跟李华茂说了再见，他背着自己的小书包，也不知道什么时候收拾好的，衣服都难得穿得这么整齐。一晚上的时间，这个小孩似乎不再淘气了。

李华茂回自己房间里补觉。也不知道是在做梦，还是自己胡思乱想的，他脑海里掠过了许多事儿，有初次暗恋的那个学姐，还有他给自己布置下的人生规划。这些事情，跟现实比起来，似乎有些可笑。

生活里总有柴米油盐，陈谷子、烂芝麻一团俗气，高兴的事多，糟心的事也不少，李盛东遇到的这个更是可以放在八点档播出的狗血剧。但是不论多反感，这都是真实存在的，甚至每天都会由不同的人在不同的地方上演。

美满的家庭，不是事业和金钱可以换来的。李华茂努力地为将来的美满家庭做准备，却不肯轻易去试探，哪怕是踏出一只脚，稍有不对也会立刻缩回来。李华茂把这当成考试前的练习题，他在重复做，可怎么也不敢带着准考证上场。

他把爱情想得过于美好，把家庭想得过于幸福。

女人与男人的爱情都像复杂的方程式，没有几道明线暗线都不能轻易解决，何况多了一个孩子！像白杰和丽萨那样幸运的，实在是少得可怜。可谁都想要那样的感情啊，那样的感情久了，与其说是爱情，不如说是亲情，血浓于水的那种，任谁也拆不开、斩不断。

李华茂躺在床上胡乱想了很多，他觉得自己应该放下一些心底固执的想法。社会是个好学校，不受点伤害，大概永远都得不到自己想要的东西。

他想要向前踏出一步，又忍不住想起初恋的时候。关于学姐的事，他已经很少能想起来了，但是总忘不掉那种心脏被揉了一样的酸涩，没多疼，就是很容易让人叹息。也许他放不开的不是那个人，而是自己付出的那些努力……李华茂摸了摸自己的头发，自嘲地笑了下。

三年前，他在飞机上没有白流眼泪，至少这教会了他一件事。如果你没有勇气，就改造外表，装作很有勇气的样子吧，就像他一直坚持留着这头卷发一样，他只是不希望因为自己的胆小、怯懦，再次失去机会。

他提醒自己，他是不同的，可以去试着追求一下幸福。

那天李华茂有点感冒，去医院开点药吃，没想到又遇到了熟人。

李华茂从医生身后探出脑袋，有点哀怨地接了一句：“丁浩，我怎么在哪儿都能碰见你啊？”

扶着他肩膀的女医生收回了手，笑了一下出去了，倒是一旁的男医生扶了扶眼镜道：“丁浩，你怎么来了？”

丁浩在门口看看李华茂，嘘他：“李华茂你这换得够快的啊，前天找的那个酒吧唱歌的不要了？”

这回轮到李华茂气愤了！哪儿是他不想要啊，丁浩那天来晃悠了一圈，碰上了不要紧，后来一走，那驻唱的女歌手就开始向他盘问起丁浩来！他是要找自己的幸福，不是给丁浩拉红线！李华茂一想起这事，脸色就不好，藏头露尾地哼了句气话：“跟狐狸精跑了！”

张阳在一旁都笑了。

丁浩道：“那也是比你帅的公狐狸，张阳你先忙吧，我回头再来找你。”

张阳忙拦住他：“是给奶奶开的药吧？我来，前几天就想给你打电话来着，就怕你忙，呵呵。”张阳拿出准备好的病例本，这是给丁奶奶专门准备的，他前些日子回家还特意去瞧了老人，真正当了一回家庭医生，“奶奶身体还不错，血压也稳，就是不能锻炼太长时间，要注意骨关节磨损。”

丁浩在旁边接过话，他对丁奶奶的关心瞬间就把之前李华茂那事给盖过去了：“对对对，奶奶昨天打电话还说，一上楼梯，膝盖骨就吱呀响！”

李华茂在旁边吹胡子瞪眼，但也没办法，只能自己先出去了。

李华茂觉得感情可以稍微放缓一些，他的钱包告诉他，事业是同样重要的。正巧李盛东也给他打了个电话，意思是想雇用他：“来不来啊？一天一千，还是上次的翻译活儿。这次要忙到跟德国公司那边交接完，先说好，在港口验货很累。”

李华茂上次的活儿干得还算顺手，自然答应下来。这次的工作比较密集，他特意向徐老先生请了假。徐老先生这边分院也开学了，本部新来的小老师成天跑来伺候着，也不差李华茂一个，大方地允许了。

李夏听见了，要跟着学，却被徐老先生训斥了一顿。老先生恨铁不成钢：“你看看你这学期的成绩！我都不好意思说你啊李夏，你那中国字儿写得，那是字儿吗？！我没给你打不及格就是便宜你了！”

李夏耷拉着脑袋，左脚踢右脚，小声辩解：“我……我是外国人来着。”

后边几个愤愤地咬耳朵：“他又说他是外国人了！明明申请了助学金！”

旁边的立刻附议：“就是！就是！还给批下来了！奖学金也拿了二等的！”

后边的痛心疾首：“差一分就是我的了啊！就差一分啊！”

李盛东最近因为一件事特上火。他妈妈领回一个小男孩，挨个给邻居发了红蛋。等着李盛东知道这事的时候，李老太已经兜着红蛋快到D市了。

李妈给他打电话的时候，虽说的都是些埋怨的话，但也不难听出那一丝丝藏不住的高兴。老太太装着生气的口吻跟他说了：“东子，我带着孩子来找你了啊，过会儿就到！不用来接我们……这孩子认识路哪！哎，孩子妈说孩子还没上户口，你赶明儿就领着去上好！我孙子这还得上学哪。”

李盛东当时正领着那几个德国工程师在码头上查看进口的机械，他在这几台大机器上投了血本，装运的时候少一个螺丝都够他再运回去折腾一遍的，好容易耐着心烦查验完，交接好，一路飙车回了市区。

李妈果然已经到了，领着孩子等在李盛东小区门前。瞧见李盛东回来，老太太很高兴，把带来的几个包往儿子身上一堆，催着他上楼：“赶紧的吧，上楼……这后边的是谁啊？”

后边是李华茂，他软着腿脚从车上爬下来，在花坛那边干呕了好一会儿。李盛东一路恨不得拿车当飞机开，李华茂瞧着他那脸色，愣是吓得没敢说自己今儿要回学校，不回这边来。

李妈是个热心肠，瞧见李华茂跟她家东子挨着住，一打听又是在李盛东那儿干活的，立刻自作主张，拉着李华茂进了自家：“来来来，你们这些年轻人啊，一整天忙着挣钱，不吃顿热乎儿饭！我一瞧见你就知道你胃不好！到家里来，姨给你做顿好的！”

李华茂哪里有李盛东他妈妈力气大，给按在沙发上起不来：“阿姨，我……”

李盛东他妈妈不给李华茂走的机会，她瞧着李华茂年纪不大，把李华茂当成李盛东一辈的照顾：“留下吧，一顿饭算得了什么呢！东子脾气不好，肯定没少冲你们嚷嚷吧？他这人就是脾气大，呵呵。”她这么一说，李华茂更不能走了，弱弱地坐在沙发上，紧张得不敢动弹。

孙辰坐在茶几对面的小板凳上，也低着头半天不动弹。这孩子瘦了很多，也沉默了许多。李华茂瞧着他，张了张嘴，还是没出声安慰。他不知道该对这个孩子说什么好。

李盛东在抽闷烟，他们老李家的规矩，男人不进厨房，这也正好给了他审视面前这个孩子的机会。李盛东揉了揉眉心，问孩子："你妈呢？"

孙辰声音很小，但是说得很清楚："跟人跑了。"

李盛东知道这个答案，但是从个孩子嘴里问出来还是有些不舒服。

厨房里隐约传出切菜的声音，还有热油的嗞啦声，孙辰这几天一直能听见这熟悉的声音。李奶奶总是爱一边热油一边切葱花，有的时候来不及，扔一半进去，炒出来的葱花都是焦黑的，老太太总是挑好了才给他吃。他看着李盛东哭了，抹了一把眼泪跟李盛东说："叔，我妈跟奶奶要了好多钱！她说我是累赘，可奶奶疼我……你，你把我送回去吧！我不拖累奶奶，我记得回家的路，记得可清楚了！呜呜！"

李盛东半天没说话，看着那孩子耸着肩膀一抽一抽地哭。这孩子不再大声嗷嗷地干打雷不下雨了，只是哭得厉害了才抽一口气，身子抖得厉害。母亲对他再不好，也是可以撒娇的港湾，他知道自己被抛弃了，已经没有撒娇的资格。

李盛东手里夹着的烟都要烧到手指头，最后按灭了烟，冲孙辰说了一句话："先去洗脸吃饭，吃完再说。"说完，起身去了阳台打电话。

李盛东找人确认了一下怎么回事，很快就得到了答案。

那女人听说丈夫越狱出来了，害怕他知道自己干的那些事儿，跟着一个去新疆贩卖棉花的商贩跑了。临走之前，她嫌孙辰拖累她，同时又不甘心没凭借孙辰弄到钱，便大着胆子去找了李盛东他妈妈。老太太给了她一笔钱，还希望她留下，可她哪里敢留下，收了钱就跑了。

"东哥，我们也是刚知道……老太太那边我们也没敢过去。不过您放心，我们逮着那女的，一定好好教训她！钱绝对给您拿回来！"

李盛东对钱的事儿不是很在意，只是心里那股气实在难消，听着对方这么许诺，头一回没说对女人下轻手，听着那边连诅咒带骂地说了半天，又淡淡问了一句："小孙出来了吗？"

"是从监狱跑出来的，半路又被抓回去了。听说这次他们还伤着人了，有个警察现在还昏迷不醒。"那边说得很小心，"他也是糊涂，估计这辈子是出不来了。"

李盛东挂了电话，在阳台上抽了一会儿烟，等出来的时候，他妈妈已经摆好了一桌子的菜，正给孙辰挂饭兜兜："哎哟！真好看！我当年瞧着人丁奶奶做得好看，也比着做了个，一晃都二十多年了吧，东子死活不戴，幸好辰辰你能戴哟！"

孙辰还是不怎么说话，但是对李盛东他妈妈怎么摆弄都没有意见，格外老实，瞧着都让人有点心疼了。李华茂在旁边坐着，眼睛也红了一圈，看来刚才领着孙辰去洗脸的时候也哭了。

李盛东瞧着自己老娘高兴成那样，到了嘴边的话又咽了下去，他很久没看见自己妈这么乐呵了。他跟他爸在外边忙，几乎就没时间回家，尤其是他爸，在外边还一堆糟心事……他妈妈真是很久没有这么高兴地笑出来了。再抽个时间吧，等他忙完这段，就当哄他妈妈高兴几天。

其间李盛东他妈妈对李华茂很热情，尤其是听说李华茂那高学历，惊讶得直咋舌："哎哟哟，乖乖！这是那什么……海龟吧？"

李华茂吃了人家的饭，也稍微放开了一点："哪儿啊，阿姨，我这不行！也就是'海带'，海外归来，待业在家呗！到处打临时工呢！"

李盛东他妈妈听了直笑，更是觉得这个孩子好，本事大，又没脾气，就连李华茂那卷着的几根头发都让李盛东他妈妈觉得文质彬彬的，充满了艺术气息。

"真好。"老太太感慨了一句，"我最喜欢这些个文化啊艺术的了！平时也常参加些文艺活动呢。"

李华茂很感兴趣，追着问了一句："阿姨您平时还参加文艺活动哪？"

李盛东他妈妈可神气了："那是！我扭秧歌扭得可好了！可有……艺术气息！"

李华茂一口水差点没喷出来，脸憋得发红，跟着李盛东他妈妈话尾的几个字儿小声重复了几遍："好，秧歌也挺艺术的，呵呵……咯咯！"

李盛东夹着烟也挑了下唇，看着李华茂那头卷毛，还有白净的脸，觉得有些顺眼了。最近忙得厉害，那人脸上很久不搞先锋艺术了，这会儿仔细看，才发现挺容易脸红，呛了一下都红到脖子根了。

李盛东给李华茂夹了一块排骨："多吃点。"

李盛东他妈妈跟着夹了一块排骨给李华茂，笑得热情："这个脆骨多，多吃啊！"又给孙辰夹了一块，"你也多吃，瞧这一把骨头的可怜样儿哦！猫崽子似的。"

孙辰抱着饭碗顿了一下，又继续慢慢吃饭。那块排骨他嚼得很香，吃得眼泪都快下来了。

李盛东他妈妈在这里多住了几天，老太太想多留下照顾儿子，还有孙辰上户口、上学的事儿，她也想让李盛东尽快办完让她放心。李盛东忙得团团转，可也不敢把人往回撵。

倒是李华茂就住在隔壁，时不时帮着李盛东他妈妈去充个饮水费，交个煤气费什么的。李妈对他也好，每回李盛东来不及回来，做了一大桌子菜的时候，就喊他过去吃。

老太太脾气直爽，也不说些弯弯绕绕的：“快过去吃吧！东子又不回家了，成天地光剩菜！我今儿看电视，说是放在冰箱里也容易有细菌，咱们得加把劲都吃光啊！”

李华茂觉得李盛东的脾气很大程度上是遗传他妈妈的，只是把直爽变成了暴躁，外加几句粗口，不过听多了也不觉得多野蛮，相反还有点粗暴美学的意思。李华茂想起今天在办公室的时候，李盛东让他去买烟的事儿。

李盛东抽烟没什么固定的牌子，但是烟瘾很大，兜里一旦没烟就格外烦躁。所以当李盛东一摸口袋，开始皱眉头的时候，李华茂估摸着这是没烟了。果然，李盛东开口了：“李华茂，你去给我买盒烟，随便拿盒金将军就成！”

李华茂只武装到外表，内在还是很淳朴的，他没抽过烟，自然对烟也没什么研究，在楼下找了半天才找到个卖烟的小铺子，仔细选了几个盒子，猜着硬盒的贵些，就拿了一盒金色硬盒的将军烟。

李盛东拿到烟的时候，愣了一下：“这是什么？”他平时抽惯了苏烟、云烟，这种杂牌子还真是头一回见着。

李华茂也愣了：“金将军啊。”

“这是金色的将军烟，不是金将军！”李盛东乐了，还是拆开点了一根，冲他喷了口烟，“你啊，等以后会伺候人了，这些就都懂了。”

李华茂头一回没跟他对顶。

现在想起来，可能他心里还隐隐有些同情眼前这个人。他不知道怎么了，无法再像以前一样看待这个粗人。李盛东脾气很坏，眉毛挑起来的时候很凶狠，摸着鼻子骂人的时候特阴损，但对女人、小孩有原则，对自己妈很孝顺……

这是一个特别矛盾的人。

李盛东妈妈瞧着李华茂抱着手里的那碗米饭发呆，试探着喊了他一声：“华茂啊，多吃菜！这些都是东子爱吃的，你尝尝啊。”

李华茂拿筷子夹着芸豆，笑了道：“啊，好！谢谢阿姨！”

第十一章
一起来跑马拉松

丁浩最近很兴奋，他听说了个热闹事儿。李盛东妈领回一个长得可像李盛东的小男孩，挨个给邻居发了红蛋。

丁浩是个闲不住的，尤其是有关李盛东的所有丢人事儿，他都跟打了鸡血一样，特别热衷收集。当年他读幼儿园的时候就专门给白露编写了一本《白露丢人事迹大全》，现在还留着呢，就等着白露结婚那天，包装到盒子里送给人家了！

李盛东丢人的事挺多，可是没有一件能跟这回一样既让李盛东丢人，又让他郁闷的。丁浩正好跟着白斌去开发区，顺路就溜达着去了李盛东那边。

丁浩没拿自己当外人，一进门就找沙发坐下了，端着茶杯语重心长地跟李盛东聊了半天："盛东啊，谁没有个人生坎坷？我觉得你这还是赚了，你瞧，一顶帽子换一个儿子……"

李盛东在对面写字儿，听见丁浩这话，哆嗦着差点把手里的签字笔按断喽！他抬头瞪了丁浩一眼："别胡扯啊！谁戴帽子了！"

丁浩善解人意，立刻重申自己的中心思想："我是说，你给人家戴。"

李盛东黑着一张脸，把手里的笔摔到丁浩脚底下，脑门上的青筋都暴起来了："屁！"

丁浩看见他那五官狰狞，心里犹如喝了蜜水一样舒坦。欣赏了一会儿李盛东这变脸，丁浩觉得也不能老逮着一个人戏弄，李盛东可是真能干出翻脸的事儿。丁浩回头冲旁边的翻译逗了两句："哟，华茂啊！今儿碰见李盛东，没再伤着吧？"

瞧见李华茂摇头，立刻感叹了一句，“命真硬啊！”

李华茂琢磨了半天，怎么听怎么觉得这话不像是夸奖人的。

丁浩在李盛东这里蹭了两杯好茶，临走时想起白斌了，又跟李盛东要了一盒茶叶带走：“这个颜色和味道都不错，我带回家去给白斌尝尝。”

李盛东嘴角狠狠地抽了一下，他听着丁浩刚才那话牙酸，再瞧着丁浩眯着眼睛笑的模样，牙更酸了。李盛东觉得这人就是成心来让他犯堵的，实在忍不住顶了一句：“丁浩，你敢不在白天恶心人吗你！你……快回你家去！”

丁浩倒是还想赖一会儿，不过有人跟李盛东的想法一样，亲自开车过来接了。

白斌敲开李盛东办公室门的时候，李盛东正跟丁浩对顶，瞧那模样，被丁浩气得不轻，回头瞅见白斌，立刻喊他：“哎！白斌，你来得正好，赶紧领回去，他在这儿一说话就气得我心口疼。”

丁浩笑得蔫儿坏：“回去让你儿子给你揉揉！”“儿子”这俩字加重了音说出来的，一看就是没安好心。

李盛东张口想骂，可看见白斌坐在丁浩旁边，想了半天，还是把那句脏话咽了回去。白斌如今步步高升，他哪儿惹得起，这回是真憋得胸口疼了。

白斌这次来不单是接丁浩的，他找李盛东有点事。市里最近为了宣传，花了大价钱在电视台轮番地播宣传短片，但效果不是很理想。曹市长想开个马拉松运动会，到时候请电视台的记者来实况转播，这既健康又环保，还能起到宣传作用，一举多得。

市里宣传部制定好方案，接下来就该企业出血了。冠名的事儿花费不多，争的人可就多了去了。这事很划算，不但给了地方领导面子，还能上电视宣传，比出广告费还省呢！

市里这回算是形象工程，给这活动冠名的，一般都是市里首屈一指的大企业。大企业之间也各有联系，这事儿算是友情赞助，不能明着招标伤和气。

白斌把话说得很明白，市里筛选的几个企业里，李盛东的还算排在前头：“因为我跟白杰是兄弟，关系过于密切，白杰的公司就不参与这次活动了。”

丁浩在旁边听着，深以为然地点头：“我也这么觉得，都姓白，参与不太好……哎，白斌，我能申请不？”

李华茂在旁边闷笑：“你跟白杰差不多，关系密切的都不行吧？”

李盛东估计也想到了，点了烟也在笑：“丁小浩，你老实儿待着吧，你那点小钱不够扑腾一回的！”李盛东口气有点狂，但是他有狂的资本。前一段时间，东达化工刚获批了个两百万吨的保税油库，惹得不少人眼红，算是狠狠出了一把风头。

丁浩眼珠子转了下，立刻就改了口："对！对！李盛东出，我跟在后边缀个名字就成。"

李盛东不乐意了："丁浩你少来这套啊，要我出就出全了，你甭跟着在后边玩缀名字这套。"

丁浩厚着脸皮上去跟他攀交情："别介啊，哥，你带我一个呗！"

李盛东心里还堵着一口气，死活不肯松口，这么点小事还捎带上一个人，真嫌不够丢人的！不再搭理丁浩，他扭头问白斌："你刚说的奖金，我这里给赞助个二十万可以吧？"他已经把这事儿当成自己的了，说的话虽然粗，但也实在。

丁浩拿鼻孔哼他："二十万？够从国外拉那一飞机的黑人小伙来跑步吗？"这是本次马拉松的亮点，要突出和谐，全世界一起奔跑的和谐。

李盛东也拿鼻孔跟他说话："我说的是，美金。"

丁浩不说话了，坐在白斌旁边一脸的愤慨，那脸上恨不得写上几个大字：呸！你个臭不要脸的暴发户！

李盛东瞧着丁浩那小模样，心里终于舒坦了点。

这次马拉松市里十分重视，市直机关都派人参加，一个部门给了十二个名额，遇上有部门"老弱病残"多的，那都得强抓壮丁，低于四十五岁的全上。曹市长借着这次宣传好好整治了一下绿化，愣是从南方运了好些景观用大树栽上了。

这树在北方倒是也能活，但是叶子明显发蔫儿。曹老头急得不行，也不知道下头谁想的主意，一棵树给挂了一瓶子营养液，打起了吊针。别说，这还真有作用，没几天，树就有了起色。这还成了当地一景，很多人特意跑来看，他们瞧见大树打吊针也觉得新奇。

曹市长也主动加入马拉松的大军，亲自报名要参与。老头年纪偏大，可是精神很好，他在D市待了很长时间，这两年也快退了，对这个城市有很深的感情。在市长的号召下，全市掀起一阵晨跑热。每天早上，市政府前边多了好些练习跑马拉松的人，有老有少，神采奕奕。

路边多出了大片大片浓郁的绿荫，夜晚各座大楼、护城河桥栏上也添挂了五彩小灯，人们散步都是乐呵呵的。D市这个老城，渐渐散发出年轻的活力。

马拉松有两个项目，十公里和五公里。五公里的算迷你马拉松，是给各单位、各企业的女职工准备的，当然，男人也能跑，就是这次马拉松组委会统一发的T

恤有点问题，十公里是蓝色，男女都能穿；五公里是粉色……男人也能穿。

丁浩跟着积极参与，他本来报的是五公里，一见那衣服，立刻改投十公里越野组了。

白斌倒是挺喜欢丁浩穿那件粉色的，显得人秀气又干净，不过蓝色的也好看，显得有活力。白斌自己穿的也是蓝色的，他对此十分满意，拿手机跟穿着运动服的丁浩自拍了一张。丁浩歪着头，生怕跑到镜头外边去，倒是把白斌挤出去一点儿。

东达化工财大气粗，不但前十名奖金丰厚，还给每个参与者发福利——六百元的购物券，可以在D市各大商场购置运动鞋一双。

徐老先生那边也有名额，李夏他们更是在各种利益的引诱下早早地参与其中。他个高腿长，跑起来特别快。徐老先生都觉得他们有希望进前几十名，给李夏下达了任务：“一定要进前五十名！跑出咱们Z大的气势，听见没？”

李夏立正敬礼，口号喊得欢乐又响亮：“保证为人民服务！”

后边的几个使劲拉他的衣袖：“哎，哎，错了！是保证完成任务……你这真能出去代表咱们吗？！也忒没文化了！”

徐老先生嘴角抽了抽，不自觉地开始向后寻找其他人，他觉得李夏出去不抹黑Z大就不错了，争光的事儿得找个靠谱的。

海关这边也派出了他们的队伍，他们人少，全关总共才十五个人，除去一个正关长、两个副关长，其余人员全上，正好凑齐十二个名额。丁旭在里边算最年轻的关员，自然报了十公里，他穿着统一发放的蓝色T恤，眉目俊秀，看着就是比别人多一份雅致。

丁旭旁边还有一个人，跟站岗似的跟着他。那人长得高大又黑，实在太晃眼，丁旭拿眼神示意了几次没有效果，忍不住开口道：“肖良文，你能不能别在这儿？”

肖良文听见他说，果断拒绝了：“不行，我们公司队伍原本就跟你们单位挨着。”

丁旭眉头微皱，肖良文这么跟着自己有一段时间了，依他这种盯法，倒不如说是时刻提高警惕的保护。丁旭觉得肖良文有古怪：“我说，你最近是不是有什么事瞒着我？”

肖良文身上也穿着蓝色的T恤，不过跟他的面孔不太相称，怎么看怎么像穿错了衣服。他听见丁旭问话，依旧摇头否认了：“没有，我就是想跟。”

丁旭从来没见过这么懒得撒谎的人……这分明就是说：我是有事瞒着你，但就是不能告诉你。丁旭也不问了，自己去那边站好，等着比赛开始。

那边的丁浩也被白斌拎住了一顿嘱咐：“你等会儿跑的时候要小心，人多别挤着。还有开始一定要慢一点，摔倒可不是闹着玩的，路线记住了吗？再重复一遍我听听。”

丁浩翻了个白眼，指着旁边那每隔百十米就一个的硕大路标给白斌看：“白斌，就这样，我还能迷路啊？”

白斌眉头还是皱着的，他这次的任务是陪同曹市长，跑完还有几个访谈，实在抽不出时间来照顾丁浩，想了想，还是把家里说的那些话又说了一遍：“过了金水桥就没有摄像机了，记者主要是全程跟着那些种子选手，你要是跑不下来，就从那边绕个路回家，知道吗？”瞧见丁浩点头，这才放丁浩走，“你们公司的位置在海关旁边，能找到吧？”

丁浩乐了，拍着胸脯跟白斌保证：“当然能啊！找人最少的地方就是了！”

丁浩跟海关那些人在一个楼上办公，大家抬头不见低头见的，互相都认识。那边的汪科长一瞧见丁浩来，立刻动了心思：“小丁啊，你能不能帮我顶个名额？我这家里确实有事儿，女儿学校今天还有活动，不去不行啊。”

丁浩立刻答应下来，他认识这个汪科长，平时在餐厅吃饭时没少凑桌儿：“没问题啊！您去吧，孩子的事儿都是大事呢。”

汪科长一迭声地谢了丁浩，把自己戴着的那个袖标递给了丁浩：“等会儿跑的时候把这个别上就可以了，太谢谢了，回头请你吃饭啊丁浩！”

丁浩跟他挥手告别：“多大点事儿啊，呵呵，交给我吧！”瞧着那汪科长连衣服都没换就匆匆忙忙地骑自行车走了，丁浩不由一阵感慨。他们家小白昊在幼儿园里也有活动，可是去参加的家长名额早就排满了。白老爷子抢先占了头一个，其次是白杰、丽萨，白露不甘示弱，硬是抢在丁浩前边先预约了。等轮到丁浩的时候，那都到小学了，唉！

丁浩这回跟丁旭成了一组，一边戴那个袖标，一边跟丁旭搭话：“丁旭，好久没见着你……们了。”一抬眼就瞧见了肖良文，丁浩立刻添了一个字儿，他这也好奇，“肖良文，你怎么也在这儿？也替人跑步呢？”

肖良文不太方便解释，听见丁浩这么说，略微点了点头：“公司活动。”

丁旭也跟他打了招呼，瞧他直接过来顶数，还有点担心：“丁浩，你过来，你们那边人够吗？”

丁浩冲他笑笑，做了几个热身动作：“够啊！我们公司人多，缺我一个也瞧不出来，你就放心吧！”

市政府前边的街道已经清理出来，马拉松的主要交通路线也都设了警戒线，专门提供给大家跑步。这会儿人山人海的，大家都等着哨响了。组委会在喇叭里卡着比赛开始的点儿，一声哨响，那蓝色和粉色的海洋立刻动起来，满是活力。

李夏扛着学校的大旗，迈开步子跑得很快，后边那几个跟了一会儿就瞧不见他了。他们觉得李夏扛着旗，好歹到了目的地插上也能混个团体奖。有奖就有钱，大家欣慰了。

因为还有记者在拍摄，这伙人也不敢先溜走，“过了金水桥之后就没摄像机”这件事在广大群众里秘密流传，几乎想偷懒的都知道了。

徐老先生派出来的队伍里，就有五个知道的。他们慢悠悠跑过了金水桥，瞧着旁边的老大爷一把年纪了还在跑，有点不好意思了，又往前跑了一站。这会儿开始有人拐弯回去了，还有给单位扛旗的，把旗取下来卷起来揣好，扛着杆儿回去了。

那几个偷懒的也开始放慢脚步，准备开溜。有一个鞋带开了，躲到桥一侧的人行道上系鞋带去了，另外几个扶着栏杆放哨，还在那儿催促他：“快点，快点，一会儿人都溜了，咱们就不好走了。”

旁边的拿胳膊撞了他一下：“哎，你看桥底下那是谁啊？”

这石桥的装饰作用远比实际作用大，桥底下没多少水，就一条水不到人小腿深的小河缓缓流淌，还有大片缓坡，修了石子路和供人休息的座椅，不少小青年晚上都来这儿谈恋爱。环境好，灯光也朦胧，摸个小手、谈谈心什么的也方便啊。

但是现在青天白日的，桥底下那大个子就摸上一个姑娘的小手了。姑娘含羞带怯的，看着也不像拒绝的模样，但是桥上边看的那几个急了！

“那是李夏吧？”

“怎么不是啊！你看旗，那上边不还写着咱们学校名儿吗！”

听他们这么一说，系鞋带的也急了，刚系好一边就站起来挤着往前看：“哪里？李夏在哪儿？”

李夏坐在桥底下那片翠绿的草地上，一头金发与肩上扛着的杏黄大旗交相辉映，生生让扒着桥栏杆往下看的几位急红了眼睛！他们瞧着那杏黄大旗随风摇摆，Z 大研院的名字若隐若现，那小心肝哟，差点被揉碎了。

那几个急了，趴在桥栏杆上就喊李夏：“哎！哎！李夏你干吗呢你？怎么不跑了啊？”

李夏在下边正跟一个长发美女交谈，听见人喊他，还扛着旗抬头看了一眼，瞧见是认识的，笑着冲他们挥手：“你们先走吧！我碰见一个同学，一会儿再过去！”

桥上那几个恨不得捡起块石头扔下去砸醒他！浪费时间就是浪费金钱啊，李夏你个败家孩子，什么时候碰见个同学不好啊你！他们都快急哭了："你先把旗给我们扔上来也行啊！"

这边逃跑的遭了报应，那边偷溜的也被制止了。

丁浩过了金水桥就想抄近路，可还没拐进小道就被丁旭拦住了。丁旭抓着他的袖子，拉着他往前跑："你少丢人啊丁浩，这次可是有电视台来拍！电视台全程报道……"

丁浩辩解道："我不是想溜！那边有条近路，一样能到目的地，真的！我前几天就查好了，从那边小路走，比五公里还近哪！"

丁旭不听他的，把他推到自己前边，在后面盯着他跑："不行。你跑这条路吧，我跟你一起！"

后边的肖良文不说话，只是寸步不离地跟着丁旭。

跑步的人有热闹看，没参与跑步的乐子也不少。

市里为了举办马拉松特意封了几条路，虽然之前通过电视、广播通知了大家，但还是难免有不知道的。有一位带着钓竿、马扎的老大爷就不知道这一情况，等到了市府路上，瞧见了黄色警戒线才知道。他这大老远来一趟也不容易，想着问下执勤交警能不能通融一次，他就带辆自行车过去，绝对不妨碍大家跑步。

交警也有任务在身，实在不能答应他："大爷您下次再来吧，今儿是真不成，咱们这儿戒严呢！"

老大爷说了半天，还是不见小交警松口，也气愤了："我说！你们这运动会要开多久？说个点我听听啊！"

小交警把时间告诉他："那要等到下午两点半了。"

老头也够倔的，把自己那小马扎从自行车后座上拿下来，一屁股就坐在警戒线旁边了："成，我等！谁不等到两点半，谁不是中国人！"他还就跟小交警耗上了。

李盛东今天没来现场，他有点私事要处理。曹市长安排的时间很充裕，也是想多宣传一下，晚上还准备了一场演出，把颁奖典礼挪到了第二天。李盛东抽了今天的空当，准备把孙辰给送回去。

临走的时候，李盛东他妈妈很失落，扯着他的袖子带着他去了厨房，躲着问了句："东子，你跟我说实话，这真不是你的孩子？咱们也不是养不起，你别心里添堵，不行的话，妈给你养着啊。"

老太太有点急了，她怎么看怎么觉得孙辰跟李盛东小时候像，那双眼睛，那些小坏心眼儿，真是活脱脱一个小李盛东。她只当自己儿子因为孙辰他妈妈的事儿心里不舒坦，还想着再劝一劝。说实话，李老太太也不喜欢孙辰那个妈，一上来就要钱，跟卖孩子似的。可是她瞧着孩子喜欢，孙辰来了这些天，实在改了不少坏习惯。孩子是一张白纸，你耐心教了，他自然能学好。李盛东他妈妈带孩子久了，听着小孩一口一个“奶奶”地叫她，是真的舍不得了。

李盛东跟他妈妈也不瞒着了，把化验结果说了一下：“真不是，我那儿还有医院的报告，我拿来给您看看？”

老太太已经开始抹眼泪了，她年纪大了，这些年也磨平了年轻时候的火暴性子，实在是很盼望家里有大有小，过点安稳日子：“我才不看那些个！你忘了前年的事啦，也有小姑娘拿了什么鉴定书来家里，那些个纸才当不了真……东子，你年纪也不小了，早点成个家，屋里有人照顾着，妈也好放心啊。”

李盛东扯了条挂着的毛巾递给老太太，小声哄着：“妈，我也想赶紧的啊，这不是一直找不到中意的吗？”

“你别乱拿。”老太太把毛巾挂回去，抽了纸巾给自己擦了下脸，像是想起什么似的，含含糊糊地跟李盛东说了句话，“东子，我知道你这些年一直跟丁浩、白斌他们兄弟一处玩，可白家那丫头白露咱们也高攀不上，更不能硬抢不是……你这也抢不过，实在不行，找个差不多的凑合一下……”

李盛东挑眉，他妈妈说的声音太小了，又带着些鼻音，他没能听清楚，但是也模糊听出点意思。李盛东哭笑不得：“妈，您说什么啊！我跟白家那丫头没什么关系。”

李盛东他妈妈立刻打断他，老太太心疼儿子，生怕他面子上下不来：“妈知道，都知道！儿子啊，你喜欢啥样的都行，真的！妈在镇上闷的时候，常去丁奶奶那边玩。哎，人家丁奶奶想得明白啊，这养个孩子也不过能跟着你小二十年，不养老的多了去了！咱家不缺钱，你找个顺眼、能照顾你的，那一照顾就是八十年呢。”

李妈来了这些天，瞧见了一次白露。老白家的人长得就是精神，白露一个小姑娘英姿飒爽的，哪怕怀里抱着个小孩，笑起来也甜甜的，特招人喜欢，实在是个好孩子。白斌和丁浩陪着她和小宝贝，寸步不离。李盛东他妈妈偷偷打量了下，白家那气度，她家实在比不上。人家白斌年纪轻轻就在市里当官，一表人才，长得也有排场，又有当大官的老爷子照顾着……也难怪白家丫头不跟东子，唉。

“我瞧着咱们老家那谁也挺好，长得没白露好，但也不差……在咱家隔壁住着也近，做饭干活也利落，还能讲好几国的洋话，里外一把手儿。”

李盛东手机响了，铃声把他妈妈说的话遮了半截，打了手势表示先接电话：“喂？对，今天就过去，小孙那边安排好了吗？不带孩子，就我一个人过去看看。好，过来吧，这都收拾好了，马上就能走。”

李盛东挂了电话，跟没听见刚才那些话似的，冲他妈妈摆摆手：“我还有事，先走了啊，您自己别忘了吃饭。哦，晚上也不用留门，我今晚不回来了！”

李盛东他妈妈瞧着自己儿子带着孙辰急匆匆走了，站在门口还想说什么，想想还是闭上了嘴。唉，儿子大了，有些个事儿还是让他自己做主吧。

李盛东让司机把孙辰送回去，自己去了别的地方。司机带着一路沉默的孙辰到了之后，孙家人并不是很热情，甚至都没有先请他们进去。司机有些尴尬，尤其是周围还聚集了一些看热闹的，更是瞧得人浑身不舒坦。

只有孙老爷子出来看了一眼，但也只是看了看，并没有说要把孙辰领回去：“这，也不一定是我们孙家的娃嘛……”

周围的人嘻嘻哈哈笑起来。

司机眉头皱起来，他没想到连孙家长辈都是这么个态度。孙辰比跟着他妈妈出去的时候大了，这会儿也能感觉到周围人对他的嘲讽，那种毫无善意的笑容刺得他眼睛发酸。小孩吸了吸鼻子，含着两泡眼泪，又慢慢地憋了回去，他没哭。

好不容易等几家亲戚来齐了，孙家人这才请了司机跟孙辰进屋。

孙家条件并不好，几个闻讯赶来的亲戚对于孙辰的到来很直白地表现出一种厌恶。他们之前被孙辰的妈妈折腾得有些烦了，对孙辰没有任何同情。司机来之前，李盛东叮嘱过他，如果有这种事情发生，那就不用客气，用钱砸他们！

司机跟着李盛东久了，也一身的暴发户气息，从兜里掏出厚厚一沓现金砸在桌子上：“小孙之前跟过东哥做事，东哥说了，他如今犯了事出不来，他的孩子公司给抚养金。你们谁养，这钱就按月拨给谁！”瞧着此举把这一圈的人震住了，又特牛气地补充了一句，“上学的钱另算！”

这次有不少人重新看向孙辰，但仍有一些人顾忌孙辰那个多事儿的妈，不太愿意惹麻烦。

而孙辰全程只是默默地听着，他低头看着地板，像是要把那青灰色的水泥地面记住一辈子。

李盛东坐在监狱会见室前边，隔着玻璃看着里面那个汉子失声痛哭：“东哥，我……我该死啊！我对不住你的栽培！我干了一半工程跑了，您还来探望我。”

他抽了自己一个耳光，哭道，“我当时鬼迷了心窍，给那帮畜生开车！他们只说是从南方运货……我真的不知道是毒品。要是知道是那玩意儿，我哪里敢沾啊！后来放我们出去的是警察，他们想顺藤摸瓜找到那批货……我也是疯了，我想家，想老婆孩子，想出去快想疯了！他们夺了枪，打伤了警察，跑了三个，我跟剩下的都抓回来了。东哥，我知道这回我是出不去了……”

李盛东静静地拿着话筒，看着对面那张明显苍老了许多的脸，听着那人泣不成声。

“我老父还有兄弟照应，可我老婆、孩子在外头漂着没法过日子啊！我给您跪下，东哥求求您帮我照顾我老婆、孩子，给他们口饭吃……我来生给您当牛做马……”

这个男人放下话筒，真的跪下了。会见室的空间很小，他跪不下，只是固执地拿头磕着细长的木质小台子。眼泪砸下来，心里苦辣得难以形容，他是真的后悔了。

李盛东当年带了一帮兄弟，这个小孙曾经跟他一起在工地上待过大半年。建筑行业是暴利，他们自然也拿木棍、铁棒对付过料霸，小孙还替李盛东挡过一刀，什么苦都吃过。这是一个硬汉，即便求人，也不愿意拿以前的情分说话。后来李盛东的公司做大，小孙就没有再跟着李盛东了，这个没多少文化的粗人，习惯了那种刺激的日子，等到后来成了家，逐渐有了压力，想要正正经经地干活赚钱的时候，却无端被卷入这场祸事。

被关在玻璃墙里面的汉子没有埋怨，他说：“东哥，我之前没有听您的话，还贪恋以前的……这都是报应啊。”

李盛东没跟他多说什么，只是告诉他，几天之后让人给他送点吃的、用的进来。

小孙哽咽着，他念李盛东的好，但又实在拿不出什么理由让李盛东为他养家，之前的话凭着一腔血气说就说了，但是李盛东并未开口答应。他想问，但又不敢再提。瞧着李盛东要走了，小孙还是忍不住喊了他一声：“东哥……”

李盛东“嗯”了一声，也不知道算不算答应了：“你，好自为之吧。”

出了监狱的大门，李盛东听着身后铁门关上时发出的沉闷吱呀声，心情有些烦。头顶上的太阳出奇大，照得人眼睛忍不住眯起来，李盛东抬头瞧着白花花的天空，嚼着嘴里的两个字：“报应。”

司机早就等在外边了，瞧见李盛东过来，立刻把车门打开了：“东哥，事儿都办好了。”

李盛东坐在后边，旁边的小孩还是背着来时的书包，有些不知所措地坐在那里，看见李盛东坐进来，抬起脑袋来看他：“叔。”

李盛东看着孙辰那红了的眼睛，脸上倒是没哭花，揉了他脑袋一把，抱着他往外看：“孙辰，你知道这是什么地方吗？”

孙辰看着那扇大门，门旁边挂着雪白的大牌子，上面印着漆黑的大字。他不认识，但是听着里面的号子声，还有隐约瞥见的持枪站岗的大盖帽，多少有点意识到了。

李盛东告诉他：“孙辰，你记住。甭管以后别人怎么骂你，这都不是你应该来的地方。”

孙辰听着李盛东的话，攥着拳头，眼睛一眨不眨地盯着外边，等看不见了才回过头来，趴在李盛东怀里哭了：“叔，他们说我也该被关起来……他们总是笑我，一直都笑！等我长大了，我……我一定让他们笑不出来！呜呜！”

他还小，说不出嘲笑这样的字眼，但是那种感觉是没有差别的。他之前不懂，也不知道该如何讨大人喜欢。但是现在，这个孩子长大了，他发誓一定不再被别人嘲笑。

李盛东难得地有耐心，被他哭湿了外套也没发火，让他靠着自己睡着了。司机带了小心，问道：“东哥，咱们是直接回，还是再去别处散散心？”

李盛东啐了他一口：“散什么心？先回去吧，没准晚上能赶回去，老太太还能高兴一回！”

司机忙点头答应了，又小声把孙家那边的事儿给李盛东汇报了。孙辰是被他一个姑表亲戚收养了，户口挪到那边去，虽说不是很近的关系，但是跟孙家住得不远。那边有钱撑着，事情办得顺利，没费多少工夫。听着孙辰从幼儿园到高中的学校都安排好了，那家人才彻底松了口气，欢喜地收了钱，又送孙辰上了车。孙辰的学校安排在 D 市，还是原来那家幼儿园。

司机看李盛东自从见了小孙出来后脸色就不太好，想着给李盛东搭话解闷：“东哥，我一开始的时候啊，就瞧着孙辰这孩子命好有福……”

李盛东笑骂了句：“扯淡！他这命好还是你瞧出来的？”

司机听着李盛东的语气有所缓和，立刻也笑了：“那可不敢！东哥您才是他命中的贵人哪！这孩子要不是有您，能有个家待着？他要是知道您连学校都给他安排好了，一准得高兴得哭鼻子！唉，我小时候咋就没遇到这么好的人？初中没念完就出来干活了！”

李盛东骂了一句，倒是也笑了。他低头给孙辰擦干了眼角的泪水，也不知道是说给司机听的，还是说给自己的：“积点德吧。”

李盛东到家的时候，他妈妈刚准备好晚饭，打开门瞧见他跟孙辰，那真是又惊又喜：“哟，东子你们这怎么就回来啦？”

李盛东抱着孙辰进来，跟他妈妈闹了一句：“瞧您这话问的，我就不能回家吃顿晚饭？呵呵。”

李盛东他妈妈高兴坏了，又是给他们拿拖鞋，又是挂衣服的：“能能能！怎么不能啊！就差一个菜就齐了，正好开饭！”老太太忙完了这边，又冲厨房喊了一句，“华茂啊，赶紧把菜翻翻出锅吧！东子他们回来了！”

厨房传来咚的一声，听着不像菜出锅的声音，倒像是没拿稳锅，把锅磕了一下。磨蹭了半天，李华茂这才端着盘炒芸豆出来，脸上给热出了一层汗：“阿姨，我放这儿了。我那边还煮着粥，先回去了啊。”他是来帮忙的，没想到李盛东会回来。

可李盛东妈哪里肯让他走：“一起吃吧，这人多吃饭才香呢！哦，对，把你那锅粥也端过来，咱们一起吃！”

李华茂有点傻眼：“啊？”

李盛东瞧着他瞪眼就觉得可乐，越发觉得他像自己以前养的那只小乌龟，探着脖子瞪大了眼睛，跟不相信这事是真的一样。他冲李华茂挥了挥手，跟着逗了一句：“去吧，连锅都端过来！这等着开饭呢。”

李华茂眨了眨眼睛，这回更像李盛东养的宠物了。

李盛东躲过了头一天的马拉松，市里一多半小领导可没躲过，他们都让曹老带着去跑步了。曹老身先士卒，一把年纪了还坚持不掉队。不过他毕竟上了岁数，跑了一半就扛不住了。他那老胳膊老腿的太久不锻炼，猛地做起剧烈运动，真有点吃不消。

后边跟着的秘书瞧见了，忙打了电话让司机来把老爷子接回去。他们早就过了摄像的金水桥，摄像师傅也开着车去追那些个黑人兄弟去了，那才是跑步的主角，跑得那叫一个快。

曹老想着明天的颁奖典礼还要出席，也不再勉强。他这心意也算到了，就带着后边几个老同志一起上了车，临走时还嘱咐白斌：“白斌啊，你可给我看好喽，这不能出乱子知道吗？有事给何队他们打电话，他们都在外边执勤呢！”

白斌点头答应了：“好。您快回去歇会儿吧，晚上还有得忙呢！”

晚上的演出曹市长没到，请了别的人代表他讲话。丁浩坐在中间靠前的位置，拿胳膊在下边撞了下白斌："哎，听说曹老白天累着了？他真亲自跑了一趟啊？"

白斌原本是前排的票，为了方便跟丁浩坐一块，特意跟人换了个不起眼的位置。这会儿是晚上了，露天的场地上也就台子上亮，他们说话别人瞧不真切。白斌低头回了丁浩一句，声音挺小："没跑完，跑了一半。"

丁浩感叹了一声："曹老也够拼命，我还没跑完一半呢。"他被丁旭拽着跑了不一会儿就溜了，倒是碰见了扛着大旗的李夏。李夏后边跟着四五个人，你一言我一语地在批评他，一路押着他奔赴终点。

这台演出算不得多么精彩，请来的明星都是唱美声、民族的，腕儿很大，但唱得不带劲。底下大多是年轻人，谁有耐心听这个。丁浩支撑着脑袋，眼瞅着就要睡过去，一边拍蚊子一边问白斌："什么时候结束啊？听他哼哼，我都困了。"

白斌看了下节目单，让丁浩再稍微等一会儿："还有不到半个小时了，蚊子咬得厉害？我车上应该有驱蚊水……"

丁浩摇头，扯了白斌的胳膊没让他动，就半个小时了，懒得来回跑，随口编了话哄他："我这是给他们打节拍，炒热气氛呢！"

白斌给他拽着起不来，也就没再坚持。演出马上就结束了，散场时人多，他更不好找丁浩。

等到最后，气氛确实热烈了一把。那几个得奖的黑人兄弟蹦着上台，一人献唱了一曲，还有一个带着自己的鼓上来，拍得那叫一个热闹！下边跟着一片鼓掌啊，这好不容易听见一首欢快的曲儿！一个晚上都是歌颂祖国，歌颂文明，还有一个诗歌朗诵——《我爱你黄河》，听得丁浩都想起徐老先生了。

晚上回去的时候，小区里已经没几家亮灯的了，丁浩跟白斌在外边多溜达了一会儿。他看完演出又想吃烧烤，难得白斌念在他今天跑步辛苦的分上答应了，自然吃了个够本，这会儿胃里撑得慌，围着小区转了两圈才稍微好点。

第二天的颁奖典礼是在下午举行，李盛东他们都出席了。这回李盛东还要上台给运动员颁奖，他之前跟电视台说好了，让他们多给几个特写镜头。这家伙为了上电视，还特意穿了身考究的西装，坐在那儿跷着腿挺得意。

丁浩瞧着他那身西装，觉得格外别扭。他觉得李盛东这副打扮，就好比肖良文昨天穿着那蓝色T恤，两人都是不小心穿错了衣裳。就李盛东那张小人得志的脸，穿得花花绿绿的就得了，实在不值得费心配这好西装。

李盛东也觉出丁浩目光不善了，回头瞅了他一眼："丁浩，怎么着，看傻眼了吧？哥随便打扮打扮，那也是一表人才。"

丁浩撇嘴，嘟嘟囔囔着接了他的话：“是，是傻了。”

李盛东没听清楚，还当丁浩夸他呢。他略微挑起眉毛，凑近了跟丁浩搭话：“我说，最近有笔生意挺赚的，哥带你一个，来吗？”

丁浩瞧他一眼，没怎么动心。李盛东有钱肯定自己赚了，还能想着他？丁浩嗯了一声：“什么生意，你先说来听听。对了，我可是遵纪守法好公民，你要是有什么歪心思……”

“知道知道！别怪你大义灭亲去举报，是吧？你都说多少遍了！”李盛东掏了掏耳朵，他这次是真的想带丁浩一把，好歹也是打小一起长大的。从丁浩做生意开始，他还真没帮过多少。李盛东觉得这次必须帮丁浩一次，好歹丁浩喊他一声哥。

“往C国出口轮胎。我找了一船货，手续已经办妥了，价格也便宜，到时候分这个数。”李盛东比了个手势，利益相当可观，“怎么样？那边我熟。”

丁浩看着他比的那数有点心动，但是又问了下：“你那轮胎没问题吧？”

李盛东笑了声：“家用车没问题。”

如今丁浩可不是一个人，他后边还有一个白斌，做事儿自然小心了许多。丁浩跟李盛东打了个马虎眼，让他再等等：“那什么，我回去想想。等几天吧，想好了给你打电话！”

他们这嘀嘀咕咕说了有一会儿，颁奖典礼终于进入正题。前头絮絮叨叨念报告的下去了，换了曹市长上来主持。

昨天曹老跑了一趟马拉松，腿都跑肿了，今儿是硬撑着来颁奖典礼。曹老拿着稿子站在主席台上，整个人哆哆嗦嗦的，还在那儿讲话：“这次！组织得……很成功……”

丁浩在底下瞧着都于心不忍了。

这太敬业了。

曹老讲话的水平比前一个高多了，几句话点明主题，各单位都点到了，重点表扬了海关。人家那点人，还愣是跑进了前三十名。表扬完，下边就是颁奖，李盛东站在上边看着还挺像那么回事，微笑，握手，递出奖牌与证书。

丁浩在下边感叹，真是人靠衣服马靠鞍，李盛东换了一套衣服，果真不一样了。李盛东这次来带着李华茂，他等会儿还要去码头，就直接带着李华茂过来了。

颁完奖，有名次的在后台领奖金。这次是李盛东的风格了，直接提了一密码箱的现金在那儿，人来了都给装现金。鉴于前几名的奖金数额比较大，他给获奖者各拿了张卡，场面相当气派。

没有跑出名次的也有份儿，各单位有三次抽奖名额。

徐老先生他们全军覆没，市里照顾他们知识分子的面子，给颁发了一个友谊奖。这说白了就是安慰奖，没多大实际意义，唯一的好处就是能多抽一次奖。

李夏他们听了半天报告，就等着最后来抽奖了。这几个家伙仗着李夏个子高、胳膊长，让李夏抓紧机会伸手去“抢”奖券，还不忘了围在一边出馊主意：“李夏，等会儿记得往下抓！好的一般都在下边儿！”

另一个也提醒他：“光抓下边不保险，你上、中、下分开抓！”

被挤在后头的也不甘寂寞，看不见还不忘使坏点子：“哎哎！要不你等会儿多抓几个出来，抓出来就好辨认了！我瞧见那边拿电饭锅的是红色纸条的……”

给他们抽奖的工作人员不乐意了，小姑娘把李夏的手拍开，说得一脸严肃：“你们哪个单位的？先登记再派一个人来抽，记住了，就一个！”

躲在李夏后边没挤过来的师兄还有点委屈：“他们怎么可以让两个人来抽奖？”

小姑娘眉毛都竖起来了，哼了一声：“他们没抢！”

那几个被训了一顿，合计了一下，最终还是派出了李夏当代表。李夏临去的时候，师兄弟几个一脸郑重地托付他：“李夏同志，历史的重任就交给你了！你一定要抽个好的，咱们这个月吃什么，就看你这一抓了！”

李夏给那几个人推到前边，他们还在给李夏鼓劲儿，就差喊“加油”了。师兄弟几个齐齐盯着李夏伸手进去，摸了一张奖券出来。

黄色的。

小姑娘看他们一眼，递了一个轻飘飘的小盒子过来：“一盒纸巾。”

那边拿着纸巾还在安慰李夏：“没事，没事，咱们这还有三次机会！李夏你往下边抓！搅一搅，再抓啊！”

李夏按他们说的，又抽了一张上来，黄色的。

那几个接过小姑娘递过来的抽纸的时候，内心复杂难安，拍了拍李夏的肩膀也不敢说话了：“那什么，要不你本色发挥一下？”

李夏本色发挥了一次，抽得又快又准，黄色的。

小姑娘乐了，她发了有一会儿奖品了，还真没见着这么倒霉的：“喏，一抽纸巾。”

后边几个接过抽纸的时候，都快哭了：“姐，您能给换个吗？”

小姑娘大方地将他们的奖品提高了一个档次，拿了块肥皂给他们：“给。还有一次机会，抓紧了啊，后边还有人等着呢！”

李夏握着拳头哈了一口气，像是要把好运气集中在这里一样，伸了手进抽奖箱里，半天才抽出一个来，这次不错，是蓝色的。

“终于不是黄的了！”后边几个嗷嗷地叫，凑过去一脸迫切地等着小姑娘给他们兑奖品，“这个是什么？挺好的吧？甭说了，肯定比纸巾好！哈哈！”

小姑娘抿着嘴笑：“这回不错，抽中了一个健身器材。”

李夏他们几个拍手傻乐，还没笑完，就再次被无情的现实打击倒地。小姑娘递给他们一个精美的盒子，笑得跟花儿似的：“给你们，一根跳绳。”

那几个拍巴掌的不蹦跶了。这……这跟抽纸有什么区别啊这？！有个师兄忍不住懊悔出声：“就不该让李夏来抽奖啊！他平时喝百事可乐都不带中‘再来一瓶’的！”

第十二章
感受一把暴发户气息

丁浩回家就全招了，把李盛东说的那个买卖一字不差地转达给白斌，白斌点头了他才摩拳擦掌地去准备了。说实话，白天的时候他就挺动心，十分迫切地想感受一把李盛东那样的暴发户气息。

丁浩打电话给李盛东，把这桩买卖确定下来。

白斌在一边听着李盛东说运输地点是在小港，皱起眉头："怎么去小港？那边港口的条件还没咱们这儿好吧？"

丁浩举着电话立刻学舌，把白斌的话转达过去，李盛东只说那边也方便。

丁浩不信，他如今跟白斌一个鼻孔出气："李盛东你老实说吧！"

李盛东这次声音大了："我就是想拼船省个运费！"

丁浩将信将疑："真的？我到时候可跟着你一起去港口看啊！"

"来来来！"李盛东干脆把自己那点想法都说了，"还有二十多台电视机，拆成零件散放了，弄去了也是船上自用。我说丁浩你也太小心了，这么点东西够塞牙缝的吗！还追着问个没完了……"

听着李盛东嘟嘟囔囔交代完，丁浩实在问不出别的来，这才挂了电话。

李盛东办事有点拖沓，这更加重了丁浩的疑心。鉴于李盛东往日的作风，丁浩实在对他放心不下来，等到去港口运货装船的时候，还是亲自跑了一趟。

丁浩这次是真的误会了李盛东，李盛东延期运货是有原因的。一个是跟他拼船的人又介绍了一个人来，三家一起弄。李盛东是自己找的一条货船，他那轮胎虽然占大头，但也占不到一半的地方，自然答应了。其次是他们家翻译出了点状况，李盛东很头疼。

双料博士李华茂同志，做出了一件不太符合高级知识分子行为的事儿。那天的情况是这样的，李盛东从德国公司进口的机器终于全部弄完，一高兴，给弄了几大桶的德国原装啤酒。

德国大胡子们很高兴，他们觉得这边的啤酒没自己家乡的有劲儿，这回看见了德国原装啤酒跟见着亲人似的，举着杯子连连劝酒。老外连比画带拍胸脯地告诉李盛东这绝对好喝，那自豪劲儿，差点让人以为这是他们在请李盛东喝酒！

李翻译正夹在其中困难地做着翻译，他不但要把德国朋友的话告诉李盛东，还得把话尽量委婉地说。翻译的过程中，他时不时地被人灌一杯，以至于后来他都不知道怎么跟李盛东回去的。

然后事情就发生了。李翻译在一个阴霾的清晨转醒，他的心情如同此刻的天气，同样阴沉着。起初他是觉得浑身疼，跟半夜让人拖出去暴打了一顿似的，再一扭头便瞧见旁边地板上躺着的老板。李老板何止是被人打了一顿，基本上拳头全往脸上招呼了，卷起来的袖子上还有牙印呢！

李华茂略微回忆了一下，心都开始揪疼了。他昨儿晚上喝多了，好像终于忍不住发泄了一下宿怨，把他老板给揍了。

老板倒是还有几分理智，没还手，但也放狠话说，等他醒了走着瞧！

李华茂在继续装睡还是立刻逃走之间犹豫着，他家老板就醒了。

李盛东半睡不醒地略微撑开点眼皮看看他，正好跟他瞧了个对眼。李华茂脸色不太好，嘴皮子也没之前利落了，磕磕巴巴道："老……老板，其实我一直特别尊敬您！"

这回轮到李盛东躺不下去了，裹着毛毯在那儿跟李华茂大眼瞪小眼，刚张开嘴，又被李华茂一句话堵回去。

"我是第一次喝醉。"李翻译磕磕巴巴地求饶。

李盛东道："看着可真不像。瞧见没有？我这胳膊上还有牙印。你昨天晚上把我送你去医院的事记得可清楚了，还说要报仇。"

李华茂小心赔笑。

李盛东哼了一声，也不能真把人怎么样，一来李华茂身份特殊，他是丁浩的师兄，李盛东也一直把他当成朋友对待；二来他都道歉了，这让李盛东很被动。

李华茂等了一会儿，瞧着李盛东坐在那儿不说话，自己试探着起身走了。他还是住在丁浩那房子里，也继续留在李盛东那边做翻译，总之跟什么事都没发生一样。只是李翻译对李老板多了几分小心，生怕他找回来打击报复自己，这可是丁浩的发小，估计跟丁浩一样，一肚子黑水，憋着劲儿使坏呢！

李盛东公事公办，只是不太喜欢李翻译跟外国人过多接触，尤其是跟李夏那个假洋鬼子勾肩搭背地聊天说笑，还去拍什么摄影比赛的照片，他瞧见一次就给李翻译加一次活儿，把人吩咐得团团转，心里才舒坦。后来他觉得这也不失为报复的机会，那段时间公司里有什么活，就派给了李翻译。

李夏没觉出别的，就是感觉这几天李华茂给他准备的饭菜特别好，还不让他给钱分担伙食费了。李夏感动得眼泪汪汪，他觉得只是陪着师兄散步，让师兄摸摸肩膀、掐掐胳膊就能天天吃肉，这真是太划算了！

李华茂的想法很简单，他如今已经看开了，赚钱固然重要，但是个人的爱好也不能丢，他就摄影这么一个喜好，赚了钱，除了吃饭穿衣，也就是买点摄影器材，总之娱乐才是他要放在首位的。

李盛东瞧着自己家翻译再一次当众摸上李夏的胳膊，让他在那儿摆姿势，终于忍耐不住了。李盛东把烟头扔在地上，狠狠地踩了一脚，连说话的语气都挺凶狠："李华茂！你给我过来！"

李华茂看他一眼，很随和地开了口："您有事？"

李盛东摸了摸鼻子，道："过几天，有批货往外运，拼船的是外国人，你跟我去趟小港。"

李华茂跟李盛东签的合同还没到期，李盛东毕竟是老板，他只能答应下来。李华茂脸上没什么表情，依旧不温不火地回了李盛东一句："知道了。"

李盛东还想说什么，那边李妈买完东西回来了。老太太身边还站着一个小姑娘，隔得挺远，看不清楚什么模样，听声音，倒是李妈挺高兴的，招呼李盛东让他过去："东子，这边！"

李盛东看了李华茂一眼，临走也不忘了跟他重复一遍："你记住了，把手机打开，我到时候来接你。"

李华茂点头说好，脸上都带着笑："好，我手机一直开着呢。"

李盛东也不再多说，他实在是不知道该说什么好，便匆匆去了李妈那边。李华茂脸上一直带着笑，站在那儿一动不动。

李夏低头瞧了他一眼。

李夏的神经还没粗到被人掐了胳膊都没知觉的地步，李华茂面部表情控制得很好，就是把情绪泄露到手上去了。李夏等着李盛东走了，这次小心地问自己师兄：“你们，是不是吵架了？”

李华茂摇头，手依旧抓得很紧：“没，你可能不知道，前几天我把我老板打了。”

李夏大惊：“啊？谁打谁？！”

李华茂沉痛道：“我打了老板，打了李盛东。”

这次连李夏都有些同情起他来。李夏瞧瞧自家师兄，又瞧瞧李盛东那远去的背影，他头脑单纯，只往工作和加薪的方向猜过去，拍了拍李华茂的手臂，试着安抚李华茂：“师兄，这事其实也没啥，我看他不是很生气的样子啊，要是他报复，嗯，忍一忍就过去了。实在不行，你就……吃点好的。”

李华茂瞪着他，一脚就踢在这傻大个子的膝盖上！没等李夏喊疼，他自己先哭上了：“他那是报复一次的事儿吗？！这个月给我加多少活儿了，早晚遭报应！”

李盛东是去帮他妈妈搬西瓜的，穿着几千块的衬衫，扛着一麻袋西瓜往家走。老太太跟李盛东一样，喜欢跟人拼着买东西。她在门口瞧见有卖西瓜的，跟一个小区的小姑娘合买了一袋，两人扛不动，让李盛东给她们送上去。

他妈妈在后边还嘟囔：“小心点拐弯！别磕着西瓜……糟蹋粮食遭报应啊！”

李盛东听着报应这俩字，忽然鼻子痒痒，忍不住打了个喷嚏。不知道为什么，他今天一听这俩字就觉得格外阴冷。

另一边，肖良文这几天盯人盯得有点紧，丁旭下班稍晚，他就立刻打电话去问。丁旭知道这人就在外边站着，但是他这一会儿工夫都打了五六个电话了，丁旭实在懒得接，便按断了。

接着，办公桌上的座机也响了。丁旭揉了下眉心，看着那串熟悉的号码接起电话，声音有些无奈：“肖良文，我说了今天要加班，你到底有什么事儿？”

那边的肖良文沉默了一会儿：“你单位还有其他人吗？”

丁旭眉头皱得更紧，肖良文跟他的盯梢一样，这句话也是最近他常能听到的。丁旭有一种被怀疑的错觉，他觉得肖良文不像是在盯他，倒像是接到什么情报，怀疑他跟什么人有过多的接触一样：“肖良文，你能不能告诉我，你到底在担心什么？”

听着那边一如既往的沉默和一句抱歉，丁旭也不知道该对这个人说什么才好。

“饿了吗？”

“没有。”半晌，还是丁旭先缓和下来，他实在没办法对肖良文这家伙真正生气。在外边站了这么久，该饿的应该是他吧？丁旭耐着性子再跟他解释了一下：“有几份报关单用错了年限联，系统扫描不进去，只能手打，我再忙一会儿，你先回去吧。”

肖良文不说话，固执地不肯挂电话。

丁旭叹了口气，看了下手表，这家伙连着快大半个月都没离开他周围了，今天下午更是站在外边不肯走：“要不，你进来等吧？”

肖良文这次很快答应了一声，一边走一边问丁旭：“不会被你们单位领导看到吧？会影响你吗？”

丁旭看着那逆光依然可见的刺儿头，嘴角挑了个笑：“得了，这里还有谁不认识你啊。”

肖良文坐在大厅一侧的长椅上，远远地看着丁旭，握着手机还在通话：“我不打扰你，就在这儿待一会儿。”

“明天不用过来了。”丁旭看着坐在角落的那个人，姿势僵硬了一下，心情倒是好了一些，“我从明天开始要跟班去港口作业，查验很忙。”

那边的人立刻放松下来：“好。”

“还有，我这次去的是小港，你别找错了地方。”

“好。”

D市一共三个港口，两个正在使用，剩下一个因为航道积淤严重被停了。那个小港条件不是很好，初春刮风厉害，六股绳子拧的粗缆绳都能给刮断，小一点的船压根不敢装卸货物。

来那边跟班作业相对辛苦，夏日暴晒得厉害，看着码头跟海交接的地方，太阳光一照，看得人直眼花。

带丁旭的是一帮老家伙，他们是老前辈了，一开关最早进来的那批，带出了不少办事利落的徒弟。一帮老家伙难得再遇着来这边的新人，瞧见丁旭很是热情，一迭声地招呼他：“来了？先过来坐一会儿，等他们过完地磅就能开工了。”

丁旭应了一声，拿着单据之类的东西坐下来。他坐姿太规矩，反倒让那几个带他的师傅笑了，拍了拍他的肩膀让他放松：“丁旭啊，你随意点就成！咱们这不跟大厅一样，自己办公室还不许抽烟……哎，老胡！你怎么掏我烟抽啊？”

对面那个还不住手，翻出两根，自己点了一根，似乎还不满意：“得了吧！就你这细得跟柴火棍似的小烟，平时请我都不抽哪！唉，要不是我老婆说我肺不好，把我买烟的钱都掐了，我至于吗？”

这边也笑了，骂了一句老东西，自己跟着点上一根。那人瞧着丁旭坐那儿不动，也冲他让了让。丁旭没接，说了声不会，一扭头就瞧见值班房外边那硕大的“禁止吸烟”的牌子，他沉默了。

值班房里的几个老家伙冲他摆摆手：“别看那个啦！那是吓唬外人的，不挨着货物点火就没事。”他们这都恨不得扎根港口了，成天瞅着蓝天大海，没有一点娱乐，风景真是看得腻歪透了，再不抽烟，可真要憋坏了。

等货物都运达码头，他们几个才把烟掐了站起来，准备过去。一辆军牌丰田接待车要比他们快一步到达，直接贴着围网停下，呼啦啦下来一帮人。

前头几个穿军装的直接进去了，旁边还跟着个一身军装的小姑娘，脸长得不错，就是个子矮了点，穿了一双至少十厘米的高跟鞋，大老远就瞧见一点前鞋面，后边细长的根儿支撑着，走路嗒嗒直响。

带丁旭的师傅看了一眼那车，嘴里哼了一句：“是边检的，刚换了个小领导，每次有船来都爱过来溜达一圈。那是来这儿养老呢！”

丁旭跟在他们后边，等到了码头前沿，船上已经放下梯子，做了简易的安全措施。梯子入口处一边站着一个边检的执勤小战士，一脸严肃地立正站好晒太阳。

那几个老海关故意走得慢，多磨蹭了一会儿，让他们晒太阳晒个过瘾。

边检来的那个领导自然不用跟着晒太阳，他如今正在阴凉处跟一个人握手谈话，笑得跟弥勒佛似的，瞧着挺有气度。旁边的军装小姑娘踩着高跟鞋在帮他们拍照，她这位领导有上报的习惯，每回都要弄点资料回去折腾。

小姑娘个子矮，相机举起来都挡不住对面那刺儿头。丁旭一瞥就瞧见了，那位也正在不动声色地寻找他，两人打了个对眼，他略微点了下头又跟着师傅去忙了。就这样，肖良文的心情出奇地好起来。他瞧见丁旭在他的视线范围里，就觉得特别安心，尤其是现在这个时候。

临上船的时候，丁旭遇到了一点麻烦。他有编制，但是因为父亲的关系在审核时遇到一点难题，虽说也安排下了，但是一些手续没有办齐，例如，登船查验的手续。

站在门口的边检小战士可能刚来，不太了解情况，坚持不让丁旭进去。他说话的语气还挺生硬：“不行！没证不能进去！”

海关这边也火了，他们还从没受过这待遇！按理说，边检是管人的，海关是管物的，这里本来就不该边检的进来，因为小港没那么多规矩，边检的来了就来了，可瞧着他们这一身制服的，这群边检的竟然还不让他们进！这也太欺负人了！

后边那个边检的小领导也瞧出事来了，带着其余的人过来，边走边问：“怎么了？这是怎么回事？”

那个小战士一五一十地全说了，估计是他们领导平时叮嘱的，一定把人管好云云，没证不让上船云云。

海关这边闷着不说话，瞅着他们格外不顺眼。对面边检的领导也皱着眉头不说话，那些叮嘱是他交代下去的，如果不按那个办，他面子上下不来。

后边跟过来的肖良文看不下去了，他从没让丁旭在外边受这样的委屈，正准备开口，又想起什么似的，抬头瞧了一下那边连接码头和船的梯子。那梯子是折叠的，瞧着不太安全，尤其又是小港这样的条件，这么高的地方，下面只用了一张破渔网接着。肖良文皱了眉，把想说的话咽下去。

他知道丁旭为这份工作受了不少委屈，可是丁旭有恐高症，比较起来，他更担心丁旭的安全。他要丁旭和自己都平平安安的。

货主来得正巧，一来就先打了圆场。丁浩瞧见丁旭，先是惊讶了一把，然后又惊喜了，他觉得今天的戏有看头：“哟！领导都到齐了啊！来来来，先来包烟……啊？不能抽不能抽！我知道这是码头，有货不能抽，留着以后解乏啊！李盛东，愣着干什么？快给烟！”

李盛东这是真愣住了，他低估了丁浩的不要脸。这话都让丁浩说了，钱都让他拿……呸！

李盛东常年走货，跟这边的联检机构也熟悉了，但是发烟发到丁旭手上的时候，略微停顿了下，递了一包过去：“会抽烟吗？”

丁旭说了声不会，但是依旧接了烟。他来之前，他师傅告诉他这是规矩，他当真了。

肖良文在旁边看了一眼，没作声，眼神又飘到船上去了，专注得跟船上有隐藏的敌人似的，眼睛一眨不眨。

丁浩看看这个，看看那个，眼睛眯起来。

李盛东活络得不错，几句话就挑起了气氛，那个小领导也借着这个台阶，大方地让丁旭上去了：“这次给小同志一个机会，也是可以的嘛！跟咱们上去一趟，学习一下如何处理情况，正好老胡你们也该退了嘛，接班多好！哈哈。”他当自己讲了个有趣的笑话，实际上，海关那几个早就在心里开始骂娘。这本来不该边检上船，如今借着丁旭的事儿，倒成了他们卖了个面子。

“不用！不用！”带丁旭的师傅面上笑着，其实心里打定了主意，等会儿下船的时候挨个儿搜他们的身！就怀疑他们藏私了怎么的！他嘱咐了丁旭几句，告诉丁旭："你留下！我们这几个老家伙再爬一回船舱，咱们还爬得动呢！小丁啊，你可给咱们看好了场子！"

李盛东脑仁疼，他两边都不想惹，惹着边检麻烦，惹着海关更是直接走不了。

好不容易开始登船查验。这是艘旧式的货船，分了几个大舱，不同的货物分开放置。海关登船前先问船长要了航海日志，做了记录，这才进去做例行检查。船很空，没什么可疑的地方。尽管船员大部分是中国籍人士，但他们还是又核对了一遍，其间边防以这船挂着外籍的名号，要了一份名单。那个小领导说了，凡是上下这船的人，他们都管。

海关几个老家伙给气得不行，查完自己的，扭头就走。

边检的小领导跟在他们后边，还在提着自己认为适当的建议："我跟你们那个汪科长见过几次，很熟啊！哎，你们这就走了？不是还要取样吗？你们啊，每次都喜欢搞些杂七杂八的下来取样……怎么只取轮胎的？"

那几位快忍不住了。这一船三样货，除了大半船的轮胎，就是一批大理石板和三台出口的轧路机。大理石板还没完全卸货完毕，没法抽检，他们不取轮胎，还取一台轧路机啊？一台十几吨的，我给你取一个验一下？脑子有病呢吧！

两家联检机构闹得很不愉快，边检人来得多，走得也快，只露了个面就没再来了。那边海关的轮流盯着，监控室一个值班的，现场一个，确保装运货物期间没有差错。小港这边三天两夜的活儿，丁旭分了中间的那天，巡查现场。

李盛东是货主，自然每天都来瞧两眼。李华茂是第二天才被李盛东拖来的，他不太敢见李盛东，一是因为上次酒后打了老板，二是因为他刚剪了头发。李翻译没什么出息，院里的老教授给他介绍了个对象，他去看了一眼，瞧上人家了，但是人家没看上他。

李翻译第一次失恋的时候，给自己留了一头卷毛，提醒自己勇敢面对人生；第二次失恋的时候，哭着跑去剪了短发，骂了句"去他的要勇敢面对人生"……

李华茂一头小卷毛，如今变成了顺滑的短发，衣服虽说低调了一点，但是依旧带了先锋时尚的痕迹。他站在李盛东面前有点不自在，扭着脖子看别处："我说了我不想来。"

李盛东正在打量他，他这头卷毛剪了之后，五官倒是清楚起来，脸上干净了，那憋屈的小模样竟带了几分有趣。李盛东打量着他，冷笑道："你打了老板，老板说你什么了吗？还不想来！我这不是要翻译吗，你就得随叫随到。"

李华茂瞪着眼睛看他："码头这么小，眨眼就能瞧个遍，哪里有外国人？"

李盛东只知道这货是合资的企业往外运，哪儿知道有没有外国人跟着啊。他自己都是蒙的，含糊道："怎么没有啊，那船上就……有几个……"李盛东瞧着对面那人不信任的眼神，不太自在地摸了下鼻子，"这不是，预防万一……哎！我说，你等会儿！我白给你开工资了？让你来就来，哪儿那么多事儿值得你问啊！"

李华茂缩着脖子不说话。

李华茂跟在李盛东后边，不管老板说什么，他都低着头赔小心，等到遇着丁浩的时候，这才稍微把脑袋扭过来一点，但是紧接着又深深地埋下了。

丁浩围着李盛东转了个圈，把后边那刚拉了直发的"鸵鸟"拽出来，一脸惊讶地摸了下他变顺了的短发："这个是真的？"

"废话。"李华茂脑袋都快垂到胸口去了，嘟囔了一句："你见谁……大热天的顶着假发乱跑了啊……"

丁浩还在感慨："这准是经历人生挫折了，要不然怎么舍得把那命根子去掉啊！我说，你让人下剪子剪下去的时候，心疼吗？"丁浩把李师兄形容得像刚受了宫刑，连看着他的眼神儿都带着无限的同情。

李华茂低着脑袋在那儿气得直抽抽，他要是能打得过丁浩，早就咬丁浩了！

李盛东看不太下去了，过去劝了两句："哎哎，丁浩，嘴上留点德啊！小心遭报应……"

丁浩瞧瞧李盛东又瞧瞧李华茂，道："我说，李盛东你上回这么护着人的时候，还是咱们读小学的时候，那会儿把人鼻梁都揍歪了，赔了一学期的小心……我说，你这么护着我们家大师兄，不会把他怎么了吧？"

丁浩一句玩笑话，立刻让这两个人的姿势都僵硬了，这回他们倒是异口同声地回了丁浩，连语气都一样，迫不及待地否定："没有！"

李华茂是委屈啊，他是不小心酒后打了老板。

李老板那完全是为了自己的面子，一点都没承认的意思。

丁浩围着他们转了一下，笑得一脸欠抽："没有就好，没有就好。我说，师兄啊，徐老师今儿又介绍了一个姑娘让你去相亲呢，你可得保持好这个状态！现在的姑娘就喜欢这种害羞型的，咱们还等着喝你的喜酒呢。"

丁浩说完又溜达着去别处了，几句话就让这边两个人的立场调换了一下。

这次轮到李盛东不乐意了，他从鼻子里哼了一声，说话阴阳怪气的："原来是去相亲，难怪还剪了头发，我就说呢。"

徐老先生的确提过再介绍一个姑娘让李华茂去相亲的事儿，可是他已经拒绝了，而且他剪头发的原因，跟上一场爱情密不可分。李华茂想起来就是一阵血气翻涌，尤其是被李盛东这么诬陷，那更是怒火攻心了：“关……关你屁事儿！”

李盛东一听这话，也拧眉：“怎么？被我说中了？前一段时间，我就觉出不对劲来了。”

李华茂眼圈儿都红了：“我自由恋爱，失恋也是自由。”

李盛东也硬着脖子应了一声：“对，我早就看出来了……你们这些搞艺术的都不正常！”

这要是早几天，李华茂肯定一巴掌就甩过去了。他的眼泪在昨天剪掉卷发的时候已经流得差不多了，现在他实在没有哭的心情。他眼圈儿红了下，又慢慢收回眼泪，再瞧着李盛东就跟看陌生人似的：“我回去就把剩下的工资还你，对不住，你这钱我不想赚了。”他推开李盛东，自己走了，虽然没离开码头，但是摆明了不想跟李盛东挨在一起。

李盛东心里也不好受，事情弄成这个样子，还不如让李翻译抽自己一个大嘴巴来得痛快。他也不知道怎么了，平时那些话他不可能说出来，可听见李华茂把那头宝贝卷毛剪了去相亲的时候，他的心里别扭了，一个男人为个爱情就能这样？他不懂，他甚至觉得，那头卷毛如果为了个破爱情剪掉，那还不如留着继续当先锋艺术碍眼呢！

李盛东火气上来了，皱着眉头松了下领带，他觉得心里憋闷得厉害，这感觉比知道孙辰他妈妈找上自己家门认亲的时候更不痛快。

跟李盛东拼船的老板只过来了一个，就是出口轧路机的那个。那老板瞧着是头一次做出口业务，对流程格外不放心，每天来得比李盛东都早，仔细盯着，生怕有个差池赔钱。

小港没有弄集装箱，散货装起来很麻烦。李盛东那堆橡胶制品没事儿，就算掉海里也能飘起来，可是那轧路机就看着玄乎了。拼船的老板瞧着码头上的工人搬运货物，他们动用了一个承重二十吨的起重机在空中搬运货物，四根细铁丝晃晃悠悠的，风一吹，上边挂着的货物跟着晃悠，看着很是有点惊心动魄。

那老板不住地擦脑门上的汗，所幸轧路机只有三台，即便车身拆开运，也没费多大工夫就给弄过去了。

丁旭站在一边，视线落在那批大理石板上。带他的师傅今天没有来，自从昨天开始，他们对这船货的监管好像一下子就松了。丁旭皱眉，带他的师傅虽然说话没什么遮拦，但是绝不是不负责任的人。

丁旭来回摸着那些盖着简易遮挡帆布的石板，手指滑过，带起一些石粉。他肩膀让人在后边拍了一下，一个穿着工作服的码头人员提醒他："劳驾让让，我们这要起货了，别伤着您。"

丁旭瞧了那个人一眼，他的帽檐压得有点低，正在检查大理石板的简易搬运装置。他蹲下身看了下捆绑着四角的带子，确定不会中途松开，一点一点检查得很仔细。

吃晚饭的时候，丁旭接到船方的通知，因为这两天天气很好，海上风浪小，装货的速度比预计的要快不少，可能今天夜里就能装货完毕。跟李盛东拼船的那个货主也特意来找丁旭说了一声，他们手续齐全，只差最后的放行通知单，提醒丁旭，让他做好提前放行的准备。

码头上是日夜轮流作业的，设备的运转费用不低，而且光船停靠一天的吨位费就小二十万，这些可都是算在企业头上的。因为天气的关系，延误几天或提前放行，都是常有的事儿。

提前放行需要几个货主同时签字，李盛东的轮胎早就装完了，痛快地先签了字。由于丁浩也是合同上挂名的，下午刚到家，就被李盛东又拖到码头来了。

丁浩有点不乐意，一边签字一边嘟囔："李盛东你帮我随便签一个不就得了，我刚到家，没喝口水就听见下边死命按喇叭……我说，你从哪儿找的司机？怎么跟黑社会似的啊？"

李盛东脸色挺难看，他也是临时被通知来的。他坐在丁旭的值班室里，着实受了几回肖良文的脸色，除了肖良文那张冷脸，旁边陪着来的李翻译也够让他憋屈的！

拼船的货主是个中年人，他跟着跑了两天，脸色都有点疲惫了。他等着丁浩签完字，立刻拿着登记完的所有单子给丁旭看："真是对不住，我们是小企业，运输的成本能省一点就省一点……太麻烦您了……"

他这么一迭声地道歉，让在座的各位倒是有点不好意思了。李盛东先搭了话，摆手让他坐下说："老洪你这太见外了！这是好事啊，早点办完了，咱们大家也能早点回去休息！来来来，站着干什么，快进来坐！"

拼船的洪老板讪讪地笑了下，走进来坐下。李盛东原本是跟李华茂各站一边，瞧着洪老板走过来，立刻热情地起身，让出自己的位置，自己跟李华茂挤着坐去了。

沙发有点小，几个大男人坐在一起有点挤。李华茂打从李盛东一过来就不停地向外挪地方，他一动，李盛东就跟着靠过去一点。李翻译实在被挤得不行，这要再挪，就该掉下去了，也懒得再往外挪，歪着头撑着胳膊看别处去了。

他这么一放松，不太排斥，李盛东坐着舒服了一点，不再挤他了。

丁浩在一边打着哈欠，瞧着丁旭认真核对，又勾又画的每页都做标记。他等得有点不耐烦了，白斌这会儿还在家等着他吃饭呢，这事有完没完啊？他忍不住催促了下丁旭："我说，能快点吗？"

丁浩这句话可算是说到了洪老板的心里去，他跟着出声应和了一句："我们手续都齐了！通关的文件下午也送来了，您看最底下那份……能快点吗？"洪老板问得很小心，但是藏不住那份迫不及待的心情，他看起来很着急。

外边又有人敲门，这次是码头的工作人员，穿着一身长袖工装。这边晚上有点冷，他也没摘帽子，帽檐依旧压得很低："船在催了，明天要起大风，不好走。"

洪老板听见他这么说，又去看丁旭："这个，别的都弄好了……"他们就等着丁旭去船上看一下，放行了。

"好。"丁旭扫了那码头工作人员一眼，视线并没有在他身上停留太长时间，"我给胡科长打个电话。"

胡科长他们就是带丁旭的师傅，也就是昨天那帮老海关，他们接到丁旭的电话时有点意外，不过听丁旭说了情况，很痛快地就答应放行。关于放行的事，他们说得很简短，没几句话，倒是哈哈笑着跟丁旭开了几句玩笑："小丁啊，你在码头上可得照顾好自己，那边是海上，风浪很大，不过等天亮了就好了。"

"知道了，胡科。"丁旭应了一声就挂了电话，神色如常地收拾好桌面上的单据，拿着自己的工作证，示意洪老板要跟他们一起出去，"这些材料没问题，不过需要再去船上一趟。咱们最后还要检查一下船上人员的携带物品，希望您能理解。"

这一项一般不会特意去检查，尤其是外籍船，容易引起纠纷。丁旭这几天表现得像个十足的新手，跟在师傅后边都记笔记，洪老板也是刚开始做出口买卖，对这些事不太懂，听着是最后一个步骤，立刻点头答应了："理解！理解！都是为咱们好，呵呵……"

丁旭一动身，肖良文立刻跟着站起来："我也去看看，熟悉一下流程。"他是一定要跟在丁旭身边的，这几天更是铁了心赖着不走。

肖良文是本市纳税大户，跟海关也算熟络，加上这几天一直跟着在码头上跑，洪老板只当他真是去考察的，略微迟疑了一下，也点头答应了。洪老板笑着跟肖良文客套几句，又去看李盛东他们："李老板，一起吧？为了咱们这一船的货，这两天也劳您受累了！"

李盛东想了想，也不多推脱，起身跟着去了。李华茂这次倒是很自觉，跟着一起去了，瞧见李盛东有点惊讶，他倒是乐了："你不是说船上有老外吗？我这翻译不跟着过去，多不合适啊，都对不住您给的那工资，对吧？"

李盛东挑了下眉毛："知道就好！老实儿跟着，别乱跑，大晚上的掉海里去可没法捞你！"

李华茂翻个白眼："是，挨着你就倒霉嘛……我都习惯了。"他们两个一路贫嘴出去了，值班室里的丁浩也要走，不过他不是跟着去船上，他要回家。洪老板瞧着丁浩往外走，忙拦住他："丁少，船在那边呢，走错路了。"

丁浩笑着跟他摆手："你们去吧，我对这些也不懂，去了也没事干，先回家得了。"

洪老板不让他走，跟着又劝了几句："丁少也一起去看看吧，万一再签字儿，还得跑回来找您呢！"

丁浩瞧着比自己岁数大的人这么小心地问话，也有点抹不下面子。他如今改好了，被人这么说几句也不好意思继续坐着不动弹，只得起身跟着一起过去："好吧。"

那个码头工作人员在前面带路，他走得挺快，后面跟着的几个人都隔着不短的距离。晚上码头的风吹得有点大，丁旭的外套都被刮得直作响。肖良文走在前面，那头硬毛刺儿，风是如何都吹不乱的，只是西装外套被吹了起来。丁旭瞧着肖良文的背影，觉得这跟很多年前的肖良文重叠起来，那个时候，这个脸黑心黑的家伙，也是坚持走在他前面的。

肖良文说过，就算死，也是他死在丁旭前面。

"我无法看着自己失去唯一的朋友。"

"我不知道自己会做出什么……"

"丁旭，我动了枪，你会恨我吧……还有，我这样一个人值得一滴泪吗？"

丁旭临上船之前跟李华茂交谈了几句，见他摇头，又去找丁浩了。李盛东瞧见他们两个在一起咬耳朵，表情更怪异了，等丁旭走了，立刻过去追问李华茂："他跟你说什么了？"

李华茂只当他是担心海关再找麻烦，拢了拢被风吹起来的衣领，缩着脖子答了一句："没说什么啊，他就问我带手机了没……"按规定，进入码头临检区域是不允许带手机的，主要是怕影响海上船舶接收信号。李华茂是守法良民，一进来就上缴手机了，现在手机还放在大门口的警卫室里呢！

李盛东看了前边的丁旭一眼，还是有点不放心。他当年上学的时候把丁旭当成了小姑娘，那几年丁旭没长开，确实很漂亮。如今丁旭个子拔高了，虽说还是模样俊秀，但明显能瞧出是男人来了。李盛东头一次对丁旭也有点不放心，尤其是李翻译这段时间连假洋鬼子李夏都不放过，抓去当模特，这更危险了。

他忍不住上前，低声跟李华茂多念叨了几句："我先跟你说好啊，你可别打他主意。人丁旭是正经人，肯定不会给你当模特的，你就死心吧，他肯定看不上你……"

"知道，知道，看不上我那破摄影技术，对吧？"这几句话，李老板一连说了好几天，李华茂都快能背了。李翻译听了这么些天，忍不住反抗了一句，冲李盛东翻了个白眼："你怎么管这么多啊？人家看不上我，能看上你，成了吧？"

李翻译无心的一句，正戳中李盛东当年不堪回首的往事。李盛东这回被堵得不轻，嘴巴张了张，愣是说不出话来。

丁旭找丁浩借手机是对的，这位一看就不是守法公民，身上不但揣了手机，还揣了两个。丁旭靠近了一点，跟丁浩说了几句。风有点大，丁浩并没有听得很清楚，正准备说话的时候，前面的洪老板又来喊人了。

洪老板看了看手表，又看了看丁旭，很迫切地问他："梯子已经放好了，咱们这就上去吧？"

丁旭点头说好，跟着洪老板走了两步，又跟丁浩说了一句："丁浩，你有恐高症，就别勉强跟上去了，在这儿等我们。一会儿核对完船员的情况，我们就下来，很快。"丁旭看着他，又补充了句，"不会等到天亮。"

丁浩愣了下，不过马上笑着接话："好，好！那我可真太谢谢你了。我就在这码头上等吧？你们可得快点，天冷得厉害，我还盼着回家喝口热汤呢。"

丁旭都这么说了，洪老板也不好再勉强丁浩上去，带着几个人一起上了梯子。丁旭稍微落后他一点，跟在后边走得很慢，握着粗糙防护栏杆的手握得紧紧的。他知道身后是肖良文，听着后边比他还粗重的喘气声，心里忽然放松了一些。

丁旭大概明白这是怎么回事了。

这船货有问题，他跟胡科长打电话的时候，对方提醒了他一句："海上风浪大，等天亮就好了。"

这句话丁旭还听过一次，也是带他的老海关说的。以前缉私局还没成立的时候，海上缉私的事儿也是海关在做，那几年事多，快艇追船的戏码很普遍。老海关们说，他们当年爬缉私艇才叫傻大胆，那些歹徒身上配枪，可不是好玩的。

海上风浪大，说的不只是天气，还隐晦地指有情况。

等到天亮这句话的意思，大概是原计划天亮就会有行动。丁旭心里想着，面上却不露出分毫。李盛东跟丁浩熟悉，尤其是丁浩，如果知道这船货有问题，丁浩是不可能参与进来的。那么，李盛东跟丁浩的嫌疑被排除……剩下的就只有拼船的洪老板。

丁旭要做的就是稳住船主，稳住洪老板，尽力拖延时间。

李盛东也是货主，这次上来没什么特别的事，只是陪着丁旭再次检查了自己那舱货物。有几个船员打开舱门，陪着他们一起进来，货物码放的得很整齐，大部分是散装的橡胶轮胎，只有个别是已经打包起来的。

丁旭有意拖延时间，拆了两个木箱。

这种做法不是很合理，李盛东在后边脸色不太好。拆装箱的费用对他不是什么问题，但是这种被针对的感觉可真不怎么样。丁旭拆开的那两个木箱都没有问题，但李盛东的脸色还是不怎么好，因为丁旭已经让人在拆第三个木箱了。

船长是个外国人，他用英文同李华茂交谈几句，又指了指丁旭。李华茂把他的话翻译过来，有点为难地对丁旭开口：“他说，你这是很不尊重人的行为。以往没有在船上这样苛刻检查的海关人员，而且他们的船没有违规记录，希望能尽快起航。”

洪老板对丁旭如此细致检查也有些不放心，他擦了下额头上的汗，跟着建议：“是啊，是啊。这都已经在口岸按规矩查验过了，现在又在船上查，是不是不太好……”

但丁旭不听他的，依旧让人把第三个箱子打开：“开封。”

拆开第三个箱子的时候，他果然发现了一点小问题。有几个箱子和报上去的尺寸不太符合，厚了几厘米。

李盛东没骗人，他那二十台电视机最后也卸下来放在码头上了，这次彻底没有夹藏货物，但箱子尺寸略有偏差，就必须重新上报。丁旭把箱子编号认真记下来：“李盛东，你的货舱里这几个箱子尺寸不符，需要重新检验。”他把写完的单子撕下来给李盛东，准备出舱下船，“请明天交齐了罚款再来申报，抱歉，今晚船不能……”

“小心！”丁旭没有说完，就被肖良文护住了。肖良文往一侧连退几步，胳膊上硬挨了一记铁棍，这才挡住丁旭。

洪老板身后的几个船员都捡了角落里的铁棍，一齐攻上去。

“他们是在故意拖延时间！别让他们下船！”

那边的李盛东踹翻了一个船员，拖着李华茂躲到另一侧的轮胎堆里去了：“这是怎么回事？！洪老板你疯了啊？！”

洪老板像是被逼急了，眼睛都瞪出了血丝：“别跟他们废话！实在不行就扔到海里……天亮之前必须开船！”

听到这句话，已经有个别船员放下手里的铁棍，掏出腰间的手枪。扔到海里的，从来只有死人。

丁浩在下边缩着脖子站着，旁边跟着那个码头的工作人员，不知道是在看船，还是在看着丁浩，站在跟前不走。丁浩从刚才丁旭说的话里，听出点不对劲的地方。有恐高症的明明是丁旭，可是丁旭那句话听着又不像在开玩笑，倒是像在提醒他什么。

丁旭说，不会等到天亮。

看着眼前的大船，丁浩不动声色地按了兜里的手机，他换了不少手机，可是最方便按的那个快捷键一直是白斌的号码。

白斌接到电话的时候，正在书房，接起来先是一阵嗞嗞的声音，港口那边信号一直不好。白斌没有起疑，从书房绕去客厅阳台，再听的时候，就觉察出了不对。

电话里的声音很轻，还能听到风吹过的呜呜声，白斌听到丁浩在跟什么人对话，断断续续地传过来几句。

“今天晚上放行，这船什么时候能到啊？提前了一天，能省下不少……”

“码头上的风大……挺冷的啊。”

白斌听着丁浩那边镇定自若地说话，心脏没来由跳得很快，他有一种很不好的预感。

“呵呵，咱们不辛苦啊！人家海关就一个人验货，那才辛苦呢……哎，我觉得不用等到天亮就能完事！”

这句话声音挺大，白斌听得很清楚。他害怕手机通话会给丁浩带来危险，立刻切断了，拨了几个特殊的号码过去。白斌对这些号码很熟悉，这是非常时期才需要联系的人，他没想到有一天会用在丁浩身上。

电话响了两声就被接起来了，那边的声音听着很懒散，但是也带着军人的强硬：“喂？”

白斌皱着眉头，把声音压低：“潘峰中校，我需要你带队协助……对，军需物资可以在权限内调动。”略微调整了一下声音，又补充了一句，“请当成A级任务对待，必要时，可以高出一级调取物资，由我承担全部责任。两个小时内，请务必到D市小港。”

那边吹了一声口哨，声音倒是认真起来：“放心吧！你担责任的话，高出三级以内都能取到物资！”接着是几声踢床板的声响，似乎是喊人起床，“哥几个起来了啊！！去给我把海陆那帮人的快艇抢来！白斌，一个半小时，咱们绝对能到！”

白斌收了线，也开车赶往小港。他看了一眼腕表，现在已经是凌晨了。从市区赶往小港的路并不好走，平时需要一个多小时才能到。白斌挂念丁浩，心急如焚，一路油门就没松开。

等他到了小港大门监管处，门口已经停了十几辆的缉私警车，全副武装的缉私警察正在陆续进入小港。白斌站在港口大门那里，听着那些从自己身边小步跑过的“嚓嚓”声，心脏不受控制地收缩。他平生第一次后悔，他不该那么轻易就答应丁浩出来，更不该让丁浩接下这单买卖。

白斌眉头拧成一团，他看着小港延伸出的那段引桥，甚至都能隐约瞧见港口停靠着的船舶。

天色微明。

第十三章
惊心动魄大营救

船舱里被轮胎塞得满满的，带着股浓重的橡胶味道，熏得人直皱眉头。李盛东拖着李华茂躲在一处角落，他捂着李华茂的嘴，小心地打探四周。

李华茂的腰被那人死死勒住，嘴巴里也带了他手上的汗味。两个人紧贴在一起，这么近的距离，他都能闻到李盛东身上淡淡的血腥气。刚才一片混乱，他没来得及看清楚就被李盛东捂住脑袋按倒了。李盛东应该是替他挨了一棍，他听见了铁棍敲在皮肉上的闷响，听声音，那一下砸得可不轻。他怕压到李盛东的伤口，稍微前倾了一下，立刻被勒得更紧了。

“别动。”李盛东贴着他耳朵，声音不比喘气大多少，甚至嘴唇都贴上来。他不会安抚人，只能再抱得用力一些，让李华茂不要担心。李盛东这会儿没有什么花花心思，他在心里估算了一下船上的人数。他刚才踹倒两个，一时半会儿爬不起来，那边的肖良文出手更黑，估计躺下的那几个直接晕了。他要尽快想到逃出去的方法。

李盛东记性很好，他进来一次，就记住了船上的路线。船舱里很简陋，只是露天的铁皮加盖而成的，这种船舱照明设施不好，加上外边天还没大亮，也许可以冒险……李盛东听到那些人扔了铁棍，给枪上膛的声音，忍不住低声骂了一句。

感觉到身前的李华茂缩了一下，李盛东下意识地勒紧了胳膊，低头瞧他一眼：“没事儿，别怕啊。”

李华茂僵在那里不敢再动，只感觉到勒在自己腰上的那只胳膊很用力，手臂上传来的热度汇聚到心脏那里。他第一次经历生死，血液冲刷上来，心跳都跟着一点一点地加快，喉咙干得厉害，一声都不敢出，只点了点头。

肖良文那边的情况比他们这儿的糟糕，那些人一开始就把注意力放在丁旭身上。肖良文早就料到他们会有枪支，并没有靠拳头蛮打。他身边还有丁旭，并不是逞英雄的时候，安全，才是最重要的。

橡胶轮胎厚重，被子弹打过，虽不至于穿透，但也立刻瘪气塌陷了一些。

肖良文躲在后面，仔细听了一下："三把枪。"子弹应该也不多，那些人只是威胁性地开了几枪，喊话让他们出来，并没有再多浪费。

丁旭同他挤在一起，船舱里的灯只能照亮前半部分，后面货物太多，并不容易看清。丁旭的帽子已经不知掉到哪里去了，额上的头发被汗浸湿了一缕，不过他看起来也有心理准备，并不慌乱："最迟还有半个小时，胡科他们会来支援。"

他看了肖良文一眼，见对方只是点了下头，并没有太大的反应，忍不住又提醒了一句："他们还有半个小时才到。肖良文，你带枪了吧？"瞧着肖良文摇头，他忍不住又火大起来。这人怎么回事？生死关头还骗他！丁旭急了："肖良文，我明明在你抽屉里见过……"

肖良文看着他，眼神是难得的坚定："丁旭，我很久不动枪了。这份工作你说危险，我记得，和局里做完这最后一件事以后，我不会再碰它了。"

丁旭不说话了，他是几年前在肖良文抽屉里见过那把藏起来的手枪，为此两人还有过争吵。丁旭一直不赞同肖良文做这些事情，他在潜意识里难免把现在的肖良文跟过去的肖良文重叠起来。

过去的肖良文，不是那么把危险当一回事，而现在的这个，已经默默改变了许多。

肖良文护住丁旭，低头道："没事的，相信我。我会带你出去。"

丁旭抓紧了他胸前的衣服，手指都将他的衣襟勒得变了形状："你……你明明知道今天会有这些事情！明明都知道……你为什么偏偏今天没带？"以前不知道争吵过多少次的话题，在生死存亡的时刻显得有些可笑。

"我刚从厦市回来的那次，就得到消息说那批毒品北上。直到前些天，我才确定它们流到这里。丁旭，我知道你在工作上不顺利，你比他们都优秀，但是每次都不会被提拔……是因为你父亲的关系吧？"肖良文的声音很轻，却让丁旭抓着他衣襟的手渐渐无力，"我想你立功，又不能告诉你，打乱你们的计划。我更加不放心你……抱歉，我只能用自己的笨方法来陪着你。”

丁旭的眼眶有点泛红，他从没听过如此动人的话。即便如此，他还在气肖良文不顾自己安危，气肖良文没有告诉自己这些。这一切不过是为了他身上的这件衣服，可这跟活生生的人又有什么可比的？他忍不住刺了肖良文一句：“你……来陪着我送死吗？”

肖良文手臂紧了些，保证道：“不会让你死的，丁旭。”

丁旭声音有点哽咽，难得地带了点凶狠，像是回到了他们小时候那样：“你也不许死！平时一点都不听话，怎么今天偏偏不带枪，你是故意的吧肖良文？！”

“丁旭，我……”

“闭嘴！等回去再收拾你！”

依旧是凶狠的口气，但是这次，他俩难得地心意相通了。肖良文笑着说了声：“好。”

他经历过几次这样的场面，但是从未有一次值得他这样铭记，甚至带着些温暖。他已经开始期待活着回去之后的事情了：“回去之后，我再也不惹你生气了，我……”

接下来的话被船体的一阵晃动打断，丁旭的脸色不太好，肖良文也皱起眉头。船开动了，这就意味着这帮人准备逃跑，而到了大海上，他们逃脱生还的概率更小。

原本在码头上等待的丁浩，此刻也被人拿枪指着，一步步走上船。丁浩双手高高举起，一副“我很配合”的样子。

“大哥，那什么，我跟他们不熟……要不你先放了我吧？我回去绝对不报案啊，真的！我发誓……好好好，我不说了！”脑袋被磕了一下，丁浩稍微沉默一会儿，又忍不住念叨，“您把手枪端稳了啊，我觉得您可以先把枪栓推回去，这样开着太不安全了……好好好！我闭嘴，闭嘴！”

拿枪指着丁浩的正是那个码头的工作人员，他听着丁浩没完没了地说话很不耐烦，又用枪戳了下丁浩的后脑勺，让丁浩走快点。

“赶紧上去！开船了！”

丁浩在心里骂了他一句！就是开船了才慢点的好不啊！真当他傻了？！你开船逃跑，我一个人质还跟你配合一下？谁脑袋被驴踢了才这么个大公无私法儿吧！

丁浩上了甲板，这会儿很是郁闷，依旧保持双手高举，不敢惹怒歹徒。他的命很金贵呢！他正嘀咕着，就听见一阵轰鸣声，由远及近传来。

后面持枪的那个人也有点磕巴了：“这……这是什么？！怎么会有船！”

丁浩吞了口唾沫：“不……不知道……”

后面那人急了，哆嗦了几下，手里的枪没拿稳，都磕到了丁浩的耳朵上，语调都吓得变了：“快艇，是快艇！”

潘峰带来的人第一时间接到命令，控制船的去向。现在船上的走私犯已经发现他们了，在船出逃的情况下，保证营救成功的首要条件就是控制船舶。快艇上设施齐全，潘峰下达了信号干扰命令，几艘快艇围绕轮船穿梭而行，船果然停了。

他们在一定程度上配合了缉私艇的出动，几艘小艇靠过去，将船团团围住。船上的人并不多，但是因为手里有人质，让救援人员不敢轻举妄动。

船舱里的人也做出了回击，向空中鸣枪示警！

白斌在警戒线外面听着枪响，抬头看了一眼，眉头紧皱不展。他是以特殊身份同潘峰一起进来的，姓潘的做了两手准备，海上和陆地都布置了人马，有几个点跟缉私警重合了，还愣是把人家赶下来了！

潘峰他们在部队里横习惯了，那边是靠实力说话，而且D市配备的缉私警人手少，装备也没他们好，他们便习惯性地欺负人。

D市的缉私警也是好脾气，看着他们肩章上开头的特殊字母标志，愣是忍了。

潘峰他们分批行动，码头上以防万一也留了几个人。要不是缉私艇都开出去了，瞧他们那眼神，估计也得抢一艘自己用。

军队里早些年有这么一句话，说：你会开拖拉机吗？会开拖拉机，那就给我上！

军人摸爬滚打惯了，只要会摸操纵杆，几乎所有的运输工具都敢开。飞机、快艇、装甲车……不都是一个操纵杆吗！这要是在过去的战争年代，高素质人才都是这么锻炼出来的。

潘峰穿着一身迷彩军装，在码头灯塔的隐蔽处观察情况。他瞧着倒是不太紧张，情况这样危急，也没见他把衣服穿好。几年不见，他依旧是那副嘴角含笑的痞子模样，皮肤晒成古铜色，被迷彩服包裹的身躯跟当年一样强健有力，唯一有变化的可能是他的肩章。

当年的潘中尉变成了潘中校，实打实地靠自己挣得军功。胸前的接收器发出哔哔的声响，潘峰接到消息，立刻传达下一步的任务：“侦察组控制制高点，随时提供可靠信息！”

“逮捕组上船，重点锁定1号货舱！狙击组占领制高点，逮捕组接近现场，营救人质！可使用爆破手段！重复一遍，可使用爆破手段！”

说完这句，他又接通了白斌那边。他们来得太突然，把人家原本布控的那些倒是吓了一跳。潘峰没工夫跟缉私警扯皮，给了白斌一个他们专用的通讯器，都交给白斌去解释了。

“白斌，跟他们说缉私艇靠上去。”

那边沉默了一下：“船上有人质。”

潘峰在这边笑了下：“知道，我保证不让他少一根头发！”

白斌这次没有再迟疑，答应了他的请求：“好，我去说。”

现在这种情况下，已经没有和平谈判的可能。如果要保证人质的安全，闪电进攻，是首选方法。只有快，才能控制局面，才有保障。

白斌明白潘峰的意思，但是一旦事情发生在丁浩身上，他总忍不住再三考虑，再三确定。他没了往日的果断，整颗心已经被持续不断的枪声揪起来了。白斌皱着眉头，看着逐渐清晰的海面，并没有离开码头多远的船上，他甚至能看到船尾甲板上那一抹米白的颜色。

那是他昨晚给丁浩披上的外套……

部队动作迅速，这会儿已经强行打开仓库门，爆破进入。里面的情况比他们预想的要好，连带着的催泪弹都没有用上。借助仓库里的橡胶轮胎，他们顺利解决了里面的歹徒。他们装备规格高，佩戴的红外夜视仪在船舱中起到了作用，轻易分辨出哪些歹徒携带枪械之后，再次重点突击，大大提高了营救速度。

而且，他们爆破进入的时候，门口已经横七竖八地歪倒了几个，其中还有流血不止的，瞧着伤口，是枪伤。

关于这些重伤倒地的人，被营救出来的丁旭是这么对他们解释的——丁旭扶着旁边的肖良文，脸色淡淡的，只说了一句：“船员之间起了内讧。”言下之意，是他们自己互相误杀的。

潘峰带来的那几个兵互看了一眼，他们刚才跟那帮歹徒打了一场，可不认为那些人有这么高明的枪法。不过那些兵也不傻，听见丁旭这么说，也没再多问。他们的任务是把人救出来，其他的不管。

他们营救出来四个人，都是大难逃生，反应却各不相同。丁旭和肖良文两个互相扶持着，保持一贯的沉默。另外两个姓李的，要不是碍于场合不对，几乎要吵起来！

李盛东正沉着脸一巴掌接一巴掌地推李翻译的脑门，他这是火大了，也被惹急了：“你脑袋被门夹了，啊？！你念了这么多年的书，都喂猪去了吗？！谁让你拿脑门去撞的？！幸好那人手里拿着铁棍……啊呸！就刚才那一棍子，要不是打偏了，你脑袋早就开花了！”

想起刚才李华茂推开他，替他挨的那一下，他心里就忍不住冒火。现在他也分不清是气还是心疼，总之就是冒火，忍不住又推了李华茂脑门一把：“你脑袋进水啊你……”

李华茂脑门上蹭破了一大块皮，又被李盛东来回推了几把，疼得眼眶都红了。刚才那一铁棍可是照李盛东后脑勺去的，想着那股危险劲儿，李翻译心里也不好受，一阵一阵抽紧的，快哭出来了：“你才脑袋进水……我，我助人为乐！”

他使劲揉了把眼睛，把眼里那丝狼狈也揉走，哑着喉咙顶了一句：“我上回不是打了你吗，我一直想还回去，这回好了，扯平了。其实我也不知道怎么回事，我下意识就挡了……你放心吧，我读了那么多书，好日子还没过够呢，才不会死得这么轻巧。”

李盛东骂了一句，临出货舱前把那人狠狠护在身侧扶着他上去。对于李华茂，他算是服了：“李华茂，你也够狠的！”这话，不知是说今天这事，还是说李翻译那股傻乎乎的拼劲儿了。

其他几个舱的歹徒也没让救援人员费多大工夫，部队和缉私警配合，逐个据点突破，顺利将人抓捕。倒是甲板上的那个人有点麻烦，他似乎并不是亡命之徒，抓着人质不肯松手，甚至断断续续地跟他们喊话。

“我……我是被逼的！我女儿病了，需要钱啊！对，钱……我还没拿到钱！他们没给我钱，你们不能抓我！我没犯罪！我是被逼的……”

那正是抓着丁浩的码头工作人员，他神情有点激动，手枪一直没有离开丁浩的脑袋。丁浩听着他疯疯癫癫地喊话，都能感觉出枪管跟着他一起颤抖。丁浩吞了下口水，这要是一激动按下去……那可就要了命了。

部队接到潘峰的指示，让队里有谈判经验的人上前规劝：“你现在只是从犯，情节不是很严重，还有将功赎过的机会……”上前谈判的一边举起双手示意没有武器，一边观察着那个码头工作人员的表情，在其能承受的范围内缓慢接近他，“如果杀害人质，就是重罪了。”

勒着丁浩脖子的手松了下，但是当谈判人员再靠近一点，立刻又勒紧了！那个码头员工的眼睛已经红了：“不！你们骗我！都退开！”他拿枪哆哆嗦嗦磕了丁浩脑袋一下，提出要求，“船！给我一艘船……立刻！”

谈判人员向后退了两步，根据微型耳机里的下一步指示，指了指船一侧：“这边，你要的船。”

“你们都退开！”

周围的人默默向后退了一些，但是罪犯情绪不稳定，其间一直拿枪指着丁浩出声威胁，等到他们退得足够远，这才拖着丁浩往船侧去。

丁浩被勒得几乎要翻白眼，他是倒退着一路被拖过去的，别说试图反击了，好几次自己差点绊倒自己。这人质的活儿也不好干，丁浩觉得自己还是老老实实等待解救的好，尤其脑袋被一把开了保险的手枪指着。丁浩正想着，冷不防被一个后弯腰折过去，眼前一片海水涌动，他差点没晕过去。

丁浩同志自发自觉地提出并不过分要求："我说，您一定得抓好我啊……"

歹徒比他严肃多了，人家这是逃命，拿枪磕着他的脑门要求他："放软梯！快！"

丁浩这才瞅见下面空着一艘缉私艇，他脑袋上被磕了好几下，也不敢含糊，把挂在船尾的软梯放下。

"你也下去！"

丁浩被那人扣住肩膀，只能单手抓着软梯下去，下得缓慢又艰难。他觉得自己那胳膊快被扭折了。

那个持枪的码头工作人员还是不放心，他心里紧张，一边冲丁浩呼喝，一边小心翼翼地扭头打量。

扭头之间，他跟丁浩的脑袋稍微错开一些。

"砰！"

白斌站在码头上，也听见了这声枪响。紧跟着，他便看见坠落的两道身影，那里面有他再熟悉不过的人……白斌眼睛一眨不眨地看着，瞧着那抹白色的身影落入海里，溅起了浪花，然后就消失了。他有点不敢相信自己的眼睛。

潘峰从灯塔上下来，他伸展了一下身体，关节发出噼啪的声响，不过精神还不错："白……"

白斌对这个走近了的家伙，回头就是一拳！他出手突然，又用了全身的力气，潘峰几乎被他一拳打翻在地。即便这样，要不是旁边的人反应快，将他拦住，他还要冲上去再揍上几拳！

潘峰猝不及防挨了一拳头，也有些恼怒，捂着嘴角冲白斌低吼了回去："白斌你疯了！"

"我是疯了！"白斌的眼睛跟那一抹带血的海水一样红，几乎要滴出血来，"我疯了……才会听你的！"

"报告潘队！报告潘队！目标人物已击毙，人质被快艇安全救出！重复一遍，人质安全……”

潘峰上衣兜里的通讯器哔哔响个不停，这些话音量不大，但足以让白斌听见。潘峰索性坐在地上，拿手擦干嘴角的血水，冲白斌咧嘴笑了下：“白大少，下回听清楚了再下手……咝，真的疼！”

白斌瞪着他，脸色依旧铁青。

丁浩被安全救出。他在海里扑腾的过程中，还多亏了李盛东的那些轮胎。营救李盛东的那些个兵，下手忒狠，把露天船舱的加固铁皮都给炸飞了一块，轮胎跟下锅的饺子似的扑腾了小半个海面。

丁浩刚从海里挣扎出来，就一脑袋套进轮胎里，营救人员下手快，连轮胎带人一起给拉上来了。

“谢谢……谢谢！劳驾帮我把这轮胎拿走，哎，太谢谢您了！”丁浩被缉私艇送回码头边，湿漉漉地爬上去，一抬头就瞧见了白斌。他想露出微笑来安慰下白斌，可一张嘴就打了个喷嚏！

他也不知道该说什么，抓了抓被海水浸湿的头发，还是冲白斌笑了一个：“白斌，我没事儿了……”

白斌把自己的外套脱下来给他披上，握着他的手头一次发凉，不比丁浩那刚从海里捞出来的暖和多少：“我们回家。”

这次的动静闹得有点大，董飞和潘峰留下处理剩下的事情，白斌实在没有心情再待在码头。他尝试了一把心被提起来的感觉，现在心还没踏实地放回肚子里。

到小区楼下的时候，白斌还是忍不住在车里又给丁浩检查了一下，确认了安全，他这次是真的被吓到了。

丁浩不敢多说话，他的配合倒是一定程度上缓解了白斌的情绪，到最后，白斌攥着他肩膀的手都微微发抖了，还是他拍了拍白斌，安抚道：“真没事了，我好好的，你看。”

白斌在车里坐着，也不管那人还是一身海水味道，手碰到他人才算安心，哑声道：“我看到你掉进海里，差点跟着跳下去。”

丁浩笑了下，自己摸了摸额头上湿漉漉的头发，道：“那幸好你没跳！你看着那船开得不远，其实离码头几百米呢！你就是跳下去也……”

白斌把他剩下的话打断了，认真道：“没有下一次，我保证。”

丁浩被他攥得胳膊生疼，等了一会儿，才小声反抗道：“白斌，很疼……”

丁浩如今说什么，白斌都会往严重里想，听见一个疼字，立刻想起丁浩这一个晚上受的苦。白斌皱着眉头又去查看丁浩，他刚才有些慌神了，只看了脑袋，都没来得及瞧瞧丁浩身上：“是不是伤到哪里了？我看看。”

丁浩一身衣服湿漉漉的，白斌扯了半天也没看到多少，就看见丁浩后脖子那里几个红印，像是被枪戳的。白斌心疼得直皱眉头，扭头又去发动汽车：“不行。还是去医院查查吧，我不放心。”

丁浩忙按住他的手，把他拦住了：“哎哎！你好歹让我回家换身衣服啊。白斌，你让我洗洗再去。”

白斌没答应，天不冷，沾了水脏点没事，就怕从那么高的地方掉下来给摔着哪儿可不得了：“去医院，我给你找个套间，检查完了再洗。”

丁浩还在挣扎：“那我的衣服……”

白斌打了方向盘，一路拐出去：“先检查，等会儿我给你从家里带过去。”

关于衣服的事儿，白斌第一次没有兑现承诺。他陪着丁浩到了医院，就立刻带着丁浩开始做各项检查，只来得及拿了一身病号服给丁浩换上。白斌等在旁边，哪里也没去，医生让站哪里就站哪里，让关手机就关手机，就为了能在旁边亲眼瞧着丁浩，陪着他。

丁浩身上没什么伤，就是胳膊在他被拽下海的时候有点扭伤，还有就是耳朵里进了点水，这个拿药棉吸一吸就没事了。保险起见，白斌还是建议医生用绷带把丁浩的胳膊固定住，他总觉得丁浩伤得严重：“这样比较不容易再碰着。”

医生哭笑不得：“他这是扭了！骨头又没事儿，不用包扎。你拿着那药膏、药酒，按时给他揉揉就好了。”

丁浩又被白斌押着去做了个脑袋的磁共振，结果还没出来，被扣留在医院的病房里。白斌找的是个大套间，还带着客厅，跟家里没什么两样。

白斌又仔细地检查了一遍丁浩的身体，摸着丁浩后脑勺被枪管子磕出的红印，又皱起了眉头：“疼？”

丁浩这回可不敢说疼了，刚想摇头，脸就给白斌捧住了。

白斌认真地瞧着丁浩，一脸的担忧，连说话声音都轻了些：“别晃，头晕吧？”他看着丁浩从高空坠落，心里还是有些阴影的，生怕丁浩有个后遗症。白斌如今可是承受不起这份刺激了。

丁浩乐了，拿脑袋撞他一下：“白斌，你放心啊！我脑袋结实着哪！”

白斌被他逗笑了，躲了几下。

丁浩自己活动了下那只伤到的胳膊：“白斌，其实我伤得也不重，现在也觉不出疼来了。”

白斌按着医生说的，给他推拿了几下：“别乱动，伤筋动骨一百天，这种伤得养着。”

丁浩胳膊其实就是拉伤了，这连扭伤都算不上，白斌揉得轻，这么推了几下，丁浩简直不要太舒服。

丁浩去浴缸里泡了澡，然后上床睡着了。

等迷迷糊糊地醒过来的时候，他抬起头去找白斌。这边的门是虚掩的，透过门缝可以瞧见客厅那边一点亮光。白斌似乎在打电话，声音很低，隐约能听到一点。

“是，没怎么伤着，就是胳膊扭了。嗯，会多留几天观察……您放心吧。码头那边已经处理好了……好，我知道……”

丁浩侧身压着胳膊了，还真是有点疼，又自己翻过来躺平了。就这么轻的两下动作，白斌都听见了，挂了电话进来瞧他：“醒了？肚子饿了吧？我买了粥，起来吃点再睡？”

他走过去开了灯，又把保温壶里的粥盛出来一碗，小心地喂给丁浩：“有点烫。”

丁浩这快一天一夜没吃饭了，也不跟白斌客气，他让白斌端着碗，自己大口吃起来。粥里放了细碎的肉丁，煮得香软嫩滑，丁浩一口气喝了两碗才放下勺子，肚子填饱了，这才有工夫去问白斌：“刚才是谁打的电话？”

白斌又给他盛了小半碗，哄着他吃完：“爷爷他们打来的，问你醒了没有。对了，我只告诉了你爸妈一声，没敢告诉奶奶。”

丁浩对他的做法自然没有异议：“嗯，甭跟奶奶说，我这都没事了，就别让她知道了。”

白斌点头，表示知道了，他瞧着丁浩吃完，又去收拾饭碗。丁浩这会儿才瞧见白斌身上穿了跟他一样的病号服，有点奇怪地问：“白斌，你也病了？哪儿不舒服啊？”

白斌把东西收拾去客厅，回来跟他解释了下：“没，我衣服也脏了，没回家去取换洗的，就随便穿了一件。”

丁浩哦了一声，忍不住又瞧了两眼，笑着问他：“哎，白斌！你说这像不像咱们小时候啊？我记得原来那件病号服跟这个差不多，都是条纹的。”

丁浩说的是他跟白斌掉水里那次。由于李盛东的恶行，白斌跟丁浩直接被救护车送去了医院，俩人在医院同吃同住，穿的小病号服也是一模一样的。也是从那个时候起，白斌就跟丁浩同吃同住了。说起来，住院那段时间，也算得上白斌童年一段美好的时光。

如今俩人穿了一样的病号服，再回想一遍往事，心里都有点感触。

白斌嘴角扬起一点笑容。两人在各方面都是配合默契的，这些年从未变过。小时候他想什么，丁浩都知道，而丁浩想的，他从那双滴溜溜乱转的眼珠里就能看出来。

白斌还记得，小时候的他们穿着同样的病号服。丁浩比他小，手腕、裤脚那里都挽起来一大截。这个小家伙成天使坏，可是每次都乐于与他分享。白斌甚至觉得，丁浩是在用自己的方式逗他开心，让他多笑笑。丁浩做得很好，他每天都会被丁浩逗笑，真的很幸福。

白斌此刻觉得心再度被填满。

这是他养大的，谁都不能夺走。

第十四章
一根红线的羁绊

丁旭立功了。

船上的大理石板里夹藏着一包包高纯度的毒品，整理完了，总共有一百七十五千克。这玩意儿一千克就可以判死刑，一下子从船上搜出这些，够他们枪毙五分钟的了。

丁旭在此次毒品走私案件中有突出贡献，而且本人因公受伤，总关来了特派员，专门为他开了一次会。会议结束之后，丁旭的肩章做了调整，最基本的一杠三星。

特派员向他保证，以后也会考虑他的升迁，恢复他的待遇。

丁旭从关里出来，就直接去了医院，即便是有了关衔，他心里也不舒坦。丁旭还记得肖良文出来的时候，肩头都被血浸透了。这家伙闷不吭声的，还准备自己去医院随便缝几针，要不是瞧着丁旭脸色不好，估计都不会在医院多待。

丁旭推门进去的时候，肖良文正在病房里跟一帮人开会，瞧见丁旭进来挺高兴，还招呼他来坐下："丁旭，累了吧？这里有水果，要吃吗？"

他旁边站着一帮黑衣服的家伙，统一的小平头，瞧面相都是扔在人群里认不出的那种，顶多就是有些凶，但是在丁旭进来的时候，努力摆出微笑的脸。他们以前在丁旭面前说错过话，被肖良文教训过一顿，现在都老实了，不敢胡乱开口，见着丁旭，也只是喊了一嗓子："丁哥！"

丁旭冲他们点了下头，看着他们的发型，说："是比以前长点了。"

那帮人很高兴，不好意思地抓了抓脑袋，嘿嘿地笑。他们以前是光头，被丁旭说了一次“难看”后就统一改平头了，幸好这次通过了。

肖良文把他们带来的文件签好字，让他们拿走：“可以了，明天下午再来一趟。西区的事儿先放着，不急。”

他们拿着文件毕恭毕敬地出去了，临走还体贴地给关上门。

肖良文瞧着丁旭从里间洗好樱桃端出来，仔细观察了他的肩章，忍不住眯起眼睛笑了：“丁旭，很好看。”

丁旭坐在肖良文床边，语气淡淡地回了句：“衣服没换，就换了那么一个小地方，有什么好看不好看的？”他拿了一颗樱桃吃了，扭头将樱桃连碟子一起递给肖良文，“你吃不吃？”

肖良文有点愣住了，但很快笑着接过来：“谢谢。”

丁旭垂着眼睛，吃着自己嘴里那颗樱桃，道：“你自己的东西，谢我干什么？”

肖良文的笑容僵硬了一下，他们刚死里逃生那会儿，他还不觉得什么，现在他和丁旭都平安，丁旭升职，一切都在他的预料之中，却被丁旭一句话说得紧张起来。

肖良文小心道：“其实，这也是你自己争取来的……”

丁旭看他一眼，道：“我说樱桃，你说什么呢？”

肖良文硬着头皮道：“我也说樱桃。”

丁旭冷笑，道：“那我说的要是职务呢？”

肖良文干巴巴道：“那，就是你自己的努力，我真的只是偶尔接到情报。局里要求的，你知道我得配合，潜伏这么久了，总要做一点成绩出来……”

丁旭叹了口气，道：“不管是哪一个，我都应该谢你。”

肖良文认真看着他的表情，觉得他是说真的，一时高兴坏了，从来没有觉得哪次受伤这么值得过！以前有时候他出任务受了轻伤，丁旭虽然也会照顾，但总要说上几句。当然，他私自和局里对接，出去做那些危险的事也不太对……

肖良文抬头看着他，道：“丁旭，我保证再也不受伤了。”

他又道：“我知道你担心。我以后不会那么拼命，我还想退休之后好好过些清闲日子，就在这里养老也很不错。”

丁旭听了一会儿，点头道：“那要开始攒钱，房价又涨了。”

肖良文咧嘴道：“好。”

肖良文觉得，今天真是他的幸运日。不，也许以后，他真的能过上好日子了。

丁浩在医院休养的几天中，潘峰也来瞧了一眼。潘中校很多年没有被人打过了，尤其是打脸，虽然从白斌那边捞了些好处，但是心里仍是冒坏水。

他这次来，是故意来挑拨事儿的。

潘峰坐在丁浩病床边上，拿了一颗苹果，随便擦了一把就啃起来："丁浩你不知道，我们当时都安排好了。谈判是个引子，就是想让那家伙露出点空隙，后边的狙击手可是一直瞄准着呢！你也有感觉的吧？'啪'，毫不犹豫地就开枪了，哈哈哈！"

白斌在旁边听得脸色不好，他现在最烦别人讲这些，尤其潘峰还拿手比画成枪的样子，在丁浩脑袋上来回戳。白斌看着潘峰动丁浩脑袋，忍不住皱眉提醒他："别碰了，那里还有伤。"

这次轮到潘峰惊奇了，他盯着丁浩那脑袋："没有啊，瞧着不像有伤的……"

自己好歹是潘峰救下的，丁浩对他的探望和及时相救表达了谢意，同时委婉地指着自己的脑袋告诉他："潘队，您当初承诺不伤我一根头发，可是……您瞧，我脑袋这边，让子弹擦过去，烤焦了一缕……"

潘峰差点没被喉咙里的苹果呛着，咳了半天才止住："丁浩，没这么算的啊！你这也太过分了……"这还没白斌实在呢！

丁浩又递给他一个苹果，一脸的诚恳："当然，就算没有实现'毫发无损'的诺言，我也很感激您，还有您那些队员。改天咱们一起吃顿饭？"

潘峰接过苹果在手里掂了两下，看看丁浩，又瞧瞧白斌，笑着点头答应了："成啊，到时候一起吃顿饭。先说好，酒得管够啊！"

丁浩忙答应了："那必须的！"他心里还是很感激潘峰的，这人是个可以结交的朋友。聊了一会儿，又说起那天惊心动魄的场面，丁浩开了句玩笑："潘队，我瞧着你们那几个兄弟可不像经常出这种任务的！一来就直接爆破，下手挺干脆的啊！"

潘峰挑了眉毛，也说了实话："是啊！海上缉私的事儿我们没干过，平时训练的时候不是伪装成恐怖分子，就是反恐了！下手也都习惯了。"他瞧着白斌在旁边又要变脸，哈哈笑着又接了一句，试着缓和气氛，"那什么，现在任务也完成得挺好，对吧？我们还是很在乎人质安全的嘛！"

伤着头发的丁浩，勉强认同了潘峰这句话。其他几位不是很认同，他们没丁浩那么好的运气，身上还是受了些伤的。

李盛东出了码头，就进了医院。他身上多是被铁棍及爆炸铁皮弄的擦伤，伤得都不重，可是处理起来也挺麻烦。李盛东没选好藏身的位置，跟人家部队选的强行突破的地儿重合了，因此部队破门而入的那一刹那，李老板差点被炸飞喽。

李华茂比他伤得轻，这会儿跟他住进了同间病房。李华茂只是额头有轻微的擦伤，包扎了一下就没事了，他正坐在病床前边帮裹成粽子一般的李老板削苹果。

李老板在旁边指挥他：“切大一点，大一点！这么小一块，给谁吃的啊？”

李华茂不听他的，还是将苹果切成了细条：“我自己吃呗，你怎么这么多事啊李盛东？！脸上都捆了两圈儿了，你张得开嘴吗？”

李盛东听了这话，心里舒坦了一点，瞧着李翻译切完苹果，美滋滋地张开嘴等着喂，结果人家李翻译拿起苹果喂进了自己嘴里，边吃还边冲他嘟囔：“没见过你这么麻烦的，等会儿啊，我吃饱了给你削……”

李盛东不乐意了：“你这个不是给我削的啊？”

李华茂冲他翻个白眼：“废话，我嘴巴也渴啊！你看你找的这加护病房！护士不来，就连个送水的都没有，要不是还有苹果，我渴得都想去喝自来水了！”

李盛东气得扭头不看他。

听着那边咔嚓咔嚓吃苹果，李老板心里酸溜溜的：“你以前对我比现在好多了。”瞧着李华茂没反应，又咳了一声，“你以前！对我比现在好多……”

李华茂捏了块苹果塞进他嘴里去，愣是给气笑了：“给，吃吧！你嘴巴能张得开吗？哎！你别咬我手指头！”

李盛东让他喂了好几块，这才不吃了。他看了李华茂一眼，慢吞吞地开了口：“你还留在我这儿当翻译吧？”

李华茂道：“是啊。我跟你签的合同还没到期，还留在你那边做翻译呗！”不过他又加了一句，“等合同到期了，我就走。你也不需要翻译了吧？”

李盛东急了，差点从床上坐起来：“谁说我不要的啊！我是要走向国际的人……反正你得留下！没准儿我还需要翻译哪！”

李华茂恨不得拿那装苹果的盘子扣在他脸上。

走私事件的另一个处理通知下来了。李盛东得了一面大红旗，上面写着：见义勇为好市民。

跟这红旗一起送来的，还有一张罚款通知，上面明明白白地写清楚了此次爆破造成的船舶废弃物——他那大半船掉下海的轮胎的清扫费用明细。当然，还有一些杂七杂八的费用，就连丁浩等人的医药费，也都算在了他头上。

李盛东拿着那张罚款单，脸都黑了。人都有一种比较的心理，尤其是被罚的时候，更要问一下其他朋友被罚了没：“丁浩跟我一起弄的，他被罚了吗？”

送红旗来的是大秘书董飞，他委婉地对李盛东解释了下："他也被罚了。"这应该跟钱没关系，但是也算有了一定损失，比如短时间内限制人身自由。

李盛东不傻，董飞这话一说他就明白了，丁浩没被罚，就罚了他一个！他心里极度不平衡，瞧着董飞就忍不住觉得是白斌在整他。他不就是贪了点便宜，想拼船，虽然出了这事儿……这也不是他愿意的啊。

李盛东摸了摸鼻子，斜着眼睛看董飞："这单子上的钱，我全出啊？"这可不是一笔小数目。

董飞避重就轻，指着那红旗提醒他："丁浩没有'见义勇为'的光荣称号。"

李盛东啧了一声："那把这旗给丁浩！"

董飞犹豫了下，问他："你只要罚款单吗？"

李盛东不说话了。

在罚款单是必选项的条件下，他还是留下了那面红旗，不过每次瞧见，心里难免一阵憋气。

丁浩受到的惩罚微乎其微，白斌觉得这事儿完全怪自己疏忽大意，他心疼丁浩还来不及。家里长辈、小辈们轮番来瞧了丁浩，直到丁浩从医院回了家里，还有不少人来瞧他。

白书记夫妇从外省赶过来，瞧着丁浩气色不错，这才放下心。丁妈妈也在病房，她刚内退，正好来照顾儿子。她跟白书记夫妇见面不多，以前也就是逢年过节的时候，丁远边带着她去拜访一下。丁妈妈："白书记，张姐……"

张娟对丁妈妈倒是很热情，她家白斌对丁浩护得厉害，连带着她也不敢对丁浩随意开口，一般只是夸奖，如果要往深里夸，那还得思索半天，生怕夸得不对，伤到丁浩的自尊心。

白书记问了丁浩的身体情况，听见他说没怎么伤到之后，又嘱咐他多多休息："以后让白斌帮你把把关，不用不好意思，一家人的事儿，多操心些也是应该的。"

丁浩赶在白斌前边开口："对对对，下回我一定让白斌查清楚了再去！都怪我贪财，嘿嘿！"他在下边捏了下白斌的手，意思是不让白斌再说自责的话，"我下回可不敢了，您都不知道，白斌带着我三天一检查，五天一会诊的，全院的医生我都快认识啦！"

白书记没瞧见他们的小动作，倒是对白斌的做法表示赞同："对，多瞧瞧总没有坏处。浩浩，你养着，等好了去我们那边玩几天，就当散心了。钱是赚不完的，不用急。"他指了指那边的张娟，笑着告诉丁浩，"来G市，也可以跟你张妈妈学点小本事，那边她做得还是不错的。”

丁浩笑弯了眼睛，忙答应下来：“哎，成啊，等我好了就去！白斌今年的假还没用呢，对吧？”

他这么一问，白斌也不好说什么，点头说了声是：“到时候一起过去。”

张娟在一边跟丁妈妈说话，也听见白斌这句了，看样子是真的高兴。她对丁妈妈也提出了邀请：“你跟老丁有空也过来，忙了半辈子了，也该到处走走，拜访一下老朋友了。”

这句话说到了丁妈妈的心里去，她笑着答应了：“好好，等老丁忙完了，我们一定去啊。”

白露也来瞧了丁浩，她跟丽萨一起带着小宝贝来的，小孩主动牵着白露的手，白露那神情完全是来跟丁浩炫耀的：“丁浩，好好保重身体，多养几天啊。这次家长会我替你去，你就安心在家躺着吧！”

丁浩瞧了白露一眼，扭头去问丽萨：“她怎么还没嫁出去？该不会没人要了吧？”

白露耳朵尖，听得清清楚楚，眉毛顿时就竖起来了：“丁浩，你说什么哪你！”像是想起什么来，白露眼珠子转了下，说，“今天白旲在幼儿园学了个新词儿，我让他跟你说说啊。”她蹲下去跟小宝贝说话，“宝贝儿，你今天放学的时候跟姑姑说什么来着？”

白旲看着她，小脸很严肃：“结婚。”

白露眼睛都笑弯了：“哎！对对对，跟自己最喜欢的人结婚，宝贝儿你要跟咱们家谁结婚啊？”

白旲看看她，又看看丁浩，眉头微微皱着回答：“跟小爸爸。”

“不对啊，你刚才不是这么说的！”白露不乐意了，试着让小孩说之前的话，“宝贝儿你再好好想想，你不是说要跟姑姑结婚吗……”

白旲看着自己小姑姑，一板一眼地跟她解释：“妈妈说，只能跟一个人结婚。”这意思太明白了，他为了丁浩，果断放弃了白露同志。

这回轮到丁浩乐了，他招手让白旲过去：“宝贝儿，来来来，到小爸爸这儿来！”他瞧着白旲走过来，犹犹豫豫的不敢太靠近，伸手把白旲抱到床上，“哎哟！都这么沉啦？真是长大了，哈哈哈！”

白旲挨着丁浩坐下，不敢动弹，小心地往外靠了下：“小爸爸受伤了，不能碰到。”

丁浩心里甜滋滋的，抱住白昊使劲儿亲了一口：“没事！宝贝你真是太可爱了，我想死你了。今天晚上别走了，留下好不好？”

白斌端着水果进来，就听见了这句话。他就看了一眼，难得没阻止，端着水果给大家分了一圈儿，还嘱咐丽萨：“临走时带点水果回去吧，这边来看望的人太多，送的也多，吃不完。”

丁浩在旁边跟着点头，他觉得自己可以开水果铺了，光是果篮就堆满了整间书房：“白露也带点儿？在火车上吃。”

白露还在想着小宝贝刚才的话，丁浩说什么，她心里都是酸溜溜的，忍不住往偏了想：“我刚来，你就这么想我走？”

白斌听着他俩抬杠，问了下丽萨刚才发生了什么事儿。丽萨笑着把白昊要跟他小爸爸结婚的话告诉白斌，白斌听了也笑了。不过他们临走的时候，他没让白昊留下。

家里人起先还瞒着丁奶奶，但是来看的人多了，难免有往回传话的，老人就给知道了。

丁奶奶急得也要去看丁浩，在电话里就开始替丁浩委屈：“浩浩啊，你没事儿吧？哎哟，这是怎么回事啊……你小时候都没磕着碰着一点，我宝贝浩浩这次可遭罪了。”老人声音有点哽咽，没说几句又绕回来，“不行，我得去瞧瞧。”

丁浩忙拦住她：“奶奶，这样吧，我回去看您！啊，不不，我是说……疗养！咱们那儿不是有个温泉度假村嘛，医生说去那儿疗养最好了！”丁浩了解丁奶奶，你这个时候跟她说身体没事，她压根就不信，得先稳住了，“这个月不行啊，奶奶，我跟白斌想出去一趟。您就在家等着我，我一定回去！”

丁奶奶答应了一声，听声音还是挺不放心的：“浩浩，你去哪儿啊？身体不舒服就别乱跑，有什么事让白斌去办啊。”

丁浩支支吾吾地遮掩过去：“我不是快要考试了嘛，挺忙的。奶奶，我保证抽空就抓紧时间去疗养，您就在家等着我吧！”

丁奶奶知道丁浩要考研，听见也不再多说什么了，嘀咕了半天注意身体之类的，就挂了电话。

丁浩从医院回来不多久就参加了在职研究生的入学考试，他心情好，加上白斌努力帮他补习英文，考完感觉还不错。丁浩为了保险，主要也是为了偷懒，报了个单证的在职研究生，含金量不大。用丁浩的话说，他那是进去学习文化知识，进行回炉改造的，主要是为了各方面充实自己。

丁浩这边安定下来，进了学校，白斌心情也放松了些。俩人忙完这段时间，白斌提议回去瞧瞧丁奶奶，丁浩举双手赞同。丁奶奶前几天还打电话来说做了好些醉枣儿给他，让他回去吃，他嘴又馋了。

白斌这次索性请了长假带他一起回去。俩人买了好些东西，收拾好了，开车回家。

丁浩扭头看着车窗外头："咱们回去，应该挺热闹的。我听说李盛东他们也回来过年，还有张阳也回来了……到时候大家一起聚聚呗？"

白斌点头说好："那就多留几天，我陪你。"

丁浩不太放心："到时候你假期就用完了吧？请了这么久，还不回去上班成吗……"

白斌正在等红绿灯，声音里满是笑意："怎么不成啊，我也得休假吧。"

丁浩也笑了。

丁奶奶在家准备好了饭菜，丁远边夫妇早就过来了，一家人正收拾餐桌，准备端汤呢，就听见了门铃声。跟门铃声一起响起的，还有丁浩那大嗓门："奶奶！奶奶我们回来啦！"

丁奶奶一边答应着，一边去开门，老人也笑得开心："来喽！来喽！我就知道是宝贝浩浩，这急脾气啊，声音都比门铃响呢！真是从小都没变……"

门打开了，外边站着的两个人手里拎着大包小包的东西，尤其是丁浩，提着东西就先给了丁奶奶一个拥抱！

"奶奶啊，我想死您了！"

白斌站在后边瞧着他们祖孙亲热，脸上也带着笑意："奶奶，我们回来了。"

这场面跟很多年前一样。

那个时候，小不点丁浩跟小不点白斌俩人也是这么手拉手一起回来。他们穿着一色儿的大红羽绒服，衣领上绲着一圈的毛边，一人一只厚厚的手套，而手套以一根红线紧紧相连。

真是，他们从小到大都没变。

番外一 李夏打工记

丁浩的研究生入学通知下来了，他报的 Z 大，依旧跟着徐老先生。那些研二的倒是反过来喊他师兄，一个比一个叫得亲热，其中以李夏为最。

李夏同志，研二在读，缺钱。

李夏的清贫在朋友圈里有一定的知名度，这大个子不会攒钱，而且往往不知道自己那钱怎么花出去的。李华茂作为大师兄，曾经也怀着一颗帮助同学的心，认真为李夏找出缺钱的根源。

李华茂拿着纸笔认真地开始做记录："李夏，你这个月赚了四千，怎么才十号不到，就剩下五百了？"

大个子想了下，诚实地做了回答："我买了个架子鼓。"

"一套四千？"见李夏点头，李华茂又皱起眉头，他在房间里找了一圈儿，抬头问那金毛大个子，"鼓呢？我怎么没看见啊？"

李夏抓了抓头发，有点不好意思了："那个，昨天邻居嫌吵，我就转手卖了……"

"卖了多少？"

"八百块。"

李华茂一口血差点没喷出来！手里攥着笔都有点不稳当了，他恨不得拿笔去戳李夏的脑袋，那里边装的肯定都是豆腐渣！他深吸一口气："那，还有三百呢？"

李夏站在桌子前面，更不好意思了，声音也小下去："师兄，我还要吃饭的……"

对，就算脑袋里装了豆腐渣，他也是要吃饭的。李师兄放弃同窗爱，毅然决然地回了自己的小窝，他再也不管这大个子的死活了，谁爱管谁管去吧！

徐老先生对李夏的经济状况也表示了担忧，老头给李夏指派了几个活，有公开课的时候去帮教授的忙之类的也都叫上他，他的日子渐渐有了好转。但是接下来的消息，让徐老先生也弃李夏而去。

大个子舍不得自己的架子鼓，犹豫了很久，又悄悄地把那低价卖出的架子鼓以高价收回来了……

徐老先生和李师兄恨铁不成钢，愤愤地骂道：“饿死他！饿死他……活该！”

再后来，还是丁浩解救了大个子。李夏以前做过照看宠物的工作，雇主很喜欢李夏的阳光热情，又帮着推荐了几份类似的活儿，工钱不少，就是有一点，周日需要把大型犬带到公寓照顾。

房东丁浩痛快地答应了李夏的请求，只要求他将房子打扫干净就成。丁浩这也是有目的的，那时候李华茂已经搬到隔壁——李盛东那儿去住了，他隔三岔五地找个理由去看看热闹，小日子过得着实不错。

从李夏代养宠物开始，丁浩不但自己来，有时候还抱着孩子来，这多热闹啊，跟逛动物园似的。

小白昊表示了赞同，并且对李夏的辛勤打扫做出了高度评价：“比动物园干净。”他瞧着李夏眼泪汪汪的，又大发善心，加了一个修饰词，“很多。”

李夏这次帮人代养的是一只萨摩耶，不过是串种的，不纯。这狗的主人买它的时候受了骗，狗贩子不知道喂了它什么，它在笼子里来回翻滚卖萌，甚至拿爪子来回勾着自己的耳朵抛媚眼儿……主人家屈服了，买下来养了之后，才发现小东西是个懒货。

如今它长大了，不但是个懒货，而且是个性格极其闷骚的懒货。李夏伺候着它梳毛完毕，也不见它抬眼瞧一下，不过每次梳完毛，它都自己再舔舔。

丁浩瞧着有趣，抱着小孩凑过去：“这狗凶吗？”

李夏忙摇头：“不凶，不凶，它平时都懒得叫！”

萨摩趴在地上抬头瞅了李夏一眼，似乎在无声地抗议。

丁浩把小孩放下，小心地隔着一段距离看，他还是不太放心：“看着挺大的，跟白昊一般高呢吧？哈哈！”陪着白昊看了一会儿，又去问李夏，“哎，这狗怎么老趴着？会不会生病了？一般狗可没这么懒的啊。”

李夏仔细回想了一下主人家说过的话，向丁浩解释了一下：“嗯，它的祖上曾经获得过很多奖，有得奖的秋田犬，还有得奖的松狮犬……”

丁浩喊住李夏，他就是再不懂狗也知道秋田犬是细长型的，松狮犬是膀大腰圆的啊，而且这是萨摩耶吧？丁浩围着看狗了两圈，有点拿不准了："李夏，这是什么品种？"

李夏同学很实诚，把主人家老底全揭了："杂种。"指了指趴着的那狗，"它有萨摩的脑袋和皮毛，以及秋田的细腿、松狮的肚子……"

丁浩乐了，敢情这狗够聪明的，一趴下就把缺点全掩盖了啊。雪白的萨摩耶犬还是很讨人喜欢的，尤其是那身打理得发亮的皮毛，长长垂下，除了那对睁不太开的细长眼睛，整体还不错。

丁浩评价道："这串得够多的，不过，也挺好看。"

趴在那边的萨摩甩了两下尾巴，从丁浩进来到现在，头一次表示了欢迎。

李夏男保姆的名号慢慢打响，业务的种类开始拓展，偶尔也能接到一些比较轻松的，比如在丁浩某个不能抽身的周末陪伴白昊玩耍。

白昊是个好孩子，一举一动都是有人悉心教导过的，一般不用人特意照顾，只要陪着他一起玩耍，在旁边解答问题就可以了，简单来说，就是陪着孩子对话、做游戏。

那天徐老先生过寿，在学校内部的餐厅摆了好些桌。丁浩和白斌都去了，还特意抱了小白昊去添添喜气，也让徐老先生乐乐。

老先生果然很高兴，逗完了小白昊，又忍不住跟丁浩显摆了一下带孙子的心得："哎，现在的小孩真可爱，一个问题非要十遍八遍地问你，你跟他说了啊，他都歪着头'啊？啊？'地再问一遍，呵呵。"

李夏耷拉着脑袋，听着这话，肉都吃不下去了。他帮着丁浩照顾小孩，那小白昊也在学说话，不过跟徐老先生家的情况反了。白昊近期去了一趟意大利，回来之后见着不是黑头发的人就自发自觉地说外文，李夏这头顶黄毛的人自然也不例外。

白昊这边问一句，李夏跟着"啊？"一声，再问一句，又"啊？"一声，最后孩子都不问他了，自己玩自己的去了。

李夏对墙流泪，这世道太黑暗了，连个孩子都会鄙视人了……

更让李夏泪流满面的是，丁浩在得知此事之后，不但扣了他的工钱，还拿走了他一个奥特曼，以此作为他冷落白昊的惩罚。丁浩说了："李夏！你不是外国人吗？你怎么就听不懂他说话啊？"

李夏这边也快哭了："师兄，我……我是美国的啊，我又没去过意大利！"

李夏能力有限，家里的奥特曼也有限，实在经不起丁浩克扣，他老老实实地又干回老本行。李夏照顾宠物还不错，而且比在酒吧上班清闲，生活也规律很多。李夏挺喜欢这种日子，尤其是隔壁的李华茂师兄，虽然嘴巴厉害，但是同丁浩比较起来，他实在是个好人。

李华茂师兄偶尔救济李夏一些食物，那是他做给从学校回来的孙辰吃的，小孩需要加营养，李夏那个吃了上顿没下顿的，也跟着补充一下能量。李夏考试的那几天，李师兄甚至主动帮他照顾了那只闷骚的萨摩耶。

李华茂是个细心的人，这一点毋庸置疑。他照顾人的手段远在李夏之上，从李盛东跟孙辰这一大一小的精气神就能看出来，平时的伙食有多好。当然，李盛东老板晚上单独开伙，做的什么菜不太清楚，唯一知道的是，厨师受累了。

李师兄照顾了萨摩耶几天，再还给李夏的时候，那变化太明显了。过来玩的丁浩一眼就看出了不同："哟，真难得！它白天还能睁开眼睛啊？"

萨摩耶犬今天的状态非常好，它自信地站了起来，甚至微微仰着头让丁浩瞧。那一双眼睛，的确是睁开了。

小白昊站着差不多跟它一般高，丁浩瞧着那狗发了一句感慨："李夏，你这真没带着它去割双眼皮儿？"他觉得这狗自从眼睛能睁开之后，整个儿都风骚起来。

白昊皱着眉头看着萨摩耶："眼睛……"

萨摩高高地昂起头颅，让白昊仔细地瞧，那双眼睛忽闪忽闪地眨着。

"小。"白昊用最简短的话阐明了自己的意思，他拉了拉丁浩的手，表示对这狗不感兴趣，甚至还跟丁浩交流了一下意见，"眼睛小，难看。"

丁浩是个溺爱孩子的主儿，抱起小孩亲了亲他，顺着他的话接了下去："对对对！眼睛小，真难看！咱们去动物园看别的好不好？宝贝儿，小爸爸亲口！"

李夏送了丁浩他们出去，再回来的时候，那萨摩耶犬又蔫蔫儿地趴回地上去了。它舔着自己的皮毛，小心抚慰内心的伤痛，不过这次伤心得太厉害了，以至于晚饭都没吃几口。

李夏担心得厉害，伺候到半夜，也不见这祖宗再开口吃一点。眼瞅着它连水都不喝了，李夏同志慌了，穿着睡衣拖鞋，半夜跑去敲隔壁的门："师兄！师兄救命啊！我家小萨不肯吃东西……"

他敲的力道不小，门里边回响更大。砰的一声！像是坏脾气的人从里面扔了什么砸到门上，其间夹杂着一句怒骂，闷声闷气的从里面传来："想死啊！半夜敲屁的门！我合同还没翻译好，你排队等着去！李华茂你也给我坐下，这合同我急等着用呢！”

接下来的话听不太清楚了，李夏趴在门口等了一会儿，确定一点希望都没有了，这才默默地趿拉着鞋回来。

他守在萨摩耶犬跟前蹲了一宿，萨摩睡得很熟，而他失眠了。第二天，这狗睡一觉起来，该吃的吃，该喝的喝，偶尔站起来走几圈儿，大部分时间还是懒洋洋地趴着，跟平常没什么两样。

李夏这么粗的神经都觉得自己被耍了，他向雇主提出要求，点名不再接受照顾这条萨摩耶犬的任务。不过后来嘛，心软的李夏同志又乖乖自己回去看它了。

萨摩依旧懒洋洋地趴在那儿，对李夏的到来只是抖了抖耳朵表示欢迎。它比眼泪汪汪，一个劲儿说“抛弃你真是对不起，呜呜呜”的李夏同志淡定多啦！

番外二
温泉旅行

温泉旅行的最初原因是丁浩要去疗养。

丁浩在海上让人拿枪指着脑袋一回，依照丁奶奶的说法，这必须得回来压压惊。正好镇上有个温泉度假村，每年来旅游的还不少，丁奶奶替丁浩他们张罗好了，就等着丁浩回来了。

丁浩这次是带着白斌一起回来的。两人请了小半个月的假，专门回来玩，用白斌的话说，他难得休假一次，也该放松一下了。

白老爷子去看小白昊了，正好跟他们错开，白斌二话不说，带着礼物和丁浩直接去了丁浩他们家。

丁妈妈听着门铃声来给他们开门，推开门还吓了一跳："白斌回来了啊，来来来，快进来吧！"

丁浩在旁边不乐意了："妈！妈，我在这儿呢！您好歹也瞧我两眼啊！"

丁妈妈让他们进来，拿手指头戳了下丁浩脑门儿，笑了："哟，这还吃醋了！"她问了丁浩一句，也不听自己儿子嘟囔抱怨，注意力都放在了丁浩跟白斌的衣服上。

这会儿丁浩跟白斌都脱了厚外套，露出里面一身板正的西装来，一个比一个正式。

丁妈妈喜欢极了，夸了几句好看，又去问了白斌："怎么穿得这么正式？路过这儿来开会的吧？什么点出发？我现在给你们做点饭还来得及吗？"

白斌松了下脖子上的领带，笑着点了点头。

丁浩如今跟白斌是一条船上的，他就说休假要穿休闲点，白斌非搞什么仪式感，他只好转着眼珠子帮白斌编瞎话："我们晚上有点事要出去，那边规定得这么穿。"

丁远边坐在沙发上远远地瞧了一眼，看着丁浩穿着小西装不难看，心里美滋滋的。客厅桌子上摆了水果，丁远边招呼着他们来吃，就算这么坐近了看，他依旧坚定地认为，还是自己儿子好看。

丁浩在家休息了大半天，吃了晚饭，就被丁妈妈赶出了家门。丁妈妈瞧着丁浩一脸惊讶，她也觉得有点奇怪了："浩浩，你们不是晚上要出去吗？"

丁浩想起来了，都是这身西装惹的祸，只好起身拽着白斌溜达了一圈儿。因为这身价值不菲的行头，他都没敢去有灯光的地方，带着白斌尽往黑灯瞎火的地方钻。

这会儿是冬天，刚下了雪，踩在路上咯吱咯吱地响。丁浩手揣进大衣兜里，两个人肩挨着肩的正在说话："我就说随便穿一身得了，又不是出国，就算出国度假去海边，你也穿这个吗？非不听，家里也待不住，外面也不敢让人瞧见……"

白斌道："不一样，这是休假，上班之后头一回呢。"

丁浩怒了："休你个头啊，起开点儿！打从月初你就用这个借口，你敢换个别的吗你？！"

白斌不换，这个借口太好用了，完全可以用好长时间。尤其是刚开始使用这个理由的时候，丁浩从来不会拒绝他任何要求，就算不好意思穿他定做的西装，但也硬着头皮陪他一起穿了。当然，随着时间的推移，他再用这个理由的时候，丁浩就不怎么乐意了。

两个人在小区绕了半天，白斌怕丁浩冷，没在外边多溜达就带着他回去了。丁浩还在后边闹他："哎，白斌你不开会了？"

白斌咳了一声："嗯，提前散会。"说完，就听见后边那人闷闷的笑声，白斌自己也笑了。

晚上他们住在丁浩爸妈家，丁远边再次失眠了。

丁老爹想了很多很多。他翻来覆去的睡不着，眉头皱着又松开，他觉得自己儿子比白斌好，但是，丁浩没白斌优秀，这也是不争的事实。丁远边以前没想过那么多，可如今瞧着俩人同进同出，忍不住又想起那个被他遗忘在角落里的想法。

丁浩跟白斌……平时也会互相攀比吧？他儿子在外面会被白斌欺负吗？

丁远边拉不下老脸去问丁浩，但是又不甘心，最后还是跟丁妈妈打探起了情报："你说，咱们家丁浩跟白斌平时相处……咳，白斌让着他吗？"

丁妈妈没他想得那么多，当下就点了头：“这还用说啊，你没瞧见他们一进门，白斌又是帮着挂外套，又是帮着拿拖鞋，照顾得比咱们还周到呢！”

丁远边跟她说不到一个点子上去，急得不行：“我不是那个意思，我是说，你看白斌不是比丁浩大嘛，做事也有分寸，工作能力也比丁浩强……”

丁妈妈打了个哈欠：“大两岁才知道疼弟弟呢！”

丁远边嘟嘟囔囔的，还在尽量启发丁妈妈，他这会儿恨不得坐起来跟她严肃地谈话。丁远边绞尽脑汁用隐晦的词语表达心中的想法：“你看啊，白斌比咱们家丁浩个头高吧？个头高，他力气就大，这平时难免就有点争议啊，矛盾什么的……”

丁妈妈晚上睡眠好，听着他说话像是催眠曲儿似的：“嗯嗯，力气大好啊，这单位上要是分袋子米面还能扛回来……”

丁远边胸口憋着一口气，耐着性子启迪丁妈妈，终于把她的睡意赶跑，让她睁开了眼睛。丁妈妈很郁闷，她忙了一天了，就算见着儿子他们回来，这也得睡觉啊！于是丁妈妈急了：“老丁，你今儿晚上怎么了，嗡嗡嗡个没完没了？你是属蜜蜂的吧？”

“哎！你怎么说话哪？我这是认真严肃地跟你探讨……”

“去去去！没说你是苍蝇就是给你面子了，大半夜的聊天你烦不烦啊？”丁妈妈是彻底没了睡意，有一茬没一茬地跟丁远边聊起来。

丁远边正在窃喜，没等他把话题重新转到丁浩身上，丁妈妈就自动歪了楼，转移到今年新下的棉花上来：“你看今年这被子絮得多好！咱妈特意给留的新棉花，虽说盖着沉点吧，但这都是货真价实的，如今外头卖的都是些乱七八糟的东西……”

女人聊天时话题跳跃的速度远不是男人能比的，丁远边正努力回想棉花的事儿，人家又开始说针织纯棉布料，慢慢延伸到自己这个礼拜喝喜酒没新衣服。

丁远边闷闷地翻了个身，不吭声了。

丁妈妈正说得高兴，忽然发现听众跑了，在后边推他一把问：“你怎么了？”

丁远边身上盖着新棉花絮的被子，从牙缝里哼出一句话：“棉花好，我热！”

隔壁房间，丁浩给白斌送新棉被的时候，瞧见他又拿了一身新西装挂在那儿，忍不住有点牙酸：“白斌我告诉你啊，你这样做是不道德的！你这是把自己的幸福建立在别人的……”

白斌已经开始为自己的幸福行动，他整理了第二套西装，比自己的略小一点，但是款式相仿，显然就是给丁浩的，挨着自己的挂着，看着忍不住笑了。

丁浩已经彻底没脾气了。

白斌道："我觉得这个不错，明天穿它吧？"

丁浩道："你就仗着我家门板薄，我不敢跟你高声吵架吧你！"他家门板有多薄，他知道得一清二楚。打个比方，丁浩在这屋大声说他爸一句坏话，丁远边三十秒内就能冲过来抽他！

但是第二天白斌一脸期待地看向他的时候，他还是屈服了，不过一身破西装，他穿就是了。

丁奶奶打电话来催，丁浩也不敢在家多住，赶紧带着白斌去了镇上。

他们正好开车路过那个温泉度假村，进去提前考察了下。白斌特意定做的西服的确不错，就凭这身儿衣裳，丁浩一到前台，还没开口就被推荐了一个总统套房。

前台的小姐笑靥如花，指着价位表上最贵的那套给他们看："先生，您看，这是我们这儿最好的房间！整面儿的玻璃墙，晚上看夜景最好不过了！"

丁浩一直觉得自己家这儿消费不高，但是瞅着那住一晚上的价位，情不自禁地开始数后面的零："个，十，百……千？"丁浩瞅着上边一晚八千的字样，眼角也抽抽。这该不会是进了黑店吧？

丁浩在人家度假酒店里暖和过来，跺了跺脚，又开始习惯性贫嘴："本地户口打折不啊……"

他也就是随口一问，没想到对面的小姑娘立刻从抽屉里另取了一份价位单给他："喏，自己看。"这次也不多热情了。

丁浩觉得手里这个价位，的确不能再指望人家对你热情，算是白菜价了，八十。丁浩摸着下巴看了半天，把人家上边的花纹都研究完了，这才还回去："嗯，我再想想，再想想吧。"

前台的小姑娘服务态度还不错，送了他们一份温泉度假村的宣传册："欢迎您下次光临！"

丁浩一出门就跟白斌抱怨上了："白斌，你得赔偿我经济损失啊。你看，我把户口迁到市里之后，回镇上都没优惠了吧。唉。"

白斌听见丁浩这么说，眼睛略微弯起来，他这段时间心情一直很好，决定稍微安抚一下受害者："好，等到了奶奶家，我给你做可乐鸡翅。"

他这一句话提醒了丁浩："对对，咱们先去把菜买了，省得奶奶再出来。"

丁浩他们来到家都是中午了，这会儿菜市场可没什么好菜，就开车去了超市。

丁浩在前边往购物车里放各类蔬菜，白斌就在后边帮他把关，见着不满意的，会拿出来另选一份儿放进去。

蔬菜买完了，他们又买了些鱼肉。丁浩不爱吃鱼，但还是拿了几条大的放进去。白斌在后边夸他：“对，不挑食才能长高。”

丁浩冲他翻个白眼：“白斌你别瞧不起人，二十三还能蹿一蹿呢，你等我比你高了……”丁浩上下打量了他，眼神里一点好意都没有，装够了坏人，又去戳破他的美梦，“还有，谁说我要吃鱼了？过年要图个吉利嘛，来那么多人，总得摆上条应应景呗。”

这几年，丁浩对鱼挑剔得厉害，就连松鼠鱼那样的甜腻菜肴，也只肯吃上边那层炸过的。白斌为这个翻来覆去地折腾花样，可丁浩就是不喜欢，他也没办法了。白斌挑了一盒虾放进去，又提醒丁浩：“快过年了，你大伯、姑姑家每年都来拜年吧？咱们多预备点。”

丁浩答应了一声，买完这些又去拿了零食和饮料。白老爷子去D市，就是为了抓白杰一家回来过年。老爷子原话是这么说的，白杰要是真忙啊，就让丽萨抱着孩子回来，一样的！

丁浩相信以白老爷子的实力，小白昊肯定得回来，到时候免不得要抱来给丁奶奶瞧瞧，小孩在，零食可得准备全喽！丁浩正在转悠着挑东西，一转身就碰见了熟人，他瞅着那边买烤鱼片的人格外亲切，抬脚就过去跟人打招呼了。

“丁旭！哟，这太难得了，还能在这儿碰见你！”丁浩说完，又去寻找肖良文的身影，这俩也是分不开的，丁旭在这儿，肖良文肯定没走远，“你跟肖良文回来过年？”

丁旭点了点头，瞧见丁浩还在找，又回了一句：“别看了，他公司有事先走了。”肖良文是从这儿起家的，老厂还在这边，每年过年习惯性地来这里住几天。正好碰上丁旭休年假，俩人也没什么地方好去，就一块回来了。

丁浩跟他聊了几句，瞧见他手里的烤鱼片时笑了：“真看不出来，你还吃零食哪！”

丁旭头都不抬，对比了一下，又拿了几包其他牌子的：“不吃鱼的没资格说我。”

丁浩噎住了。

没一会儿白斌就找来了，丁旭瞧见白斌那身儿衣服，也犯了个初级错误。他下意识地问了一句：“你回来开会？”

丁浩在旁边偷笑，他今天已经把西装脱了，换了一身平常的衣服，白斌不肯脱，非要坚持什么“休假的日子里，也要正式穿着”，这会儿活该再被问一遍。

白斌摸着领带，略微沉思一下，还是把丁浩昨天用的理由拿出来：“对，有点事，那边要求必须这么穿。”

这话要是丁浩说的，丁旭绝对起疑心，可是白大少亲口说了，丁旭只会往工作要求之类的严肃问题上想，居然还跟着点了点头：“明白。”

丁浩在旁边咳了一声，掩盖了笑意：“丁旭，镇上有个温泉度假村听说不错，你喊上肖良文，咱们一起去吧？人多了热闹。”

丁旭不太喜欢热闹的地方，但是也乐意与朋友多接触，他跟丁浩的感情又格外亲近，当下就答应了：“好。”

正说着，丁浩就听见旁边有人喊他，回头看了一眼，这也是认识的。

喊丁浩名字的那位是个姑娘，长发披肩，长得唇红齿白，一双眼睛能说话。她瞧着丁浩很开心：“你也回来了？我前几天还去问奶奶了呢，咱们一年也见不上几回，这次可要好好聚聚呀！”她又瞧了眼丁浩旁边的人，看见白斌有点小惊讶，不过很快把那份激动压下去，只有眼睛来回眨巴，“白斌，真是不好意思，又麻烦你来看望我奶奶……”

丁浩在旁边打断她：“哎哎哎！张蒙，那也是我奶奶！”这位是他姑姑家的女儿张蒙，白斌这些年跟他一起回来，都是打着探望丁奶奶的旗号，很少能碰见张蒙，丁泓倒是见过几次。

张蒙眼睛还盯着白斌，对丁浩的态度是难得的温柔。她话没说几句，话题又绕到了白斌身上，言语里带着些期盼：“白斌，你在外地，平时也没人照顾吧？挺辛苦的呢。”

白斌听丁浩说过，张蒙有一个未婚夫，但是以防万一，他提前亮出了手上的戒指：“我结婚了，我太太照顾得很好，一点都不辛苦。”这也是丁浩的主意，戴个戒指堵住所有人的嘴巴，不然就白斌这样的黄金单身汉，过年绝对被问得脱不开身。

丁旭瞧了瞧白斌手上那枚戒指，又看了丁浩一眼，正好瞧见丁浩冲他得意地眨眼睛，一下笑出来。不可否认，丁浩是个好朋友，每次都能娱乐到他。

张蒙对白斌彻底死心了。她其实也不多喜欢白斌，但是从小到大所有的女生里，接触白斌最多的，除了白露就是她了。白露是不可能跟白斌在一起的，而白斌从学生时代到工作以后，来镇上瞧丁奶奶的次数挺多，这也难怪张蒙要起一点念想。

因为丁浩旁边跟着两个帅哥，张蒙难得文静淑女了一回。她瞧着丁旭在买调味品，还主动去帮他挑了几款。丁浩瞧见了，那几款的确不错，白斌做饭也常用的。他觉得张蒙这些年还是有成长的，至少能踏实料理家务了。

几个人买完东西，在门口分开，丁浩见丁旭没车，主动提出要送他一程：“一起吧，正好也是顺路……”他话还没说完，就听见不远处有车声。

丁旭谢了他的好意，提着东西跟他们告别：“不用了，有人来接我。丁浩，过几天见。”

张蒙瞧着丁旭上了黑色的豪华轿车，又去问丁浩：“过几天，你们去干什么呀？”

丁浩再次捡起昨天用过的理由，一脸严肃地告诉张蒙：“我们去开会。”

白斌在旁边提着东西没吭声，不过手指头上的戒指一直故意亮在外边。

张蒙这次没有搭丁浩的车，她还要去未婚夫那边：“你们走吧，他来接我呢！”

丁浩听见这话太高兴了，立刻拉着白斌走了。

丁浩喜欢吃可乐鸡翅，这事儿不但白斌知道，丁奶奶也知道。丁奶奶一早就起来等着他们，亲手做了一大盘的可乐鸡翅给丁浩。鸡翅膀是炸过的，她知道丁浩喜欢，还特意炸得焦了点，就算是慢火收汤，煮了一会儿也还是带着点酥脆口感的。这样吃起来格外有嚼劲，也香甜。

丁浩一进门就闻见了饭菜香味，鼻子动了两下就笑了：“奶奶！我回来喽！”这个味道他小时候常闻见，考试考好了啊，被丁远边抽了啊，都能吃上一大盘的鸡翅。

丁奶奶瞧见丁浩也高兴，招呼他们快进来坐。丁浩刚坐下，老人又拉着他站起来了，上上下下地瞧她宝贝浩浩哪儿受伤了：“浩浩，我听你妈说，你伤着胳膊了？还疼不疼啊？快给奶奶瞧瞧……”

“不疼，不疼！早就好了！”丁浩握着老人的手，挨着她坐下来。他瞧着老人一脸不相信，又耐心地跟她解释了一遍：“奶奶，我妈肯定没跟您说全，我来再给您讲一回啊。”

老人让白斌端了可乐鸡翅过来，让丁浩一边吃一边讲：“先垫垫，别饿坏了肚子。白斌，你也拿碗吃吧，厨房里还有菜呢，都端来。”

白斌答应了一声，端来菜跟丁浩一起吃。丁奶奶提前吃过了，这会儿专心听丁浩讲故事。等丁浩说到“拳打三个土匪，脚踢六个流氓”的时候，白斌依旧一脸的淡定。他慢条斯理地吃完饭，陪着丁奶奶一起听英雄丁浩如何拯救一船的人于水火之中，其间英雄丁浩不畏艰险，勇敢地与歹徒做了数次生死搏斗，在毫无损伤之下，挽回了人民的生命和财产。

最后，丁浩用一句话做了总结：“真是可歌可泣啊。”

丁奶奶也乐了，老人知道丁浩是哄她开心，敲了丁浩的脑门一下：“就淘气吧你！下回不许再去那么危险的地方了，白斌你替我看着他。浩浩这样的就该关起来，哪里也没家里放心！”

白斌对这句话深表赞同。

俩人在丁奶奶这里住了一晚，就去了温泉度假村。丁奶奶给他们买的套票，一共是七天的，让他们好好去放松一下。

丁浩先联系了丁旭，丁旭给他们说了个号码，让他们直接去客房部后边那栋小楼。那楼从外边看并不起眼，里面也装修得很简朴，但是仔细看就会发现其实它比前面那些都讲究。这是一种低调的奢华，各种装饰用料格外细致。

丁浩报了房间号码，前台的小姑娘也不多问，直接给了房卡，还亲自送他们上去。

房间里边的装修就显而易见了，这和之前丁浩瞧见的总统套房一样，连铺的地毯的花色都一样。直到晚上一起去泡温泉的时候，丁浩才找到谢谢丁旭的机会：“丁旭，你中彩票了吧，出手可够大方的！呵呵。”

丁旭这会儿穿了一件宽松浴衣，指了下旁边的肖良文，跟丁浩解释：“这不是我大方，是度假村的老板大方，你谢他吧。”

丁浩眨巴了下眼：“这是肖良文开的？我还以为是一个姓金的老板……”

肖良文简明扼要地做出解释：“金老板欠了我的钱。”

丁浩明白了，暗地里的事儿他也不多问。

泡温泉的地方没出这栋小楼，直接引到一楼来的，一个个的小房间拿纸门隔着，装修得别有特色。丁旭他们去外边泡露天温泉，丁浩懒得出去，随便挑了一个就进去了。

里边温度略高，泡了没一会儿，皮肤就红了。丁浩在那大池子里游了一圈儿，舒服得哼哼。

但泡的时间太久，他出来的时候差点没晕倒，被白斌和丁旭左右搀扶着带回去。电梯旁边的小姑娘镇定自若地帮他们按了楼层，一眼都没多瞧，反倒是丁浩自己臊红了脸，觉得特别不好意思。

几天的温泉度假，丁浩疗养得好不好不太清楚，白斌倒是疗养得面色红润，瞧着是真过来休息了。

没多久，就来了不速之客。

这伙人专门来找丁浩的，一来就扔给丁浩一件硕大的行李。

李盛东这次是回来过年，他妈妈紧喊慢喊地让他一定回来吃顿团圆饭，他没办法，只能于百忙之中带着工作和员工一起回来了。他在做出口生意，翻译自然不能少，李华茂大过年的被抓了壮丁，也被押过来替他看合同。

李华茂站在后边有点郁闷，他还没做好过年加班的准备，归家的路途中，数次企图逃跑，但都被武装镇压。要不是碍于车里已经放了一件巨型摆设，李老板估计都有把人捆了放车后座上的心！

如今这大型碍眼物体终于到达了目的地，李盛东迫不及待地就给丁浩送来了，把那家伙往前踢了踢，还向丁浩邀功呢："丁浩！人我帮你带来了，这一路可没少跟着白吃白喝……我说你这师弟够有本事的，馒头一气儿吃四五个不眨眼，啧！"李盛东瞧了丁浩一眼，几句话说得意味深长，"你们修一个学科的吧？专攻吃是吗？"

丁浩冷不丁瞧见李夏也有点惊讶，瞧着李盛东说完话就要走，忙拦住他："你等会儿！这是谁让你给我带来的？我不要啊，带走！带走！"

李夏在那边泪眼汪汪地看着丁浩，抱着自己的背包像只温顺可怜的大型犬："师兄，你不是让我们放假来你这儿泡温泉吗……"

丁浩拍了下脑门，他想起来了，之前徐老先生说要旅行，他是随口说了这么一句。丁浩往外边瞧了一下，没见其他人的影子，问李夏："他们呢？老师他们没来？"

李夏有点不好意思："我来得有点早，老师他们说过几天再来。"

过几天就过年了，谁来啊！这是一群人逗李夏玩儿呢，不料这大个子当真了，巴巴儿地跑来投奔他了。丁浩瞧着李夏那家伙可怜巴巴的，还挺有意思，估摸着他这一路没少挨李盛东骂。丁浩跟李夏毕竟是同门师兄弟，怎么说也该帮大个子一把。

丁浩冲李盛东点了下头，示意他去给李夏办房卡："李盛东，再麻烦你一回啊，好人做到底，帮李夏交个把月的房钱去呗！"

李盛东不乐意了，他一路带着李夏这累赘，不知道处理了多少麻烦，如今还得给这傻大个子交房钱？他脑袋被门夹了才去。李盛东干脆地摇头拒绝："不管！你自个儿给他交去！"

"我这还是别人请的呢，身上没带现钱，你给垫一下！"丁浩见李盛东还在摇头，立刻转身跟李华茂说话去了，“李华茂，你知道谁请我泡温泉的吗？哎，对了，你也认识，就是上回海关那个丁旭！丁旭你知道吧？我跟你说啊，上初中那会儿啊……”

李盛东伸手就勾住了丁浩的肩膀，打断他要说的话：“哎哎！不就是个房钱吗！丁浩，走，哥给你付钱去……”

丁浩一边跟着李盛东走，一边严肃地向他澄清：“不是给我付，是给李夏。我可不欠你的啊！”

李盛东明着跟他勾肩搭背的，暗地里恨不得掐死他！他脸上硬扯出个笑，从牙缝里挤出几个字儿：“丁浩，你敢积点口德吗你！”

丁浩笑眯眯地回看他一眼：“这得看情况了。”

白斌在门口瞧着他们进了电梯，也不再多看，让李夏和李华茂俩人进了房间，又从冰箱里拿了点饮料给他们：“只有这个和啤酒了，饿的话，等下一起去餐厅吃吧？”

这两位反应一样敏捷，就是动作反了。李华茂是摇头拒绝，连声自己吃饱了，李夏忒实在，含着热泪连声说好。

白斌瞧着他们这样，忍不住笑了下：“不用太客气，丁浩跟你们在一起上课，平时还要你们多照应些。这顿我请客，算是谢谢你们之前的照顾，也希望你们以后继续帮助他。”

这顿饭白斌没请成，丁浩抢先刷了卡。李盛东送给丁浩一张度假村的金卡，丁浩拿到卡以后绝口不提丁旭的事儿，跟李盛东好得像亲兄弟一般。白斌对此也没说什么，只是从李盛东来了以后盯得紧了很多。一朝被蛇咬，十年怕井绳，发生海上那次事件以后，白斌见着李盛东，心里总有些不舒服。

李夏的房钱李盛东给垫了，大个子有点不好意思，想跟着去李家说声谢谢。丁浩拦住他：“你安心在这儿玩儿，等休息好了，明天跟我去我奶奶家。你不是特想见豆豆吗？”

李夏来了精神，他最近照顾了许多动物，对于丁浩家那只小鹩哥早有耳闻，一直想见一见。

因为李夏的关系，丁浩晚上难得休息了一回。几个人一起去泡了温泉，李夏提议去泡露天的，白斌也没反对，主动给丁浩拿了条泳裤。

丁浩捏着那保守老套的四角泳裤，眼角有点抽抽：“给我穿的？”

白斌站在旁边等他，手里浴衣和大毛巾都拿好了，瞧那姿势，准备等丁浩换完第一时间裹起来："嗯。"

丁浩穿得心不甘情不愿："白斌，这个也太老土了吧？"

丁浩嘟嘟囔囔地说着，抬手穿好白斌披上来的浴衣。白斌把大毛巾搭到他脑袋上，揉了一把只是笑，也不多说什么。

李夏同志泡温泉泡得很起兴，甚至在那大池子里游了两圈儿。李夏玩痛快了，抹了一把脸上的水珠，来回甩着脑袋，动作像以前养的那只金毛猎犬。

丁浩在旁边看见这一幕，跟白斌咬了几句耳朵，俩人都笑了。

李夏实在是个单纯的孩子，他跟丁浩做了这么久的师兄弟，愣是没把丁浩往坏人那边想，只当丁浩说了什么笑话，好奇地凑了过去："丁浩，我也要听！你们在说什么？"

丁浩把水甩在他鼻尖上，看着李夏甩脑袋直乐："说大人的事儿！小孩一边玩儿去。"

李夏眨了眨眼睛，再次提出疑问："什么大人的事？丁浩，为什么你只在岸边？"大个子心思单纯，自己问完又自己替丁浩回答了，"啊！我知道了，你是不是不会游泳？"

丁浩是怕再泡晕了没面子，听见这话又弹他一脑门水，挑了眉毛："没错儿！所以我一瞧见你游来游去的，特！嫉！妒！"

李夏生生给他弹退了一米远，揉着脸不敢靠近了。

白斌提醒丁浩："小心摔倒。"

丁浩一点儿没当回事，温泉上边飘着雾气，热乎乎的，人都跟着放松了不少。

丁浩带李夏去看丁奶奶，正巧碰上了来给老人做检查的张阳。张阳在家里倒是戴上了他那副细金属边儿的眼镜，看起来文质彬彬。

丁奶奶让张阳帮着量完血压，又问了些日常小事，这才评价了他的衣着打扮："阳阳啊，你跟浩浩一样大，也穿点鲜艳的嘛！你看看，不是黑就是白，太规矩了！"

老人压根就没意识到自己孙子穿得花哨，她觉得天底下所有的年轻人都该向丁浩看齐，她家宝贝浩浩才是最好的！这份儿骨子里的自豪实在是老丁家特有，旁人想学都学不来。

张阳脾气挺好，笑着收拾了医疗用具，顺着丁奶奶的话往下接了句："丁浩长得像您，穿什么都好看，我要是跟着学啊，可就不伦不类了！"

丁奶奶忙安慰他："不怕，你长得没浩浩帅吧，但是也行……"

李夏在旁边眨巴眼，他以前听说过丁奶奶的名头，今儿头一回见，但也扎扎实实地感受到了那份宠溺之情。李夏觉得丁奶奶比白斌还宠丁浩。

丁奶奶跟张阳说完话，也瞧见李夏了，仰着脖子去看他：“哟，这是谁啊？”

李夏忙弯下腰：“奶奶您好！我是丁浩的同学。”

丁奶奶哦了一声，招呼他们坐下：“来得正好，昨天刚熏了猪肉脯，咱们先尝尝鲜啊！阳阳啊，快让你妈别在厨房忙活了，把那两坛子猪肉脯都端出来，咱们先吃！”

张阳答应了一声，去了厨房。张妈妈经常来这儿照顾老人，而且自打张阳毕业以后，坚决不再要丁浩给的工钱。她跟丁奶奶感情很好，又对丁浩的帮助很感激，总是说照顾丁奶奶是应该的。

白斌把几个人的大厚外套挂起来，自觉地坐在了丁浩旁边。丁浩正在吃醉枣儿，看见白斌过来，顺手给了他一颗：“挺脆的……尝一个？”

醉枣儿去了核，浸润得通透，白斌嚼了两下就满口的酒香。

丁奶奶拿了丁浩小时候的相册给大家看，指着一张张的照片儿笑呵呵地给大家讲解，宠爱之情溢于言表。

“这是浩浩三岁的时候，那时候兴瓜皮帽、小绸子袄，我特意给他也做了一身。”丁奶奶瞧着那张相片，眼睛都笑眯起来，“哎哟，那真是好看得不得了啊！”

李夏吃了一把醉枣，又啃上了张阳刚拿来的猪肉脯，顺着丁奶奶指着的那张照片去看：“奶奶，照片上的人没有穿衣服啊！”

丁浩正想把那页翻过去，听见李夏这么说不乐意了：“李夏，吃你的啊！这么多东西都堵不住你的嘴！”

李夏使劲嚼着嘴巴里的猪肉脯，微辣的甜味儿是很好，但是大个子的好奇心也不容小觑：“真的没穿啊……”

张阳在旁边坐着，也很感兴趣地听着，他来过很多次，见过不少老照片，这张还是头一回见。

丁奶奶带着一种得意的语气，给大家解开了疑惑：“我们临出门的时候啊，叮嘱浩浩，说你千万别弄脏、划破了衣服啊。我们家浩浩打小儿就聪明，那小脑袋转得比谁都快，玩了一圈，光着膀子就回来了，还跟我说呢，‘奶奶，一出门我就把衣服脱啦，扛着小褂玩的，一点都没坏’……”

周围一圈人都笑喷了，李夏差点被猪肉脯呛着，就连白斌都笑出了声。丁浩脸上有点过不去：“哎哎哎！别笑了，谁小时候没裸奔过啊……还笑！李夏，你干吗你？！我警告你，不许掏手机拍下来啊！”

丁浩的裸奔史很短暂，但是这么短暂的一回，还被拍下来存证了。他所能做到的就是努力阻止李夏二次存证及宣传。

白斌趁着丁浩折腾李夏的时候，凑过去跟丁奶奶说了几句，瞧样子也想要这照片的备份。

张阳在旁边继续翻看照片，各个时期的丁浩在相册里都很鲜活，有哇哇大哭的，有含着眼泪被按了一脑门红点的，还有抓着舌头做鬼脸淘气的……往往照片里的人都只有半个身子。丁浩小时候过于活泼，按快门的一瞬间，他都能跑喽！

再翻一页，就看到了规矩一点的丁浩，穿得干净了很多，头发也特意打理过，像个小帅哥。这个时候的丁浩，身边已经开始有白斌的影子。

张阳手指在这一页停顿一下，他瞧着相册里的那两个人，目光多停留了一会儿。

李夏留在丁奶奶家吃了饭，这个扒饭很香的大吃货成功地取悦了在座的两位女性。丁奶奶喜欢李夏的直爽，张妈妈喜欢李夏夸人不留余地的劲儿，好几次都被李夏夸奖得不好意思了。

张妈妈主动给李夏夹了菜：“来来来，李夏再吃个鸡腿吧？这个可香呢。”

张阳在旁边半开玩笑地叹了一句：“这以前可是我的福利，现在让贤喽！”

张妈妈被逗笑了，也给张阳夹了一筷子腊肉：“给你吃了这么多年，也不说句好听的！喏，吃吧！”

小鹩哥胆小，见着人多一直没敢出来，这会儿开饭了才蹦跶出来找食儿吃。它认识丁浩，扑腾着翅膀过去轻啄了一口丁浩的头发：“浩浩！发财，发财！”

李夏听见小鹩哥说话，眼睛都直了，这声音模仿得太像丁浩了，闭上眼不看还真以为是丁浩在说话呢！

小鹩哥在丁浩肩膀上蹦来蹦去，说完“发财”又说“新年好”，闹腾着要吃的。丁浩给了小鹩哥一小块蛋黄，它吃了又去瞧白斌，见白斌压根不抬头看它，只顾着给丁浩剥虾壳，又扭头去看其他人。

小鹩哥跟张阳也熟悉，连蹦带跳地过去，歪着脑袋瞧他。

张阳给小鹩哥挑了一点吃的，它拿爪子扒拉一下，选着看中的啄了几口。

丁奶奶在对面笑骂了鹩哥一句：“小豆豆太懒了！以前要东西吃还说句吉祥话呢，这会儿倒好，不说话，还学会挑嘴了……”

小鹩哥在饭桌一角磨蹭了几下，歪着脑袋冲张阳说了句话儿：“买炒豆，吃旺旺。”

张阳笑着摸了一下小东西，拒绝了它的要求："不允许点餐，快吃你的吧。"

下午张蒙也来了，她是来送喜帖的，她要结婚了。张蒙长成了大姑娘，她毕业之后自己找了一份工作，在本地一家五星级酒店当大堂接待。这份活不好干，难免受许多气，有的时候客人喝醉了骂几句也得忍着。张蒙经历过这些，明显懂事了不少，做事儿也成熟许多。

张蒙这次穿得很正式，旁边跟着一个面相憨厚的男人，两人提着大兜小兜的来瞧丁奶奶来了。那个男的不怎么说话，瞧着很是拘谨，是个老实人。

张蒙留的时间很短，其间特意叫了丁浩单独去说了几句话。她结婚之前，总有几句话不说出来不痛快："丁浩，我跟你说个事儿。你听完……抽我几巴掌也行，我绝不还手，不哭。"

丁浩挑眉让她继续说下去。

张蒙慢慢地开了口："你上高中那会儿，奶奶病危住院，其实是我的原因。那时候我犯傻，总觉得奶奶疼你不疼我……而且，我爸在家也常说奶奶换的两套房子，一套是给你们家的，一套是给丁泓家的。我听了不服气，我觉得是因为你给奶奶买药，哄着她高兴才这么……"

丁浩倚在阳台上，瞧着张蒙半垂着眼睛继续讲。

"我想对奶奶好，希望奶奶也喜欢我。我去了药房，那边也有你给奶奶买的那种药，两种瓶子差不多，我就……挑了个便宜的买了。我把你的那份藏起来，让奶奶吃我买的药……"

张蒙的声音有些发抖，带着呜咽向丁浩道歉："对不起！我真的不知道会出那种事儿……我后来跟奶奶说了，奶奶原谅我了，还让我别告诉你……可是丁浩，我憋了这么些年，不说心里难受。"

这事儿是张蒙的一块心病，她走过年少无知的日子，越往前行，越明白事理，越知道自己那时候犯了错。结婚算是人生的另一个开始，张蒙带着一种忏悔、请求恕罪的心思，把自己藏着的事儿全说了："好了，丁浩你要是生气就抽我两巴掌，我……"

丁浩打断她，问起了不相干的问题："什么时候结婚？"

张蒙愣了下，但还是回答了："这个月底。"

丁浩算了下日子，嗯了一声："那个时候我假期就用完了，看看吧，尽量安排一下过来。"瞧了一眼傻了的张蒙，丁浩笑着指了下客厅里那老实的男人，叮嘱她，"你帮我跟他说，老丁家的人，可不许哭着回娘家！不然饶不了他啊。"

张蒙一直红着的眼圈终于忍不住掉了眼泪："我……我也知道我脾气不好，挑了个老实的……呜呜，丁浩……对不起……我以前太……太……呜呜！"

丁浩反过来安慰了她一下，无论如何，一个人肯成长还是让人欣慰的。

丁浩怕影响丁奶奶休息，提前回了度假村，他想着金卡里还有那么多钱没用完，干脆请了张阳跟张阿姨一起过去。张阿姨想留下来照顾丁奶奶，让张阳跟着他们去了："都是年轻人，多出去聚聚啊。"

这次回去是单独泡的温泉，李夏再次提议的集体泡露天大池子，被白斌无情地拒绝了。

张阳脾气很好，对此没有任何意见，笑着收拾东西去了室内温泉那里。他泡完还出来做了个按摩，温泉度假村请的理疗师傅很不错，按捏得恰到好处，很能舒缓筋骨的疲劳。

张阳趴了一会儿就听见纸门推开了，还有熟悉的声音在喊他："张阳，一会儿去我们那儿打牌吧？丁旭他们也来，正好凑一桌啊！"

张阳摘了眼镜，室内又带着雾气，睫毛都有些湿漉漉的，微眯着眼睛去瞧丁浩："行啊，只是我不太会打牌。"

丁浩坐过来跟他说话，看着他光着半个身子按摩，一点都不害臊："别别，你要是厉害了，我赢谁去啊？就指望你拖丁旭他们那帮人的后腿呢！你可记住喽，你这算咱们派过去的奸细……"

张阳趴在那儿笑，侧脸瞧过去很漂亮，带着一种阴柔的美，但是从那眯缝着的眼睛和修长健美的身体，又瞧不出特别女性化的气息，唯一的相通点就是，都很有魅力。

丁浩说了几句就开始打量人家，凑过去问了几句悄悄话，瞧见张阳摇头还挺惊讶："还没找对象呢？张阳，老是单身可对身心发展都不好……"

张阳失笑，但是也不回答他，听着丁浩说了半天，这次不紧不慢地添了一句："我有喜欢的人了。"

丁浩哦了一声，明白了："你这准是单相思！人家不理你吧？啧，你还有今天哪，上大学那会儿，我可听说好几个哭着闹着非跟你的……"

张阳把头发向一边拨开，转移话题："丁浩，那房子的钱我攒齐了，正好你回来了，明天就拿给你吧。"张阳家现在住的房子还是丁浩租给他们的，这么些年，一年只交几百块的租金。张阳几次想还钱，都被丁浩一句"凑齐了再给"堵了回来，他也知道丁浩是想帮他，一直等到如今手头宽裕才还他。

丁浩还沉浸在未知的八卦中，对还钱的事儿不怎么积极：“那个不着急，你不是要买车？先用着吧。”

张阳被他一句话温暖了心窝：“我还有点，够用了。”

丁浩磨磨蹭蹭的不肯走，眼睛里满满的都是渴望，他特想知道谁让张阳动了凡心：“你先告诉我，你喜欢的那人是谁啊。我认识不？”

张阳趴在那儿继续享受，笑得眼睛眯起来：“不告诉你。”直到丁浩走了，他也没说是谁。

按了好一会儿，张阳放松了身体，不知不觉睡了一会儿。

也不知道是不是做梦的关系，记忆都变得模糊又清晰，明明他都记不清当时的音容，偏偏还记得那些温暖人心的对话。

“张阳，你学医吧？学医多好啊！我打听过啦，工资特高，够你跟你妈过上好日子了！”

“咱们说好了啊，你要是将来当了医生，得给我奶奶治病，当咱们家的家庭医生啊！张阳，你一定要知恩图报，不但要报，而且要涌泉相报啊，知道吗？”

“张阳，你喜欢的那人是谁啊？”

即便是在梦里，张阳也是摇头，微笑着保守了自己的小秘密，他认真道：“是一个不能告诉你的人呢。”

理疗师轻声喊了张阳，问道：“先生，还要再按一会儿吗？”

趴着按肩的人从梦里醒来，略微翻了一下身示意要起来，他之前答应了丁浩，要一起去打牌。推开理疗按摩室门的人动作轻快，像是放下了什么，又像是换了一个角度去面对生活。人活着就不容易，能看到身边人的那张笑脸，还有什么不好的呢？

丁浩，祝福你一生开心，笑容常在。

番外三
任性的少爷

第一个假期，除了泡温泉，丁浩和白斌还去京城探望了亲朋好友。

这个亲人丁浩也认识，是白斌的小堂妹白露，小姑娘念了京城的一所军校，如今一身儿的军服，英姿飒爽，早就邀请他们来玩几天了。

白斌小时候在京城住过一段日子，他母亲的家族根基就在京城，一来便有数不完的应酬。丁浩不爱掺和这个，四九城的主儿心眼太多，他生怕给白斌惹来麻烦，干脆笑笑说要多陪白露待几天，住在了白露学校的军区招待所里。

白露小姑娘招待周到，带着丁浩四处搜罗小吃，但打包带回来的所有食物无一例外都会给白斌也准备一份儿，而且习惯性地对丁浩嘱咐一句："丁浩，你给我哥留一点，别全给吃了啊。"

丁浩嘴角抽了下，白露都恨不得带三人份儿的招牌菜回来了，他是有多能吃啊，吃饱了饭还一口气吃三个人的当零食吗？！

丁浩小日子过了没几天，很快就接到了白斌母亲发来的一封烫金邀请函，连同邀请函一起的还有她派来的一个司机。司机虎背熊腰，丁浩真有点担心他进不去驾驶室。

黑色轿车接了丁浩，直接送去了近郊的庄园。

丁浩不是第一次来白斌家，他小的时候大部分时间都是在白斌家的小洋楼里度过的，陪着性子冷淡的白斌一起生活了好些年，但没有来过这里。

像这样冷不丁被白斌的母亲派人接到老家的宅子里，他心里还是有几分小心的。这里跟别处不一样，可以说是白夫人当年陪嫁的一处房产，这几年经过几次翻修，扩大了大庭院，进门之前甚至还要先越过一道石壁屏风。

丁浩一个人坐在一堆梨花木家具中间，实在是有些不自在，刚在椅子上略微动了两下，就听见外面有脚步声走近："已经来了？怎么不带到书房去见我？他又不是外人。"

丁浩听见声音就知道是白夫人来了，一时紧张得连忙站起来："阿姨好。"

白夫人保养得当，头发盘得略高，露出饱满的额头和描画精致的眉眼，一贯的高贵典雅。她见到丁浩也笑了一下，让他坐下，又喊人去上茶。

丁浩平时在人前闹惯了，但是见着白夫人是不敢造次的。

白夫人习惯性送钱的这个毛病依旧没改，端着茶杯跟丁浩聊了几句，便又从随身的小包里掏出一张支票，道："听说你前一阵子受伤了？白斌一直瞒着没告诉我们，我知道得晚，也不知道送点什么补品给你。这个你拿着吧，就当我的一份心意，你们年轻人喜欢什么，就买点什么。"

丁浩坐在那儿答应了一声，眼睛瞟了一下支票上的数字。这么多年过去了，白夫人赏钱依旧够大方的，那支票上头的一串零数得丁浩直眼花。

白夫人咳了一声，又掏出一张支票叠放在上面，道："那个，你们来也没通知一下，不然我可以提前准备礼物。浩浩，我这个当妈妈的不称职，还不如你了解白斌，也不知道送他什么东西好，你帮我给他也给你自己买点礼物，好吗？"

丁浩脸皮再厚，也不敢邀功，客气道："没有没有，平时都是白斌照顾我。"

白夫人一直忙着自己的事业，对大儿子关心不上，听到丁浩说起白斌，忍不住追问了几句白斌的日常琐事，仿佛在丁浩的言语里寻找儿子成长的点滴。她陪伴白斌的时间，的确不如丁浩长。

丁浩狗腿都来不及，问什么说什么，但是白大少平素优秀，他在肚子里翻拣了半天，竟然没找到什么可以告状的事情，一时也有些遗憾。

丁浩长得漂亮帅气，说话又讨人喜欢，笑起来的时候偶尔露出侧脸颊上的酒窝，实在是让人无法厌恶起来。白夫人对他也渐渐放下了架子，听了两个笑话之后，也露出了笑容："浩浩你讲得真有趣，难怪白斌会喜欢听……"

门口有急匆匆的脚步声传来，靠近门口的时候还能听到他沉声问话："谁让你们去接他来的？我之前就说过吧，来京城之后会安排拜访，你们接他来，经过我允许了吗？"

丁浩听着声音耳熟，等门被推开之后，果然就瞧见了白斌。白少几步进来，先检查了他一遍，瞧着没受为难这才放心，不过显然对母亲这么做很是不能赞同：“您之前答应过我，不去难为我身边的朋友。”

白夫人局促地站起身来，诺诺道：“我只是……只是想让你回来……我知道你们一起来京城了，所以才……”

白斌脸色更冷了，站在那里一言不发，他最无法忍受的就是有人威胁他，尤其是拿着丁浩来威胁他。

丁浩心里咯噔一下，知道这事儿坏了，暗中扯了白斌衣袖一下，安抚他。

白斌的脾气下去一点，他从小在白老爷子的膝下长大，被培养得气势自然是非同一般，比白父还要强些，如今冷冰冰地站在这儿够白夫人心凉的了。

丁浩干巴巴地笑了两声，道：“那个，白斌你小时候去我家一住一个寒假，我也在你家住几天，好不好啊？要不然，我也太亏了，我得住回来。”

白斌低头看丁浩，似乎想从丁浩眼睛里看出几分真假，他还是担心丁浩在这里受委屈。

丁浩冲他眨眨眼睛，用嘴型比画道：多少住一天吧？

白夫人也跟着劝了几句：“你们去的那个招待所不好，住着也不方便吧？你舅舅他们也想见你，正好回来了就全家吃顿饭吧？还有你的房间，我也给你打扫干净了，跟以前一样。”

白斌点了点头，回得客气而生疏：“谢谢妈。”

白夫人想跟他说些什么，可是也不知道该如何开口，她和他似乎很多事情意见不合，两个人略微多说几句就会有分歧。她见白斌带着丁浩出了会客厅，也没再阻拦，住一天也是好的啊。

白斌小时候的房间，丁浩还是第一次见到，房间里很简单，床柜等物品只摆放了几样，唯一比较华丽的大概就是白斌的书橱，一摞摞的都是书，丁浩凑过去翻了两本，好些封面上都用稚嫩的笔迹写了“白斌”二字。白大少当真是起跑线上的佼佼者，打小儿就抢跑呢。

丁浩正看着当年白斌写的字儿，就听见白大少在外面喊他：“过来。”

白斌的房间是个小套间，外面是个小客厅，摆着些饮茶的工具，一整套瞧着，架势还挺唬人。丁浩过去的时候，白斌正端坐在那儿泡茶，见他来，递给他一杯茶，道：“给。”

丁浩学着他的姿势也盘腿坐在那儿，捧着那一小杯香茗慢慢品着，大部分时间都在那儿瞧着白斌。白斌小的时候不爱说话，也是这么端坐在这儿泡茶吗？不过如今这位大少爷长得身姿挺拔，又是个冷清的性子，坐在这儿面上毫无表情地摆弄那套茶具，略微撩起一点的袖口还能看到骨节清晰的手腕，实在是个美男子。

这盯着人评价的目光太过赤裸裸，白斌抬头看他一眼，伸手去拿茶盏：“松开，不许咬着，小心咬碎了伤着你。”

丁浩松开嘴，白斌接过茶盏又给他倒了一杯冲淡了许多的热茶，放在他手里让他暖着。

天气略微有点凉，但是两个人挨得近，手足相抵，带起一阵暖意。

丁浩手指碰碰他的，笑着道：“哎，白斌，你还记得吗？你小时候一个人住在小楼里，冬天窗户坏了都不知道怎么办。”

白斌也笑了，勾了勾丁浩的手指，眉眼弯起来道：“是啊，一个劲儿地吹冷风进来，保姆和司机也不在，还是你跑来帮我拆了硬纸壳堵在上面，这才暖和起来。”

丁浩乐了：“但是谁知道后来还下雪了，硬纸壳堵在上面，整个儿都弄不下来，后来好不容易踹下来了，还不小心砸到楼下去，把人家的车给砸坏了……”

白斌也想起来了，笑道：“我说要等着人来维修，你非要自己来，淘气。”

丁浩嘿嘿直乐：“我记得那是白露家的车吧？小时候就她来看你来得最勤快。”白露小姑娘最关心她哥哥，哭着闹着都要来，一刮风下雨就生怕她哥冻着饿着，这个爱担忧的习惯至今未变。

白斌嗯了一声，当年小丁浩说让他看到冬日里的第一缕阳光，一脚踹下去，老旧失修的窗户应声而落，夹着冰碴子砸到白露家的车前盖上，生生砸下去好大一个坑，又是一阵鸡飞狗跳。

有丁浩在的地方总是最热闹的，跟这个人在一起，像是没有时间去感受寂寞。他停顿了一下，还有些在意地问道：“我妈刚跟你说什么了？”

丁浩这才想起刚才那几张支票，拿出来全部摆在桌上给白斌看，学着电视剧里的苦情女主说台词，一脸严肃道：“你妈给了我好多钱，说我要是离开你，这些就全是我的了。”

白斌挑眉：“哦？”

丁浩紧接着笑弯了眼睛，狗腿地挨着白少道：“白斌，我把钱都拿回来了。我算了一下，够多的，你说咱们上哪儿挥霍去？嘿嘿。”

白斌被他逗乐了，揉了揉他脑袋，笑道：“你啊，真是……”

丁浩趁着他心情好，试探着道：“其实阿姨对我挺好的，她说不知道你喜欢什么，就给了钱，让我们自己买。哦对了，她还问了我前段时间在码头上伤着没有呢。”

白斌眼神里有一丝无奈：“我们家的事有点复杂，算了，这些我自己会处理好。你记住啊，不管谁对你说什么，你都不用放在心里，你只要……”

“我知道，我只要听话就好了嘛。”丁浩笑眯眯地接道，背后要是有尾巴的话，恨不得都甩开了。

白斌纠正道：“对，你只要听我的话就可以了。”

白斌对这个老宅子没有什么留恋，和白老爷子对他的关爱不太一样，母亲家族的人似乎更注重利益的往来。

丁浩对白斌小时候曾经生活过的地方很好奇，但是新鲜劲一会儿也就过去了。白斌的卧室很大，只是里面奢华的风格显然同白少的一贯品位不太符合，暗金色的床幔和地毯，连随意摆放在那里的一个白玉器具也是天价的物件儿。

丁浩拿在手里比画了一下大小，琢磨着打包带回 D 市他们自己家的可能性，这玩意儿放在床头还真挺好看。

白斌过来就看到丁浩盘腿坐在那儿，乐呵呵地抱着一个玉莲花香台掰着指头算钱。他从丁浩手里拿出那个小玩意儿，换了抽屉里的一个羊脂玉小象放在丁浩手里：“那是插熏香的东西，这个给你玩儿。”

丁浩头一回对百年大世家的积累有了初步的概念，手指在羊脂玉小象上来回滑动。羊脂玉吸着手指的细腻触感实在美妙，丁浩语气发酸：“白斌，原来你还是个富二代。”

“我的就是你的。”他对丁浩的小心思琢磨得清楚，“这些都是我过生日时家里人送的礼物，你喜欢的话，就都带回去。”

丁浩满足了：“对，咱们都带回去。”

白斌和他一起在沙发上坐着，近郊的大宅子里也没有什么娱乐的地方，白斌怕丁浩闷着了，找了些影片来和他一起看。

白斌整个人裹在柔软的白色棉质浴袍里，都显得慵懒了许多。他倚在那儿，和丁浩并肩一起看电影。

电影是部老片子，丁浩看了一会儿就歪倒了，半闭着眼睛差点睡着。

白斌习惯性问道：“要不要吃点东西？还有些爆米花和橙汁。”

丁浩点了点头：“要爆米花，橙汁不要了，我想喝点别的。”丁浩有次感冒，医生说橙汁有利于恢复健康，之后他喝橙汁喝得牙齿都要酸掉了。

白斌很快就弄了一些零食来，速食爆米花用微波炉简单加热，因为没有糖浆，又拆了一小盒番茄酱给丁浩，至于喝的，换成了利于睡眠的牛奶，等看完电影也差不多到了休息的时间。

丁浩嚼着爆米花来了点精神，问道："白斌，你这里就这些电影？没点刺激的？"

白斌思索了一会儿，点头道："好像有一部，不过需要大人陪同才可以欣赏，你要看吗？"

丁浩眼珠子转了两下，笑着点头："我这早就成年了，你拿出来我看看呗！咱们把声音开小点。"

白斌起身换影片去了，丁浩看着白大少正经严肃的俊脸，实在想象不出他一个人在屋里看刺激的小电影是什么模样，但是转念一想，他之前来京城出差时好像偶尔住在这儿，出来的时间长，难免会自己看点录像。

丁浩更好奇他收藏着的是什么成年人才能观看的影片了。

影片瞧着有些年头了，放出来的时候还用蓝色的字幕严谨地打出了一排警告字体：未成年人请在家长的陪同下一起观看。

丁浩嘎吱嘎吱地咬着爆米花，舔了舔嘴边的番茄酱，心里忍不住有些疑惑。这是什么高级电影？未成年人一般不是不能看吗，这怎么还允许家长陪着一起？要真是父子俩一块儿看，岂不是很尴尬……

开头先上来一群欧美的老外，影片制作得气势磅礴，地动山摇，甚至连救灾的直升机都用上了。

丁浩拿胳膊碰了碰白斌，小声问他："这是什么片子啊？真够大场面的，还折腾了这么多人，我以为就室内拍摄四十分钟就拉倒呢。"

白斌低头回应他："这是内部审核的片子，当初好像是因为有些镜头太暴力了，被禁播了，市面上还没有。"

丁浩咂舌，内部审核的禁播片子，听着就够专业的。不过这场面做得逼真，汽车爆炸和公路塌陷做得真好，都快赶上好莱坞大片了。丁浩在心里忍不住感慨了一下，如今拍小电影也越来越敬业了。

丁浩吃着零食看了一会儿，刚开始还没觉出什么不对劲的，后来电影里慢慢出现了一些高清暴力镜头，这才吞咽困难起来："白斌，这个……好像是生化危机之类的……吧……"

白斌点头应了一声，道："这个叫《丧尸围城》，在国外上映的时候反响很不错。"

丁浩这辈子最怕看恐怖电影，哆哆嗦嗦地咬着爆米花，可是看着高清屏幕里主人公利落地砸扁一个丧尸的脑袋，脑浆鲜血流了一地的时候，丁浩吃不下去了。他看着手里雪白的爆米花和鲜红的番茄酱，忍不住一阵反胃。

白斌觉察出他身体僵硬，忍不住低头问道："怎么了？"

丁浩死要面子，硬着头皮道："没，我就是觉得这个电影太刺激了。"

电影里面一个天才博士变异了，一群敢死队轮番上都打不过。博士丧尸的模样保持了大半人类的特征，脸色青白，带着别样的俊美，很快就用高级丧尸的毒液制造出了一批丧尸小弟，看守着最高研究中心实验室里的一小瓶解毒剂，成了英雄们最终要打倒的大 Boss。

白斌看着血肉横飞的场面，表情一点也没变，偶尔还给丁浩指点一下穿帮镜头，嘴角微扬道："你看，他们走路的样子很有趣。"

丁浩一点都没看出哪里有趣来，他被那个恐怖音乐吓得要死，尤其是从地板下面突然冒出的丧尸枯瘦的利爪攥住主角脚踝的时候，他也觉得自己脚边凉飕飕的，似乎有什么蹭过一样，嗷的一声端着杯子就窜到沙发上去了。

丁浩杯子里的牛奶洒了白斌一身，顺着白斌浴袍的领口流进去不少，弄湿了一片。白斌低头看了一眼，无奈道："浩浩，你得负责。"

丁浩牙齿都在打战了，磕磕巴巴道："白斌，刚才我脚边有东西，真的，就那么一下从我脚踝上过去了……"

白斌伸手摸了一下他的脚踝，冰凉的一片，拍了一下道："什么都没有。"

丁浩看了一眼宽大的屏幕，心有余悸道："白斌，你这样的，如果变异了，一定特别厉害，不论是狩猎丧尸还是吃人……不，你比那个博士还聪明，吃人肯定都比别人吃得多。"

白斌轻笑一声："你想得太多了。"

丁浩已经脑补到白斌成了丧尸王，带领一众小弟统治着一个城池，并且建造了最豪华的墓地。

白斌见他脸色不好，干脆关了电视，道："好了好了，不看了，大晚上看这个的确太刺激了。你去洗澡，一会儿睡觉。"

丁浩脑袋里还是一拨接一拨的丧尸，电影里有一些变异的丧尸最喜欢在水里攻击人了，他被自己脑补的场面吓得直哆嗦，三分钟都没到就冲完澡出来了。

白斌哭笑不得，学着电影里丧尸那样，沙哑着声音道："再过来，就吃掉你啊。"

"白斌你的自制力呢？你引以为豪的自制力呢？"丁浩含着眼泪控诉他，"你这个时候应该跟我讨论一下最后的剧情，转移注意力……那什么，你把结局告诉我吧，我真的挺好奇最后到底谁活下来了。”

白斌垂着眼睛看着他道：“最后人类和丧尸划分了区域，在还没有找到最好的办法之前，互相不干涉。”

丁浩睁大了眼睛，完全没想到这个坑爹的结局：“这算啥？这是还有第二部、第三部的烂结局吧！那丧尸不吃人吗，难道不会饿了跑出去吃几个人……”

白斌嗯了一声道：“因为那瓶药剂让丧尸再次进化，只要闻不到活着的人类的气味，就会和人类相安无事，一辈子在无人区缓慢地移动吧。”

丁浩紧张得吞咽了一下口水，想起那些个吃人场面，实在是觉得毛骨悚然：“白斌，你说人真的会变成丧尸吗？要是真变成丧尸了，没有意识之后连自己身边的人也会吃进肚子里吗？”

白斌微微想了下：“也许吧。”

丁浩嘟囔了一句什么。

白斌轻笑了一声，道：“你和其他人是不一样的，味道不一样，体温不一样……我会一直记得，在其他人遇到你之前，把你全部吃进肚子里。”

最后一句说得像是认真考虑过一样，丁浩吓得都打哆嗦了。

白斌嘴角微微上扬，眼里满是笑意，终于在自己的一个小小的恶作剧里心满意足。他拍了拍丁浩的脑袋，笑着道：“晚安。”

丁浩泪流满面，他再也不要看什么刺激的小电影了，太可怕了，他想回家啊！

番外四
小鹅哥恋爱记事

李华茂接到电话的时候，正在摄影工作室帮小孩拍照片。他戴着一顶大眼睛青蛙的毛绒帽子，捂着嘴巴出去接了电话："喂？又怎么了？不是说好了下午就回去吗……"

那边的李老板声音很郁闷："赶紧回来！我家里都乱套了！"

这个家，是李盛东的住处，他依旧雇着李翻译，只是做翻译的同时，还让李华茂帮忙照顾孙辰。赶上周末学校放假，孙辰过来的时候，李盛东就让李翻译帮忙给小孩做点饭菜、辅导一下功课什么的，按小时结算费用给他。

李华茂今天出来的时候还特意做了一桌好菜放在锅里温着，这会儿应该还没吃完。他心里疑惑，也就顺口问了出来："厨房那些……还不够吃啊？"

李盛东在电话里哼哼唧唧的说不清楚，一个劲儿地让他回去："你先回来，回来再说。"

李华茂抓紧时间把手头上的照片拍完，没办法，今天他是来友情赞助的。之前几个老客户很喜欢他拍的照片，特意约了时间来让他再给小孩拍一次。

这次小孩长大了一点，知道对着镜头露着小牙笑，李华茂抓拍了几个很不错的表情。这比第一次给小孩拍的时候好多了，刚开始那会儿，他还得负责把睡着的叫醒……要是叫不醒，就拍睡觉的。

儿童照这一点也挺好，自家的孩子怎么看都好看，啥样的照片拿过去给父母瞧一眼，当爹妈的都傻笑着付钱。父母瞧着自己的小孩，就像是看着新的希望，摸着照片里的小孩笑得可满足了。

李华茂瞧着那一家子乐呵呵地挑照片，想起李盛东家那个调皮鬼——孙辰。孙辰这孩子长大了许多，现在上小学了，在家也跟个小男子汉似的，有时候还主动帮他干点家务。

孙辰对他尊敬，脑子也聪明，教什么学什么，一点就通，接触久了，他还挺喜欢这小孩的。

这次李盛东呼唤他回家的确情有可原。

丁浩来了，还带来了一只小鹩哥。小鹩哥闷闷地被关在笼子里，脑袋上秃了一小块儿，瞧这样子很没精神。

丁浩坐在沙发上，指着这只小鹩哥又跟李华茂解释了一遍："这是我奶奶养的鹩哥，家里有点事先托付给我照顾两天。那什么，我家放不下它……"

李盛东坐在一边，离那笼子远远的，听见丁浩说话，用鼻子哼了一声："少来啊丁浩，你那房子跟我这儿一样大！我这儿还多一个人呢我……"

多出来的孙辰自觉地帮着李华茂给客人端水果，礼仪方面比李老板小时候强了不少，就是那张嘴一说话还招人生恨："丁叔叔吃水果，这个猕猴桃能抗衰老。"末了还瞧着丁浩，认真地补了一句，"书上说的，您多吃点儿？"

丁浩照着他脑门上就弹了一下！丁浩当年连李盛东都揍，还怕李盛东养的小崽子？资历是什么？资历就是拿来欺负人的！丁浩歪坐在沙发上，指挥小孩给他拿小勺去皮："弄干净点，剥开一半就行，对！然后用勺子挖出来……给我干吗？我不吃这个，你替我喂喂鹩哥吧。"

孙辰给弹老实了，顶着个红脑门去喂小鹩哥。笼子里的小家伙跟它主人一样不领情，拿爪子抵着银勺往外推："浩浩！浩浩你管不管了？出人命了！"

丁浩拍着笼子教育小鹩哥："哎哎，成了啊！再闹收拾你。"

小鹩哥外强中干，遇着坏蛋也是要屈服的。它听见丁浩这么说，小爪子立刻改推为抓，扒拉着勺子啄了几口。它在家闹了一早上，早就饿了。

李华茂给小鹩哥逗乐了，过去看它吃东西："这一看就是饿坏了，啄得勺子啪啪地响。丁浩，你们都不喂它？"

丁浩叹了口气："快别提了，它这是在家里淘气，刚被白斌收拾了一顿。我也想养它几天，可这几天要出差，没工夫伺候它。"

白斌收拾小鹩哥也是有原因的。小鹩哥刚来的时候闹笼，它是家生家养的，哪里进过笼子！就是丁奶奶家阳台上那个大鸟笼子，也是大门常开，宽敞又舒服。

小鹩哥直到把脑袋撞秃了一块，这才撞软了丁浩的心肠，将它放出来了。重获自由的小鹩哥吃饱喝足，开始视察自己的新领域。

它跟着丁浩，蹦跶着去了厨房。

厨房这个地方，危险又幸福，小鹩哥趁着丁浩做饭时，躲在食材堆里偷吃得欢快，等丁浩抽空来抓它了，这才扑腾着翅膀、叼着半截辣椒逃跑。可它千不该万不该做这件事儿——得意忘形，把辣椒籽儿甩到了丁浩眼睛里。

这下惹到了白大少，小鹩哥没扑腾几下，就被白斌捉住关在阳台上，一直关到了中午，丁浩瞧着小鹩哥缩头缩脑地待在外边，于心不忍了。小鹩哥太淘气，他又舍不得出差这几天送去宠物店让人照顾，就小东西这挑嘴劲儿，它在宠物店肯定要吃苦。丁浩干脆拿了个笼子，装好给送到李盛东家里来了。他觉得李华茂这人很细心，还是值得信任的。

小鹩哥吃完那一勺子猕猴桃，又踢着勺子往外赶，歪着头期待再来一勺。

李盛东嘘它："真是什么人养什么鸟！丁浩，这跟你一样啊，没见过脸皮这么厚的……"他嘟囔了半天，又去问丁浩，"你们学校不是有个叫李夏的专门照顾动物？我们也没空，你让他帮你养去。"

丁浩叹了口气："我们家这鹩哥啊，不吃饲料，你得每餐给它单独做。李夏可不行，要是他开煤气灶忘了关火，够我喝一壶的了！"

李华茂也表示赞同，他见过李夏做饭，那饭做得……说实话，常放在李夏那儿寄养的萨摩耶都不肯轻易尝一口。李华茂瞧着小鹩哥这股子机灵劲儿很喜欢，忍不住多问了几句："丁浩，你们家不是有两只鹩哥？怎么就单送一只来啊？"

丁浩拿手指头敲着笼子，看着小鹩哥吃东西也安心了点。小东西来这儿几天，可没少折腾事儿。丁浩答道："豆豆这几天老啄它，不让它在身边待着……你也知道，鹩哥这东西只有十几年的命。"他们家豆豆，算是长命的了。

李华茂听着他说，心里也跟着难受，没再多说什么，拿手指头隔着笼子逗了小鹩哥几下："那就先放我这儿，哦，最好写个平时注意的事项。我没养过鹩哥，不知道它爱吃什么……"

李华茂这话算是说进了丁浩心里去，他立刻从衣服兜里掏出一张纸条，塞给李华茂："早写好了，它就是嘴挑点，没其他的事儿！特好养！"丁浩甚至还鼓动李华茂去跟小鹩哥亲近一下："这是我们家从小养起来的，不怕人，你跟它说话，它还会回话哪！"

李华茂来了兴趣，凑过去跟小东西对话："你——好——"他生怕小鹩哥听不懂，故意放慢了语速。

鹩哥翻了个白眼，学丁浩吐瓜子壳的声音：“啊呸——”

李华茂听出来了，这鹩哥不但嘴挑，脾气还不大好。

总而言之，小鹩哥算是暂时托付给了李老板家。

头两天过得比较平顺，小鹩哥的伙食很不错，李华茂每次单独给它弄一份新鲜的。按着丁浩的要求，他在饲料里加了鱼骨粉和21金维他，捏小了慢慢地喂给小家伙吃，刚开始怕它吃出来，还特意蘸了一层果汁，绿豆粉、花生粉、小牛肉，变着花样地逐渐把饲料替换进去。

李盛东在旁边看不下去了：“它比我都吃得好！”

李华茂正逗着小鹩哥说话，听见李盛东说话也没回头：“你能出息点吗？除了跟孙辰比，你还跟只鸟比上了？”

这话提醒了李盛东，周六、周日孙辰在，他的伙食也比平时好很多。李老板愤怒道：“这两天你休息够了吧？今天晚上开工，那份合同还没给我弄好呢你！”

李华茂手里还抓着一小把饲料，被李盛东拖去书房的时候，手举得高高的：“等会儿！你等我放下……”最后也只来得及放在书房的柜子上。

李老板年轻气盛，现在已经不满足于请一个翻译替自己干活了，他还想跟着李翻译学习语言，所以才特意让李翻译住在自己家里，多跟自己讲外语培养语感，就是他自己读书少，念出来语调僵硬，总有些不好意思。

书房没外人，李老板放心地念了几句，依旧磕磕巴巴的。

李翻译纠正他道：“不对，李盛东你念这个的时候舌头卷起来，你看我，啊——”

“啊？”

“嗯——”

“嗯嗯？”

李华茂有点分心，他觉得这声音太奇怪了，忍不住回头去看：“我怎么觉得还有一个人似的？这不是你念的吧？你……你看啊！”

李盛东被训了几句，正是脸红的时候，拿手里的几页单词纸敲他一下，恼怒道：“你还变着花样羞辱人还是怎么的？！”

李华茂被他冷不丁弄了一下，哎哟了一声。

这次旁边又有了声音，依旧只学了一个字儿：“哎？”

书房里的俩人都停下了，他们扭头看着书房柜子，那上边停着一只小鹩哥，也在歪头看他们：“咦？”

咦你个头。

李盛东的脸都黑了，他好不容易放开了自尊心学一回外语，旁边还有个扑腾着翅膀赶来配音的！这还正大光明地瞧着，有意思吗你！

小鹩哥换了一边，继续歪着脑袋看，它觉得挺有意思。

李盛东怒了，拿纸赶着小鹩哥走，但是小东西扑腾着翅膀飞得灵敏，从小也是手养鸟，丝毫不怕人，还当他跟自己玩儿呢，赖在书房不肯走。

李华茂道："要不算了吧，它在这儿也挺好的，你可以和它比赛学单词。说真的，我觉得它比你发音标准……"

李盛东怒道："胡说八道！我还不如只鸟？"

李流氓奋起直追，李华茂赶紧趁热打铁，多教了一会儿。刚开始小鹩哥还跟着学，后来就已经懒得去学了。小鹩哥把柜子上的鸟食儿啄着吃完，又慢条斯理地整理了羽毛，自己飞到客厅去玩了。

李老板黑着脸学习完外语，从书房出来第一件事就是抓鹩哥。

他学着白大少的手段，把这坏鸟扔阳台关着了。小鹩哥接二连三地受到粗暴对待，它这心智开启得也特别快——这次小东西没老实待在外边了，它耷拉着翅膀，学人咳嗽、打喷嚏。

李华茂听见小鹩哥咳嗽的声音，那实在是太可怜了，忍不住过去瞧了下。

小鹩哥认识李华茂，这两天喂食儿的都是这个人。它顶着半秃的小脑袋，身上的羽毛也有点乱，可怜兮兮地看着李华茂，使劲儿打了个喷嚏："阿嚏！"

李华茂见了于心不忍，隔着阳台的玻璃推拉门跟它说话："以后还敢淘气吗？"

小鹩哥耷拉着脑袋认错。

李华茂隔着玻璃轻弹了一下这小家伙的脑门，给它气笑了："说句好听的话儿来！"

小鹩哥从善如流，立刻歪着脑袋来了一句："恭喜发财，发财又发财！"

李华茂打开阳台门把小东西放进来："下次别学李盛东说外语了，不然他还关你啊。"

小鹩哥啄了一下李华茂的裤腿儿，瞧这样子是乖了。不过之后李盛东把鸟笼子给放到阳台上的时候，小鹩哥还是抗议了一下，它不喜欢阳台，那是个关鸟的地方！

李盛东抬手就把它弹进去了："老实儿待着！再不听话，一会儿红烧了你。"

小鹩哥欺软怕硬，老老实实地待在阳台上，蹲在笼子里忧郁了。它觉得这个地方真的不好，以前在丁浩那边，只有犯了大错才被关在阳台上，现在这个粗鲁的大个子时不时地就要关它……小鹩哥很委屈。

小东西开始怀念起了镇上的生活。它瞧了一眼阳台上的盆栽，很不屑地歪过了脑袋，它觉得这里的“树”没有丁奶奶家的高，连棵能藏身的吊兰都没有，又侧耳听听外边，一连几天都没有听到那熟悉而亲切的声音……它爱如生命的炒豆……

这里竟然连卖炒豆的老头都没有！

小鹩哥彻底悲愤了。

治疗这种青春期忧郁的特效药，就是恋爱。小鹩哥的爱情，在李华茂一次做外语辅导的时候，突然出现了。

准确来说，是自从看见李华茂手里捧着的那只鸟儿开始，小鹩哥恋爱了。那是一只黑色羽毛的鸟儿，嫩黄的嘴，耳后一抹浅黄，跟小鹩哥长得像极了。小鹩哥围着它蹦来蹦去，试着用嘴巴去帮它梳理羽毛。

那只鸟明显受伤了，对小鹩哥的示好也有些抗拒，用嘴使劲儿啄了它一口。

小鹩哥被啄痛了，委屈地站在一边，歪着头打量它。它觉得，这真是一只漂亮的小鸟，只有这样美丽的黑色羽毛和鲜嫩的黄色小嘴巴，才能配得上帅气的自己。嗯，小鹩哥挺起胸膛，它开始展现自己帅气的一面。

李华茂正在那边跟李盛东解释这只鸟的来历，对小鹩哥的行为还没来得及瞧一眼：“我从路边经过，嘭的一声，它就从树上摔下来了！我捡起来仔细瞧了一遍，没见着伤到哪里。哎，李盛东，你说它会不会是自己睡觉睡晕了……摔下来的？”

李盛东听乐了，凑过去看了一眼。那鹩哥摔得不轻，这会儿还晕头晕脑的，见着李盛东也毫不留情地啄了一口。

李盛东捏住那鸟的嘴巴，瞧着它都扑腾翅膀了才松开手：“哟，这不挺精神的嘛！”

李华茂把这鸟放到阳台上，不让李盛东再欺负它：“别逗它了，刚带去宠物医院看了下，这得养几天才能好。不过它身上没标记，可能是野生的鹩哥。”

李流氓不管这些，指挥李华茂进厨房做饭：“我饿了。”

李华茂道：“等会儿啊，马上就好。”

往常小鹩哥最喜欢去厨房了，但它现在可没工夫去偷吃，它在忙着讨好新朋友。

新来的鸟比小鹩哥小一圈儿，毛色看着也不怎么亮，可是小鹩哥对着它依然害羞了。小鹩哥把自己装食物的小鼓杯往它那边踢了踢，示意它进笼来吃一口。

为了显示诚意，小鹩哥甚至自己飞到一边，躲在了阳台晾衣竿的一角。

刚来的鸟有些警惕，试探了半天才凑过去，轻轻啄了几口，又蹦跶着跳出去。瞧着那笼子没什么反应，它继续蹦着进去吃两口，又忽然跳出来……就这么反反复复来回十几次，它吃饱了。

等到李华茂从厨房端菜出来的时候，小鹩哥已经跟它的新朋友并肩蹲在晾衣竿上了。

鹩哥这东西，对人比较亲近，尤其是这只自己从树上摔下来的。它在李华茂第二次进来喂水果的时候就开始表现出善意，大方地吃了一口李华茂拿来的水果。

李华茂对此很高兴，试着摸了摸它。那鹩哥愣了一下，立刻窜回晾衣架的角落里去了，叼着水果警惕地看着李华茂，边看边吃。

李华茂扑哧一下就乐了："好呆啊！你就叫……叫呆呆好不好？"

前头说过，鹩哥是比较不怕人、很有灵性的小东西，哪怕是野外溜达惯了的也学话很快。那鸟笨拙地吃完水果，冲着李华茂回了一句："啊呸！"

丁浩家那只陷入爱河的傻鸟，顿时被它的魅力征服了，五迷三道地看着它。

李华茂本来就鼻子痒痒，被这鸟这么一喷，顿时一个喷嚏打了出来。他比李盛东心眼好多了，听见了也不多生气，把剩下的水果放在鸟笼里也就出去了。

小鹩哥蹦过去啄了一块水果，殷勤地给人家送过去。那只呆鸟没被这么激烈地追求过，见它过来，就往后蹦，一个不察——摔下去了！

李华茂听见响声来看的时候，嘴角没绷住："呆呆，你真没用啊！它咬你，你不会咬回去吗……啧啧，算了！放你们去客厅吧！这么折腾，早晚得摔断腿儿，噗！"他没多想，还当两只鹩哥打架呢！

两只鹩哥歪着头看着这个人类嘟囔了半天，然后，阳台门打开了。这对于它们来说，等于敞开了一个新的天地！

丁浩家那只坏心眼多，没几天就领着呆鸟去了厨房，红辣椒、青辣椒管饱啊！呆鸟对辣椒没什么兴趣，反而很喜欢蹲在李华茂的抽油烟机上，偶尔也在李华茂做饭的时候进去，歪着头站在通风管上。李华茂炒菜，它就用屁股对着李华茂。

李华茂以为这是跟自己亲近了，也没赶它出去，直到有一天下班回来，瞧见抽油烟机通风管上的大窟窿，这才慌了神儿！他捡来的那只呆鸟跑了倒是没什么，丁浩家那只别跟它一起私奔了啊！这可怎么向人家交代？！

李家两个大人里里外外寻找一遍，恨不得在小区里贴"寻鸟启事"了！就在这个时候，阳台上传来一声微弱的鸟叫。李华茂来了精神，立刻过去看，躲在盆栽里头的可不就是丁浩家的鹩哥儿！腿上还有小银圈儿呢！

小鹩哥以四十五度角仰望天空，它在为它逝去的爱情悲伤，那种痛入骨髓的哀痛之情，简直要逆流成河。

小鹩哥失恋了。它看上的鸟儿并不呆，人家为了自由，忍辱负重，卧薪尝胆，终于在啄破了李盛东家的豪华抽油烟机排气管之后，重新展翅飞向天空。这个历时几天的“巨大工程”，让李盛东家的排气管彻底报废了。

随之而来的麻烦不只如此，丁浩也找上门来。他跟白斌出差回来，迫不及待地接了小鹩哥回家，一打开笼子就发现了不对！这，这分明是瘦了一圈儿！而且都开始掉毛了！掉毛了，这爱美的小东西也不叫唤了！

而且，一到了晚上，月亮升起来的时候，小鹩哥就开始对着月亮吟诵诗歌：“锄禾——日当午！汗——滴——禾下土啊！”这是鹩哥它爸爸念叨了十几年的一首诗，也是它唯一会的一首。

丁浩听了几夜它饱含深情的朗诵，脑袋都大了，这绝对有问题啊。

丁浩提着鸟笼子，就去李盛东家兴师问罪了。李盛东也不是好惹的，他把事情经过给丁浩说了一遍，重点提了下自己家的那抽油烟机：“丁浩，我这儿也有损失！还是物质上的！不过你这鹩哥吧……喀，是我没照顾好。要不，我赔点钱给你……”

丁浩眼皮一翻：“小豆豆可是我奶奶心尖上的肉！它要少一根毛，我奶奶就得心疼！我奶奶那么大把年纪了，可经不起这个折腾！李盛东我告诉你啊，这不是什么钱不钱的事儿！小豆豆有个三长两短的，你把你们家卖了都赔不起！”

李华茂在旁边认真思索一下：“把这房子卖了，应该能赔得起……”

李盛东不乐意了：“哎哎！李华茂！你帮谁哪你？站好阵营再说话，有你这样胳膊肘往外拐的吗？！”

丁浩不听他们解释，把小鹩哥放下就走了，临走还留了一句话，一个月内，把小鹩哥养肥了给他送回去！要不然，这事没完！

李华茂越发把这鹩哥当大爷伺候，一日三餐小心打点，晚上还陪着它一起朗诵诗歌：“啊，黄河！你是如此波澜壮阔！”他替徐老先生抄写的激情诗句，终于派上了用场。

可小鹩哥不理他，望着月亮吟诵悲伤的唐诗：“锄禾——日当午啊！”

李盛东如今也不敢得罪这鸟儿，他也怕丁奶奶一个不高兴就生病，那丁浩非得跟他拼命不可。李流氓压制住本性，耐心等待鹩哥变肥。

一月之后，小鹩哥终于摆脱了失恋的阴影，活蹦乱跳地回归了丁浩家。

李流氓含泪相送，把笼子交到丁浩手里的时候，千叮万嘱："丁浩，下回！不不！再也别有下回了！"

小鹩哥难得有良心了一回，在笼子里歪着头看李盛东，说了一句吉祥话："恭喜发财！"

李盛东有点感动，伸了手指头进去逗它："还算没白养！"

丁浩多嘴，问了一句不该问的："李华茂呢？"

李盛东还没回答，笼子里边的小鹩哥抢先学李华茂了："啊……黄河！风在吼！马在叫！黄河在咆哮！"最后三个字儿，学得字正腔圆。

丁浩听得一头雾水，而李盛东听得头皮发麻，说了句再见就飞快地走了。李翻译？李翻译还不知道鹩哥被接走了，正在打印新的诗歌呢！

番外五
最佳损友

李盛东第一次跟丁浩打架，纯粹是丁浩这破孩子自己找的。

那会儿李盛东还是个闷不吭声的小家伙，虽然一副小土匪模样，但是在四五岁的年纪依旧显出一种稚嫩的可爱。

李盛东他妈妈每回送他去上幼儿园，都给他带上一小餐盒的点心或者水果，蹲在幼儿园门口嘱咐他："东子，见了给同桌的小朋友分点啊，那是丁奶奶家的孙子，叫浩浩，你对他好点，让他跟你一块儿玩游戏，听见了吗？"

李盛东点了点头，算是记下了。

李妈妈站在幼儿园门口，一脸的担忧，她带着李盛东转了三家幼儿园，每回都是李盛东把小朋友打得哇哇大哭才被迫转学。她家儿子不太会说话，力气也比平常小孩大许多，遇到小朋友间的纠纷，二话不说就上去以暴制暴，三番五次的就传出了"小霸王"的名头。

李妈妈对此揪心不已，只盼着这次转学能让儿子的性格别那么孤僻。

新幼儿园建在小镇中央，旁边就是公园，师资和周边环境都很不错。幼儿园的老师文静漂亮，唱歌特别好听，一上午下来，李盛东都老老实实的，中午还多吃了小半碗饭。

等到午休时间，李盛东打开他妈妈给他准备的小餐盒，里面是课间水果——两个柿子。李盛东小朋友刚吃了小半个柿子，就看到坐在自己旁边的漂亮小孩噌地一下站了起来，围在脖子上的饭兜兜都歪了。

李盛东咬着柿子慢慢吃，他记得他妈妈说过，这个小孩叫浩浩，是他们家邻居老奶奶的孙子。

丁浩小朋友这会儿正用一种惊恐的眼神看着李盛东，或者说是看着李盛东嘴边那可疑的橙黄色、黏糊糊的液体，嘴角都抽抽了。

李盛东也想起他妈妈临走之前嘱咐他的话了，试图表达一下自己的友爱，便冲丁浩举起那啃了一半的柿子，诚恳地问道："你吃吗？"

丁浩"噔噔噔"连退几步，扭头就跑，带着哭腔喊老师："老师！李盛东吃——屎——啦！"

丁浩嗷的一嗓子喊开，幼儿园跟炸了锅似的，有胆小的孩子看着李盛东脸上那黄黄的东西，哇的一声就哭了，边哭还边跟着丁浩喊，一群小孩抽抽搭搭地都跑去找老师去了。

老师来的时候，李盛东站在那儿，一张小脸涨得通红，那小模样要多委屈有多委屈，就这还不忘反驳丁浩："老师，我吃的是柿……柿……柿……"他一个"柿子"还没憋出来，就听见丁浩那熊孩子又开始一脸惊恐地抽气，声音大得硬是压过了他最后那个字。

"真吃了啊？！"

"啊，我妈妈一直不让我吃……"

"呜，我要回家，老师我害怕！"

周围的小朋友也跟着骚乱了，躲在老师后面跟一群受了惊吓的小鸡崽似的，其中冒出头来的那个正是丁浩。

李盛东那个气啊，袖子一撸就嗷嗷地冲丁浩过去了，老师回过神儿来的时候，俩破孩子已经在地上滚了好几圈了。李盛东脸上的柿子汁蹭了丁浩一脸，丁浩瞧着身板小，但是张嘴就在人李盛东脸上啃了一个好大的牙印，还没松口呢！

俩人当天就被叫了家长。

李妈妈和丁妈妈一见面才发现对方竟然是自己多年未见的老同学，瞧见之后把手言欢，恨不得聊上一个通宵，言笑晏晏的，完全忘了旁边两个泥猴儿一般的皮小子。

丁浩眼泪汪汪地扯着他妈妈的衣摆，给她瞧自己脸上那个黑眼圈儿："妈妈，疼！"

李盛东倒是没吭声，只是拿眼睛一直盯着丁浩，小脸阴沉沉的。他抓着自己妈妈的袖子，扭过半边脸去，也让他妈妈瞅见他腮帮子上印着的那圈儿牙印。

两个妈妈都乐了，李妈妈给丁浩买了个会发光的奥特曼玩具，丁妈妈给李盛东买了一套幼儿百科书，好歹让这俩小祖宗手拉手一起回了家。

李盛东和丁浩在幼儿园三天一小打，五天一大打的，倒是也打出几分感情。两个人起初见了对方都用鼻孔说话，后来就开始慢慢地凑在一块玩，再后来就好得谁也离不开谁了。

丁浩常来李盛东家玩他那一柜子的奥特曼玩具，李盛东在地上铺了凉席，俩人一起趴在席子上面玩。

李妈妈送西瓜上来的时候，俩人玩累了，正胡乱躺在小凉席上睡觉呢。李盛东紧紧抱着他新买的奥特曼玩具，比丁浩高一头的人，愣是被丁浩挤到了凉席边角上去。丁浩穿着小裤衩、背心，正四仰八叉地躺在李盛东肚皮上呼呼大睡呢！

李妈妈觉得欣慰，终于有个孩子能跟她家李盛东一起玩儿了，至少是个打不跑的。

丁浩打小是个问题儿童，明明长得跟个洋娃娃似的漂亮，偏偏喜欢打架，邻居家袁警察的儿子生生被他给打服了。那小胖子比丁浩大两岁，愣是喊丁浩一声哥。后来小胖子打得过丁浩了，但是瞧见丁浩身后的李盛东，被那阴沉沉的倒三角眼一扫，还是乖乖地喊丁浩一声哥。

丁浩和李盛东从小拥有不少相同的东西，两家因为挨着近，这个孩子有什么，必定给另一个准备份同样的送去。

但是丁浩这年冬天戴的小帽子是独一无二的，这是李家送来的小帽子，丁浩不爱戴帽子，丁妈妈为了哄他亲手在这顶小帽子上加了花样，用手头多余的绒毛线给钩了一对小松鼠耳朵，可爱得不行。

她知道丁浩调皮，生怕小孩把帽子弄坏了，吓唬他道："这次可不许再弄坏了，再弄坏帽子，妈妈就不要你了。"

丁浩爱臭美，自己顶着小帽子都快美得冒泡儿了，他冲丁妈妈敬了个礼，笑嘻嘻地跑出去玩儿了。

那会儿男孩子们玩的也不过是那么几样，爬假山，占土坑，学着英勇的阿米尔战士打仗，末了还得上山去抓"特务"。丁浩身为突击队大队长，扑在前线上英勇作战，直到天黑才从假山那里抓完了最后一个"特务"，挺着小胸脯就回来了。

李盛东正在路口等着丁浩，他这次本色出演，一贯是土匪头子，最后的一道关卡防线。

丁浩被"土匪"李盛东按倒在地，李盛东力气大，丁浩出招损，谁也没占到便宜。俩人小脸上脏兮兮的，瞪着对方好一会儿，约定了明天再战，颇有一种英雄惜英雄的感觉。

可是刚走到小区的岔路口，丁浩一摸脑袋就快哭了：“坏了！我耳朵……耳朵没啦！”

李盛东吓了一跳，伸手顺着丁浩的小肥脸捏到那两只小巧可爱的耳朵，这才松了口气：“还在啊。”

丁浩把帽子拽下来，这次是真要哭了：“不是我的耳朵，是我帽子的耳朵啊，我妈说要是弄坏了帽子，就不要我了，呜呜。”

李盛东瞅了一眼那缺了一只毛绒耳朵的小帽子也慌了，这准是丁浩打架的时候给碰掉的，他瞧见过丁妈妈教训丁浩，训得丁浩小猫儿似的只会讨饶，好几回还哭了。李盛东拉起丁浩的手，道：“走，我带你回去找！”

俩人返回去找了好久，天都黑了，那么个小毛绒耳朵哪里找得见！丁浩伸手拉住李盛东的衣角，眼里都噙了泪花儿：“李……李盛东，你说，如果我找不回那只耳朵，我妈是不是就真不要我了……我是不是就是孤儿了？”

李盛东那会儿也小，嘴巴上虽然不说，但是心里也认为丁妈妈这回是真不要丁浩了。犹豫了一下，他还是安慰丁浩道：“也不会是孤儿吧？你不是还有你爸……”

丁浩哇的一声就哭了。

半夜，丁浩是被李盛东背着回来的，他手里攥着只脏兮兮的小毛绒耳朵，哭得眼睛、鼻子都红了，趴在李盛东背上做着梦还边抽抽搭搭。

两家大人找他们都快找疯了，差点儿就报案，瞧见他们回来又是一顿鸡飞狗跳。丁爸爸刚才还咬牙切齿地说要教训他们一顿，结果还没走过去，就被几个女人给抢了先。以丁浩他奶奶为首的，那可真是一味地溺爱他，恨不得把她的小宝贝儿抱到怀里仔细瞧一个遍。

丁浩他爸刚上前一步，就被丁奶奶呵斥住了：“去去去，你别过来，一张黑脸拉得那么老长做什么？别吓着我宝贝浩浩。”

丁浩揉了揉眼睛，睡得半梦半醒的，瞧见丁奶奶，小猫儿似的叫了一声，举着手里那只脏兮兮的毛绒耳朵，带着鼻音道：“奶奶，我没有弄坏帽子，我找回来了，呜……奶奶，你让我妈妈别不要我……我以后听话。”

这会儿不光丁奶奶心软了，丁妈妈在一边都跟着红了眼眶，哽咽道：“不……不省心的小祖宗，我平时说了那么多句，你怎么就偏偏记住了这句？”

李盛东在一边看着，忽然觉得很羡慕。他家就他和他妈妈在，据说他爸在很远的地方当兵，还是个军官。李盛东平时挺自豪的，也很得意自己犯了错也不会像其他小朋友一样被爸爸追得满院子跑。但是在这天晚上，他忽然羡慕起丁浩来，有这么多人宠着、管着真好。

李盛东他妈妈接到消息来的时候，头发都跑乱了，这个独自在家乡带着孩子过日子的泼辣漂亮女人，一巴掌就拍在她儿子后背上，没责骂几句就先自己哭了。

李盛东皮厚，没觉出多疼，他像个小男子汉一样站在他妈妈跟前踮着脚去碰他妈妈的手背，安慰她让她别哭。

丁浩被那一巴掌震得眼睛都瞪大了，他拽着丁奶奶的衣袖，有些困惑地看着李盛东，像是不太明白发生了什么事。怎么挨了一巴掌的没哭，反倒是李阿姨哭了？

李盛东安慰了他妈妈半天，又拒绝了丁浩提出的一起睡的要求，拉着李妈妈的手一起回了自己家。

李盛东和丁浩的不同就在于，他从小就认为自己是个男人。他爸不在家，他就是他们李家的男人，有他在就不能让他妈妈受委屈，他得照顾着她。

李盛东从小就对穿绿军装的人有好感，他爸就是当兵的。有回丁妈妈带着丁浩来拜访，李盛东憋不住想要炫耀一把，颠颠儿地抱着自家的那个大影集来给丁浩瞧。

李妈妈给他们拿了一盘水果，瞧见俩小孩头挨着头亲亲热热地看相片，忍不住笑着过来给他们讲解。李妈妈指着相片上的人，讲得认真又仔细："喏，这个呢，就是东子的爸爸，穿着绿军装、戴着帽子的。还有这个，是东子他爸带兵训练的时候……"

照片上一排排军人英姿飒爽，都是穿着绿军装的，也瞧不出谁是谁，但李盛东还是打心里充满了自豪感。

丁浩眨巴着一双大眼睛凑上去看，丁浩他妈妈眼瞅着这熊孩子就要狗嘴里吐不出象牙，伸手要拦，但还是晚了一步。小丁浩张嘴就蹦出了一句二到家的话："哇！李盛东，你有这么多爸爸啊！好厉害！"

李妈妈一脸的尴尬，丁浩他妈妈也臊得不行，照着丁浩脑门就弹了一下，愤愤磨牙："丁小浩，皮痒痒了是吧？胡说什么呢？"教训完了这小魔王，又转头跟人道歉，"对不住，对不住，这孩子真是……"

李妈妈倒是宽怀大度，非但不怪丁浩，还给他揉了揉脑门，道："没事儿，你瞧瞧，把浩浩吓成什么样了，浩浩快别皱脸了，都不漂亮啦！"

李盛东凑过去给他揉了揉脑门，一脸的担心："疼？"

"疼！"丁浩捂着脑袋，哼哼唧唧道，"你把你那盒巧克力给我吃，我就不疼了……”

话还没说完，丁浩又被丁妈妈敲了脑门。这回是真疼了，丁浩抱着脑袋蹲在墙角好一会儿，眼里还含着泪花儿。李盛东对那些个吃的玩儿的也不是多在乎，平时就是跟丁浩抢的时候还有几分乐趣，见着丁浩这倒霉模样，干脆一整盒子全端过来和他一起吃，权当慰藉他脑门上留下的俩红印子。

不料丁浩有个娇气的毛病，这破孩子天生鼻黏膜脆弱，一吃多了巧克力这类上火的东西就立刻流鼻血。李盛东不知道，大半盒子巧克力都剥开糖纸喂到了丁浩嘴里，没等吃完，丁浩就流了一脸的血。

李盛东被他吓得够呛，拖着他就往客厅跑，路上鼻血淋漓，愣是拖出了两道模糊的血印子，活像谋杀案现场。

李盛东头一回急得快哭出来了：“妈妈！阿姨！丁浩快死了！！”

丁浩的模样的确够凄惨，把两个在客厅聊天的妈妈吓了一跳，忙给找了毛巾、冰块止血，问清楚了原因之后，丁妈妈又嘱咐李盛东：“东子，你以后千万别给浩浩吃那么多巧克力，不，一块也别给他吃，啊。”

李盛东神色蔫蔫儿的，点头答应了，他站在一边看丁浩仰着头止血，小手指头上还紧紧绑了一根线，据说勒紧小手指头能帮着加速止血。

丁浩小脸煞白，出了血，脸上泛出些微病态的苍白来，瞧着眼睛更大更黑，长长的睫毛一抖一抖的，上头挂着水珠，像是哭了似的。

李盛东盯着他的脸看了一会儿，小心得不敢碰他一下：“疼吗？”

丁浩摇了摇头，瓮声瓮气答道：“不疼。”

丁浩那天晚上是在李盛东家睡的，李盛东带着一股愧疚把他全部的奥特曼玩具都给了丁浩玩，给丁浩兴奋得咯咯直笑。两人玩累了，就蜷缩在一处睡着了，抓着彼此的小胖手，谁也不肯先分开。

李妈妈上楼来抱他们去床上的时候，左边那个漂亮的正吧嗒着嘴说梦话，奶声奶气道：“巧克力……糖豆……”

右边那个略微结实些的小子眉头紧皱，攥着人家的手也说了梦话：“别抢我的……变形金刚……”

李妈妈差点乐出声，把这两个小祖宗放在一个窝里，挨个亲了一口再给他们盖上了小被子。

再后来，李盛东他爸从部队转业了。那年头，国家号召大家去开发建设深圳，李盛东他爸这个军转干部就率先去了深圳。深圳是经济特区，在国家的政策下更是一天一个样，高楼大厦平地起，李盛东他爸在这片纸醉金迷的地方迷花了眼。

他跟李妈妈离了婚，找了单位一个领导家的女儿组成了新的家庭。

李盛东他妈妈嫌丢人，没跟任何人提起，带着他匆匆去了深圳一趟办理离婚手续，郁郁寡欢地回来了。可这事儿瞒不住，没过多久，老丁家也知道了，丁奶奶大骂那个负心汉，丁妈妈更是咬牙切齿地发誓要给老同学找个更好的男人过日子："呸，什么东西！刚有点能耐就不要老婆、孩子了，这样的人，早点分了也好！你别担心，以后东子就跟我们浩浩一起，浩浩有的，绝不亏了东子！"

丁浩和李盛东那是正儿八经的好兄弟，好得跟亲的没什么两样，俩人同吃同睡，一起长大，李盛东不高兴，丁浩一眼就瞧出了他的担忧。

丁浩模模糊糊地听懂了一些大人的话，大概明白李盛东的爸爸"没有了"。丁浩怕李盛东一个人待着难受，立刻就抱着自己攒下的一罐子水果糖找李盛东去了。

五岁的丁浩用糖引来不少小孩，这样的热闹是李盛东平时最喜欢的。丁浩把剩下的那些糖都塞给李盛东，道："这次你当突击队长，我当坏蛋！"

李盛东蔫蔫儿的，一声也没吭。

丁浩锲而不舍，追着安慰了好些句，无奈李盛东都不搭理他。这熊孩子一着急，又蹦出一句不该说的话："李盛东你别难过了，你没有爸爸，以后你就管我喊爸爸吧！"

丁浩这孩子的心的确是好的，但是说出来的话忒气人，李盛东再好的脾气也被他点着了，这会儿还管什么心情压抑沉重的，上去一拳头就把他给揍翻在地上了！

丁浩先是愣了一下，立刻就不干了，翻身就要起来找回场子，可李盛东比他大两岁，一只手按住他，一只手就打，专找屁股和大腿这种肉多的地方打，啪啪啪的声响不绝于耳。

周围的小孩都吓傻了，没一个敢拉架的，一窝蜂地跑去丁浩家请救兵去了："丁妈妈！丁浩和李盛东又打起来啦！"

丁浩他妈妈赶到现场强行让这俩人分开的时候，他们滚得一身泥，跟猴儿似的，就这还不解恨，还要再打呢！

李盛东憋红了眼，闷不吭声地抽了两下肩膀，忽然哭了。他心里一直难受，但是又强忍着不许自己哭，这会儿他身上有伤，还有丁浩咬下的牙印，终于找到了一个可以哭的借口。他这边刚开始掉泪，丁浩那哇的一声就哭得震天响，穿着一只凉鞋就冲他跑过来了，抱着他呜呜咽咽地哭个不停，嘴里说着谁也听不懂的话，没个头尾。

“巧克力……我再也不吃了，李盛东你别哭，我再也不当突击队长了，不抢你东西，不弄坏你的变形金刚……我也不给你当爸爸了……”

李盛东站在那儿抹了一下眼睛，反手抱住小丁浩，肩膀一抽一抽地哭了。

丁妈妈丈二和尚摸不着头脑，不过瞧着这小哥俩像是又和好了，也略微放心了些。她给两个孩子一人买了一碗刨冰，摸着他们的脑袋道：“以后你们在一起好好玩儿，不许打架了，知道吗？”

李盛东点了点头，丁浩脸都恨不得埋在刨冰碗里了，吧唧吧唧舔着小勺子，乐得眼睛都眯起来，早就忘了刚才打架的事儿。

晚上，丁浩抱着自己的小枕头跑去李盛东那儿。

“李盛东，你别难受，你还有我呢。”小丁浩一边拍打自己的枕头，一边告诉李盛东，小模样还挺认真，“以后我们就是亲兄弟，我有的，都给你一半。”

李盛东脸上还有丁浩留下的牙印，闷不吭声地翻了个身，一声也没搭理丁浩。

丁浩锲而不舍地追过去，恨不得趴在人家脸上了，额头、鼻子贴得紧紧的，小肉手也捏到李盛东脸上，逼着他瞧自己：“李盛东，我把我妈妈也分给你一半。”

俩人凑得近，李盛东瞧不太清楚丁浩什么模样，但是脸上那份忍痛割爱的神情他看懂了。丁浩最爱黏着丁妈妈，能把自己亲妈分给别人，可见下了多大的决心。

李盛东用鼻子嗯了一声，主动蹭了他一下。

丁浩立刻露出一口洁白的小牙，弯了弯眼睛，伸手搂住李盛东跟他抱在一起睡，嘟囔道：“好啦，好啦，今天可以睡个好觉了，我担心你……好几天晚上没睡好了……”

李盛东心里忽然高兴起来，勾着丁浩的手略微动了动，握得紧了些：“丁浩，我们当一辈子的好兄弟。”

“哎，好！”

“丁浩，我们一起上小学、上初中好不好？”

“那得看你的本事啦，我上次得了五朵小红花，你才只有三朵！”丁浩笑嘻嘻地看着他眨了眨眼睛，“李盛东你得努力点才行！”

“哼，你才应该努力，你没听老师说吗？‘浩浩学习’！”

“呸！那是好好学习！你想打架是不是？！”

“谁输了谁就是孙子！！”

…………

很多年以后，李盛东和丁浩还是好朋友。

哪怕他妈妈再婚之后，他搬了家，丁浩也跟着丁妈妈去了市里；哪怕白斌突然冒出来，抢走了那个原本一直属于他的好友位置，他没能和丁浩按照小时候的约定上同一所学校；哪怕丁浩那时候已经跟在白斌身边成了成功人士，而他身边情人不断，他和丁浩也是好朋友。

李盛东心烦的时候有个毛病，喜欢和丁浩一样往热闹的地方凑。他瞧着眼前群魔乱舞，手边第一瓶红酒早就喝完了，这会儿工夫第二瓶也下去大半，正掺着别的洋酒一块喝下去。

给他倒酒的人怕他醉了又给端了一杯冰水过来，他拿着玻璃杯晃了两下，里头的冰块发出碰撞的喀啦声，透过杯子去看，桌上那瓶红酒的颜色更是透着血色似的发黑。

李盛东眯着眼睛看了一会儿，也不知道想起了什么，嘴角有点上扬。

耳边喧哗的人群声有些模糊，搅成一团似的塞进耳朵里来，连对面几个人的笑声都听不真切，李盛东觉得自己这是快醉了，可是偏偏又很清醒，都能想起很久之前的事儿。

他还记得丁浩小时候最爱跟在他屁股后边玩，被他打哭了也不跑，一直跟着。他心软了，刚想回头摸摸丁浩的脑袋给丁浩擦眼泪儿，这兔崽子立刻瞅准了机会，冷不丁地就下嘴咬，那一嘴可够狠的，他大拇指上现在还有一个疤哪……再后来，白斌就来了。

丁浩没再跟在他屁股后边哭着闹着要跟着了，这家伙变了很多，要不是那改不掉的狗脾气，他几乎要认不出来了，居然也成了个人模人样的精英人士，还一本正经地上起了大学，呵。

李盛东一直以为丁浩要跟他混很多年很多年。

李盛东摸了下右手的大拇指，关节那里微微凹进去一小块，像是个牙印。他摸着那里，忽然又想笑。大概真是喝多了，洋酒上头，他竟然连这种陈谷子烂芝麻都能想起来。

陪他喝的也喝高了，这时候也分不清李盛东说的什么话，呵呵笑着又去跟别人碰杯，继续喝去了。

李盛东歪在沙发上，看着自己身边一张张年轻漂亮的脸，眯着眼睛想从他们身上找出那么一丝的相似，但是都不是。活得任性又放肆的人太多，但都不是他想护在身后的那个。

李盛东右手的拇指动了两下，抓紧，又松开了。

×

番外六
白昊日记

×

5 月 1 日，晴

今天是五一劳动节，也是爸爸和妈咪去意大利的日子，他们要去好久才回来，不过我还有小爸爸和白斌爸爸。

白斌爸爸说，过段时间，我就要上小学了，要我开始学习写日记，我有点紧张。丁浩小爸爸帮我翻出妈咪的日记本来学习，小爸爸说，这是妈咪当初给我写的出生日记，一笔一笔认真记录下来的，是妈咪爱我的证明。

我们一起打开了第一页，妈咪偷懒，写的是英文，不过我看得懂。

她写：

Wow！ Like a monkey！

小爸爸的脸一抽一抽的，我拍了拍他的肩膀，希望他好受一点，但是他的表情看起来更难过了……

妈咪写得不多，很快文字就变成了绘图，再后来图也不画了，到中间就没有了。

我问小爸爸，妈咪爱我的证明为什么这么少呢？

小爸爸红着眼眶立刻搬来七八本日记，说这是他写给我的。

我们看了一整天，好开心。

白斌爸爸不怎么开心，不过白斌爸爸也拿出三本日记，也是写我的。

有这么多爸爸真的好幸福。

小爸爸说妈咪当初中文不好，现在还是不好，就是因为没有坚持写日记，我要好好努力，坚持下去才行。

后记：

第一篇日记的很多字是白斌爸爸教我查字典写的，谢谢白斌爸爸。

5 月 2 日，晴

今天还是放假，我陪小爸爸去买衣服。

小爸爸一个人笨笨的，不会系领带，白斌爸爸抱着我让我帮他弄好，我会系领带。

小爸爸亲了我一下，我很满足，然后我也亲了小爸爸一下。

小爸爸一直笑，又去试衣服了。

白斌爸爸脸色臭臭的，我有点担心他们会不会因为我吵架。妈咪说过，白斌爸爸会因为关爱被别人夺走而吃醋，虽然我不太懂什么是吃醋，但是我得到的爱是最多的，所以这事应该跟我有关系。

白斌爸爸坐了一会儿，就说要去给小爸爸帮忙，让我自己坐在外面等。

我想了下，小爸爸是有点笨笨的，就点头同意了。

我等了很久。

笑起来时左侧脸颊有酒窝，眉弓骨三分之一处有一颗小痣，身高一米六四左右的店员姐姐送了我一块蛋糕，我向她道谢，但是没有吃。

白斌爸爸说过在外面不可以随便吃陌生人给的东西，我只要看我带来的侦探漫画就够了。

过了好长时间小爸爸才出来，身上穿着的衣服又换了，头发也有点乱乱的，我觉得很奇怪，但是小爸爸抱起我就走了。

我看到小爸爸脖子上有奇怪的红色瘀痕，痕迹新鲜，并且这在他进去试衣服之前是没有的。我立刻开口问小爸爸，他说这是他自己不小心弄的。我还想询问更多，因为我最近的侦探漫画里有各种教鉴别伤痕的图，但是小爸爸比了一个健身教练的姿势，告诉我他非常健康，让我不要担心。

回家之后，小爸爸看起来也确实没事的样子。

白斌爸爸倒是很开心，我看看他，但还是没有勇气问。

今天白天，白斌爸爸是不是打了小爸爸呢？那个瘀痕看起来好严重，而且被领口遮挡住好多，我真担心呀……

5 月 3 日，阴天

幼稚园开学了，白斌爸爸送我去上学。

今天大家都起晚了，小爸爸连早餐都没有吃，出门的时候，白斌爸爸说他还在睡觉。

我坐在后面喝完了牛奶，车子还是堵在原地。

我偷偷看了眼白斌爸爸，看他心情很好，就问他昨天有没有打小爸爸。

白斌爸爸像是被呛到了一样，咳嗽了好几声，他难得这样失态。

白斌爸爸问我为什么会这样想，我告诉他，我只是有点担心，我不知道小爸爸为什么没起床，还有昨天的伤势，看起来很厉害，他应该去医院的。

白斌爸爸拧着眉头严肃地告诉我，他说小爸爸昨天只是被吓到了，因为家里有老鼠，所以一晚上吓得没睡好，因此才耽误了早起。

我更担心了。

我们家里有老鼠，非家养的动物晚上肯定会袭击家里最弱的人吧，小爸爸刚受伤了，而且看起来好弱……

一直到幼稚园，我还在想这个问题，白斌爸爸不知道为什么破例多给了我三颗巧克力糖果，还叮嘱我不要跟其他人提起这件事。

我点了点头，家里有老鼠这样丢脸的事，我是不会说的。

上午幼稚园里的汤老师带我们玩了很有趣的游戏，中午又唱了我喜欢的歌哄我们睡觉，我喜欢他。

5 月 4 日，小雨

今天下雨了，大家都不能出去玩，只能在室内玩积木。

我看到汤老师一个人坐在那儿看窗外，好像很寂寞的样子，就抱着故事书去念给他听。

我说：“汤老师，我要给你讲故事。”

老师说：“好。”

我指了指《海的女儿》上面的小人鱼，说：“她最后会死掉的。”

老师沉默了好一会儿，告诉我下次讲故事不要提前剧透。

5 月 5 日，小雨

中午吃饭的时候，林舒一直叫着要坐在我旁边，我拒绝了他，他哭了。

汤老师带他过来，小声问我："旁边有没有空位置？"

我说："有。"

汤老师说："那能不能让林舒坐在这里呢？"

我说："不行。"

汤老师立刻露出那种小狗一样的表情，说："为什么呢？林舒说他喜欢你，想坐在你旁边吃饭呢。"

我说："因为这是给老师你留的，我喜欢老师。"

不知道为什么，不只是林舒，连汤老师都红着眼圈抱着我哭了。

5 月 6 日，晴

今天天气很好，汤老师也很开心，我觉得他可能是太阳能做的，晴天比较爱笑，大概电源充足吧。

汤老师带我们去院子里看种下的植物，已经有不少长出来了，但是老师一会儿忘记拿铲子，一会儿忘记拿水壶，后来回去拿的时候又把植物记录本忘在教室了。

大家都很担心，有人担心汤老师会忘记带家门钥匙，也有人担心老师出门会忘记关煤气，我也有点担心老师，他和小爸爸好像，都需要人在旁边照顾的样子。

看完植物，记录好，大家开始玩游戏。

林舒跌倒了，汤老师很紧张，想要去扶他，他大喊："不要碰我——大家……大家快逃！我不行了，不要管我，快逃啊！"

然后全部的人都含泪点头，向四面八方跑走了。

汤老师看起来也是一副要哭了的样子，抓哪个都不是。

我过去拽了拽他的衣角，比了下手指，说："你看，这是枪。"

汤老师很疑惑。

我举起手指冲同伴们比了几下，嘴里发出"啪啪"的声音，他们全部倒在地上，开始抽搐起来。

我说："老师，你可以去把他们拖回来了。"

汤老师："谢谢。"

汤老师下午被园长交代去洗衣服，我有点想他。

5 月 7 日，晴

今天天气很好，但是难得汤老师在晴天不开心。

老师说我们今天就毕业了，大家排队去拍了照片，还是不太明白怎么回事。

汤老师说以后我们就去念小学了，不在这里了。

我们在教室里收拾东西，竟然只上了半天课就可以回家了，好奇怪。

今天全家人都来幼稚园接我了，白斌爸爸特意请了假，连爷爷和奶奶也来了，爸爸妈妈也发来了视频祝贺，好像是很了不起的日子。

门口很多人的爸爸妈妈都来了，他们被接走了，有些很开心，有些跟我一样不太明白，但是他们也很开心。

我被小爸爸抱到车上，系安全带的时候，我问他：“今天开始，我就是小学生了吗？”

小爸爸说：“还不是，过了暑假就是啦，以后就去小学了，开心不开心？那边有新的老师和同学，很快就会交到新朋友……”

我突然开始心慌起来，挣扎着要下去。小爸爸赶紧抱我下来，我冲幼稚园里面跑去，一路跑到我以前的教室，里面没人，又立刻跑去后面的植物园找人，汤老师果然在那里照顾我们春天一起种下的植物。

我干巴巴地说：“它们……它们不去小学吗？”

汤老师笑着说：“不去哦，这是幼稚园的课程，它们是‘作业’，要留在这里。”

我仰头看他，说：“那老师呢，老师也不去吗？我们一起去念小学好不好？我们还可以一起踢球，我的积木可以都给你玩，图画课一定也会认真画的……”

汤老师说：“不行呢，是规定啦。”

我从来没想过要和汤老师分开，难过地抱住他哭了起来。汤老师被我吓到了，最后不知道怎么搞的，跟着我哭了。

最后我是小爸爸背回家的，真的很丢脸。

这本日记就记录到这里吧，毕竟以后我是小学生了。

汤老师，再见。

番外七
再给我三天，遇到你

你是否相信前世今生？

白斌第一次见到丁浩的时候，是在小学二年级。

丁浩从小就长得格外漂亮，带着一股机灵劲儿，乌溜溜的眼珠子一转就能带出一个鬼点子来，笑起来时露出的小白牙和浅浅的酒窝看得人心里发甜，让人忍不住想跟他一起笑，一起闹。

可是白斌不行，他从小接受的教育告诉他，他不可以这么做。所以他就那么一直远远地看着丁浩，直到有一天有些克制不住自己的心情，开始接近丁浩。

如果说一个人一生中非要强求点什么，那么白斌这辈子最想要的就只有这么一个。他也说不出为什么一下就陷进去了，等到发现的时候，已经沉迷在这种烟火气的生活中了。

白斌自幼跟着白老爷子一起生活，他学习的课程很早就超越了周围的同龄人，他的家庭和生活环境让他过早地成熟起来。

但是白斌第一次真正的成长，是跟“离别”这个词连在一起的。

白斌一直都知道，他的将来逐渐被规划好，早晚有一天他会离开这里，丁浩也会离开。也许是大学，也许是高中，甚至是更早的时候，他们会逐渐疏远。

白斌明白，他无法阻止“将来某一天”的到来，他能做的就只有多看看，多记住一些。

但是这个“某一天”，在丁浩的一句话后，突然就到来了。

丁浩那时候还在读初中，他背着书包，拿脚踢着一个网兜里的足球，笑嘻嘻地跟一帮男孩子们勾肩搭背地走过。丁浩嗓门大，说起话来老远就能听见：“哎，我跟你们说啊，我爸答应我去市二中啦，到时候我们可就是对手了，再踢球儿，我可不让着你们啊！哈哈哈！”

“真的啊，丁浩，你可舒服了，到时候跟着李盛东还能溜出去看小电影……我也一直想去来着！”旁边的男孩一脸的羡慕，在丁浩肩膀上捶了一下，挤眉弄眼的，“我可听说了，李盛东还找了一个初三的学姐当‘女朋友’呢！”

“瞎说！”丁浩义正词严地反驳了，“那是李盛东上赶着追人家呢，就他那模样的，哪儿有人看得上啊，哼哼，等小爷去了……”

白斌坐在车里，静静地看着丁浩他们走过去，嘱咐司机跟在后面。等到几个孩子在回家的路上散开之后，他才截住了丁浩，从半开的车窗里对丁浩说了一句话：“上车。”白斌那时候处于变声期，声音有些低哑，他也不爱多讲话。

丁浩有些抗拒，他认识白斌，知道这是他爸以前顶头上司家的公子：“干……干吗？”他也不想结巴，可见着白斌就忍不住紧张。

白斌打开车门让他上来，自己往旁边让了一个位置：“你家里有点事，丁叔叔让我来接你。”

丁浩抱着足球就进去了，他坐在车里还是紧张，车座椅上是软软的白羊毛套垫，脚底下也是干净的，旁边坐着的那个人自然是一如既往的高贵优雅。丁浩偷偷拿眼睛往旁边瞥了一眼，瞅着白斌侧坐在一边看书的安静模样，觉得这人真的跟他不是一个世界的，这个人太完美了，像是书里印着的模范学生，都恨不得不食人间烟火了。

丁浩把怀里的足球抱得更紧了些，他坐在那儿有些不知所措，觉得玩得一身脏兮兮的自己简直跟白斌身边的一切都不搭。

白斌侧过脸来，在空气中闻了闻。

丁浩更尴尬了，他微微把头侧开，道：“我刚踢完球，汗味儿有点重吧……”

白斌凑得更近了点，鼻尖贴在丁浩的肩膀上：“嗯。”

丁浩想推开他，但是又不敢：“我……我爸怎么突然喊你来接我了？到底什么事儿啊？”

白斌看着他小脸红扑扑的，带着一股青春活泼的气息，混合着衣衫上的青草和汗水的味道，真是让人羡慕的自由的气息。他略微退开了一些，道：“我爸回来了，叙旧。”

丁浩又哦了一声，低头拿手指头抠装着足球的网兜。

白斌看着丁浩的手，丝毫没有嫌弃他的那双小黑爪子：“听说，你要去市二中了？”

丁浩被他看得浑身难受，像是一只被按住爪子强制顺毛的小野猫：“嗯，是啊，我过几天就转学了。那个白斌，我手脏，别弄脏了你家的车……”

白斌哦了一声，道：“你是为了李盛东转学的？你跟他关系……很好吗？”

“嗯啊，我们是好哥们，说好了要在一起读书来着。”丁浩的手终于被放开了，稍微舒服了点，小心地在自己的短裤上蹭了两下，像是从主人腿上跳下来抖毛儿的猫崽子似的。

白斌在心里默默将他这句话回味了一遍，拿起那本书继续看，一路上并未再说话，只是他看书翻页的速度比平时慢了许多。

这次聚会是一个内部小型的家宴，大多宾客带了家属参加，跟着来的小孩不少，但是其中就属丁浩扎眼。丁浩一身刚运动过后的小运动服，身上黑一块白一块不说，还提着个足球，何况他旁边站着一身整洁、如贵公子似的白斌。这一对比，高下立见。

丁浩他爸眼睛都快瞪出来了，一个劲儿地给他使眼色，让他赶紧滚过去。丁浩抱着足球忙跑过去，他觉得被他爸踹两脚也比在白斌身边舒服。在白斌身边，他感到一阵阵说不出的压力。

丁浩被他爸打了两下，到底是亲爹，没舍得下狠手，拿了桌上的湿毛巾让他赶紧擦手吃饭。但是丁浩他爸瞅着他把那块白色的湿毛巾愣是给擦成黑色的时候，再好的脾气也没了，照着他脑袋上拍了一巴掌：“又偷着踢球去了吧？啊？快去洗手间把这爪子洗干净喽！下回再玩成泥猴，甭管你奶奶让不让，都得抽一顿。”

丁浩被打皮实了，也不在乎这两下子，吐了吐舌头就跑到外面去找地方洗手了。

屋里的大人们发出一阵善意的哄笑，这都是瞧着丁浩长大的，挺喜欢这个漂亮、爱运动的小孩。

白书记今晚兴致很高，笑道：“老丁啊，别管得太严了，丁浩这孩子不错，小孩子还是活泼点好。你看白斌，那性子怕是改不了了，少年老成，瞧着比我还少话哪。”

丁浩他爸立刻摆手：“哪儿能呢，白斌这是做事儿稳重，我们家那只皮猴子可比不上！”

周围的人都跟着夸赞了起来，白斌的优点多，一时半会儿还真说不完。一般别人夸奖自己，白书记是不当回事儿的，但是这次大家是夸奖自己儿子，白书记听着心里舒坦，又端起酒杯来让他们干了一杯。

酒店的洗手间比较高档，镶嵌的大块玻璃也漂亮，丁浩洗完手还忍不住照了一会儿镜子，觉得自己真是越来越帅了。他正臭美着呢，就瞧见白斌也进来了。

白斌在旁边洗了手，慢条斯理地擦干，也不急着出去，只是在丁浩从他身边经过的时候一下抓住了丁浩的手腕。

“丁浩，你真的要转学？”这话他问第二遍了。

丁浩有点恼羞成怒了，他甩了一下，没甩开，干脆就道：“是啊，我要转学，可我转学关你什么事儿啊！”

白斌手握得紧紧的，不让他挣脱开，盯着他道：“为了李盛东吗？”

“是！”丁浩毫无自觉地在火上再浇了一桶油，他原本只是觉得市二中那边管得宽松，日子舒坦，这会儿听见白斌一而再再而三地提起李盛东，干脆就顺着白斌这么说了。丁浩抬起头也瞪着白斌，瞧着白斌干净的衬衫、梳理得整齐的头发，还有那张没什么表情的冰块脸就忍不住一阵窝火。他从进门开始就一直被大人当成和白斌对比的对象，他烦透了什么都比白斌差的感觉：“我就是为了李盛东转学的，怎么了？我乐意跟他在一块玩儿！”

白斌皱眉，一把将小孩拉到了自己跟前。他比丁浩大两岁，比丁浩高出一头，就这么居高临下地看着他，眼神都结冰了：“你这么做不对，学生都应该选择更好的学习环境，好好学习。”

丁浩瞪眼：“我乐意跟李盛东在一块玩儿，关你啥事！”

白斌这次没等他说完就狠狠地捏住他的手腕，道：“你这样不对！”

丁浩被他攥疼了，眼睛里都带了泪花，一边瞪他，一边哆嗦着伸手去推他：“你你你……你脑子有病啊！”

白斌看着丁浩，丁浩额头上还带着些薄汗。白斌觉得自己有些用力过了，但依旧坚持自己的观点：“丁浩，我觉得你应该按我说的做，去读一中。”

丁浩看着他的眼神立刻就变了，指着他骂道：“你有病啊！你以为你是谁，可以这样管我？我才见过你几次，认都不认识你！”

白斌的脸色也变了，他虽然还握着丁浩的手，但是指尖已经开始发凉，那股凉意顺着指尖蔓延，连心脏也忍不住缩了一下：“我不是，我只是……对你……”

丁浩啪地甩开他的手，眼神里也带了一股轻蔑：“白斌你当你是谁？！少管我！”

白斌脸色有些苍白，他用了很大的力气才收回自己的手。他抿了抿唇，静静地看了丁浩一会儿，看清楚这个他一直喜欢的小孩眼里所有的厌恶和少年的骄傲得意，看着丁浩转身离开。

白斌在洗手间里待了好一会儿，他看清楚了镜子里那个颓败的自己，也看清了现在的自己没有任何办法留住那份自由。

等到白斌回来的时候，酒宴快要结束了，白书记正在跟大家说话："这次我来是谢谢各位这些年的帮助，我呢，下一步就要去H省省委上任，白斌以后……"

"我跟您一起去。"白斌站起身，眼睛看了对面的丁浩一眼，丁浩立刻扭过头去了。白斌垂下眼睛，手指攥得有些发痛："我想过了，我想转学跟您一起去那里。"

白书记看了旁边的儿子一眼，有些惊讶，但是很快就笑着接过了话："对对，这次回来就打算带着白斌过去，我和他妈妈都在那边，也方便照顾，呵呵。"他和白斌的妈妈常年不在家，白斌一直是由爷爷照顾长大，他们对白斌是存着一份亏欠的，这次回来，白斌本来不同意转学，现在不知道为什么又改口了，不过这是好事，他自然是答应的。

白书记调任省委的事儿大家一直都有听说，这次亲口听到，更是祝贺不断。他们都是跟着白书记起来的一批人，算是老部下，心里的算盘打得噼啪响。

其间白斌一言不发，他在算着自己的将来，算着自己的筹码，还有……丁浩。

白斌再次见到丁浩的时候，是两年之后，那个时候他回来看望爷爷，顺便跟白老爷子商量报考的学校，回来的第二天就听说丁浩家里出事了。白斌连夜开车过去，等到了的时候，看到那个哭得撕心裂肺的小孩，自己的心脏也跟着微微抽痛起来。

在那个世界里，丁浩的奶奶没了，他哭着不许人说这句话，不许任何人搬动丁奶奶。

旁边的一个女孩起身想要离开，但是很快就被丁浩扯住了衣服，然后两人起了争执。

女孩跟丁浩长得很像，花朵似的漂亮，但是此刻却被丁浩吓住了，红着眼圈喊道："丁浩，你疯了，你干什么？！"

丁浩眼睛比她还红得厉害，固执地抓着她不放："拿出来！"

女孩被吓得要哭出来了，一边使劲儿掰丁浩的手，一边喊大人："妈！妈！丁浩疯了，你快来管管啊！"

丁浩下手利落，“啪”的一耳光就扇到了女孩脸上，一字一句道：“拿！出！来！”

女孩脸上红白一片，还想再争辩，又被响亮地抽了一耳光。旁边的大人都急忙上前，有人还冲着丁浩去了……

白斌有些担心，几步上前迈进门去，但是还没进去就看到周围的人都散开了，被围在中间的女孩哇哇地哭着交给了丁浩一个什么东西，丁浩小心地接过去，转身跪在丁奶奶旁边。他把丁奶奶的手拿出来，小心地将要来的那个东西给奶奶戴回手上——那是一枚朴素的银色老戒指。

丁浩跪在那儿，他握着奶奶的手，丝毫不嫌弃她已经僵硬冰冷，给她把戒指戴好。丁浩咬牙不说话，可是大颗大颗的眼泪不停地砸下，眼前视线一片模糊。他无法控制地抽着肩膀，发出低低的呜咽声。

周围的大人已经有忍不住哭出来的，没有一个人再去阻止丁浩，连之前张牙舞爪要去拦着丁浩动手打女孩的大人也不敢上前去，他们脸上红成一片，不知道是因为羞愧还是悲伤。

白斌站在门口没进去，他见周围的人没有难为丁浩，悄悄地看了一会儿就离开了。

他一直以为自己喜欢的是那个张牙舞爪、小猫儿似的丁浩，喜欢丁浩那份张扬的生命力，喜欢丁浩笑起来阳光灿烂的模样，可是经过今天，他有了更奢侈的愿望。

他心里希望，将来有一天，丁浩也会这样对待他，也愿意将这种浓烈的感情放在他身上，哪怕他的身体僵硬冰冷，哪怕他已经变得丑陋不堪，还是会将他的手握起，不顾一切地维护他到最后。

他想要这样一个维护自己的人，笑着的，哭泣的，愤怒或者悲伤的……都想要放在心里珍惜。

白斌读大学的时候，每天学习的课程密集到令人发指，有些时候白老爷子都有些看不下去了，让他休息一会儿。白斌是个一旦有了明确的目的就会全力以赴，一步步做到的人，他凭借着自己的聪明和刻苦，慢慢向着自己心中的那个方向靠拢。

等到白书记觉察出白斌的不对劲时，已经晚了。

白斌第一次对家人提出反对意见，是在一次过年的家庭聚会上。白书记那时已经调回京城，迈出了更大的一步，白斌的母亲也在商界有了一番作为，弟弟白杰也逐渐长大，是个有所担当的小男子汉。

白斌对于父亲安排好的仕途，当即就否定了：“很抱歉，我已经有了自己的想法，我想去D市。”

“可是，那边的条件并不是最好的……”白书记微微皱眉，他在白斌十几岁后才把他接到身边，一直忽略了他，很希望能借此补偿一下，“白斌，我和你妈妈都希望你能留在H省，毕竟这边的经济要比D市好很多。你不用担心相处的问题，我……”

白斌打断他：“D市足够了。”

白斌的固执让白书记有些尴尬，他看了旁边一眼，旁边的妻子也有些红了眼眶。她当初也选择了发展自己的事业，两个人这么多年来一直想要奉献自己的爱子之情，但是等接回儿子的时候，他已经长大了，并且有了自己的主意，不再是当初抱着他们请求他们不要离开的那个小孩子了。

白斌的妈妈轻咳了一声，把哽咽的声音尽量压下去，道：“那好吧，白斌，我们听你的。那里也有你爷爷以前在军区的战友，我们……我们也放心。”

过年几天假日对白家父母的冲击不小，他们很难理解一直以来那么优秀的儿子为何会这样选择。他们去查，但是未查到任何一个跟儿子太过亲密的女孩。他们想要苛责白斌，但是白斌是那样优秀啊！他们从小严格培养白斌，而白斌对自己比他们还要狠，仿佛不把自己榨干最后一点精力绝不放松，做任何事情都做到极致。

终于白家人放弃了，他们顺从白斌的选择，让他去了D市。

白斌像是在衡量自己极限的边缘，拼命努力过后，便会获得回报。他逐渐成长，羽翼渐丰。

白家人有些惶恐不安，他们太了解白斌这个孩子，也越来越害怕他表现出的那份发狂的执着。白斌是冷静的，也是骄傲的，他牺牲了自己所有的，全力以赴，似是为了积攒全部力量达成一个愿望。

那一天终于来了。

白斌认真地看着腕上的手表，他从丁浩的父亲——也就是D市的某位局长处得到消息，丁浩要过暑假了，今年会来这里。

是的，他从踏入仕途开始就已经在留意丁浩身边的一切，包括丁浩的家人。丁浩注重亲情，无论如何，他都会跟父母在一起。只要丁浩来到D市，丁浩早晚会来到这里和他重逢。

白斌开车去了保护区，他知道以丁浩那样不安分的性子，一定会去那里瞧个新鲜——这么多年，他收集了无数关于丁浩的信息，恐怕比丁浩自己知道的都要详细。

转了没一会儿，他果然就碰到了丁浩。

丁浩比以前长得还要漂亮，但跟以前一样倒霉。白斌遇到他的时候，他的车没油了，他从加油站捧回个塑料瓶子，拿着瓶子往油箱里倒汽油，紧裹在身上的小皮衣挡不住深秋的寒风，冻得瑟瑟发抖。

可怜又好笑。

白斌看了他一会儿，瞧着他试了几次都没有把油箱盖子打开，那模样实在是想哭了，这才开车过去。

天气又冷又干，风一吹过，丁浩的牙齿就咬得咯咯响，白斌能感觉得到丁浩紧挨着自己，一边用手抓紧了小皮衣的领子，一边眼巴巴地瞅着他加汽油。这种依赖的感觉，让白斌心里都柔软起来，他很高兴丁浩这样依靠自己，让自己为他做什么。

可是丁浩忘记了他，只当他们是第一次见面。

白斌站在那儿看着他晃晃悠悠地开车离开，身边是大片大片半人高的枯黄芦苇在寒风中摇曳，荒凉又孤寂。他想听丁浩说一声“好久不见”，想了很多年。

再后来，他们在一起工作了。

丁浩跟小时候一样试图逃避他，却无法逃出他花费了这么多年设计好的这张网。

白斌觉得自己跟丁浩在一起的时候才是活着的，才有些对明天的期待和想法，他希望自己能和丁浩拼凑成一个新的人生。

这个人像是替自己活了很多年。如果说世界上有另一个自己的存在，那绝对是互补，而不是相仿的。他们过着完全不一样的人生，他克制隐忍，而丁浩肆意张扬；他努力做好自己，而丁浩却在最好的年华放肆玩耍……白斌并不嫉妒，甚至把他当成自己另一半未完成的人生，一并收拢羽翼之下，呵护着。

“丁浩，你和十年前一样，还是那个你。”

白斌的叹息很轻，但是这样坚定的语气，让丁浩微微抖了一下。

白斌对谁一直都是淡淡的，但是自从丁浩毕业来办公楼上班之后，他比平时多了一个小爱好。

他会给丁浩发短信，打上几个简单的句子，问一些琐碎到不能再琐碎的日常小事。丁浩顾忌他的身份，五次里总有一次会回复一下，说的话跟他的人一样，像是在张牙舞爪地挑衅。白斌看着丁浩这样想笑，可是他挑了挑嘴角，却无法完成那个笑容。

他已经很久没有感觉到发自心底的开心了，只要每次想到丁浩是因为他的身份迫不得已敷衍他，牵强地陪他做着这样的“游戏”，就无法再笑出来。

手机嘀嘀地响了，这次不再是短信，而是丁浩打来的电话。

“白斌！我就在你隔壁，你天天儿发短信，你……你有意思没啊！”压低的声音带着几分不甘心，白斌甚至都能隔着电话想到他此刻气鼓鼓的小模样。

白斌淡淡地道：“我觉得挺有意思的。”

对方立刻气得跳脚，压着声音嚷嚷了半天，像是一只被镇压而不服气的小猴子。

白斌听着他说完，末了只说了一句：“到我办公室来，立刻。”

丁浩软硬不吃，可他怕白斌，犹豫了一会儿之后还是进来了。

白斌看了他一眼，道：“过来。”

丁浩还在门口磨蹭，他悄悄地握着门把手，似乎还想跑：“我……我又没说错，你昨天的报告写得挺好的……我今天都没做错什么事儿！”

白斌挑眉，拿起桌上的一份文件：“你确定？这是你弄的吧？数据错了，你过来把这里先改好。”

丁浩的脸腾地红了，他走过去看桌上的那份文件，上面白斌已经画出来一部分，每句话都批注了，错的地方不少，白斌说得又毫不留情面，一时让他低下头去。

白斌看着他一点点改好，又道：“好了，我们谈谈私事。”

丁浩反应慢，没来得及跑就被白斌拎着衣服领子按坐在沙发上。

白斌问他：“我怎么骗你了？”

“你你，你昨天明明说只要我听话，跟着你学习写报告、做会议记录，就不为难我……”丁浩脸皮到底还是薄了点，当着白斌本人的面说出来都脸红，“还说我一个礼拜不出错，就让我换办公室！”

“你不愿意跟着我干活？”白斌拖长了声音，看着丁浩哆嗦了下，觉得真是有趣，“光这一点，就是很不听话了。”

丁浩抬头瞪他一眼，很是不甘心：“白斌，不带你这样的！你说话不算话，我……”

白斌看着他道：“把新区那块土地竞标的事儿告诉李盛东的人，是你吧？你倒是跟他很好，事事都想着他。”

丁浩垂下眼睛，不敢说话了。新区有项目投资是保密文件，他真的不该说，但是李盛东跟他是最好的哥们儿，他忍不住就偷偷说了。

“李盛东倒是也有点本事，竟然还真能弄到手。”白斌一字一句地教导他道，“但是这件事不能就这么过去，丁浩，你得认识到自己错了，知道吗？”

丁浩被他训斥得脸都红了，别扭得只想立刻就逃走：“白斌，你少这样对我说话，我爸是让你教我，可没说让你这么教！我还有没有人权了……”

“那怎么教？你可不是个好学生。”白斌不为所动，面无表情地对他道，“不听话的学生，要受惩罚。”

“我不！”

丁浩这么说着，但他还是被白斌抓着拿尺子在掌心抽了两下。

丁浩咬着嘴巴，不吭一声。

白斌瞧着丁浩郁郁寡欢了几天，怕他闷着，弄了一条金毛犬来给他养。

那是他妹妹白露养的一只狗，白露去上军校了，临走时求他帮着照顾两天。白露从小崇拜她哥哥，她的爱犬，也只有她哥照顾，她才放心。

那只金毛犬叫查理，三岁，正是活泼好动的时候，见到丁浩的第一面就把人给扑倒了。

丁浩被金毛犬查理扑倒在地毯上，连滚带爬都没办法躲开。他昨天被白斌按着写了一天报告和汇总表格，腰都快断了，捂着腰哎哟哎哟地叫，眼泪都快下来了。白斌在旁边看着他们，瞧着丁浩活泼了些，眼神里很有些赞许的意思。

丁浩鼻子都快气歪了，白斌欺负他还不算完，还弄条狗来欺负他！

不过很快，丁浩脸色又变了，他看了看那只体型硕大的成年金毛犬，又看了看白斌，吓得说话都哆嗦了：“白……白斌！你弄它来，不会是想让它咬……我吧？”

“嗯？”白斌坐在一边，把装着些零食的餐盒放下，“我今天带你出去玩。我看你闷了好几天了，外面阳光不错，不出去可惜了。”

丁浩喉结艰难地上下滚动几下，看着白斌的眼神简直可以说是惊恐了，声调都变了：“什么？还……还要去外面？”

白斌也觉出不对来了，他看着丁浩捂着胸前的小背心，一脸惊恐地看着他和金毛，忽然就觉得这事儿误会大了，忙解释道：“丁浩，不是你想的那样，我只是……算了……你等会儿换上衣服跟我来吧。”

丁浩瞪了他一眼：“甭！想！”他虽然原则不多，但是丢人的事儿一件都不想干，特别要面子。

白斌拎着丁浩出门，丁浩脖子上挂着个布袋子，里面装着几盒子零食，跟在后面的金毛犬查理则叼着个网兜，里面有一个足球，一条蓬松的大尾巴甩得欢快异常。

丁浩不得不承认，跟金毛犬查理玩还是很愉快的。这只狗最喜欢足球，丁浩在草地上踢着足球来回跑的时候，它便跟着他到处冲，叼到足球就拼命地往白斌那边跑，一脸谄媚地将足球放到白斌脚下，还用嘴巴往白斌那儿蹭了蹭，大尾巴甩得啪啪响。

丁浩玩得高兴了，招呼白斌一起来踢球，他原本只是随口说了一句，没想到白斌当真脱下西装外套来跟他一起踢球了。

两个人加一只狗，玩的无非就是传球、断球，丁浩第一次发现，白斌踢球的时候也是那么帅，哪怕是一身白衬衫和西装裤也不显得突兀，反而有一种……白斌式的魅力。

白斌挽起衬衫的袖子，微微凌乱的头发显得生动了许多，他拿了一瓶水给丁浩，自己也开了一瓶。两个人肩并肩坐在草地上，随意聊着些什么："你为什么不打篮球了？我记得你读高中的时候，好像更喜欢篮球一些。"

丁浩差点被水呛了，咳了一声道："我……我念旧不行啊！我小时候就喜欢踢足球……"

白斌哦了一声，看着丁浩转过去的脑袋，还有那双微微透着粉红的耳朵，识趣地没有再问下去。

后来白露从军校回来了，小姑娘简直是她哥哥的头号粉丝，丁浩终于知道金毛犬查理那份儿谄媚是从哪里学来的了。

白露背着相机，给他们照相。小姑娘拍照很认真，她哥指指丁浩，她便拍一张丁浩，她哥不说话，她便一直拍哥哥。

丁浩跟金毛犬查理玩得很高兴，笑起来格外灿烂，顶着一头有点长的头发，身边一个足球，跟当初白斌见到他的时候一模一样。

丁浩看到白斌站在那儿愣神，将手边的足球抛给他，笑道："给！替我跟查理玩一会儿，我累了，得躺下歇会儿。"

白斌接过足球，看了丁浩好一会儿，道："好。"他心里忽然生出一种难以言说的感情，他想起多年之前他见到丁浩的时候，小孩似乎也是跟人一起踢足球，抱着足球当宝贝似的不放开。那个时候白斌就想，假如有一天丁浩能把宝贝着的足球交给自己，让自己帮他保管，那么就是已经信任自己了吧？

白斌想，他不愿再放纵自己这样的独占欲了，他想同丁浩好好地、认真地谈一下将来。

金毛犬已经兴奋地跑过来了，它汪汪地叫着，身上的毛发在阳光下散发出淡淡的金色光芒，跟那天的天气一样，温暖一片。

再后来，丁浩遇到了那场车祸。他才二十三岁，那么年轻，车子在雪夜里被撞得乱七八糟，人也是一身血污。

白斌看了好一会儿，才认出那是丁浩。或者说，他不想承认，他手把手教出来的人也许再也不会说话，再也无法和他闹，冲他笑了。白斌在雪地里小心地擦着丁浩满是血迹的脸，他的手很稳，可渐渐地就抖了起来，像是抑制不住似的，眼睛酸涩不堪，心里更是被挖走了什么，冰冷一片，心脏那个地方恐怕再也无法拼凑齐全了。

白露哭得很伤心，她哭着让白斌放手："哥，哥你放开他吧！"

白斌颤抖着声音，让董飞送白露回去。

他无法放开手，他放不开丁浩，就像他放不开自己。

白斌抬头看着天空，雪飘落下来，他一直那么看着，直到肩上落满了雪，双眼中涌出泪水……

丁浩你知不知道，我是拼凑起来的，心是，人生也是？

现在被撞碎了，一切都不完整了。

丁浩出事后，白斌连续工作了三个月，不肯休息。他把自己全部的时间都投入工作中，让自己忙到无法去想任何事，连吃饭和睡觉的时间都少得可怜。

白老爷子派来的医生说，再这样下去，白斌整个人恐怕都会废了。白家人无法坐视不管，他们来瞧白斌，来劝他，甚至是求他。但是看到那个形容憔悴，已经失去了往日神采的白斌，他们便无法再说下去。

白露来了，她为丁浩难过，更为她哥哥难过。丁浩出事后就一直躺在床上，没有苏醒的迹象，她哥也像不再在意任何事一样。她看着白斌埋头工作，看着他不分昼夜地忙碌，像是努力寻找什么事情将自己支撑起来，更像是寻找最后活下去的意义。

白露看到她哥的胳膊上有针孔，掀起袖子来看的时候，被那大片的针孔震住了。那是打的营养针，他已经很久吃不下东西了。她的眼泪忍不住打圈儿，哽咽得几乎要说不出话来："哥，哥你这是……"

"只是几针营养剂。"白斌放下袖子，把那些针孔遮挡住，如果不是这样，他恐怕早就支撑不住了。白斌语气淡淡的："白露，你回去吧，我还要工作。"

"哥，你不能再这么下去了！"白露一把拉起白斌，几步走入隔间里，那里被白老爷子强行放了一张床，是留给白斌休息的。白露把她哥推过去，让他坐下，从兜里翻出一沓照片。她咬着唇将照片塞到白斌手里，转身走了。

那是丁浩留下的照片，白露那天背着相机拍的。照片里的丁浩和金毛犬查理一起坐在绿油油的草地上，丁浩笑得打跌儿，整个人都在草地上滚，头发上沾了点儿草屑，笑容灿烂。其中有一张，白斌站在不远处背过身去打电话，丁浩就坐在地上，一边玩着大金毛的爪子，一边咧嘴笑着……

白斌抚摸过相片，忽然眼角有点湿润，他觉得很累，想闭上眼睛睡一会儿。

白斌知道丁浩是任性的，带着几分还未长大的孩子气，他手把手地教着丁浩，但是私心里又想把丁浩这份性子留着，让丁浩越来越依赖他，也只能依赖他。

丁浩会发生那样的事，会面对那样无可挽回的结果，多半是因为他——因为他的宠，也因为他的不肯放手。

“傻瓜，我不会再勉强你了。”从他们再相遇的那天开始，他强迫丁浩学这学那，此刻回想起来却苦涩不堪。

白斌忍不住问自己，他从一开始就布下的这个局是不是对的？他从丁浩小的时候就开始小心地圈养着他，不着痕迹地让周围的人不跟他过多亲近，也不让他离开自己的视线。所以丁浩觉得寂寞，他逃了。

他那么聪明，聪明得几乎毁掉了自己和丁浩。

白斌从不信神，而此刻他想问问满天神佛，如果能放下所有，抛弃一切，是不是也可以去丁浩所在的地方？

可是没有你，我又会是谁？这样的生活，对我来说是最大的痛苦与折磨。

如果用这一生能换来与你相遇，哪怕只有几天也好……

白斌像是做了一个漫长的梦，他梦到丁浩在他身边笑容明亮，露出一口小白牙，喊他醒来。

“白斌！”丁浩推了他一下，不但不跟以往似的躲他，还眯着眼睛坏笑，“你快起来啊，白露一会儿就来了，她看到你这样，还以为我昨天晚上把你打晕了呢，哈哈哈！”

白斌慢慢地坐起来，他有些无法相信眼前所见到的人，伸出手轻轻抚摸过丁浩的脸颊，是温热的。他张开嘴，喃喃道：“丁浩？”他的声音有些沙哑。

“怎么了？你嗓子怎么哑了，是不是病了啊？”丁浩皱眉，说着伸出手试了试他额头的温度，“奇怪，昨天还好好的啊。”

“我病了，不过见到你就好了。”白斌目不转睛地看着他，“我以为，再也找不到你了。”

他这话说得糊涂，丁浩也没往心里去，笑着拍了拍他肩膀道：“我往哪儿跑啊，一会儿你还得带我出去踢球呢！”

白斌看着他，眼睛也微微眯起来，露出一个略显僵硬的微笑：“好，你去哪里，我都陪着你。”哪怕是一个梦也好，哪怕很短暂也好，拥有你，就是我做过的最美好的梦。

这次去踢球的还是原先的阵容，金毛犬查理一马当先，快如风地跑来，一双大耳朵乱晃，很有趣。它停在白斌和丁浩前面，没有管丁浩的招呼，而是闻了闻白斌，似乎是在确定这个熟悉又不太熟悉的味道。但是很快，金毛犬查理又汪汪地叫着去蹭白斌的裤腿了，它瞧着比以往更喜欢白斌了。

白斌和丁浩踢球，金毛犬查理负责截球，白露一边笑一边拍照，瞧见丁浩被金毛犬查理扑倒在草地上，还被它舔了一脑袋口水，笑得都拿不住相机了。

白露乐得不行，冲丁浩嚷道：“哎，丁浩你快起来啊，这么躺在地上，查理还以为你逗它玩儿呢，一会儿舔得更厉害啦！我教了那么久的规矩，到你这儿全毁了，哈哈哈……”

丁浩被舔得晕晕乎乎，好不容易才推开查理的大脑袋，气呼呼地反驳白露：“白露你怎么教育的啊？这能怪我吗这？！你家这狗……”丁浩忽然说不出话来了，他看到白斌正逆光站在自己前面。那一瞬间，丁浩觉得自己像是看到白斌身后多了一对翅膀，那样柔软的头发、温柔的笑脸，在阳光下，整个人简直要熠熠生辉了。

文艺点的说法是，那一刻，丁浩的人生又被照亮了，通俗点就是丁浩觉得这人简直帅呆了。

白斌把丁浩从地上拉起来，帮着傻乎乎的他弄干净衣服上的草屑，嘴角挑起一个轻柔的微笑，道：“摔疼了没？”

丁浩眼睛直愣愣地盯着白斌挪不开，他见过白斌笑了那么多次，唯独这次，觉得格外好看。他忍不住伸手在白斌嘴角摸了一下，那个挂在白斌嘴角的笑容更深了。

丁浩磕磕巴巴地道：“那个，那个……白斌你别误会啊，我就是觉得你今天笑得特别好看，跟……跟以前不一样。”

白斌揉了揉他的脑袋，柔声道：“那我以后多笑。”

丁浩用力点头，咧嘴笑道：“好！”

金毛犬查理叼着那个足球，老老实实地蹲在一边，灰蓝色的眼睛里一点杂质也没有，清澈见底。它似乎很高兴见到白斌，身后的尾巴一直摇个不停。

晚饭过后，丁浩带着金毛犬查理去散步，白斌在旁边跟着，听他笑嘻嘻地说着有趣的事。他们去了附近的操场上转悠，依旧是那片绿草如茵的草地。白斌眯起眼睛，仿佛能看到当初那个在球场上奔跑挥汗的小小少年。那时候的丁浩玩得一身的大汗，眼睛快活地弯起来，毫不在意地脱下身上的球衣擦掉额头上的汗水，露出小白牙的招牌笑容漂亮得让人目眩。

白斌替丁浩提着足球，足球拎在手中的感觉和这么多年他想象中的一样，略微有一点重量，但更多的是互相交托的信任感，他心里暖成一片。

“丁浩，你为什么高中去打篮球呢？”

丁浩耳朵有点红，拿手指头挠了挠，嘟囔道：“你还记得啊。我听人家说打篮球能长高，所以就去了啊！”接着又愤愤道，“那些人胡扯，我打了一年，周围的人都长高了，就我一点没长个儿！哼，我还是踢我的足球算了。”

白斌想笑，可看着丁浩那样认真地生气，忽然又觉得世界上再也没有比丁浩更好的人了。

金毛查理的心思单纯得要命，就像它喜欢谁便忍不住对谁拼命摇尾巴一样，它瞧见操场上那群人热热闹闹地踢球，一双眼睛顿时就亮了！

它喜欢跟人玩儿，尤其喜欢往人多的地方凑。丁浩带它来操场散步算是来对了，它兴奋地看了半天，眼睛跟着那个在人群中来回滚动的足球，大爪子在地上磨啊磨，终于忍耐不住，嗷呜一声就冲了下去！

丁浩正跟白斌说笑，猝不及防，差点被它拽下去，多亏白斌拉了他一把，要不然，非得摔出去不可。

金毛犬查理拖着一根长长的链绳“汪”了一声，撒欢儿似的冲那个黑白相间的足球跑去！

丁浩声音都哆嗦了，忙一迭声地喊查理的名字：“完了完了，不会跑丢吧？白露要是知道了，非活劈了我不可啊……”

还没等丁浩跑下去，金毛犬查理就叼着个什么欢快地冲他们奔来，跟训练了许多次一样，将嘴里叼来的足球毕恭毕敬地放在白斌脚边，用嘴巴往白斌那儿推了推，谄媚地“汪”了一声。

玩球的那帮孩子过来了，小声地说想要回足球，白斌笑笑，将那个足球还给了他们。

但是很快，查理又飞扑了出去，刚要回足球的那个孩子还没来得及发球，就被查理再次撞翻！那些孩子赶来的时候，大查理正欢快地摇着尾巴，一只爪子按着足球，一只爪子按着他们队长的脑袋。那帮孩子都被震惊到了，好半天才敢去扶他们队长。那孩子最倒霉，顶了一脑袋青草叶子不算，脸上都蹭了青草汁，狼狈极了。

丁浩乐不可支，以前都是他被金毛查理扑倒，如今瞧见别人也摔了，觉得挺有意思："哎，小孩，这球还给你们！"

也亏得当队长的那孩子自尊心不怎么强，拍了拍身上的爪子印就爬起来了，捧着丁浩从大查理嘴里抠出来的那个足球颠颠儿玩去了。

可是丁浩刚把足球还给他们，金毛查理又屁颠屁颠儿地追出去，依旧叼了球就奔白斌过来。丁浩冲它龇牙咧嘴地吓唬了半天，把球踢回去还给人家，它一见球飞了，立刻高兴地往那边窜……它认为这是一个游戏，而且一直到三天后，它依旧玩着这个追球回来交给白斌的游戏，乐此不疲。

白斌在旁边看着丁浩，看着周围鲜活的一切，感觉每天的生活幸福的有些不真实。他模模糊糊地觉得时间快要到了，但是一时又说不清楚这是什么意思。

日子一天一天过去，白斌享受并珍惜着这样的生活，他曾想过趁着现在还有时日带丁浩去最美的地方看一看，但是看到丁浩每天都在自己身边的样子，忽然就觉得去哪里不重要了。

如果可以，他愿意每天陪着丁浩，他送丁浩去读书，丁浩陪他工作，还会和他一起做晚饭，饭后还要带着金毛犬查理出去散步。如果可以，他真希望就这么过一辈子。

金毛查理很黏白斌，每次散步都最积极地跟在白斌旁边，除了一样——遇到食物的时候。

查理很乖，它在散步的时候见到食物不会扑上去，也不哼唧叫唤，就那么规规矩矩地蹲坐下来，然后一脸渴望地盯着人手里的食物，口水哗啦就下来了。丁浩当时就捂住了自己的脸，这太丢人了。

查理遇见熟人拿着食物，蹲下流口水；遇见陌生人拿着食物，蹲下流口水；遇见一个五六岁的小孩儿拿着根玉米棒，蹲下流口水……那孩子估计还小，没见过这阵仗，哇的一声就哭了。

丁浩赶忙上去买了一根玉米棒给那小孩，也给金毛犬查理买了一根，好说歹说才把它给拽走了。如果丁浩不给它买吃的，它就满是委屈地耷拉着脑袋离开，背影寂寞得跟什么似的。这招很灵，丁浩看着嘴巴坏，其实心很软，十次里总有八次能成功。

白斌觉得这样不妥，沉吟片刻，告诉丁浩："下次别给它买，你认真地哄哄它。"

于是下次遇到食物摊子的时候，丁浩就跟金毛查理一块蹲在那儿，嘴里一迭声地求它："宝贝儿，我求你了，咱走吧，这不好吃，可难吃了，酸的……"

这话刚开始还行，但是说多了也不管用，查理生气了，它蹲在烤肠摊前不肯走。丁浩在那边劝查理，烤肠摊子的老板听得脸都黑了，扇子摇得哗啦哗啦响，一股烧烤的浓烟直接扑过来，跟老板现在的火气成正比。

丁浩苦劝无果，又不敢随便给它东西吃，权衡之下，只能可怜巴巴地看向白斌。白斌被丁浩求救的眼神秒杀，二话不说就掏钱给丁浩买了烤肠。最后的解决办法就是，丁浩吃了烤肠，把插烤肠的棍子拿给查理，让它一路叼着回家。

大金毛查理叼着那小棍儿异常兴奋，走路的时候尾巴都一甩一甩的，它一身金色的皮毛缎子似的闪闪发亮，迎着阳光站在那儿的背影简直让人忍不住爱上它。

丁浩觉得，如果不是那狗的表情太二了，他对它的爱会深沉许多，想着想着就忍不住凑过去偷偷跟白斌道："白斌你看，其实查理跟白露还是挺像的，心眼单纯，力气又大，一哄就傻乐……"

白斌想笑，可是忽然有些疲惫，他扶住旁边的一个栏杆，努力将那种快要失去意识的感觉压下来，但是之后他又觉得有些事情模糊了，好像记不清了一般。

"白斌，你怎么了，是不是又不舒服了？"丁浩牵着查理赶过来，把白斌的手搭在他的肩膀上，一脸的担心，"我们去医院好不好？"

白斌摇摇头，他隐约能感觉到，自己的时间似乎已经不多了。

白斌看着丁浩："浩浩，你有没有想去的地方？"

丁浩有些疑惑，抬头问他："我们要出去旅行吗？"

白斌脸色有些苍白，他微微露出一个笑："也不算旅行，就在附近，我们以前上学的地方，你还记得吗？"

他们以前上学的地方在市中心花园那边，那里有个小学，丁浩和白斌最初相遇就是在那里。

晚上小学里的学生都散了，空荡荡的教室安静下来，一排排的桌椅似乎已经无法找到记忆中的模样，白斌却看得细致。他走上讲台，对丁浩道："浩浩，你还记不记得，你刚开始来上学的时候，只有这么高，小萝卜头似的？"他声音柔和，眼睛里带着微微的笑意，"你一来就走错了教室，非说自己是二年级的学生，老师一让你走，你就哭个不停。"

丁浩站在那里，听着白斌说话，眼睛里忽然蓄满了泪水：“你是，你是……”他说不出话，看着那个站在讲台上，带着略显僵硬的微笑的人，忽然就没出息地哭了。这个人是白斌啊，是那个他辜负了的白斌，是那个永远都只记得他的好的白斌。

白斌的脸色越发苍白，但是眼睛更加明亮了，他看着丁浩，轻声道：“我从一开始就很想和你交朋友，无话不谈、很好的那种。”

丁浩胡乱擦了一把眼泪，哽咽着想回他一句话，喉咙却像被堵住了似的，无法发出声音，只能站在那儿看着他。

白斌看着丁浩，努力带着他刚学会的微笑，慢慢地、一字一句地对丁浩认真说下去：“我等了你十年才再遇到你。如果可以，我还想守着你很多年……很多……年……”

白斌的眼角有些湿意，脸上却是笑着的，他指了指自己的心口，对丁浩道：“你别担心，我一直在这里，跟你在一起。”无论是过去的，还是现在的，乃至将来的，我都是最真挚的那个人。

他张了张嘴，终究没有说完最后那句话。丁浩看得清楚，他的口型分明是在说：谢谢你，让我再遇到你。

“白斌——”

三岁大的金毛犬查理蹲坐在小学教室的门口，它委屈地嗷呜了一小声，趴在地上，像是送走了自己过去的主人。金毛犬查理蹭了蹭自己的爪子，深棕色的眼睛里湿漉漉的。

在那之后——

“浩浩，我那天怎么突然去学校的教室了？”白斌拿着书，对于自己那天的举动还是觉得有点奇怪。他对自己怎么去的学校一点印象也没有，不过说起来，那三天的记忆都很淡，想不起来都做了什么。

丁浩不吭声，过去伸手摸到他胸口处，那里的心脏强烈有力地跳动着。丁浩鼻子有点酸：“白斌，这里还疼吗……”

白斌安慰他：“没事了，我那天也不知道怎么回事……只是有点控制不住。”他也说不上来，那天在小学教室醒过来的时候，眼里竟然还有止不住的泪水。

也是在那天之后，他好像忘记了一些事，心脏里又好像多了些什么。

“白斌，你信不信有过去和未来的自己？”丁浩安静地待了一会儿，忽然有点迷茫。

“的确有人出过这么一个研究课题，时间本来就很微妙，或许我们像是生活在一个平行空间，每一个时期的我们都是独立的。”白斌望了他一眼，继续翻页看书，“怎么了？突然想这么深奥的问题。”

丁浩闷声闷气道：“那是不是还有一个过去的你？白斌，你过去……”

“错了，是我们。”白斌笑了，在丁浩脑袋上敲了一下，“你这么能闹腾，我可从来不敢放松，甭管过去还是现在，都紧盯着你呢。”

丁浩捂着脑袋，看了白斌一会儿，慢慢露出一点笑意：“嗯，也是，你盯得可真够紧的。”

“那过去的我们，也一定很幸运。”白斌看着丁浩笑了一下，道，“跟现在一样。”

后记

一个人最珍贵的是什么？我想，恐怕是记忆。我们唯一能带走的，是我们最后的记忆。所谓的一生，不过是我们一生所记得的最喜爱的人的点点滴滴。过去的白斌用记忆换回了再次相见的一次机会，他没有选择回去，而是选择了“消融”——消融在这一世的自己心里。

假如给你三天时间，你要跟最要好的人去哪里呢？如果是我，我会跟你平凡地度过这三天，像是我们这样过了一辈子，然后告诉你：谢谢你，下辈子还让我遇到你。

大家好，我是天天，很高兴能继续写白斌和丁浩的故事，这次的故事也希望大家能喜欢。我一直都想给白少写个单独的番外，这次总算是圆满了，这必须是亲儿子啊（笑）。在这本书里，我写了所有想写的情节，写得很满足，也希望大家看得满足，那么咱们下次再见啦，鞠躬！爱你们哟！